Vocação Verão

SARAH MORGAN

Vocação Verão

Tradução
Flora Pinheiro

HARLEQUIN
Rio de Janeiro, 2024

Copyright © 2021 by Sarah Morgan. Todos os direitos reservados.
Copyright da tradução © 2024 by Flora Pinheiro por Editora HR LTDA.
Todos os direitos reservados.

Título original: The Summer Seekers

Todos os direitos desta publicação são reservados à Casa dos Livros Editora LTDA. Nenhuma parte desta obra pode ser apropriada e estocada em sistema de banco de dados ou processo similar, em qualquer forma ou meio, seja eletrônico, de fotocópia, gravação etc., sem a permissão dos detentores do copyright.

PRODUÇÃO EDITORIAL	Cristhiane Ruiz
COPIDESQUE	Gabriela Araújo
REVISÃO	Mariana Bard e Thais Entriel
DESIGN DE CAPA	Sébastien Cerdelli e Wilfrid Crenel | Atelier Mook
ADAPTAÇÃO DE CAPA	Beatriz Cardeal
DIAGRAMAÇÃO	Abreu's System

Dados Internacionais de Catalogação na Publicação (CIP)
(Sindicato Nacional dos Editores de Livros, RJ)

Morgan, Sarah
  Vocação verão / Sarah Morgan; tradução Flora Pinheiro. – 1. ed. – Rio de Janeiro: Harlequin, 2024.

  Título original: The summer seekers.
  ISBN 978-65-5970-444-6

  1. Romance inglês. I. Pinheiro, Flora. II. Título.

24-94006 CDD-823
        CDU: 82-31(410.1)

Índice para catálogo sistemático:
1. Romance inglês   823

Bibliotecária responsável: Gabriela Faray Ferreira Lopes – CRB-7/6643

Harlequin é uma marca licenciada à Editora HR Ltda. Todos os direitos reservados à Editora HR LTDA.

Rua da Quitanda, 86, sala 601A - Centro,
Rio de Janeiro/RJ - CEP 20091-005
Tel.: (21) 3175-1030
www.harpercollins.com.br

Para Susan Ginsburg, a melhor das melhores,
com minha gratidão pelo apoio, pela orientação e pela amizade.

Nunca é tarde demais para uma aventura.

1
Kathleen

Foi o copo de leite que a salvou. Ele e o bacon salgado que ela havia fritado para o jantar várias horas antes, e que a deixara com a boca seca.

Se não estivesse com sede — se ainda estivesse lá em cima, dormindo no colchão ridiculamente caro que tinha sido seu presente de 80 anos para si mesma, não teria se dado conta do perigo.

Ela estava de frente para a geladeira, a caixa de leite em uma das mãos e o copo na outra, quando ouviu um estrondo. Um barulho inesperado naquela área rural inglesa, escura e frondosa, onde os únicos sons deveriam ser o pio de uma coruja e o ocasional balido de uma ovelha.

Colocou o copo na pia e virou a cabeça, tentando identificar a origem do som. Será que tinha se esquecido de trancar a porta dos fundos outra vez?

A lua banhava a cozinha em um brilho fantasmagórico, e ela se sentiu grata por não ter acendido a luz. Isso lhe dava alguma vantagem, não é?

Guardou o leite na geladeira e a fechou sem fazer barulho, já certa de que não estava sozinha em casa.

Pouco antes ela dormia. Não um sono profundo, isso quase não acontecia, mas vagando em um mar de sonhos. Se alguém tivesse dito ao seu eu mais jovem que ela ainda estaria sonhando e desfrutando de aventuras aos 80 anos, teria sentido menos medo de envelhecer. E era impossível esquecer que ela *estava* envelhecendo.

As pessoas diziam que ela estava maravilhosa para a idade, mas na maior parte do tempo ela não se sentia assim. As respostas para as adoradas palavras cruzadas ficavam na ponta da língua, mas não saíam. Nomes e rostos se recusavam a lhe vir à mente ao mesmo tempo. Ela tinha dificuldades de lembrar o que havia feito no dia anterior, embora, se voltasse vinte anos ou mais na memória, estivesse tudo nítido. E ainda havia as mudanças físicas: a visão e a audição ainda estavam boas, por sorte, mas as articulações latejavam e os ossos doíam. Inclinar-se para alimentar o gato era um sufoco. Subir a escada exigia mais esforço do que ela gostaria, e sempre com a mão no corrimão, *só por precaução*.

Ela nunca fora do tipo de regular a vida na base do "só por precaução".

Sua filha, Liza, queria que ela usasse um alarme. Um daqueles sistemas de alarme médico, com um botão que se podia apertar em caso de emergência, mas Kathleen se recusava. Na juventude, tinha viajado o mundo, muito antes de isso virar moda. Ela havia sacrificado a segurança pela aventura sem pensar duas vezes. Hoje em dia, na maior parte do tempo, sentia-se outra pessoa.

Perder amigos não ajudava. Um por um foi partindo, levando consigo lembranças do passado que viveram juntos. Uma partezinha dela sumia a cada perda. Kathleen levara décadas para entender que a solidão não era a falta de pessoas na vida, mas a falta de pessoas que nos conhecessem e entendessem.

Lutava com unhas e dentes para manter alguma versão de seu antigo eu, e era por isso que resistia aos apelos de Liza para que tirasse o tapete da sala de estar, parasse de usar a escadinha para pegar livros nas prateleiras mais altas e deixasse uma luz acesa à noite. Cada concessão era mais um pedacinho de sua independência que lhe era arrancado, e perder a independência era seu maior medo.

Kathleen sempre foi a rebelde da família, e ainda era… mesmo que não tivesse certeza se rebeldes podiam ter mãos trêmulas e coração acelerado.

Ouviu o som de passos pesados. Alguém estava vasculhando a casa. Em busca do quê? Que tesouros esperava encontrar? E por que não estava tentando, pelo menos, disfarçar a presença?

Depois de ter ignorado com teimosia todas as sugestões de que poderia estar vulnerável, ela agora era obrigada a admitir a possibilidade. Talvez não devesse ter sido tão teimosa. Depois que ela apertasse o botão de alerta, quanto tempo demoraria para o socorro chegar?

Na realidade, o socorro era Finn Cool, que morava a três terrenos de distância. Ele era músico e tinha escolhido aquele imóvel porque não havia vizinhos próximos. O povo na vila reclamava do comportamento dele. Finn dava festas barulhentas até altas horas da madrugada, e os convidados eram pessoas glamourosas de Londres que dirigiam a toda carros esportivos pelas ruas estreitas e deixavam os moradores apavorados. Alguém começara uma petição nos Correios para proibir essas festas. Segundo os boatos, a presença de drogas e mulheres seminuas era frequente, o que parecia tão divertido que Kathleen ficara tentada a ir de penetra. Melhor do que comparecer a um grupo chato de mulheres no qual esperavam que se preparasse doces, tricotasse e trocasse receitas de bolo de banana.

Finn não teria serventia para ela naquele momento de crise. Era provável que estivesse no estúdio, com fones de ouvido, ou embriagado. De qualquer forma, ele não ouviria um pedido de socorro.

Para chamar a polícia, Kathleen teria que atravessar a cozinha e o corredor até a sala de estar, onde ficava o telefone, e ela não queria revelar a própria presença. Sua família tinha lhe dado um celular, mas ainda estava na caixa, nunca fora usado. Seu espírito aventureiro não se estendia à tecnologia. Não gostava da ideia de um desconhecido rastreando todos os seus movimentos.

Houve outro baque, mais alto, e Kathleen levou a mão ao peito. Ela podia sentir o coração acelerado. Pelo menos ainda estava funcionando. Talvez devesse ficar grata por isso.

Quando reclamara que queria um pouco mais de aventura, não era aquilo que tinha em mente. O que faria agora? Não tinha um botão para apertar nem um celular para pedir ajuda, então teria que resolver tudo sozinha.

Ela podia ouvir a voz de Liza: "Mãe, eu avisei!"; Se sobrevivesse, ouviria a ladainha incessante até o fim da vida.

O medo foi substituído pela raiva. Por causa do intruso, seria rotulada como velha e vulnerável e forçada a passar o resto dos dias em um único cômodo, com cuidadores que cortariam a comida para ela, falariam com a voz alta demais e a conduziriam ao banheiro. Perderia a vida que tinha.

Aquilo *não* iria acontecer.

Ela preferiria morrer nas mãos de um intruso. Pelo menos, o obituário seria interessante.

Melhor ainda, Kathleen sobreviveria e provaria que era capaz de levar uma vida independente.

Depressa, ela vasculhou a cozinha com os olhos em busca de uma arma adequada e avistou a frigideira preta e pesada que havia usado para fritar o bacon.

Levantou o utensílio sem fazer barulho, segurando o cabo com firmeza enquanto caminhava até a porta da cozinha que levava ao corredor. Sentiu os azulejos gelados contra os pés — por sorte, estava descalça. Não faria ruídos. Nada que a denunciasse. Estava em vantagem.

Conseguiria fazer aquilo, *sim*. Certa vez não enfrentara um assaltante nas ruelas de Paris? Era muito mais jovem, é verdade, mas daquela vez tinha o elemento surpresa a seu favor.

Quantos seriam?

Se fosse mais de um, dariam trabalho.

Seria um profissional? Sem dúvida um assaltante profissional não faria tanto barulho. Se fossem jovens querendo roubar a TV, ficariam decepcionados. As netas dela andavam tentando convencê-la a comprar uma TV "inteligente", mas por que ela precisaria de algo assim? Estava bem satisfeita com o QI do televisor atual, ora essa. A tecnologia já a fazia de boba com frequência suficiente. Não precisava que fosse mais inteligente do que já era.

Talvez a pessoa não entrasse na cozinha. Ela poderia ficar escondida até que pegassem o que queriam e fossem embora.

Jamais saberiam que ela estava ali.

Então iriam…

Uma tábua próxima rangeu. Não havia um rangido na casa que ela não conhecesse. Alguém estava bem do outro lado da porta.

Ela sentiu os joelhos fraquejarem.

Ai, Kathleen, Kathleen.

Apertou o cabo da frigideira com força.

Por que não tinha feito aulas de autodefesa em vez de ioga para a terceira idade? De que adiantava fazer o cachorro olhando para baixo quando se precisava de um cão de guarda?

Uma sombra entrou na sala, e, sem se dar tempo para pensar no que estava prestes a fazer, ela ergueu a frigideira e a brandiu com vontade, um golpe impulsionado tanto pelo peso do objeto quanto pela força dela. Houve um baque e uma vibração quando a frigideira atingiu a cabeça do sujeito.

— Me desculpe… Quer dizer…

Por que ela estava se desculpando? Que ridículo!

Num reflexo, o homem levantou o braço enquanto caía, o que fez com que a frigideira atingisse a cabeça de Kathleen. A dor quase lhe ofuscou a visão, e ela se preparou para bater as botas ali mesmo, proporcionando à filha a oportunidade de estar certa, mas nesse momento houve um baque alto e o homem se esparramou no chão. Então ouviu-se um estalo quando a cabeça dele atingiu o piso.

Kathleen ficou imóvel. Era só isso ou ele se levantaria de repente e a mataria?

Não. Desafiando todas as probabilidades, ela ainda estava de pé enquanto o invasor jazia inerte aos pés dela. Sentindo cheiro de álcool, Kathleen franziu o nariz.

Bêbado.

Seu coração batia tão rápido que ela estava com medo de que fosse explodir a qualquer momento.

Ela segurou a frigideira com firmeza.

Será que ele tinha um cúmplice?

Prendeu a respiração, pronta para que outra pessoa viesse correndo pela porta para investigar o barulho, mas tudo continuou em silêncio.

Com todo o cuidado, deu um passo em direção à porta e espiou o corredor. Vazio.

Parecia que o homem estava sozinho.

Ela enfim arriscou olhar para ele, ainda imóvel.

Ele era grande, forte e estava todo vestido de preto. A lama nas barras da calça sugeria que ele tinha atravessado os campos nos fundos da casa. Não conseguia ver o rosto dele porque o homem havia caído de cara no chão, mas tinha sangue escorrendo de uma ferida na cabeça e se espalhando pelos azulejos.

Sentindo-se um pouco tonta, Kathleen levou a mão à cabeça latejante.

E agora? Será que a pessoa deveria prestar os primeiros socorros quando ela própria causara o ferimento? Será que isso era uma coisa boa ou apenas hipocrisia? Ou será que de nada adiantariam primeiros socorros ou qualquer outro tipo de ajuda?

Ela cutucou o corpo dele com o pé descalço, mas não percebeu qualquer movimento.

Será que o matara?

A magnitude do pensamento a abalou.

Se ele estivesse morto, então ela seria uma assassina.

Quando Liza expressou o desejo de ver a mãe morando em um lugar seguro onde pudesse visitá-la com facilidade, sem dúvida não estivera sugerindo a cadeia.

Quem seria ele? Será que tinha família? O que estaria planejando ao entrar na casa dela?

Kathleen deixou a frigideira de lado e forçou as pernas trêmulas a levar o próprio corpo até a sala de estar. Algo fez cócegas em sua bochecha. Sangue. O dela.

Ela pegou o telefone e pela primeira vez na vida ligou para a emergência.

Apesar do pânico e do choque, sentia algo muito parecido com orgulho. Era um alívio descobrir que ela não era tão fraca e indefesa quanto todos pareciam pensar.

Quando uma mulher atendeu, Kathleen disse com clareza e sem hesitação:

— Tem um corpo na minha cozinha — informou ela. — Imagino que vocês queiram vir tirar.

2
Liza

—Eu não falei? *Sabia* que isso iria acontecer. Liza jogou a bolsa no porta-malas do carro e se sentou no banco do motorista. Seu estômago estava revirado. Ela andara tão ocupada que não almoçara. A escola na qual dava aulas estava prestes a começar o período de provas, e ela ajudava dois alunos a concluir o trabalho de artes quando recebeu uma ligação do hospital.

Era a ligação que temia.

Ela encontrara alguém para cobrir o restante de suas aulas e dirigira a curta distância até em casa com o coração acelerado e as mãos suando. Sua mãe fora atacada de manhã bem cedo e ela só ficava sabendo *naquele momento*? Metade dela estava frenética e a outra metade, furiosa.

A mãe era tão descuidada. Segundo a polícia, ela havia esquecido a porta dos fundos aberta. Liza não teria ficado surpresa se dissessem que a idosa convidara o homem para entrar e tomar um chá.

Um dia vou acabar tendo um ataque por causa dela.

Sean se inclinou para dentro do carro pela janela. Tinha ido para lá direto de uma reunião e usava uma camisa azul da mesma cor dos olhos.

— Tenho tempo de trocar de roupa?

— Fiz a sua mala.

— Obrigado. — Ele abriu um botão. — Que tal me deixar dirigir?

— Eu consigo. — A tensão cresceu dentro dela e se misturou à preocupação com a mãe. — Estou ansiosa, só isso. E frustrada. Perdi a conta de quantas vezes eu disse a ela que a casa é grande demais, isolada demais, que ela deveria se mudar para um lugar mais protegido ou uma instituição para idosos. Mas ela me ouviu?

Sean jogou o paletó no banco de trás.

— Ela é independente. Isso é bom, Liza.

Era mesmo? Quando a independência se transforma em irresponsabilidade?

— Ela deixou a porta dos fundos aberta.

— Para o gato?

— Vai saber. Eu deveria ter insistido mais para que ela se mudasse.

Na verdade, não quisera muito que a mãe se mudasse. O Chalé Oakwood desempenhara um papel central na vida de Liza. A casa era linda, cercada por hectares de campos e fazendas que se estendiam até o mar. Na primavera dava para ouvir o balido dos cordeiros recém-nascidos e no verão o ar era tomado pelo aroma de flores, pelo canto dos pássaros e pelos sons suaves do oceano.

Era difícil imaginar a mãe morando em outro lugar, mesmo que a casa fosse grande demais para só uma pessoa e nada prática, ainda mais para alguém que tendia a acreditar que um telhado com vazamento era uma das maravilhosas facetas de ser dona de um imóvel antigo em vez de algo que precisava de conserto.

— Você não é responsável por tudo que acontece com as pessoas, Liza.

— Eu amo a minha mãe, Sean!

— Eu sei.

Sean se acomodou no banco do carona como se tivesse todo o tempo do mundo. Liza, que levava a vida com a pressa de alguém que estava sendo perseguida pela polícia por um crime grave, de vez em quando achava o jeito relaxado e a calma inabalável dele desesperadores.

Ela pensou no artigo dobrado no fundo da bolsa. *Oito sinais de que seu casamento pode estar em risco.*

Estivera folheando a revista na sala de espera do dentista na semana anterior e o artigo chamara sua atenção. Tinha começado a ler, esperando encontrar algum conforto.

Não era como se ela e Sean vivessem discutindo. Não havia nada errado. Apenas um leve desconforto dentro dela que a lembrava o tempo inteiro de que a vida tranquila que ela tanto valorizava podia não ser tão tranquila quanto pensava. Que, assim como um milhão de coisinhas minúsculas podem unir um casal, um milhão de coisinhas minúsculas também podem separá-lo.

À medida que lia, foi ficando cada vez mais enjoada. Quando chegou ao sexto sinal da lista, estava tão assustada que rasgou as páginas da revista, tossindo alto para abafar o barulho. Não era certo roubar revistas de salas de espera.

Aquelas páginas rasgadas agora se encontravam em sua bolsa, um lembrete constante de que ela estava ignorando algo profundo e importante. Sabia que a questão precisava ser analisada, mas tinha medo de tocar nas bases do casamento e tudo acabar desmoronando… como a casa da mãe.

Sean colocou o cinto de segurança.

— Você não devia se culpar.

Liza sentiu um momento de pânico e então se deu conta de que ele estava falando sobre a mãe dela. Que tipo de pessoa se esquecia com tanta facilidade da própria mãe ferida?

Uma pessoa preocupada com o próprio casamento.

— Eu devia ter me esforçado mais para que ela ouvisse a voz da razão — disse ela.

Teriam que vender a casa, não havia dúvida. Liza torcia para que isso pudesse esperar até o fim do verão. Faltavam apenas algumas semanas para as aulas acabarem, e as meninas tinham vários compromissos até que a família saísse de férias para o sul da França.

França.

Uma onda de calma fluiu em seu corpo.

Na França teria tempo para analisar o casamento com mais atenção. Ambos estariam relaxados e longe das infinitas pressões da vida diária. Ela e Sean poderiam passar um tempo juntos sem precisar lidar com decisões e problemas. Até então, ela se permitiria esquecer tudo e se concentrar no problema imediato.

A mãe dela.

O Chalé Oakwood.

Então foi tomada pela tristeza. Por mais ridículo que fosse, ainda sentia que o lugar era seu lar. Ela se agarrava ao último pedaço da infância, sem conseguir imaginar uma época em que não estaria mais no jardim ou caminharia pelos campos até o mar.

— Papai me fez prometer que eu não colocaria a mamãe em um lar de idosos — confidenciou ela.

— O que foi injusto. Ninguém pode fazer promessas sobre um futuro que não se pode prever. E você não está "colocando" sua mãe em lugar algum. — Sean era sempre um poço de sensatez. — Ela é um ser humano, não um gnomo de jardim. Além disso, existem boas moradias assistidas.

— Eu sei. Tenho uma pasta lotada de panfletos reluzentes no banco de trás do carro. Eles fazem o lugar parecer tão bom que eu mesma quero me mudar. Infelizmente, duvido que minha mãe concorde.

Sean estava lendo e-mails no celular.

— No fim, a escolha é dela. Não tem nada a ver com a gente.

— Tem muito a ver com a gente. Não é prático ir lá todo fim de semana e, mesmo quando não estão na semana de provas, as meninas nunca vêm com a gente sem reclamar. "É no meio do nada, mãe."

— É por isso que vamos deixá-las em casa neste fim de semana.

— E isso também me deixa apavorada. E se elas derem uma festa ou algo assim?

— Por que você sempre imagina o pior? Trate as garotas como seres humanos responsáveis e elas vão se comportar como seres humanos responsáveis.

Era mesmo tão simples assim? Ou será que a confiança de Sean era baseada em um otimismo equivocado?

— Não gosto das amigas com quem Caitlin está andando agora. Elas não estão nem aí para estudar e passam os fins de semana no shopping.

O marido não tirou os olhos do celular.

— E isso não é o normal de adolescentes?

— Ela mudou desde que conheceu Jane. Agora é desrespeitosa, e costumava ser tão bem-humorada antes...

— São os hormônios. Vai passar com a idade.

O estilo de Sean como pai era "não intervencionista". Ele descreveria a si mesmo como descontraído. Liza achava que estava mais para um pai que se abstém.

Quando as filhas gêmeas eram pequenas, brincavam uma com a outra. Então começaram a ir para a escola e passaram a convidar amigas para brincarem em casa. Liza as achara encantadoras. Tudo tinha mudado quando as duas foram para outra escola no ensino médio e Alice e Caitlin fizeram amizade com um novo grupo de garotas, que eram um ano mais velhas. A maioria já dirigia e, Liza tinha certeza, bebia.

A possibilidade de ela não gostar das amigas das filhas era um problema que não havia lhe ocorrido até o ano anterior.

Ela se forçou a focar de novo no problema da mãe.

— Se você pudesse consertar o telhado do solário neste fim de semana, seria ótimo. Deveríamos ter investido mais tempo na conservação da propriedade. Eu me sinto culpada por não ter feito o suficiente.

Sean enfim ergueu a cabeça.

— O que te deixa tão culpada é você e sua mãe não serem próximas. Mas isso não é culpa sua, e você sabe.

Ela sabia, sim, mas ainda era desconfortável ouvir a verdade em voz alta. Era algo que não gostava de admitir. Não ser próxima da mãe parecia uma falha. Um segredo sujo. Algo pelo qual deveria se desculpar.

Havia tentado *tanto*, mas era difícil se aproximar da mãe. Muito reservada, Kathleen revelava pouquíssimo sobre os pensamentos íntimos. Sempre fora assim. Mesmo quando o pai de Liza morrera, Kathleen se concentrara em questões práticas. Qualquer tentativa de conversar sobre sentimentos ou emoções era rejeitada. Às vezes, Liza tinha a impressão de que nem a conhecia de verdade. Ela sabia o que Kathleen fazia e como passava os dias, mas não tinha ideia de como a mãe se *sentia* em relação às coisas. E isso incluía os sentimentos que tinha pela filha.

Não conseguia se lembrar de a mãe lhe dizendo "eu te amo".

Será que Kathleen sentia orgulho dela? Talvez, mas Liza também não tinha certeza disso.

— Amo muito a minha mãe, mas é verdade que gostaria que ela se abrisse mais. — Trincou os dentes após falar, sabendo que havia coisas que ela também não dividia.

Será que estava se transformando na mãe? Talvez devesse admitir para Sean que se sentia sobrecarregada, como se o bom andamento da vida deles fosse responsabilidade exclusiva *dela*. E de certa forma era. Sean tinha um escritório de arquitetura em Londres. Quando não estava trabalhando, ia à academia, corria no parque ou jogava golfe com os clientes, enquanto o tempo de Liza fora do trabalho era gasto cuidando da casa e das filhas.

Um casamento era isso? Depois dos primeiros anos, era nisso que se transformava?

Oito sinais de que seu casamento pode estar em risco.

Era só um artigo bobo. Conhecera Sean na adolescência, e passaram muitos anos felizes juntos. Era verdade que a vida atualmente parecia não passar de trabalho e responsabilidades, mas isso fazia parte de ser um adulto, não?

— Sei que você ama sua mãe. É por isso que estamos no carro em uma tarde de sexta-feira — respondeu Sean. — E vamos superar a crise atual da mesma forma que superamos as outras. Um passo de cada vez.

Mas por que a vida sempre precisava ser uma crise?

Ela quase fez a pergunta em voz alta, mas Sean já tinha dado o assunto por encerrado e estava atendendo a ligação de um colega.

Distraída, Liza mal ouviu enquanto ele lidava com uma série de problemas. Desde que o escritório deslanchara, não era incomum Sean ficar colado no celular.

— Hum... — murmurou o marido. — Mas a ideia é criar um espaço simples e bem-feito... Não, isso não vai funcionar... Sim, posso ligar para eles.

Quando Sean enfim desligou o telefone, ela o encarou.

— E se as meninas convidarem Jane para ir lá em casa?

— Você não pode impedir que elas vejam as amigas.

— Não são as amigas delas que me deixam preocupada, só a Jane. Sabia que ela fuma? Estou preocupada com a possibilidade de usarem alguma droga. Sean, está me ouvindo? Pare de responder e-mails.

— Desculpe, mas eu não estava contando com tirar esta tarde de folga e tem um monte de coisa acontecendo agora. — Sean pressionou "Enviar" e levantou a cabeça. — O que você estava dizendo? Ah, cigarro e drogas... Mesmo que Jane faça tudo isso, não significa que Caitlin vai fazer também.

— Ela é maria vai com as outras, faz qualquer coisa para poder ser igual às colegas.

— E isso é comum na idade dela. Muitas outras adolescentes são assim. Vai fazer bem para as meninas se cuidarem sozinhas durante um fim de semana.

Elas não estariam se cuidando de fato sozinhas. Liza havia deixado a geladeira cheia de comida e tirado as bebidas alcoólicas do armário da cozinha, trancado tudo na garagem e levado a chave. Só que sabia que isso não as impediria de comprar mais se quisessem.

Sua mente considerou todas as possibilidades, frenética.

— E se elas derem uma festa?

— Isso faria delas duas garotas normais. Todos os adolescentes dão festas.

— Eu não dava.

— Eu sei. Você era comportada e inocente em um nível fora do comum. — Ele guardou o celular. — Até que te conheci e mudei tudo isso. Você se lembra daquele dia, quando tinha 16 anos, e foi dar um passeio na praia? Eu estava lá com um pessoal.

— Lembro.

Era o grupo dos adolescentes populares, e ela quase dera meia-volta quando os vira, mas no fim acabara se juntando a eles.

— Eu coloquei a mão por baixo do seu vestido. — Ele ajustou o assento para poder esticar um pouco mais as pernas. — Admito, minha técnica na época precisava melhorar.

O primeiro beijo dela.

Liza se lembrava com nitidez. As mãos atrapalhadas e excitadas. A natureza proibida do encontro. A música ao fundo. A expectativa deliciosa.

Ela se apaixonara perdidamente por Sean naquele verão. Na época, sabia que era bem diferente das pessoas da idade dela, que iam de um relacionamento ao outro como borboletas em busca de néctar. Ela nunca quisera isso. Nunca sentira a necessidade de uma aventura romântica. Isso significava incerteza, e ela já tinha incerteza demais na vida. Tudo que quisera fora Sean, com os ombros largos, o sorriso fácil e a natureza calma.

Ela sentia falta da simplicidade daquela época.

— Você é feliz, Sean? — As palavras escaparam antes que ela pudesse se conter.

— Que tipo de pergunta é essa? — Ele enfim estava focado nela por completo. — O negócio está indo muito bem. As meninas estão se saindo bem na escola. Lógico que sou feliz. Você não?

O negócio. As meninas.

Oito sinais de que seu casamento pode estar em risco.

— Eu me sinto... um pouco sobrecarregada às vezes, só isso.

Com todo o cuidado, ela caminhava pé ante pé em um terreno que nunca havia pisado.

— Isso é porque leva tudo muito a sério. Você se preocupa com cada detalhe. Em relação às gêmeas, à sua mãe. Precisa relaxar.

As palavras dele foram cortantes como uma lâmina. Ela costumava adorar o fato de ele ser tão calmo, mas naquele momento isso parecia uma crítica às habilidades dela para lidar com as questões que surgiam. Ela não só estava fazendo tudo, como também levava tudo a sério demais.

— Você está dizendo que eu preciso ficar mais "relaxada" depois de minha mãe de 80 anos ter sido agredida na própria casa?

— Pareceu mais um acidente do que uma agressão, mas eu estava falando de maneira geral. Você se preocupa com coisas que ainda não aconteceram e tenta controlar cada detalhezinho. A maioria das situações acaba bem se você não se envolver tanto.

— Elas só acabam bem porque eu antecipo os problemas e evito que aconteçam.

E antecipar problemas era exaustivo... Era como tentar nadar com dois pesos presos nas pernas.

Em um instante de rebeldia, ela se perguntou como seria ser solteira. Não ter ninguém com quem se preocupar a não ser ela mesma.

Nenhuma responsabilidade. Tempo livre.

Ela se obrigou a afastar o pensamento.

Sean encostou a cabeça no banco.

— Vamos deixar essa discussão para quando voltarmos para casa. Estamos aqui, passando o fim de semana juntos à beira-mar. Vamos aproveitar. Vai ficar tudo bem.

A capacidade dele de se concentrar no momento era um ponto forte, mas também uma característica que às vezes a incomodava. Ele só podia viver o momento porque *ela* cuidava de todas as outras coisas.

Ele estendeu a mão para apertar a perna dela e Liza pensou em uma ocasião vinte anos antes, quando transaram no carro depois de estacionar em uma rua tranquila e embaçaram as janelas até que nenhum dos dois conseguisse enxergar através do vidro.

O que acontecera com essa parte da vida deles? O que acontecera com a espontaneidade? Com a alegria?

Parecia fazer tanto tempo que ela mal conseguia se lembrar.

Atualmente, a vida dela era movida a preocupação e obrigações. Estava sendo pouco a pouco esmagada pelo peso cada vez maior da responsabilidade.

— Quando foi a última vez que viajamos juntos? — perguntou ela.

— Estamos viajando agora.

— Isto não é uma viagem, Sean. Minha mãe precisou levar pontos na cabeça. Ela teve uma concussão leve.

Ela avançou devagar pelo trânsito intenso de Londres, a cabeça latejando ao pensar no caminho à frente. Sexta-feira à tarde era a pior hora possível para partir, mas eles não tinham escolha.

Quando as filhas eram pequenas, viajavam à noite. Chegavam ao chalé de manhã bem cedinho, e Sean carregava as meninas para dentro e as colocava nas camas de solteiro no quarto do sótão, acomodando-as sob as colchas que a mãe de Liza trouxera de uma das muitas viagens ao exterior.

— Eu não queria mesmo fazer isso, mas acho que está na hora de vender o chalé. Se ela for para uma casa de repouso, não vamos ter dinheiro para manter o imóvel.

Outra pessoa brincaria de esconde-esconde nos jardins com a vegetação não podada, entraria no sótão empoeirado e encheria as enormes estantes de livros. Outra pessoa dormiria no antigo quarto dela e apreciaria a vista deslumbrante dos campos até o mar.

Algo doeu dentro de Liza.

O fato de ela nem conseguir se lembrar da última vez que tivera um fim de semana relaxante na Cornualha não atenuava a sensação de perda. Na verdade, intensificava o sentimento, porque no momento ela se arrependia de não ter aproveitado mais o chalé. Ela presumira que sempre estaria lá...

Desde a morte do pai, as visitas à antiga casa sempre tinham a ver com tarefas domésticas. Limpar o jardim. Abastecer o congelador com comida. Verificar como a mãe estava se saindo em uma casa grande demais para uma pessoa só, ainda mais quando essa pessoa tinha certa idade e não demonstrava o mínimo interesse na manutenção da casa.

Ela pensara que a morte do pai poderia aproximá-la da mãe, mas isso não aconteceu.

A dor do luto a assolou, deixando-a sem fôlego. Fazia cinco anos e ela ainda sentia falta do pai todos os dias.

— Não consigo imaginar sua mãe vendendo o chalé — argumentou Sean —, e acho que é importante não exagerar. O acidente não foi causado por ela. Kathleen estava se saindo bem antes disso.

— Mas será que estava mesmo? Tirando o fato de ter deixado a porta aberta, acho que ela não come direito. O jantar é uma tigela de cereal. Ou bacon. Ela come muito bacon.

— *Não existe* isso de "muito bacon". — Sean a encarou com um sorriso tímido. — Estou brincando. Você tem razão. Bacon faz mal. Embora, na idade de sua mãe, talvez a gente devesse se perguntar se isso importa mesmo.

— Se ela abrir mão do bacon, talvez viva até os 90 anos.

— Mas será que ela iria gostar desses anos infelizes a mais sem poder comer bacon?

— Será que dá para levar isso a sério?

— Estou levando a sério. É uma questão de qualidade de vida, não só de quantidade. Você tenta cortar todas as coisas ruins, mas fazer isso também tira as coisas boas. Talvez ela pudesse ficar com a casa se nós encontrássemos alguém da área para cuidar dela.

— Ela é péssima em receber ajuda de qualquer pessoa. Você sabe como ela é independente. — Liza pisou no freio quando o carro à frente parou, o cinto de segurança travando com força. Seus olhos ardiam de cansaço e sua cabeça latejava. Ela não tinha dormido bem na noite anterior, preocupada com Caitlin e o problema das amizades da filha. — Você acha que eu devia ter trancado nosso quarto?

— Por quê? Se alguém invadir a casa, vai arrombar as portas trancadas. Só causaria mais estragos.

— Não estava pensando em ladrões. Estava pensando nas meninas.

— Por que as meninas entrariam no nosso quarto? Elas têm os próprios quartos, que servem muito bem.

O que aquilo dizia sobre ela, o fato de que não confiava nas próprias filhas? Elas ficaram horrorizadas quando descobriram que a avó havia sido agredida, como era apropriado, mas resistiram de maneira categórica às tentativas de convencê-las a irem ao chalé também.

— Não tem nada para fazer na casa da vovó — dissera Alice, trocando olhares com a irmã.

— Além disso, temos coisas da escola para fazer. — Caitlin apontara para uma pilha de livros didáticos. — Prova de história na segunda-feira. Vou estudar. Nem devo ter tempo de pedir pizza.

Uma resposta razoável. Então por que Liza estava nervosa?

Ela faria uma videochamada mais tarde para ver como estavam as coisas por lá.

O trânsito enfim voltou a fluir e eles seguiram na direção oeste, para a Cornualha. Quando pegaram a estrada rural que levava à casa da mãe, já era fim de tarde, e o sol lançava um brilho rosado sobre os campos e as sebes.

Liza estava se permitindo um raro momento apreciando a paisagem quando um carro esportivo vermelho brilhante fez a curva, dando-lhe uma fechada e quase fazendo-a cair em uma vala.

— Mas o quê... — Ela apertou a buzina com vontade e teve um breve vislumbre de um par de olhos azuis risonhos enquanto o carro passava rugindo. — Você viu isso?

— Vi. Que carrão. Motor V8.

Sean virou a cabeça, quase babando, mas o carro já tinha ido embora.

— Ele quase matou a gente!

— Bem, não matou. Então isso é bom.

— Era aquele maldito astro do rock que se mudou para cá no ano passado.

— Ah, sim. Li uma matéria em um dos jornais de domingo sobre os seis carros esportivos que ele tem.

— Estava prestes a dizer que não entendo por que alguém precisaria de seis carros, mas, se ele dirige assim, imagino que seja essa a explicação. Ele deve destruir um por dia.

Liza girou o volante e Sean estremeceu quando galhos arranharam a pintura do carro.

— Está bem rente aqui no meu lado, Liza.

— Era a cerca viva ou uma colisão de frente. — Ela ficou abalada com o susto do quase acidente, as emoções intensificadas pelo breve vislumbre de Finn Cool. — Ele estava rindo, você viu? Abriu um *sorriso* quando passou por nós. Será que iria rir se tivesse que arrancar meu corpo mutilado da lataria destruída do carro?

— Ele parecia saber dirigir bem.

— Não foi a habilidade dele como motorista que nos salvou, foi a manobra que eu fiz ao jogar o carro para cima da cerca viva. Não é seguro dirigir assim por essas estradas.

Liza respirou fundo e continuou a dirigir com todo o cuidado, como se esperasse que outro astro do rock irresponsável surgisse a toda na próxima curva. Ela chegou à casa da mãe sem maiores contratempos, com a frequência cardíaca diminuindo enquanto conduzia o veículo pela entrada de carros.

O muro baixo que margeava o terreno estava coberto de aubrietas, e lobélias e gerânios em tons brilhantes de roxo e rosa pendiam de vasos suspensos ao lado da porta da frente. Embora negligenciasse a casa, a mãe adorava o jardim e passava horas ao sol cuidando das plantas.

— Este lugar é um charme. Ela ganharia uma fortuna se decidisse vender a casa, com ou sem o vazamento no telhado. Você acha que ela fez bolo de chocolate? — Sean era sempre otimista.

— Quando? Antes ou depois de lutar contra o intruso?

Liza estacionou em frente à casa. Talvez devesse ter feito um bolo, mas tinha decidido que pegar a estrada o mais rápido possível era a prioridade.

— Pode ligar para as meninas?

— Para quê? — Sean saiu do carro e se espreguiçou. — Nós saímos faz só quatro horas.

— Quero saber como estão.

Ele retirou a bagagem do carro.

— Dá uma respirada, que tal? Nunca vi você assim antes. Você é incrível, Liza. É muito boa em lidar com as coisas. Sei que está abalada com o que aconteceu, mas vamos superar isso.

Ela sentia que o próprio corpo era um elástico esticado até o limite. Estava lidando bem com a situação porque, se não estivesse, o que aconteceria com eles? Sabia, mesmo que a família não soubesse, que eles não conseguiriam dar conta das coisas sem ela. As filhas morreriam de desnutrição ou acabariam soterradas na própria bagunça, porque não conseguiam guardar um único pertence ou cozinhar qualquer coisa além de pizza. A roupa ficaria suja e a despensa, vazia. Caitlin gritaria "Alguém viu minha blusa azul?" e ninguém responderia, porque ninguém saberia.

A porta da frente se abriu e todos os seus pensamentos sobre as filhas sumiram quando a mãe apareceu, apoiando a palma da mão no batente da porta para se equilibrar. Havia um curativo enrolado na cabeça dela, e Liza sentiu o estômago se revirar. Sempre considerou a mãe invencível, e ali estava ela parecendo frágil, cansada e bastante abatida. Apesar de todas as diferenças entre elas — e havia inúmeras —, amava muito a mãe.

— Mãe! — Ela deixou Sean com a bagagem e correu pela entrada de carros. — Fiquei tão preocupada! Como está se sentindo? Não acredito que isso aconteceu. Eu sinto muito.

— Por quê? Não foi você que invadiu minha casa.

Como sempre, a mãe era enérgica e prática, tratando a fraqueza como uma mosca irritante a ser enxotada. Se tinha ficado com medo — e ela devia ter ficado, não? —, de maneira alguma compartilharia a informação com Liza.

Ainda assim, era um alívio vê-la sã e salva, considerando as circunstâncias.

Se havia uma palavra para descrever a mãe com precisão era "vívida". Para Liza, ela lembrava um beija-flor: delicada, colorida, sempre ocupada. Estava usando um vestido longo esvoaçante em tons de azul-turquesa com um xale azul mais escuro nos ombros. Várias pulseiras tilintavam nos pulsos dela. O estilo não convencional e eclético da mãe deixara Liza muito constrangida na infância, e mesmo agora as cores alegres da roupa de Kathleen pareciam destoar da gravidade da situação. Era como se ela estivesse pronta para ir à uma praia em Corfu.

Apesar da falta de incentivo, Liza abraçou a mãe com cuidado, horrorizada com a aparente debilidade dela.

— Você deveria andar com um alarme ou um celular no bolso.

Por instinto, ela examinou a cabeça da mãe, mas não havia muito a ver, exceto o curativo e o início de um hematoma ao redor do olho. Embora tivesse tentado melhorar a aparência com um pouco de blush, a pele dela estava pálida como cera. O cabelo branco e curto parecia agravar o ar de fragilidade.

— Deixe de drama. — Kathleen se afastou dela. — Não teria feito diferença. Até o socorro chegar, tudo já teria acabado. Meu bom e velho telefone fixo deu conta do recado.

— Mas e se ele tivesse te deixado inconsciente? Você não teria conseguido pedir ajuda.

— Se eu estivesse inconsciente, também não teria conseguido apertar alarme nenhum. A polícia por acaso tinha uma viatura na área e chegou em minutos, o que foi bom, porque o homem logo se recuperou e àquela altura eu não tinha certeza das intenções dele. Era uma policial encantadora, embora não parecesse muito mais velha que as meninas. Então chegou uma ambulância e a polícia anotou meu depoimento. Eu esperava passar a noite atrás das grades, mas não foi nada tão dramático. Ainda assim, foi tudo bem emocionante.

— Emocionante? — repetiu Liza. Aquele era um comentário típico da mãe. — Você poderia ter morrido. Ele bateu em você.

— Não, *eu* bati *nele*, com a frigideira que tinha usado para fritar bacon. — Havia uma mistura de orgulho e satisfação na voz da mãe. — Ele jogou o braço para cima quando caiu, por reflexo, suponho, e a frigideira acabou batendo de volta na minha cabeça. Essa parte foi uma pena, mas é engraçado pensar que o bacon pode ter salvado minha vida. Portanto, chega de me amolar o juízo falando da minha pressão e do meu colesterol.

— Mãe…

— Se eu tivesse feito macarrão, teria usado uma panela diferente, uma que não teria sido pesada o suficiente… Se tivesse preparado um sanduíche de presunto, não teria nada para enfrentar o intruso, só um pedaço de pão. De agora em diante, vou encher a geladeira de bacon.

— Bacon é vida, eu sempre digo. — Sean se inclinou e beijou a sogra na bochecha com delicadeza. — Você é uma grande adversária, Kathleen. É bom te ver inteira.

Liza se sentia a única adulta ali. Será que só ela enxergava a gravidade da situação? Era como lidar com as filhas.

— Como pode fazer piada com isso?

— Estou falando sério. É bom saber que agora posso comer bacon sem peso na consciência. — Kathleen ofereceu ao genro um sorriso afetuoso. — Vocês não precisavam ter vindo em uma sexta-feira. Estou mais do que bem. Não trouxeram as meninas?

— Semana de provas. Estresse adolescente e drama. Sabe como é. — Sean arrastou a bagagem para dentro de casa. — A chaleira está ligada, Kathleen? Eu daria a vida por uma xícara de chá.

Ele tinha que usar a expressão "dar a vida"? Liza não parava de imaginar um desfecho diferente para a situação. Um em que a mãe acabava inerte no chão da cozinha. Ela se sentiu um pouco tonta… e não tinha sido ela a levar uma pancada na cabeça.

Lógico que sabia que invadiam as casas das pessoas. Era um fato. Mas saber disso era diferente de passar pela experiência.

Ela olhou, inquieta, em direção à porta dos fundos.

— Você tinha deixado a porta aberta?

— Parece que sim. E estava chovendo tanto que ele entrou para se abrigar, coitado.

— Coitado?

— Ele tinha bebido demais e se desculpou, tanto comigo quanto com a polícia. Admitiu que foi tudo culpa dele.

"E se desculpou."

— Você está pálida. — Kathleen deu um tapinha no ombro de Liza. — Você se estressa com coisicas. Entre, querida. Essa viagem é de matar... Você deve estar exausta.

De matar. Matar.

— Podem parar de falar em morte?

Sua mãe ergueu as sobrancelhas.

— É só uma expressão.

— Bem, se pudéssemos falar de outro modo, eu agradeceria. — Liza a seguiu até o corredor. — Como está se sentindo, mãe? De verdade? Lidar com um intruso não é coisa pouca.

— É verdade. Ele era bem grande. E o barulho que a cabeça dele fez ao bater no chão da cozinha... foi horrível. Nunca deveria ter pedido ao seu pai para colocar aqueles azulejos italianos caros. Já quebrei tantos copos e pratos nesse piso maldito. E agora a cabeça de um homem. Levei um tempão limpando o sangue. Foi uma sorte ele não ter se machucado seriamente.

Mesmo agora, a mãe não compartilhava os verdadeiros sentimentos. Falava de bacon, pratos quebrados e piso de azulejos. Ela parecia mais preocupada com o intruso do que consigo mesma.

Liza estava exausta.

— Você devia ter deixado para eu limpar.

— Mas que bobagem. Nunca fui muito boa nessas coisas de casa, mas estou bem apta para limpar sangue. E prefiro não almoçar no meio da cena de um crime.

A mãe seguiu direto para a cozinha. Liza não sabia se ficava aliviada ou irritada por ela estar se comportando como se nada fora do normal tivesse acontecido. Na verdade, parecia até energizada e talvez um pouco triunfante, como se tivesse desempenhado um feito notável.

— Onde está o homem agora? O que a polícia disse?

— O homem... o nome dele é Lawrence, acredito... está muito bem, embora eu não inveje a dor de cabeça que ele vai sentir depois de beber tanto. Eu me lembro de uma noite em Paris quando estava comemorando...

— Mãe!

— O quê? Ah... a polícia. Um policial voltou hoje de manhã para anotar meu depoimento outra vez. Um homem muito agradável, mas que não gosta de chá, o que sempre me deixa um pouco desconfiada.

Liza não estava interessada nas preferências de bebidas do policial.

— Eles vão acusá-lo de alguma coisa? Arrombamento e invasão?

— Ele não arrombou nada, só se encostou na porta e ela abriu. E ele pediu muitas desculpas e assumiu toda a culpa. Foi educadíssimo.

Liza resistiu à vontade de levar as mãos à cabeça.

— Então você vai ter que ir até lá e testemunhar ou algo assim?

— Espero que sim. Seria emocionante passar um dia no tribunal, mas acho improvável que precisem de mim, porque ele admitiu tudo e estava bem arrependido e se desculpou. Achei que aparecer em minha própria série de tribunal daria uma reavivada na minha vida, mas parece que vou ter que me contentar com as da televisão.

A mãe estava diante do fogão, despejando água fervente no grande bule que usava desde que Liza era criança. O chá seria Earl Grey. Kathleen nunca bebia outro. A bebida era tão familiar à Liza quanto a casa.

A cozinha, com o fogão embutido e a grande mesa de pinho, sempre fora seu cômodo favorito. Todas as noites, depois da escola, Liza fazia o dever de casa naquela mesa, para poder ficar perto da mãe quando ela estava em casa.

Sua mãe havia sido uma pioneira dos programas de viagens na televisão: as aventuras animadas ao redor do mundo despertaram as pessoas para o apelo das férias no exterior, desde a Riviera Italiana até o Extremo Oriente. *Vocação Verão* fora transmitido por quase vinte anos, e a longevidade do programa se deveu em grande parte à popularidade de Kathleen. A cada poucas semanas, ela fazia a mala e desaparecia em uma viagem para algum destino distante. Os amigos de escola de Liza achavam tudo muitíssimo glamouroso. Liza achava o auge da solidão. Sua lembrança mais antiga era de quando tinha 4 anos e segurava com força o cachecol da mãe para impedi-la de ir embora, quase a estrangulando.

Para amenizar a angústia das constantes partidas de Kathleen, o pai havia colado um grande mapa-múndi na parede do quarto de Liza. Cada vez que a mãe partia para outra viagem, Liza e o pai espetavam um alfinete no mapa e pesquisavam o local. Eles recortavam fotos de panfletos e montavam álbuns. Isso a fazia se sentir mais próxima da mãe. E o quarto de Liza era cheio de objetos ecléticos. Uma girafa esculpida à mão vinda do continente africano. Um tapete da Índia.

E então Kathleen voltava, com as roupas amassadas e cobertas de poeira da viagem. Ela trazia consigo uma energia que a fazia parecer uma desconhecida. Os primeiros momentos em que ela e Liza se reencontravam eram sempre desconfortáveis e forçados, mas depois as roupas de trabalho eram substituídas por roupas de casa, e Kathleen, a viajante e estrela da TV, voltava a ser Kathleen, a mãe. Até a viagem seguinte, quando o mapa seria consultado e o planejamento recomeçaria.

Liza uma vez perguntara ao pai por que a mãe sempre tinha que partir, e ele respondera: "Sua mãe precisa disso."

Mesmo muito nova, Liza se questionara por que as necessidades da mãe tinham prioridade sobre as dos demais, e também *do que* exatamente a mãe precisava, mas não sentia que podia perguntar. Ela notara que o pai bebia mais e fumava mais quando Kathleen estava fora. Como pai, tinha sido prático, mas econômico no envolvimento com a filha. Ele garantira a segurança de Liza, mas passara longos dias no escritório ou na escola, na qual fora chefe do departamento de inglês.

Ela nunca entendera o relacionamento dos pais e nunca procurara muitas respostas. Eles pareciam felizes juntos, e era isso que importava.

Liza pensava na mãe desbravando o deserto da Tunísia em um camelo e se perguntava por que ela precisava que o mundo fosse tão grande e por que esse mundo precisava excluir a família que tinha.

Teriam sido as ausências constantes da mãe que transformaram Liza em uma amante do lar? Ela escolheu a carreira de professora porque os horários e as férias eram compatíveis com os de uma família. Quando as filhas eram pequenas, ela ficou em casa, fazendo uma pausa na carreira. Quando começaram a ir para a escola, ela organizou os próprios horários em função dos delas, sentindo prazer e orgulho de levá-las à escola e buscá-las no final do dia. Estava determinada a poupar as filhas das intermináveis despedidas que precisara suportar quando criança. Ela se orgulhara de se conectar com as meninas e encorajar conversas sobre sentimentos, embora nos últimos tempos não viesse tendo grande sucesso em tais diálogos. "Você não entende, mãe", como se Liza nunca tivesse sido jovem.

Ainda assim, ninguém poderia acusá-la de não ser atenciosa, outra razão pela qual estava apreensiva no momento.

Sean estava conversando com a mãe dela, os dois fazendo chá juntos como se fosse uma visita comum.

Liza olhou ao redor, dominada pelo pensamento de que retirar a mobília da casa seria uma tarefa descomunal. Ao longo dos anos, a mãe encheu o lugar de lembranças das viagens, de conchas a máscaras ritualísticas. Havia mapas por toda parte: nas paredes e em pilhas em cada cômodo. Havia diários e outros registros da mãe em duas dezenas de caixas grandes no quartinho que ela usava como escritório, e álbuns de fotos abarrotando as prateleiras da sala de estar.

Depois da morte do pai, cinco anos antes, Liza havia sugerido se desfazer de alguns dos pertences, mas a mãe se recusara. "Quero que tudo fique como está. Uma casa deve ser uma aventura. Você nunca sabe em qual tesouro esquecido pode esbarrar."

Esbarrar, cair e torcer o tornozelo, pensara Liza, desesperada. Era uma forma interessante de ressignificar "bagunça".

Antes que a mãe pudesse vender a casa, o imóvel precisaria ser esvaziado e, sem dúvida, Liza seria a pessoa a fazer isso.

Qual seria o momento certo para abordar o assunto? Ainda não. Tinham acabado de chegar. Era melhor manter a conversa neutra por ora.

— O jardim está lindo.

As portas francesas da cozinha davam para o pátio, onde os canteiros estavam repletos de flores. Vasos cheios de temperos amontoavam-se em volta da porta dos fundos. Ramos perfumados de alecrim estavam junto de uma variedade de espécies de sálvia que todo domingo a mãe salpicava sobre o porco assado, o único prato que preparava com entusiasmo. O caminho de pedras, sarapintado pela luz solar, conduzia à horta abundante e depois a um lago cercado por juncos. Atrás do jardim havia campos e depois o mar.

Tudo estava tão tranquilo e pacífico que por um momento Liza desejou uma vida diferente, uma que não envolvesse correria e uma lista interminável de tarefas. Ela só queria se sentar e ali *ficar*.

A fantasia tranquila de um dia viver perto do mar tinha, em resumo, morrido. Houvera um tempo, no início de seu relacionamento, em que ela e Sean falaram sobre a possibilidade com frequência, mas depois a vida real murchara tais sonhos juvenis. Morar no litoral não era prático. O trabalho de Sean ficava em Londres. O dela também — embora ser professora fosse mais flexível, lógico.

Sean buscou a comida no carro e Liza a guardou na geladeira.

— Eu tinha um cozido no freezer, então trouxe para você — anunciou ela. — E alguns legumes.

— Eu sei cozinhar — contrapôs a mãe.

— "Cozinhar" para você significa fritar bacon e se servir de cereal. Isso não é se alimentar direito. — Ela encheu uma tigela com frutas frescas. — Imaginei que não estivesse preparada para lidar com uma invasão.

— Duas pessoas contam como invasão? — O tom da mãe era leve, mas ela segurou a borda da mesa da cozinha e se sentou com cuidado em uma cadeira.

Liza se pôs ao seu lado na mesma hora.

— Talvez eu devesse dar uma olhada na sua cabeça.

— Ninguém mais vai tocar na minha cabeça, muito obrigada. Já dói o bastante. O jovem médico que me deu pontos me avisou que ficaria uma cicatriz. Como se eu me incomodasse com essas coisas na minha idade.

Idade.

Seria o momento de mencionar que era hora de considerar uma mudança?

Do outro lado da cozinha, Sean servia o chá.

Liza fez uma pausa, preocupada em perturbar a atmosfera do lugar.

Ela tentou outra vez incitar uma conversa mais profunda:

— Você deve ter ficado assustada.

— Estava mais preocupada com Popeye. Você sabe como ele é, não gosta de desconhecidos. Deve ter escapado pela porta aberta, e não o vejo desde então.

Liza desistiu. Se a mãe queria falar do gato, então falariam do gato.

— Ele sempre gostou de passear por aí.

— Deve ser por isso que nos damos tão bem. Nós nos entendemos.

Era absurdo ter ciúme de um gato?

Sua mãe parecia melancólica, e Liza resolveu fazer o possível para encontrar Popeye.

— Se ele não voltar até amanhã de manhã, vamos procurá-lo. E agora acho que você deveria se deitar.

— Às quatro da tarde? Não sou uma inválida, Liza. — Kathleen pôs açúcar no chá, outro hábito nada saudável que ela se recusava a abandonar. — Não quero drama.

— Não estamos fazendo drama. Estamos aqui para cuidar de você e para... — *Para fazer você pensar no futuro.*

Liza se deteve.

— E para o quê? Para me convencer a usar um alarme de emergência? Não vou fazer isso, Liza.

— Mãe... — Ela percebeu o olhar de advertência de Sean, mas o ignorou. Talvez fosse melhor tocar no assunto naquele momento, *sim*, para que tivessem o fim de semana inteiro para discutir os detalhes. — O que aconteceu foi um choque para todos nós e está na hora de encarar algumas verdades dolorosas. As coisas precisam mudar.

Sean se virou, balançando a cabeça, mas a mãe dela assentiu.

— As coisas têm que mudar *mesmo*. Levar uma pancada na cabeça me fez ganhar juízo.

Liza sentiu uma onda de alívio. A mãe seria razoável. Ela não era a única pessoa sensata ali.

— Fico feliz que ache isso — respondeu a filha. — Tenho alguns panfletos no carro, então tudo que precisamos fazer agora é planejar. E temos todo o fim de semana para isso.

— Panfletos? Você está falando de panfletos de viagem?

— De lares de idosos. Nós podemos...

— Por que traria esses troços para mim?

— Porque você não pode mais ficar aqui, mãe. Você mesma admitiu que as coisas precisam mudar.

— E precisam. Estou bolando um plano que vou compartilhar com vocês quando tiver certeza dos detalhes. Mas não vou para um lar de idosos. Não é o que eu quero.

Será que a mãe estava dizendo que queria morar com eles em Londres?

Liza engoliu em seco e se forçou a fazer a pergunta:

— E o que é que você quer?

— Aventura. — Kathleen bateu a mão na mesa, fazendo as xícaras tremerem. — Quero outra aventura. O *Vocação Verão* original nasceu comigo e sinto muita saudade daqueles dias. Quem sabe quantos verões me restam? Pretendo aproveitar este ao máximo.

— Mas mãe... — *Ora, isso é ridículo.* — Você vai fazer 81 no fim do ano.

A mãe ajeitou a postura, os olhos brilhando.

— Mais um motivo para eu não perder tempo.

3

Kathleen

Kathleen acordou com uma dor de cabeça latejante. Por um momento, entre o dormir e o acordar, achou que estava de novo no continente africano, doente por causa da malária. Tinha sido uma experiência horrível, que ela não tinha a mínima vontade de reviver.

Lutando para despertar, ela se sentou, sentiu o curativo na cabeça e se lembrou de tudo.

O homem bêbado vestido de preto.

A polícia.

Popeye desaparecido.

A cabeça dela.

A dor de cabeça não era malária, mas o resultado de um ferimento provocado por ela mesma. O que, pensando bem, era muito mais emocionante.

Desde a morte de Brian, parecia que alguém havia apertado o botão "Pausar" em sua vida. Ela estivera vivendo ali no mundinho seguro, atracada em um porto em vez de desbravando o mar.

Liza não a queria no porto, mas em terra firme. Ela a queria trancada em segurança em um lugar onde nada de mal pudesse lhe acontecer.

A filha tinha boas intenções, mas, só de pensar em vender a casa que amava, Kathleen ficava à beira do pânico. Ficara tão horrorizada com a ideia que acabara dando aquela resposta absurda sobre querer aventura.

A expressão de choque de Liza não era algo de que nenhuma das duas se esqueceria tão cedo. Ela sem dúvida achara que a pancada na cabeça havia afetado o raciocínio de Kathleen.

"Mãe? Tem certeza de que está se sentindo bem? Você está tonta? Sabe que dia é hoje?"

Sim, ela sabia que dia era. Era dia de tomar decisões.

Ela saiu da cama, ignorando as dores no corpo, e tomou um analgésico para a dor de cabeça. Da janela do quarto, podia ver o oceano ao longe e teve um súbito desejo de deslizar sobre as ondas em um catamarã, com a brisa salgada batendo no rosto. Certa vez havia passado um mês velejando no Mediterrâneo como parte de uma flotilha. Ficara descalça a maior parte do tempo, a pele queimada pelo sol quente e o cabelo todo rígido por causa da água do mar. Acima de tudo, ela se lembrava de se sentir viva e livre.

Queria se sentir daquele jeito outra vez. Não era exclusividade da juventude, certo?

Será que Liza tinha razão? Será que estava sendo teimosa? Pouco realista? O que esperava aos 80 anos? Achava mesmo que dançaria descalça na areia e velejaria? Que beberia tequila no México?

Aqueles dias ficaram para trás, embora ela ainda tivesse as lembranças e as provas da vida que tinha levado.

A casa estava silenciosa, e ela entrou no quarto que havia sido seu escritório durante todos os anos que vivera ali. As paredes eram cobertas de mapas. África. Austrália. O Oriente Médio. Estados Unidos. O mundo inteiro estava ali na frente dela, tentando-a.

Como sentia saudade de explorar. Sentia saudade da agitação do aeroporto, dos aromas e dos sons de um novo país, da emoção da descoberta. Sentia saudade de dividir tais experiências com as outras pessoas. *Vá aqui, veja isso, faça aquilo*. O *Vocação Verão* foi o seu bebê. Seu programa.

Que utilidade tinha a experiência dela para alguém naquele momento? Ela pensara que poderia escrever um livro sobre as viagens, mas descobrira que escrever não era nem de longe tão emocionante quanto viver as experiências. Rascunhara alguns capítulos e depois largara de mão, entediada por ficar sentada, afogando-se em um mar de nostalgia. Não queria escrever, queria *fazer*.

Já fazia oito anos desde a última vez que saíra do país, uma viagem tranquila a Viena para comemorar o aniversário de casamento. Eles comeram Sachertorte, um bolo bem *chocolatudo* e saboroso. Os sabores eram um dos prazeres de se explorar novos países. Os sabores eram lembranças para Kathleen. Quando sentia o aroma de especiarias, era transportada para as praias de palmeiras de Goa. O cheiro suave do alho refogado no azeite a fazia pensar nos verões longos e serenos da Toscana.

Ela sempre tivera paixão pela aventura. Por viagens. Nunca ficava parada por tempo suficiente para deixar a vida se assentar dentro dela.

Deteve-se diante de um mapa da América do Norte, com a histórica Rota 66 em destaque.

Aquela viagem estava em sua lista de desejos havia muito tempo. Ela a teria feito muitos anos antes, não fosse o fato de terminar na Califórnia. A Califórnia era um lugar grande, óbvio, mas mesmo assim ela ficava desconfortável.

Pensar nisso a fez lembrar das cartas. Ela estendeu a mão para abrir a gaveta da escrivaninha, mas então mudou de ideia.

Era tarde demais. Não se podia mudar o passado. Tudo que ela podia fazer era olhar os mapas e as fotografias e sonhar.

Olhou para as caixas de arquivo, lotadas de mapas e anotações.

Vender a casa não significaria apenas vender seu lar, mas também abandonar o passado. Sua casa não estava abarrotada de objetos sem sentido, estava repleta de pedaços de sua vida. Cada coisa tinha valor sentimental, estava atrelada a uma lembrança.

Ela trancou a porta do escritório e voltou para o quarto, e lá escondeu a chave em uma gaveta.

Aquele homem que invadiu sua casa a tinha feito repensar a vida. Sim, ela era vulnerável, mas todo ser humano era. A maioria não percebia, lógico. A maioria das pessoas acreditava estar no controle de tudo que acontecia com elas, e talvez fosse preciso muito tempo e muita experiência para saber que a vida podia desferir golpes dos quais jamais daria para se defender, nem mesmo com uma frigideira.

Nunca tinha deixado o medo impedi-la de viver. Sempre aproveitou ao máximo cada momento, lidando com os problemas conforme iam surgindo. Talvez tivesse sido até imprudente.

Não era mais imprudente, mas também não estava pronta para passar o resto de seus dias em um quarto com um alarme de emergência.

Uma inquietação se agitou dentro dela. Um sentimento de empolgação. De expectativa. Uma sede de aventura. Uma sensação que estivera ausente nos últimos tempos, e era reconfortante saber que ainda conseguia sentir essas coisas, o que dava a ela energia e determinação mais que necessárias.

Ela foi até o banheiro e tirou o curativo da cabeça. Já bastava. Esfregou o sangue seco e se limpou o melhor que pôde, concluindo que lavar o cabelo não devia ser o mais sábio no momento. Tentou não encarar o próprio reflexo. Em sua mente, ela era jovem, mas o espelho zombava das tentativas de se enganar.

Afastando-se, vestiu-se o mais rápido que o corpo permitiu e desceu para a cozinha. Ficou decepcionada por não ver sinais de Popeye. Era muito apegada ao gato, e não só porque ele esperava muito pouco dela.

Sempre fora madrugadora, e começava o dia com um café forte. O sol estava brilhando, então ela levou a xícara até a varanda e a mesinha com tampo de mármore que trouxera da Itália. Assim que saiu para o ar livre, seu humor melhorou.

O dia prometia ser perfeito, o ar impregnado com o perfume das flores e o doce coro do canto dos pássaros.

Aquele momento com o café era um breve respiro antes do que sabia que seria um fim de semana difícil. Ela se destacava em algumas áreas, mas a maternidade não era uma delas. Casara-se aos 40 anos, e Liza nascera nove meses depois. De todas as aventuras que Kathleen havia vivido, nada a assustara mais do que a ideia de ser mãe e ter alguém emocionalmente dependente dela.

Ela não se encaixava no modelo que muitos usavam para medir o desempenho parental. Havia perdido quase todos os eventos esportivos, nunca tinha assistido a uma aula de balé e tratara as reuniões de pais e professores como opcionais. Tinha lido para a filha, embora sempre tivesse preferido livros de viagem a ficção. Quisera que a filha entendesse como o mundo era grande e se dava algum crédito por Liza ter tirado excelentes notas em geografia. Só que também era verdade que a primeira vez que a filha pronunciara duas palavras juntas fora para dizer "mamãe embora".

Kathleen sempre teve dificuldade em equilibrar as próprias necessidades com as expectativas da sociedade. E no momento se encontrava naquela posição outra vez. Alguém com idade avançada não deveria ter espírito de aventura.

O que deveria fazer? Vender a casa e se mudar para um lar de idosos para agradar a filha? Proteger-se e não sair mais da cadeira até que o coração parasse de bater?

Nos anos 1960, ela tinha fumado maconha e dançado rock and roll.

Quando havia se tornado tão cautelosa?

Terminou o café e se abaixou para arrancar uma erva daninha crescendo entre as placas do calçamento. Tinha muito orgulho de seu jardim, mas mantê-lo em ordem era uma tarefa interminável. Poderia pagar alguém, mas não gostava de receber desconhecidos em casa. Queria poder tomar o café da manhã de camisola.

O sol já estava quente, e ela ergueu o rosto e absorveu o calor. A luz solar sempre a deixava com vontade de viajar.

— Mãe? — A voz de Liza veio da porta da cozinha. — Você acordou cedo. Não conseguiu dormir?

— Eu dormi muito bem. — Kathleen decidiu não mencionar a dor de cabeça. — E você?

— Também.

Dava para ver que era mentira. A filha estava com olheiras e um aspecto cansado. Tadinha de Liza. Sempre fora tão séria, esmagada pelo senso de responsabilidade e dedicada a orientar a vida de todos por um caminho que considerava ser seguro.

De vez em quando, Kathleen lamentava que a filha parecesse não ter herdado nem um pouco de seu espírito aventureiro. Quando Liza tinha 6 anos, Kathleen se perguntara se era saudável uma criança ser tão obediente. Ela meio que esperara ver pelo menos um quê de rebeldia na adolescência, mas Liza continuou sendo estável e confiável, uma adulta antes da hora, censurando de leve as atividades não convencionais da mãe. Não havia pintado o cabelo de rosa, bebido até desmaiar nem, pelo que Kathleen sabia, beijado um garoto inadequado. Parecia-lhe que Liza levava a vida com uma lamentável ausência de ousadia.

Mas não havia dúvida de que era atenciosa e altruísta. Mais altruísta do que Kathleen jamais tinha sido.

Kathleen dissera a si mesma que, ao buscar as próprias paixões, estava dando um exemplo para a filha, mas, pelo contrário, suas experiências fizeram com que a filha se tornasse mais cuidadosa, não menos.

E ali estava ela deixando a filha ansiosa mais uma vez.

Liza pôs o próprio café na mesa.

— Você tirou o curativo.

— Estava me irritando. E a ferida vai cicatrizar melhor se não ficar abafada. — Kathleen pressionou a ponta dos dedos na cabeça. — Tiveram que raspar parte do meu cabelo. Estou parecendo uma criatura de filme de terror.

Liza balançou a cabeça.

— Você está bonita. Como sempre.

Kathleen se sentiu culpada por desejar mais alguns momentos a sós com o café e os pássaros.

A filha tinha largado tudo para dirigir até ali no engarrafamento horrível de sexta-feira. Não havia filha mais atenciosa.

— Como estão as meninas?

— Não sei. É cedo demais para ligar para elas. Só acordam mais para o meio da manhã. Não é uma idade muito fácil. Imagino que estejam vivas, ou eu teria recebido notícias.

Liza se sentou diante da mãe e ergueu o rosto para o sol. Estava vestindo calça de linho azul-marinho com uma camisa branca sob medida, uma roupa apropriada para ir da sala de aula direto para uma reunião de pais e professores. Os sapatos tinham um salto pequeno e o cabelo liso caía sobre os ombros com suavidade. Tudo em Liza era seguro e controlado, desde o estilo de se vestir até a maneira como levava a vida.

— Você se preocupa demais com elas. As coisas acabam bem se você não interferir demais.

— Prefiro me envolver mais do que você se envolveu. — Liza corou. — Desculpe. Eu não devia ter dito isso.

Era tão atípico da filha, sempre cuidadosa, falar sem pensar que Kathleen se animou. Havia vigor ali dentro, mesmo que quase nunca tivesse permissão de vir à tona. Ah, se Kathleen conseguisse encorajar que isso acontecesse...

— Nunca se desculpe por dizer o que pensa. É verdade que não fui uma mãe muito participativa. Eu te deixei com frequência, embora você estivesse com seu pai. Nunca esteve em perigo. Eu poderia dizer que foi por causa do trabalho, e seria verdade, mas também é verdade que eu precisava viajar.

— Por quê? O que faltava em casa?

Kathleen desejou que a filha tivesse dormido até tarde. Dos assuntos que evitava, as emoções estavam no mesmo patamar da religião e da política. Ela não falava sobre os próprios sentimentos nem sobre o passado. Liza *sabia* disso. Era melhor manter algumas coisas em segredo. Kathleen aprendera a se proteger e era velha demais para mudar.

— É complicado. Mas tinha a ver comigo, não com você.

Liza recolocou o café na mesa.

— Eu não devia ter perguntado.

— Você acha que eu era egoísta. Acha que estou sendo egoísta agora por não concordar em ir para um lar de idosos.

— Estou preocupada, só isso. Eu te amo, mãe.

Kathleen se remexeu no assento. Por que Liza dizia coisas assim?

— Eu sei disso.

Ela viu um lampejo nos olhos da filha por um momento. Decepção? Resignação?

— Entendo que não seja fácil sair de um lugar que você ama, mas quero que fique em segurança.

— E se não for isso que eu quero para mim?

— Não quer estar segura? — Com delicadeza, Liza enxotou uma abelha que pairava ao redor da mesa. — Essa é a coisa mais estranha que já ouvi.

— Só estou dizendo que há outras coisas mais importantes que a segurança.

— Como o quê?

Como ela poderia explicar?

— Felicidade. Aventura. Euforia.

— Sem dúvida enfrentar um intruso já garantiu aventura e euforia mais do que suficientes por um tempo, não?

— Não foi uma aventura, foi um choque de realidade.

— Isso mesmo. Foi um lembrete doloroso de que morar sozinha nesta casa é impraticável, mas é lógico que vamos apoiar o que quiser fazer.

Liza parecia cansada, e Kathleen podia vê-la adicionando mentalmente mais um item à já longa lista de tarefas. *Ficar de olho na minha mãe.*

A filha telefonaria com regularidade, faria visitas duas vezes por mês e adicionaria outra preocupação às muitas que já tiravam o sono dela à noite.

Kathleen se perguntou como libertar a filha daquele senso de responsabilidade esmagador que sentia pelas pessoas ao redor.

— Eu não sou responsabilidade sua, Liza.

— Mãe…

— Estou disposta a viver com as consequências das minhas decisões. Sempre valorizei minha independência, você sabe disso. Tenho certeza de que muita gente me considerava egoísta por viajar pelo mundo quando tinha uma filha pequena em casa, e talvez eu fosse mesmo, mas era o meu trabalho e eu adorava. O *Vocação Verão* era parte de mim. É egoísmo colocar as próprias necessidades em primeiro lugar às vezes? Eu não acho. Eu era mãe, mas não só mãe. Era esposa, mas não só esposa. E, é lógico, se eu fosse homem, ninguém teria questionado minhas escolhas. As regras sempre foram diferentes para os homens, embora eu espere que isso esteja mudando agora. Progresso.

— Não enxergo as coisas dessa maneira. Sou parte de uma família.

— A família pode ser sua prioridade sem que você viva a serviço deles.

Ela achou que a filha fosse discutir e defender a maneira como levava a vida, mas, em vez disso, os ombros de Liza penderam um pouco para baixo.

— Eu sei. Não sei como a situação ficou assim. Acho que é porque é mais simples fazer as coisas sozinha, porque assim elas são feitas.

— E se as coisas não forem feitas, qual é a pior coisa que pode acontecer?

— Acabo tendo que lidar com a bagunça, o que costuma dar mais trabalho do que se eu tivesse feito sozinha. — Liza terminou de beber o café. — Acho melhor não falarmos disso.

Como a conversa estava começando a ganhar um tom mais íntimo, algo que Kathleen fazia questão de evitar, ela concordou na hora. Houve um silêncio desconfortável.

— Estou ouvindo Sean na cozinha.

— Vou fazer o café da manhã. — As duas falaram ao mesmo tempo e Liza se levantou depressa, esbarrando na mesa e derramando o que restava do café de Kathleen.

A filha fez uma pausa, prestes a dizer algo, então se virou e entrou de volta na cozinha.

Kathleen ficou olhando na direção em que ela foi por um momento, frustrada e arrependida.

Tinha pensado que as próprias viagens tornariam a filha mais independente e, de certa forma, foi o que aconteceu. Liza aprendera a cozinhar e a cuidar da casa. Ela passara a fornecer a ternura acolhedora que Kathleen não tinha. O que faltara à filha fora independência emocional. Liza ficava insegura e grudenta quando Kathleen voltava das viagens.

Por isso a filha tinha se casado tão jovem? Estava procurando segurança?

Kathleen adotara a estratégia oposta. Não se casara até os 40 anos e, mesmo assim, só aceitou depois do terceiro pedido. Sentiu uma pressão estranha no peito e percebeu que era a dor do luto. Fazia cinco anos que Brian tinha morrido, mas ela ainda sentia muita falta dele.

Ela se levantou, sentindo os ossos doendo. As pessoas que diziam que os 80 eram os novos 60 não haviam chegado aos 80 anos. Na idade dela, apenas uma coisa era certa: nada ficaria mais fácil.

Ela esperou a rigidez passar e então se juntou a eles na cozinha.

— Bom dia, Kathleen. — Sean fez uma careta quando viu o ferimento feio e os vestígios de sangue no cabelo dela. — É um machucado e tanto, mas tenho certeza de que o outro cara ficou pior. Você é um exemplo para todos nós.

— Sean! — Liza soou exasperada. — Está com fome? Vou fazer o café da manhã.

Ela abriu a geladeira e pegou ovos, enquanto Sean ficava sentado conversando sobre golfe, pesca e o custo exorbitante de imóveis em Londres.

Liza se movia pela cozinha em silêncio, pondo a mesa e cozinhando.

Kathleen observou a filha enquanto ela batia os ovos e com habilidade preparava omeletes fofas salpicadas com cebolinha fresca cortada dos vasos de temperos de Kathleen. Cuidar das pessoas era natural para Liza, mas em algum momento ela tinha se esquecido de cuidar de si mesma.

Sean pegou um garfo.

— Minha comida caseira favorita.

Liza fez um bule de café fresco e o colocou no centro da mesa, junto com tigelas de frutas vermelhas frescas e iogurte.

— Eu trouxe laranjas frescas para você, mãe.

— Que delícia — murmurou Kathleen. — Vamos tomar um suco agora, um mimo.

Liza balançou a cabeça.

— Você deveria guardá-las.

— Por quê? De que serve uma laranja em uma tigela? A tigela é decorativa, mas a laranja, não. — Kathleen analisou a filha. —

Você precisa espremer até a última gota de suco e aproveitar enquanto pode. Quando acabar, acabou.

— Isso é para ser uma metáfora? Tipo fazer do limão uma limonada? — perguntou Liza, mas mesmo assim espremeu as laranjas e colocou a jarra de suco e os copos na mesa.

— Qual é o plano para hoje? — Sean limpou o prato. — Que tal darmos um passeio na praia mais tarde?

— Não estamos de férias. — Liza colocou duas fatias de torrada na frente dele. — Precisamos ajudar minha mãe com a casa.

— Eu sei, mas podemos nos divertir um pouco enquanto ajudamos. — Sean passou manteiga na torrada. — Acho que vou ver se a prancha de surfe ainda está na garagem.

Kathleen ergueu a cabeça.

— Está.

Liza ficou remexendo os ovos como se estivesse cansada demais para levar o garfo à boca.

Depois do café da manhã, todos foram para a sala de estar. Sean parecia um pouco perdido.

— Precisa que eu corte a grama ou algo assim? Ligue para um agente imobiliário? Diga o que posso fazer.

Kathleen respirou fundo.

— Você não vai ligar para agente imobiliário nenhum. Não vou vender a casa, então, por favor, não percam tempo tentando me convencer.

Seria daquele jeito dali em diante? Todas as conversas com a família seriam assim, eles tentando persuadi-la a se mudar e ela se recusando? Seria chato e frustrante para todos. O que precisaria fazer para que entendessem que ela não tinha intenção de vender o imóvel? Não compreendiam como se sentia em relação à casa?

Ela ignorou a vozinha dentro de si dizendo que não havia uma maneira de entenderem como se sentia em relação à casa porque nunca tinha compartilhado seus sentimentos.

— Entendi. — Sean olhou para Liza, que estava tirando poeira dos móveis. — Uma opção seria você continuar aqui e a gente contratar alguma ajuda.

— De que ajuda eu preciso? Um guarda-costas?

Liza balançou a cabeça.

— Aquele homem devia saber que você estava sozinha e vulnerável, mãe.

— Ele estava bêbado demais para saber qualquer coisa.

Sean riu.

— Ia sugerir que você comprasse um cachorro assustador de dentes bem grandes, mas nada poderia ser mais assustador do que se deparar com você brandindo uma frigideira de camisola. Se a imprensa ficasse sabendo da história, você viraria manchete.

Liza apertou o pano entre as mãos com tanta força que os dedos perderam a cor.

— Ela poderia ter morrido, Sean.

— Mas não morri. — Kathleen estava calma. — E se tivesse sido meu fim... bem, que assim fosse. Não vou vender a casa. Se quer mesmo fazer algo de útil, pode procurar o Popeye. Ele ainda não voltou.

— Vou fazer isso — afirmou Sean.

Ele se levantou, aparentemente grato por algo que lhe dava uma desculpa para sair da casa.

— Vou passar a manhã dando uma geral na sala — anunciou Liza — e fazer uma limpa nas prateleiras. Estão intocadas há décadas.

Kathleen se irritou.

— Prefiro lutar contra outro intruso a jogar livros fora.

— Mas deve haver livros aqui que você nunca mais vai ler.

— Talvez. Mas se jogarmos fora não vou ter essa opção. E não há razão para fazer uma limpa. Eu já disse...

— Você não vai vender a casa. Eu sei. Mas isso não significa que não seja uma boa ideia desapegar do que está sobrando de vez em quando. Não precisamos tomar nenhuma decisão às pressas.

Era nítido que Liza não desistiria, e Kathleen resolveu que a solução mais simples era permitir que a filha colocasse algumas coisas em caixas. Isso daria a ela uma sensação de controle, e Kathleen poderia colocar tudo de volta no lugar depois que a filha fosse embora.

— Então você pode começar por aquelas prateleiras do canto.

A manhã se passou, tomada pela tensão e não por um silêncio agradável.

De vez em quando, Liza erguia um livro.

— E este?

— Na estante — respondia Kathleen. Ou então: — Pode colocar na caixa.

Sean voltou, mas com a notícia de que Popeye não tinha sido encontrado.

— Ele deve estar perambulando por aí.

Kathleen nunca pensou que teria motivos para invejar o gato. Mas se um gato caolho de três pernas poderia perambular por aí, por que ela não? Nenhuma regra exigia que uma pessoa estivesse em perfeitas condições de saúde para viajar.

Liza estava vendo álbuns de fotos, folheando as páginas.

— Tem uma foto linda aqui sua com o papai. — Ela o separou e pegou o álbum seguinte. — Este aqui deve ser um dos seus primeiros álbuns. — Virou uma página e sorriu. — Aqui está sua foto de formatura. Olha só seu cabelo! Por que não vi isso antes?

— Porque tendo a me concentrar mais no presente do que no passado.

Fora Brian quem colocara fotos em álbuns. Brian quem transformara a casa em um lar e o pequeno trio em uma família. Kathleen havia tirado milhares de fotos das viagens, mas elas estavam guardadas em caixas no escritório.

— Quem são esses dois?

Liza apontou para uma das fotos, e Kathleen atravessou a sala e olhou por cima do ombro da filha.

Sentiu um nó na garganta. Ela deveria ter destruído a foto.

— Mãe?

— Hum?

— As duas outras pessoas na foto. Quem são?

— Amigos. Fizemos o mesmo curso na faculdade. Nós três éramos inseparáveis. Essa foi tirada em Oxford.

— O rapaz é muito bonito. Qual era o nome dele?

— Adam. — A voz dela soava normal? — O nome dele era Adam.

— E a moça?

— Ruth. — Sua voz com certeza não soava normal. — Ela era minha colega de quarto.

Minha amiga mais próxima.

— Você nunca falou dela. O que aconteceu? — Liza virou a página. — Vocês perderam o contato?

— É… — As pernas de Kathleen de repente ficaram bambas e ela se sentou na cadeira mais próxima. Pensou nas cartas, presas em um bolo e escondidas com segurança no fundo de uma das gavetas. Jamais abertas. — Nem todas as amizades duram.

— E Adam? Você manteve contato com ele?

— Não.

— E aqui estão vocês três de novo. Você sabe onde Ruth está agora?

— Da última vez que tive notícias, ela estava morando na Califórnia.

Kathleen sentiu uma pontada repentina no coração.

Ela pegou o álbum das mãos de Liza. Lá estava Ruth sorrindo para a câmera, o cabelo longo e solto caindo sobre um dos ombros. E lá estava Adam, os olhos azuis e o rosto de estrela de cinema.

Ela se lembrava das noites que ela e Ruth passaram deitadas nas margens do rio em Oxford, conversando até o dia raiar. Kathleen era filha única e, por um tempo, com Ruth, tivera um gostinho de como teria sido a vida com uma irmã. Não houvera nada que não soubesse sobre Ruth e nada que Ruth não soubesse sobre ela. Ela tinha mesmo acreditado que nada jamais atrapalharia a amizade das duas.

Kathleen colocou o dedo na fotografia, tocando o sorriso de Ruth e lembrando-se do som da risada da antiga amiga.

Brian tentara encorajá-la a fazer a viagem até a Califórnia, mas Kathleen se recusara.

Covarde.

Kathleen sentiu algo se agitar dentro dela.

Ergueu a cabeça e lá estava Popeye, parado na porta da sala, a cabeça inclinada indicando que não estava nem um pouco satisfeito com o número de pessoas tomando o território dele. O gato foi até Kathleen, abanando o rabo.

Kathleen largou o álbum e pegou o felino, que tolerou alguns momentos de carinho antes de se esquivar e ir para a cozinha.

Querido Popeye. Se ele poderia viver uma aventura, por que Kathleen não? Em vez de ficar ali sentada revivendo coisas que aconteceram no passado, ela deveria estar vivendo no presente.

Liza pegou o álbum de fotos largado.

— Sinto muito se olhar as fotos deixou você chateada.

— Não fiquei chateada. Fiquei pensativa. — Kathleen se sentiu mais forte. — Elas me fizeram perceber que está na hora de fazer algo que eu deveria ter feito há muito tempo.

— Se desfazer de alguns álbuns?

— Não. — Será que a coragem era uma das coisas que declinavam com a idade, junto com a memória e o tônus muscular? — Sente-se, Liza.

Liza se juntou a ela no sofá sem questionar, as sobrancelhas unidas em uma expressão ansiosa.

— Mãe?

— Tenho sorte de ter uma filha que se preocupa com meu bem-estar. Olhe só como você pegou o carro e veio para cá no fim de semana ficar comigo, mesmo tendo uma vida tão ocupada. Sou grata por toda a pesquisa que você fez sobre lares de idosos — ela olhou para Liza —, mas por ora não vou precisar dessas informações.

Nem nunca, pensou, mas não disse isso porque suspeitava de que precisasse dar à filha a esperança de que poderia ser sensata em algum momento.

— Mãe...

— Sei que está agindo por amor, mas estou sã e consigo tomar decisões sobre o que é melhor para mim.

A expressão de Liza era de pura frustração.

Teimosa. Era tão parecida com o pai. Kathleen não estivera interessada em casamento depois de tudo que acontecera. Para sorte dela, Brian se recusara a aceitar isso. Se não tivesse sido tão persistente e feito o pedido três vezes, ela teria deixado passar a oportunidade de levar a vida feliz que levara. Nunca teria tido Liza, que no momento a olhava com nervosismo, preocupada com a próxima atitude de Kathleen.

— Você não pode ficar aqui, mãe.

— Não pretendo, mas também não pretendo me mudar para uma casa de repouso e ficar lá, paciente, esperando pela morte.

— Não pela morte, mas...

— Vou fazer uma viagem para a Califórnia.

Era um lugar grande. Não havia chances de ela esbarrar em alguém que não queria ver.

— Cali... — Liza hesitou. — Está brincando? Vai ter que pegar um voo de doze horas.

— Não vou de avião o caminho inteiro. Vou fazer uma viagem pelo país. A Rota 66. — No momento em que disse essas palavras, sentiu o estômago se revirar com uma mistura de empolgação e nervosismo.

Era ousadia ou tolice?

Não importava. Tinha esperado o suficiente. Até demais. Não deixaria o passado impedi-la de fazer algo que sempre quisera fazer.

Mesmo tirando a parte da tensão emocional, porém, era uma viagem ambiciosa. Havia dias em que seus ossos doíam tanto que Kathleen mal conseguia se arrastar para fora da cama, e ali estava ela falando com alegria sobre uma viagem de carro de duas mil e quatrocentas milhas — ela odiava pensar em quilômetros — como se não fosse nada além de uma viagem até o vilarejo mais próximo.

Sean foi o primeiro a falar:

— Que máximo! Como podemos ajudar?

Um querido.

Liza abriu a boca, mas Kathleen falou primeiro:

— Seria bom ter uma carona até o aeroporto quando eu tiver feito todos os planos.

Ela quase pediu ajuda para reservar o voo, mas sabia que teria que encontrar confiança para fazer isso sozinha. Era ridículo pensar que reservar o voo a assustasse mais do que a viagem de carro. Achava impossível que apertar um botão e digitar o número de um cartão de crédito bastasse para garantir um assento em um avião.

Liza enfim conseguiu falar:

— A Rota 66? Você não pode estar falando sério.

— Nunca falei tão sério em toda a minha vida. Já fiz a pesquisa.

Kathleen pensou na caixa de arquivo sob a escrivaninha do escritório, entupida de mapas e guias de viagem.

— Mas por que a Califórnia? Se é sol que você quer, venha para o sul da França com a gente. Ou é porque você quer ver Ruth depois de todos esses anos?

— Não sei se Ruth ainda está lá. Ela pode ter se mudado ou...

Ela podia estar morta. Na idade delas, era uma probabilidade alta. Só que a viagem não tinha nada a ver com Ruth. Kathleen não desejava vê-la e tinha certeza de que Ruth sentia o mesmo.

Não se podia alterar o passado.

— Eu não quero sol. Quero aventura. E faz muito tempo que desejo viajar pela Rota 66.

— Então por que nunca viajou?

— Nunca senti que era o momento certo. — Kathleen deu uma resposta vaga de propósito. — Mas agora sinto.

Liza parecia estar com dificuldade para encontrar as palavras.

— Você está ignorando um problema muito grande.

Havia um milhão de problemas. Ficava tonta ao pensar em todos eles, mas estava determinada a enfrentar cada um dos obstáculos.

Ela tinha nocauteado um intruso com uma frigideira. Estava confiante de que poderia lidar com qualquer problema que surgisse no caminho, até mesmo umas lembranças desconfortáveis.

— Tenho passaporte, se é com isso que está preocupada. Está bem aqui na minha bolsa.

Kathleen apertou a alça entre os dedos e puxou o objeto um pouco mais para perto.

Liza olhou da mãe para a bolsa.

— Você carrega seu passaporte na bolsa?

— Carrego.

— Até a loja na vila? Até o correio?

— Eu levo sempre comigo.

Já fazia anos que não viajava, mas carregar o passaporte consigo a fazia pensar que era uma possibilidade.

Liza parecia horrorizada.

— E se alguém roubar sua bolsa?

— O que vão fazer? Clonar minha identidade? Francamente, podem clonar, desde que eu possa ficar com a deles e meus novos ossos não fiquem mais estalando.

A filha balançou a cabeça.

— Você não precisa só de um passaporte, mãe. Precisa de uma carteira de motorista. Uma viagem pelos Estados Unidos exige que você tenha um carro e dirija. Você não dirige mais.

Kathleen endireitou a postura.

— Então eu vou precisar encontrar alguém que dirija para mim.

4

Martha

—Dá para me ouvir, pelo menos?

— Não. — Martha seguia a passos rápidos para casa, com a bolsa de livros da biblioteca batendo na perna. Mal podia esperar para se perder em um mundo fictício, que atualmente era sua única fuga do mundo real. A ansiedade a dominava. — Não há nada que você tenha a dizer que eu queira ouvir.

— Eu sei que é mais minha culpa, mas todo mundo erra, não é? — Steven tropeçou enquanto tentava acompanhá-la. — E você precisa admitir que relaxou um pouco na aparência. Embora sua bunda fique bem nessa calça jeans.

— Não quero mais te ver.

Martha alongou o corpo para parecer mais magra e se odiou por isso. Sua calça jeans estava apertada, *sim*. Ela deveria ter comprado uma nova, mas, se havia uma coisa mais apertada do que a calça, era seu orçamento.

Como sua vida tinha virado aquilo? E como ela sairia dessa?

Estava começando a ficar apreensiva quando precisava sair de casa, e não era como se o lar fosse um santuário. As coisas estavam quase tão ruins lá dentro quanto no mundo lá fora.

Queria fugir, mas precisava de dinheiro para fugir.

Steven enfiou as mãos nos bolsos.

— Quer saber qual é seu problema, Martha?

— Não.

Não precisava de ajuda para identificar os próprios problemas. Poderia listá-los sem nenhuma dificuldade, graças às pessoas ao redor que nunca a deixavam esquecer dos defeitos que tinha.

— Você fica esperando muito dos outros. As pessoas são humanas. Nem todos somos perfeitos, caramba.

Ela vasculhou a bolsa à procura das chaves.

— Martha, você está me ouvindo?

— Já ouvi tudo que pretendia ouvir. Tchau, Steven. Não me ligue mais.

Orgulhosa do próprio autocontrole, ela bateu a porta da frente e ouviu a mãe dizer da cozinha:

— É Steven aí fora? Peça para ele entrar. Ele pode dar uma olhada no cano da cozinha. Está com um vazamento.

Só sua mãe conseguia colocar o estado do encanamento acima da felicidade da filha.

— Peça ao meu pai para olhar.

Havia muitas desvantagens em morar com os pais aos 24 anos, mas estar presa com pessoas que não a entendiam era a maior delas. A falta de privacidade vinha em segundo lugar. Não tinha espaço para lamber as feridas ou chorar as pitangas. Não havia a menor chance de se consolar assistindo à TV e comendo uma caixa de bombons, porque alguém mudava de canal e comia metade dos chocolates.

E não havia como evitar as perguntas.

— Seu pai deu uma saída. — A mãe surgiu da cozinha com um pano na mão e uma expressão confusa. — E Steven é encanador. Ele sabe consertar um cano.

E não muito mais que isso.

A última coisa que queria era ter uma conversa com a mãe, mas a casa era pequena, e o que Martha queria não importava muito por ali.

— Ele foi embora.

A mãe jogou o pano em cima do espelho.

— Você tem sido muito irredutível. Devia pelo menos conversar com ele.

— Já falei tudo que tinha para falar.

— Ai, Martha.

Sua mãe lhe lançou um olhar cansado e desanimado.

— O quê? — Ela *não* precisava daquilo no momento. — O que foi?

— Ele até que é legal e sabe consertar as coisas da casa. Você não devia largar assim tão fácil alguém com um emprego estável.

— Ter que me contentar com alguém só porque a pessoa sabe consertar uma privada é um parâmetro baixíssimo. Eu quero mais do que isso.

— Você é exigente demais, esse é seu problema. A vida real não é como nos livros que você lê, sabe. Nunca vou entender você, Martha.

Pois era recíproco.

Aos 10 anos, ela havia perguntado aos pais se era adotada, porque não se enxergava em nenhum dos dois. Sonhara em segredo que uma mulher adorável um dia bateria à porta para reivindicá-la como filha, mas isso nunca tinha acontecido.

Cada vez que a mãe a criticava, isso arrancava mais um pedacinho de Martha, e assim ia perdendo mais e mais de si mesma.

— Nós terminamos.

A mãe ficou tensa.

— Todos os homens têm fraquezas. E impulsos. Às vezes é melhor fazer vista grossa. Se você…

— Não quero falar disso.

— Só estou dizendo é que a culpa nunca está toda de um lado.

— Neste caso, está.

— É mesmo? Você engordou muito desde que perdeu o emprego. Ficou muito tempo sentada se lamentando. Pode achar que estou sendo dura, mas sou sua mãe, e é meu papel falar a verdade. — A mãe esfregou uma mancha teimosa no espelho. — Na sua idade, eu ainda cabia nas roupas que usava quando tinha 16 anos. Não engordei uma onça sequer.

Despedaçando, despedaçando, despedaçando.

Como os escultores famosos sabiam a hora exata de parar de lapidar a pedra? Em que ponto eles transformavam uma obra-prima em desastre?

— Agora as pessoas falam quilos, mãe.

— No seu caso, talvez. Você não pode ser medida em onças, seria um número grande demais. Você está comendo mais porque está entediada e infeliz, e isso é culpa sua por desistir de tudo com tanta facilidade. Primeiro da faculdade, e agora de Steven. Você deveria ter sido mais persistente e se formado, que nem sua irmã, em vez de largar tudo. Pelo menos você teria a chance de encontrar um emprego. Você está pagando o preço das péssimas escolhas.

Sua mãe, cuja própria vida havia sido uma decepção, esperara mais das duas filhas. Quisera viver de forma indireta por meio dos almoços de negócios delas, das viagens internacionais ou de intermináveis promoções de cargos. A irmã mais velha de Martha, Pippa, caíra nas graças da matriarca ao se formar como fisioterapeuta e conseguir um bom emprego em uma academia na qual alguns famosos treinavam, dando à mãe muito do que se gabar com as vizinhas.

Martha, infelizmente, não lhe proporcionara nada além de vergonha.

— Não me formei porque queria cuidar da vovó. — E sentia tanta saudade da avó naquele instante quanto no início. Um pedaço de seu coração parecia para sempre entorpecido e solitário. — Depois que ela teve o derrame, eu não queria perder um único momento com ela. Não conseguia me concentrar nas aulas ou nos trabalhos, ficava pensando nela sozinha. Nada parecia importante.

— Mas agora você está percebendo que era importante, *sim*.

— Nada é mais importante do que as pessoas que a gente ama. — Ela não disse *família*. Sua família a tirava do sério. Não importava o que fizesse, parecia que não conseguia obter a aprovação deles. Sua opinião parecia não valer nada. Seus desejos, ainda menos. Não sabia se teria desistido do diploma para cuidar de um deles, mas por sua avó... — Nunca vou me arrepender do tempo que passei com ela.

Martha sempre tivera uma relação especial com a avó. Quando tinha 8 anos e sofria bullying na escola, era para a casa dela que fugia. Sua avó a abraçava e ouvia, algo que a mãe nunca fizera. O conselho da mãe era "ignore-os", mas isso não era tão fácil quando enrolavam a alça da mochila da menina em volta do pescoço e tentavam enforcá-la em uma cerca.

Martha começara a ir tomar chá na casa da avó todos os dias depois da escola. Encontrara conforto na rotina. No bule alegre de cerejas vermelhas. Nas xícaras delicadas que pertenceram à bisavó. Porém, o maior conforto viera de estar com alguém que se interessava por ela. A rotina continuara até ela ir para a faculdade estudar literatura inglesa.

Estava começando o terceiro e último ano quando a mãe ligou para contar que a avó tivera um derrame. Martha fizera as malas e voltara para casa a fim de cuidar dela. Como poderia se concentrar em Tolstói ou Hardy quando a avó estava doente? Sua mãe ficou horrorizada, mas Martha ignorou a censura e passou a dormir no sofá da sala. A avó se recuperou muitíssimo bem. Ela e Martha jogavam cartas, conversavam sobre livros e riam de programas de TV picantes. Até conseguiam dar pequenos passeios no jardim. Tinha sido um período precioso do qual Martha jamais se esqueceria.

E então, certa noite, a avó sofreu outro derrame e faleceu.

Paralisada pela dor, Martha havia ignorado o conselho da mãe sobre voltar para a faculdade e, em vez disso, arrumara um emprego em uma cafeteria a uma curta caminhada de casa.

Havia algo reconfortante em preparar um bom cappuccino, criando desenhos na espuma. Conseguia dar conta da tarefa mesmo quando era pega de surpresa pela tristeza. Gostava da frequência com que via as mesmas pessoas por ali. Havia a mulher com o laptop que fazia um café durar o expediente todo enquanto escrevia um romance, e o idoso que não aguentava mais passar o dia todo sozinho em casa depois da morte da esposa.

Ela gostava de conversar com as pessoas e do fato de que, ao ir embora do local, não precisava levar o trabalho com ela.

Mas então a cafeteria fechou, como muitas outras, e de repente as poucas vagas disponíveis pareciam estar sendo disputadas por milhares de pessoas. Ela trabalhou no abrigo de animais da área por seis meses antes de a organização ficar sem recursos e ter que parar de pagá-la.

A mãe nunca perdia uma oportunidade de lembrá-la de que não tinha ninguém para culpar a não ser ela mesma. O pai, que gostava de uma vida tranquila, escolhia concordar com a mãe em todos os assuntos.

— Se não tivesse desistido de tudo, você não estaria nesta situação agora.

— Ter graduação não é tudo, sabe? Há milhares de recém-formados que não conseguem emprego.

— Isso mesmo. Então por que um empregador escolheria alguém com o seu perfil? Você precisa de alguma vantagem para se destacar, Martha, e não existem muitos pontos a seu favor.

Ela não tinha nenhuma vantagem.

De modo estranho, aquilo soou como a ofensa de Steven contra ela.

— Eu gostava do meu trabalho.

— Você não pode passar o resto da vida trabalhando em cafés ou abrigos de animais. Você devia ter estudado, para ter uma carreira como sua irmã, embora você esteja velha demais agora, mesmo que decida voltar e terminar a graduação.

— Não quero voltar para a faculdade. E eu só tenho 24 anos.

— A filha de Ellen tem 24 anos e se formou em medicina. Ela está salvando vidas! E você, o que faz o dia todo?

— Eu me candidatei a centenas de vagas nos últimos quatro meses, mas para cada uma há milhares de pessoas concorrendo. Na maioria das vezes, nem me respondem. Isso acaba comigo.

— Mais um motivo pelo qual você devia ter se formado que nem sua irmã, mas agora vai ficar a ver navios.

Martha visualizou uma flotilha de navios a distância. Queria muito estar em um deles. De preferência tomando banho de sol enquanto alguém a servia uma bebida gelada.

— Obrigada por fazer eu me sentir melhor.

— Bem, se sua própria mãe não pode te dizer a verdade, então quem pode? Mas não faz sentido ficar aí sentada se lamentando pelas escolhas ruins. Você deveria ir correr com sua irmã.

Ir correr com a irmã seria outra escolha ruim. Não só significaria sair de casa, o que significaria esbarrar em Steven, mas também em Martha ficar para trás, o que no caso resumia sua vida. Sempre esteve dez passos atrás da irmã e não havia chance de se esquecer disso.

Martha sabia que não era tão bonita quanto a irmã. Não era tão magra quanto a irmã. Não fazia boas escolhas como a irmã.

Ela sabia todas as coisas que não era, mas não sabia bem o que era, além de corpulenta.

Sabia preparar um ótimo cappuccino e se comunicava bem, mas isso era mais um defeito do que uma habilidade. "Martha fala pelos cotovelos", dizia a mãe, uma declaração acompanhada por um revirar de olhos exagerado. "Se houvesse um prêmio de mais tagarela, Martha ganharia."

Ela podia não ser tão inteligente quanto a irmã, mas tinha conhecimento suficiente para saber que viver com pessoas que a faziam se sentir pior não era benéfico para a alma. Martha precisava de um emprego e de um cantinho só dela, mas não havia chance de encontrar nenhuma das duas coisas em Londres.

Depois de tudo que tinha acontecido, não tivera escolha a não ser voltar para a casa dos pais. Torcia para que não chegassem ao ponto de se matar.

— Oi, Martha! — Pippa desceu a escada, o cabelo balançando em um rabo de cavalo elegante. — Como está Steven? Ainda sendo um babaca?

Ela não podia nem ter azar no amor sem que a irmã soubesse.

Martha lançou um olhar sombrio para o rabo de cavalo brilhoso. Pippa vencia até no quesito cabelo.

— Pippa! Como você está linda. — A mãe delas sorriu. — Vai trabalhar? Vai atender algum famoso hoje?

— Estou de folga. Tenho aula de ioga em trinta minutos. Preciso comer algo antes de sair.

Pippa foi para a cozinha e Martha a seguiu.

Ela fizera cupcakes no dia anterior usando a receita favorita da avó, e ainda havia alguns. Ofereceu um à irmã, que balançou a cabeça.

— Não, obrigada. Vou preparar um suco verde.

Ela também vence no quesito dieta saudável, pensou Martha, observando enquanto a irmã colocava maçã, espinafre, pepino e vários outros ingredientes saudáveis no liquidificador e os misturava até virarem um líquido verde pálido com uma cara nada boa. Se Martha tivesse encontrado uma gota da bebida na superfície da cozinha, teria borrifado spray antibacteriano.

Sua mãe reapareceu.

— Não se esqueça de limpar o chão da cozinha, Martha.

Sua vida era tão empolgante que mal dava para aguentar.

Ela terminou de comer o cupcake e destrancou a porta dos fundos. Do outro lado da cerca, viu que a vizinha idosa, Abigail Hartley, estava com dificuldade para pendurar os lençóis no varal. As pontinhas estavam quase tocando no chão.

— Eu posso ajudar, sra. Hartley. — Martha correu pela lateral da casa e entrou no jardim adjacente. — A senhora tem artrite, não era para estar fazendo isso.

— Você é uma doçura, Martha.

— Imagina.

Pelo menos Abigail agradeceu a ela pela ajuda. Em sua casa, todos achavam que Martha não fazia mais que a obrigação.

— Eu tenho dificuldade de levantar os braços acima da cabeça.

— Eu sei. Deve ser muito difícil para a senhora. — Martha prendeu bem os lençóis. — Eu volto mais tarde para tirar tudo da corda, não precisa se preocupar com isso.

— Você é muito flexível e forte.

Flexível. Forte.

Ninguém pendurava lençóis como ela. Ela estava ganhando no quesito pendurar roupas no varal.

A sra. Hartley tentou lhe dar dinheiro e Martha ficou horrorizada com o fato de, por um segundo, ter ficado tentada a aceitar. No momento, não tinha dinheiro nem para comprar um grampo de cabelo novo, e cada trocado ajudava.

De jeito nenhum. O resto da família podia não gostar muito dela, mas, se começasse a aceitar dinheiro por ajudar amigos e vizinhos, nem ela gostaria de si mesma.

— Não precisa me pagar. — Ela quase disse que era um prazer fazer algo por alguém que apreciava o gesto, mas seria um comentário desleal. Família era família, mesmo quando eles acabavam com a nossa sanidade. — Fico feliz em ajudar.

— Foi Steven que vi agora há pouco?

— Foi. Está difícil fazer ele me deixar em paz.

Martha conferiu os lençóis para garantir que não voariam.

— Você está chateada. — A sra. Hartley deu um tapinha em seu braço. — Não se preocupe. O mar está cheio de peixes.

Martha não tinha interesse em pescar.

Por que as pessoas se comprometiam umas com as outras? Ela não fazia ideia. Tinha anos de experiência observando os pais juntos e, sinceramente, não havia nada no relacionamento que a inspirasse. A mãe vivia gritando com o pai, que tinha audição seletiva. Não demonstravam muito afeto.

Mas o que ela sabia sobre relacionamentos?

Nada, ao que parecia.

— Minha mãe quer que eu tenha uma carreira de sucesso, mas primeiro eu precisaria de uma carreira e, por enquanto, isso não tem dado muito certo. Tem mais gente do que vagas de emprego.

— Mas alguém vai conseguir o emprego. E esse alguém pode ser você. Uma garota como você pode fazer qualquer coisa que quiser.

A avó teria dito a mesma coisa, e, embora fosse uma gentileza, não ajudou em nada a animar Martha.

— É bondade da sua parte, sra. Hartley, mas não é bem assim.

— Você não pode esperar que um emprego caia do céu. Você precisa sair da zona de conforto. — A sra. Hartley levantou o queixo. — Qual é seu sonho?

O sonho de Martha era ser feliz e se sentir empolgada para o início de cada dia, mas isso nunca aconteceria enquanto morasse com os pais. Precisava ser independente. Precisava não se sentir um fracasso. Precisava tirar Steven de sua vida.

E, para tudo isso, precisava de uma coisa...

— Meu sonho é encontrar um emprego. — Ela pegou o cesto de roupa. — Qualquer um.

— Que absurdo! — A sra. Hartley balançou o dedo. — Você precisa encontrar algo que vai amar fazer.

— O que a senhora fazia?

— Trabalhei no Bletchley Park durante a guerra com os outros decifradores de códigos. Não posso dizer mais do que isso ou teria que matá-la e me livrar do corpo. — A sra. Hartley deu uma piscadela exagerada. — Era tudo muito secreto e, naquela época, não fofocávamos como todo mundo faz hoje em dia.

Martha tentou imaginar a mãe no Bletchley Park. Não haveria um segredo que o inimigo não ficasse sabendo.

— Aposto que a senhora era uma figura e tanto.

— Meu marido dizia a mesma coisa.

— Foi casada por quanto tempo, sra. Hartley?

— Sessenta anos. E eu o teria escolhido de novo a qualquer momento do nosso casamento. Não que eu não quisesse matá-lo de vez em quando, mas isso é normal, é lógico.

Martha abraçou o cesto vazio.

— A senhora teve sorte.

— Você está passando por um momento difícil, mas as coisas vão se acertar. — A sra. Hartley deu outro tapinha no braço dela. — Você é uma boa ouvinte e muito alegre.

Não quando estava perto da família. Eles sugavam a alegria dela.

— É melhor eu ir. Meu emprego dos sonhos não vai se materializar a menos que eu continue procurando.

Martha voltou para a cozinha da casa dos pais e encontrou a mãe olhando de cara feia para a geladeira.

— Não temos nada para comer. Vou fazer compras, mas você precisa limpar o chão da cozinha.

— Mais tarde. Estou ocupada.

— Fazendo o quê?

— Procurando emprego. Tentando embarcar em um novo navio.

Bolando um plano de fuga. Ela havia chegado ao ponto em que aceitaria qualquer coisa.

— Eu tinha esquecido… — A mãe tirou um envelope do bolso. — Chegou uma carta para você. Escondi do seu pai porque sabia como ele ficaria chateado se visse isso no capacho.

Martha pegou a carta, torcendo para que a mãe não notasse sua mão trêmula.

— Obrigada.

Então era isso. Pronto. Estava tudo acabado.

Não havia mais volta.

Enfiando a carta no bolso, Martha lavou as mãos, preparou uma caneca de chá e subiu para o quarto.

Ela tinha o menor quarto da casa, o que significava que havia espaço para uma cama e pouco mais. Havia um cantinho no qual pendurava as roupas e uma mesa que dobrava quando não a estava usando.

A parede oposta à da cama estava coberta por um mapa-múndi. Às vezes ela ficava deitada na cama à noite, sonhando com todos os lugares que nunca visitaria.

Tirou a carta do bolso e a olhou por um momento. Então a abriu, sentindo-se enjoada, embora já soubesse o que a correspondência diria.

Ela leu e sentiu os olhos se encherem de lágrimas.

A mãe estava certa. Ela fazia péssimas escolhas. O que havia conquistado na vida?

Dobrou a carta com cuidado e a enfiou na bolsa.

Deixaria guardada ali, como um lembrete para fazer escolhas melhores no futuro.

Ao seu lado na cama, o celular tocou. Steven.

Ela rejeitou a ligação.

O verão se estendia diante de Martha como uma estrada longa e sombria. Nas redes sociais, viu que uma de suas amigas estava em Ibiza, postando selfies em praias invejáveis, enquanto outra passava uma semana em um barco com a família e não parava de compartilhar fotos da água ondulante, do pôr do sol e de taças de vinho equilibradas no convés. Martha jogou o celular na cama. Não que se importasse muito com isso, mas não ter nada para postar dizia muito sobre a vida de alguém.

Ela olhou pela janela. A coisa mais empolgante que acontecera nas semanas anteriores fora quando uma raposa entrara no jardim da sra. Hartley e cavara os canteiros de flores. Martha tinha passado a manhã limpando cocô de raposa para que o cachorrinho da sra. Hartley não rolasse nos excrementos.

Tirou os sapatos, apoiou o chá na prateleira acima da cama e abriu o laptop velho e temperamental. As mãos pairaram no teclado. Nem sabia mais que trabalho procurar.

"Ótima em pendurar roupas e boa em limpar cocô de raposa" não eram competências.

O que ela precisava era de um emprego que viesse com um quarto para onde pudesse fugir da casa da família.

Ela navegou pelo site.

Alguém procurava uma pessoa para morar na casa e trabalhar como cuidadora em tempo integral. O que isso implicava exatamente? Martha, que tinha estômago fraco, decidiu que não queria descobrir.

Um casal de profissionais bem-sucedidos oferecia acomodação gratuita em troca de uma babá para os gatos deles, mas não ofereciam pagamento. Como ela se alimentaria? Martha se imaginou voltando para casa para visitar os pais, tão esbelta e magra que eles não a reconheceriam.

Estava prestes a desistir quando outro anúncio chamou sua atenção.

"Você ama dirigir?"

Martha fechou o laptop e pegou o chá. Não, ela não gostava de dirigir. Na verdade, não era exagero dizer que odiava dirigir, e a direção também a odiava. Ela fora reprovada na prova cinco vezes, e só passou porque o examinador estava preocupado com a esposa grávida, que o avisara durante a avaliação de Martha que estava com contrações. Ele ficara tão distraído que não notara quando Martha seguira pela pista errada ao pegar uma rotatória, e não esboçara reação quando ela demonstrara zero habilidade para dar ré. Estava acostumada a induzir o mais puro medo nos passageiros que levava no carro, inclusive no instrutor regular, então foi um alívio e uma surpresa quando o examinador apenas confirmou com a cabeça enquanto verificava o celular com discrição. Quando ele disse que Martha havia passado na prova, ela teve que se conter para não perguntar "Tem certeza?".

Ainda assim, havia ficado muito feliz e jurado não o decepcionar, só que, toda vez que se sentava atrás do volante, começava a suar. Ela se sentia uma impostora. Sentia que a polícia iria pará-la e dizer que eles tinham imagens do circuito interno de TV que provavam que ela não havia de fato passado na prova.

Dirigir assustava Martha. Talvez não fosse tão ruim se ela fosse a única pessoa na estrada, mas todos pareciam dirigir grudados em seu para-choque ou ultrapassá-la como um piloto de Fórmula 1 que quer ganhar o campeonato. Sabia que o que precisava era de mais prática, mas, desde que fizera o carro do pai cair em uma vala durante um dos treinos, ele se recusava a deixá-la dirigir. Não importava que ele fosse um péssimo professor.

"Espere até você ter dinheiro para comprar seu próprio carro." Como se isso fosse acontecer.

Ela terminou o chá e olhou pela janela de novo. Da cama, tinha uma visão perfeita dos jardins das casas em frente. A sra. Pettifer, que tinha 85 anos e se recuperava bem depois da cirurgia de prótese de quadril, estava regando as plantas.

Que histórias Martha teria para contar aos 85 anos? A menos que passasse por uma mudança dramática, era provável que nada de interessante.

Ela ouviu os barulhos da mãe lá embaixo, na cozinha.

— Martha! — gritou a mãe escada acima. — O chão da cozinha!

— Estou procurando emprego!

Martha abriu o laptop de novo. Estava disposta a fazer qualquer coisa. Melhor fazer a coisa errada do que nada.

A vaga de motorista ainda estava na tela.

"Que tal viver uma grande aventura?"

Sim, com certeza era algo que ela buscava.

Curiosa, continuou a leitura.

"Procura-se motorista competente e com entusiasmo para uma viagem de carro pelos Estados Unidos, de Chicago até Santa Mônica. Salário generoso, todas as despesas pagas. Deve ser uma pessoa bem-humorada, flexível e amigável. É imprescindível ter uma carteira de motorista impecável, sem infrações."

Martha ficou olhando o anúncio.

Ela com certeza não era uma entusiasta da direção e não poderia ser descrita como competente nem pela pessoa mais generosa, mas era amigável e flexível, desde que estivessem falando da postura em relação à vida e não da capacidade de tocar os dedos dos pés sem distender um músculo, porque isso era coisa da irmã, não dela.

Ela analisou o anúncio outra vez.

Uma viagem de carro pelos Estados Unidos.

Por que tinha que ser uma viagem de carro? Mas... ela não tinha lido em algum lugar que os Estados Unidos não tinham muitas rotatórias? Se as estradas fossem todas retas e sem nenhuma rotatória, deveria dar tudo certo. Desde que ela não tivesse que dar ré.

Sua carteira de motorista sem dúvida estava impecável, limpíssima, mesmo que fosse porque nenhum agente da lei houvesse testemunhado suas infrações. Além disso, havia acabado de lavar o documento três vezes na máquina antes de perceber que o tinha esquecido no bolso.

Qual era a distância entre Chicago e Santa Mônica?

Ela digitou a pergunta em um mecanismo de busca e olhou a resposta.

Três mil oitocentos e sessenta quilômetros.

Ela não conseguia nem imaginar uma distância daquelas.

Sua casa ficava a três quilômetros do supermercado mais próximo.

Três mil oitocentos... eram quase mil e trezentas idas ao supermercado.

Ela engoliu em seco e analisou o mapa na tela, e então olhou para o mapa na parede. A Rota 66. A estrada serpenteava por vários estados e terminava na costa do Pacífico. Ela tinha aprendido sobre Steinbeck na escola, e *As vinhas da ira* não fazia a Estrada Mãe parecer muito convidativa. Em contrapartida, era uma das estradas mais emblemáticas do mundo.

Ela pesquisou imagens de Santa Mônica e encontrou praias de areia fina, palmeiras, uma garota andando de bicicleta com o cabelo ao vento e um sorriso no rosto. Um casal se olhando em um restaurante. Quase podia ouvir o barulho das ondas ao fundo.

O lugar parecia tão *vivo*.

Ela olhou pela janela mais uma vez e viu a sra. Pettifer arrancando gerânios.

Califórnia.

Parecia um outro mundo, e no momento era exatamente isso o que ela queria. Qualquer mundo diferente daquele em que vivia. E, o melhor de tudo, ficava a milhares de quilômetros de distância da vida horrorosa que levava ali.

Ela leu o anúncio outra vez, tentando encontrar uma maneira de se considerar adequada ao trabalho. Com certeza era bem-humorada. Havia enfrentado o incidente do cocô de raposa com um sorriso no rosto, e não apenas porque a irmã pisara nos excrementos a caminho do trabalho. Se a pessoa para quem dirigiria também fosse bem-humorada, então talvez desse tudo certo.

Por que a própria pessoa não poderia dirigir?

Imaginava que não soubesse ou não quisesse dirigir. Ambas as opções eram favoráveis a ela. Se a pessoa não soubesse dirigir, não saberia quando ela cometesse erros, e, caso não quisesse dirigir, então teria empatia com o fato de que Martha no geral também não queria.

Estavam buscando uma motorista competente. Como definiam competente? Era difícil ser competente quando não se tinha dinheiro para comprar um carro e ninguém lhe emprestava um.

Se conseguisse fingir competência no começo, depois que tivesse dirigido três mil oitocentos e sessenta quilômetros haveria uma grande chance de ela de fato ser uma motorista competente. Desde que conseguisse sair de Chicago sem bater o carro, ficaria bem. Ficaria em êxtase! Nunca havia conquistado nada na vida, como a mãe sempre reforçava, mas atravessar os Estados Unidos de carro... Isso seria uma conquista. E a manteria longe da família durante o verão. O melhor de tudo, a manteria longe de Steven. Ela não teria que ficar olhando para todos os lados sempre que saísse de casa.

E uma viagem de carro lhe daria a chance de pensar no que queria fazer da vida.

Talvez até levasse a outro emprego.

Martha Jackson, caminhoneira de longa distância.

Ela se imaginou hospedada em um hotel com um letreiro neon brilhante. Talvez entrando em uma lanchonete típica do país e pedindo um hambúrguer suculento.

Estados Unidos.

Parecia muito mais interessante que os arredores de Londres.

— Martha! *O chão da cozinha!*

Martha foi arrancada da fantasia na qual colocava moedas em um jukebox antigo e dançava em um bar ao som de música country.

Ela se sentia como uma das irmãs da Cinderela. Esperava-se que ela esfregasse o chão enquanto a irmã era paga para andar por aí usando uma legging com estampa de oncinha.

Uma nova determinação a invadiu enquanto pegava o celular.

Não tinha a mínima ideia de quem queria atravessar os Estados Unidos de carro, mas essa pessoa não poderia ser mais irritante do que a família dela. De alguma maneira, ela precisava soar como uma candidata perfeita.

Martha Jackson, motorista particular. Calma (exceto ao passar por uma rotatória), confiante e confiável.

Ela esperou até ouvir uma voz do outro lado da linha e então sorriu, tentando projetar na voz um nível apropriado de amabilidade e flexibilidade.

— Meu nome é Martha, estou ligando para falar sobre o emprego...

Flexível, amigável e talvez a pior motorista do planeta.

5

Liza

—Quem é essa garota? Não sabemos nada sobre ela.

Liza andava de um lado para outro na cozinha da mãe. Era a terceira viagem à Cornualha em um mês e cada visita era mais frustrante que a anterior, e não apenas porque tanto o trânsito quanto o calor estavam começando a ficar mais intensos. Era como se enfrentar um intruso tivesse feito a mãe desistir de considerar a segurança pessoal. Ou talvez tivesse dado a ela uma confiança excessiva na própria capacidade de sobreviver ao pior.

Qualquer que fosse a psicologia por trás daquilo, nada do que Liza dizia conseguia fazer a mãe ser razoável.

— Se está mesmo decidida a fazer essa viagem, vá em uma excursão. Com um grupo. E um guia.

— Não quero fazer parte de um grupo. Estou velha demais para tolerar pessoas que não escolhi como companhia e que sem dúvida vão me irritar. Quero ir aonde eu quiser e ficar o tempo que eu desejar. Não é como se tivesse pressa de chegar a algum lugar específico na minha idade.

— Mãe...

— Você não queria que eu ficasse sozinha em casa, e eu não vou ficar sozinha em casa.

Havia dias em que Liza sentia como se estivesse dando murros em ponta de faca.

— E se acontecer alguma coisa?

— Pois espero que aconteça *mesmo*. Seria uma grande decepção viajar duas mil e quatrocentas milhas e não ter um único momento de aventura.

— Não acha que seria melhor começar com uma viagem menos ambiciosa? — Liza colocou a louça do café da manhã na máquina de lavar e a ligou. — Você não viaja desde que meu pai morreu.

— E isso foi um erro. — Kathleen colocou uma caixa de mapas na mesa da cozinha. — A confiança e a bravura podem ser perdidas se não forem usadas. Já passei tempo demais dentro de casa.

— Você não pode viajar pelos Estados Unidos com uma desconhecida.

— E por que não?

Kathleen pegou um mapa e o abriu sobre a mesa. Então pegou um bloco de notas grande.

— Não é seguro — disse Liza.

Por que ela era a única pessoa que pensava que era uma má ideia? Sean se recusara a se envolver. *A vida é dela, Liza. A decisão é dela.*

A mãe olhou para ela por cima dos óculos de leitura.

— Pode me passar o guia, por favor?

Todos na vida de Liza pareciam determinados a fazer escolhas tolas. Antes de ela pegar o carro até a Cornualha, Caitlin a informara de que iria a uma festa com Jane e que, se a mãe tentasse impedi-la, fugiria de casa. Liza ficara nervosa demais para deixá-la sozinha, mas Sean interviera, convencendo Caitlin a receber alguns amigos em casa em vez disso, então tudo se acalmara. Até a próxima vez. O que tinha acontecido com a filha tão fofa, que adorava se fantasiar e brincar de "escolinha"? O que havia acontecido com os abraços e carinhos? Nos últimos tempos, Liza era sempre recebida com um revirar de olhos e mau humor.

Liza pretendia passar as férias de verão reconstruindo o relacionamento com as filhas. E com Sean também, porque na maior parte do tempo parecia que a relação dos dois girava em torno das pessoas de quem cuidavam.

Oito sinais de que seu casamento pode estar em risco.

As páginas da revista ainda estavam amassadas no fundo de sua bolsa. Escondidas, mas não esquecidas.

Ela observou a mãe estreitar os olhos para o mapa.

Era uma viagem monumental para qualquer pessoa, ainda mais para alguém prestes a completar 81 anos.

O forte senso de dever de Liza a impelia.

Já havia começado a sonhar com as duas semanas no sul da França. Sua leitura de férias estava na mala junto com o chapéu de sol. Mas a mãe precisava de alguém para levá-la naquela viagem ridícula.

E então uma ideia lhe ocorreu. Não seria a oportunidade perfeita para ela e a mãe se aproximarem? Com as duas presas no mesmo carro, a mãe teria que se abrir um pouco, não?

Ela quase sentiu uma empolgação.

— Eu levo você. Adoraria.

Era difícil saber quem ficou mais chocado com a oferta, a mãe ou o marido de Liza.

— Há… Liza? — Sean coçou a cabeça. — E a França?

— Vocês poderiam ir sem mim este ano.

Quanto mais pensava no assunto, mais animada ficava. Quando criança, ela morria de vontade de ir junto nas viagens da mãe. Aquele era o momento perfeito. A aventura serviria para uni-las. A experiência faria delas mais próximas.

— Não seria o mesmo sem você.

A expressão horrorizada de Sean fez com que ela se sentisse melhor em relação à vida.

Liza tinha começado a sentir que as pessoas a viam apenas como uma estraga-prazeres. Alguém para frear as decisões mais impulsivas.

Mas Sean queria a presença dela.

Talvez a única coisa errada com o casamento fosse que eles não reservavam mais tempo a sós para o casal.

— Você sentiria minha falta?

— Lógico. — Sean, que aparentemente tinha decidido que nada além de café o ajudaria a sobreviver ao fim de semana, estava se servindo da terceira xícara. — Como a gente ia fazer as coisas sem você? Eu nem sei onde pegar as chaves do lugar. Você sempre lida com a Madame Laroux, ela é assustadora. Você é quem fala francês melhor. E ainda tem a questão da comida. Provavelmente morreríamos de fome se você não fosse.

A empolgação de Liza sumiu.

Ele queria que ela fosse porque facilitaria a vida dele? Era isso?

Será que ele sequer a amava? Não as habilidades de organização, mas *ela*, Liza, a mulher com quem se casara?

— Tenho certeza de que você consegue reservar um restaurante.

E assim ela ficou ainda mais decidida a ir com a mãe. Isso as aproximaria e também daria a Sean e às meninas a oportunidade de verem o quanto ela fazia pela família.

— Não entre em pânico, Sean — disse Kathleen. — Agradeço a oferta, mas não quero que Liza me leve. Ela seria a pessoa errada para esse tipo de viagem.

A rejeição foi como sal em uma ferida antiga. Viu-se com 8 anos de novo, agarrada à mãe enquanto ela tentava sair pela porta. "Me leve com você!" Certa vez, até enfiara os pertences na mala da mãe, e então ficara em prantos quando tudo fora removido.

— Por que eu seria a pessoa errada?

— Você ama a viagem anual à França e ficaria chateada de não ir. Além disso, gosta de ter tudo sob controle, e em uma viagem como essa nada vai estar sob seu controle. Você passaria o tempo todo preocupada com sua família, ligando para casa toda hora. E ficaria tentando me fazer comer as coisas certas e tomar cuidado. Seria estressante para nós duas. — Kathleen alisou o mapa em cima da mesa. — Essa é uma viagem que vou fazer sozinha.

Ela fez todas as viagens sozinha, pensou Liza, absorvendo a dor enquanto mantinha a compostura. Já deveria estar acostumada com a rejeição, então por que ainda doía tanto?

Precisava aceitar que ela e a mãe nunca seriam próximas, por mais que quisesse que isso acontecesse. Precisava parar de ter esperanças.

Ela iria para a França, embora agora parecesse haver uma mancha sobre a viagem.

Ainda estava assimilando o fato de que Sean a via como uma agente de viagens particular quando ouviu o barulho do motor de um carro pela janela aberta.

Kathleen se endireitou, mantendo uma das mãos no mapa.

— É ela. Martha. Minha motorista. Por que você e Sean não vão pegar a brisa do mar?

A mãe não a queria por perto.

Apenas o senso de responsabilidade obrigou Liza a ficar onde estava e conhecer a garota.

— Você conferiu as qualificações dela? Como sabe que ela é uma motorista confiável?

— As estradas até aqui em casa são estreitas e sinuosas. Se ela conseguiu chegar sem sofrer um acidente, então é uma boa motorista. Eu vou lá recebê-la — anunciou Kathleen. — Não quero que você a assuste ou a mande embora.

Ela saiu da cozinha e Liza ficou ali parada se sentindo desvalorizada, sozinha e incompreendida.

Sean apertou o ombro dela.

— Você escapou por pouco, Liza. Ela poderia ter dito sim, e aí o que você faria?

Ela dirigiria pelos Estados Unidos e passaria um tempo com a mãe.

Mas Kathleen não queria aquilo. Preferia passar o tempo com uma desconhecida. Liza não era aventureira o suficiente.

— Isso é tudo que eu sou para você? Alguém para organizar suas férias?

— Não. — Sean terminou o café. — Embora você seja *mesmo* boa nisso. Graças a você, nossa vida funciona bem.

As férias pelas quais ela esperava havia tanto tempo não pareciam mais tão maravilhosas. Queria dizer a ele como se sentia, mas não podia fazer isso com uma desconhecida prestes a entrar na cozinha.

Ela pegou a caneca de Sean e a encheu outra vez.

Liza precisava parar de pensar demais em tudo, principalmente no casamento. Sean fizera um comentário insensível. E daí? As pessoas diziam a coisa errada o tempo todo. Ela dizia coisas erradas. Era importante não exagerar. Estava na hora de jogar aquele artigo da revista fora.

Ouviu risadas no corredor e então a mãe reapareceu, acompanhada por uma garota que parecia pouco mais velha que Caitlin.

Os cachos dela balançavam na altura dos ombros e a calça jeans e a blusa ficavam justas nas curvas da jovem. Tinha algumas sardas no nariz e um sorriso amigável que fazia a pessoa ter vontade de sorrir de volta.

Sean deu um passo à frente.

— Prazer em te conhecer. Martha, não é? Fez boa viagem?

— Foi ótima, obrigada. Direto de Londres.

Liza a olhou estupefata.

— Você veio de trem?

— Sim, e resolvi gastar um dinheiro a mais pegando um táxi lá na estação. Ele veio o caminho todo reclamando. — Martha parecia estar com pena em vez de irritada. — Algo sobre as estradas serem muito estreitas e as sebes, muito altas.

Ela fazia Liza se sentir velha.

— Imaginei que você viria de carro.

— Não tenho carro e, de qualquer forma, gosto do trem. Tem um balanço gostoso e é bom para ler.

— Eu sou igual — revelou Kathleen. — Uma vez, viajei de Moscou a Vladivostok na Ferrovia Transiberiana.

Liza se lembrava da viagem. Tivera meningite e ficara tão doente que precisara passar semanas no hospital. As pessoas ao redor falavam em voz baixa. Seu pai, pálido e tenso, não saíra do lado de sua cama. Por um curto período, ela fora o foco das atenções, e então a mãe voltara para casa com cartões-postais e suvenires e o foco da família mudou.

Será que a mãe sequer se lembrava de que ela ficara doente?

— Pode se sentar, Martha. — Kathleen vasculhou a pasta de arquivo e tirou algumas fotos. — O que você sabe da Rota 66?

— Estudei *As vinhas da ira* na escola, então sei que as pessoas escaparam do *Dust Bowl* na década de 1930 viajando do Centro-Oeste para a costa da Califórnia. Rota 66. A Estrada Mãe. Odiei o livro da primeira vez, mas já reli cinco vezes desde então e se tornou um dos meus favoritos. É estranho como a escola pode afastar a gente das coisas em vez de nos inspirar. Além disso — ponderou Martha —, sei que a estrada foi desativada e substituída pela interestadual, mas imagino que você queira seguir a histórica Rota 66 sempre que possível, não é?

— Isso mesmo. — Kathleen pareceu encantada. — Meu sonho era alugar um Ford Mustang clássico e viajar com estilo, mas aí pensei que talvez estivesse velha demais para isso.

Até que enfim, pensou Liza. *Algum bom senso.*

Kathleen continuou:

— Em vez disso, decidi alugar o Mustang conversível mais sofisticado e moderno que tiverem. Com ar-condicionado, lógico, porque quando chegarmos a Needles, na divisa entre o Arizona e a Califórnia, vai estar tanto calor que daria para assar um porco.

Um Mustang conversível?

Martha se inclinou para analisar as fotos, os cachos caindo para a frente.

— Seria um visual maneiro, mas o sol iria nos fritar, né?

— Exato. — Kathleen estava rendida pela menina. — É um clima desértico subtropical, com grandes tempestades durante o verão quente.

Liza não conseguia acreditar no que estava ouvindo.

— Achei que você iria alugar um SUV moderno e seguro.

— E qual é a graça nisso? — Kathleen estava analisando o mapa. — Li um artigo que dizia que, desde que se dirija de manhã cedo, dá para evitar o calor do dia. Você consegue viajar com pouca bagagem, Martha? Não tem muito espaço para malas.

— Calma... — interrompeu Liza. — Você pretende alugar um carro esportivo, é isso?

— Vai ser divertido para Martha.

Liza pensou ter visto um lampejo de terror nos olhos de Martha, mas imaginou que talvez fosse um reflexo das próprias emoções.

— E se o carro enguiçar?

— E se não enguiçar? De qualquer maneira, a empresa disse que havia um número de emergência para o qual poderíamos ligar. Com sorte, o rapaz do conserto pode até ser um pedaço de mau caminho, né, Martha?

Kathleen piscou para Martha, que riu.

— Se enguiçarmos no deserto, todos estaremos no mau caminho.

— Isso tudo parece tão divertido que estou tentado a me enfiar em uma das bagagens — comentou Sean.

Liza se perguntou por que sempre sobrava para ela fazer as perguntas importantes.

— Mas você sabe *mesmo* dirigir, Martha? A idade mínima para alugar um carro nos Estados Unidos é 25 anos.

— Eu fiz 25 anos no mês passado.

Ela parecia mais nova. Liza resistiu à tentação de perguntar se poderia conferir a certidão de nascimento da jovem.

— E você não se importa de passar metade do verão fora?

— Obrigada, Liza. — Sua mãe apontou para o mapa. — Venha dar uma olhada, Martha. Emocionante, não é?

— Muito. — Martha se inclinou para mais perto. — Eu venho estudando o caminho. Mal posso esperar para ver o Grand Canyon.

— Eu também. — Kathleen incitou Martha a se sentar outra vez. — Vou cobrir todas as despesas, lógico. Você não terá que pagar por nada.

E se a garota for acostumada a coisas caras e quiser pedir um bife enorme em cada restaurante ou lanchonete?

— Mãe...

— Você consegue ser flexível? Embora o plano seja reservar alguns lugares ao longo do caminho, eu queria deixar um espaço para a espontaneidade também. Para passarmos mais tempo em um lugar se quisermos ou seguirmos viagem se não quisermos.

— Parece ótimo. Vamos para onde ninguém vai poder nos encontrar! — Martha corou. — Quer dizer, parece emocionante, só isso. E posso dormir em qualquer lugar.

Liza franziu a testa. Por que a garota quereria ir para onde ninguém poderia encontrá-la?

— Estou planejando duas semanas para o percurso, talvez mais, e depois passar algumas semanas na Califórnia. Vou ficar fora por pelo menos um mês. — Kathleen dobrou o mapa. — Quando você precisa estar de volta?

— Não preciso. Posso ficar para sempre se for melhor para você.

Para sempre? Que tipo de pessoa poderia ficar fora para sempre? Ela não tinha obrigações, relacionamentos, nada?

A frustração de Liza se transformou em desconfiança. Havia algo errado.

E quanto às questões práticas? *Vistos? Imigração?*

— Você tem família, Martha?

— Tenho. — Martha aceitou a caneca de chá que Sean ofereceu e abriu um sorriso de agradecimento. — Moro com meus pais e minha irmã, porque estou sem trabalho no momento.

— Qual foi seu último emprego? — questionou Liza e ignorou o suspiro exagerado da mãe.

— Trabalhei em um abrigo de animais. Já estou procurando há algum tempo, mas não estou encontrando nada.

— Se pudéssemos ter os detalhes de seu último empregador, seria ótimo. Precisamos de referências.

Kathleen guardou o mapa.

— Não vamos precisar de referências. — Ela se levantou. — Diga-me do que você mais gosta em dirigir, Martha.

— A melhor parte é quando chego ao destino e ainda estou viva. Isso é sempre motivo de comemoração. Não com uma bebida, é óbvio.

Martha deu uma gargalhada, e Sean e Kathleen riram também.

Liza respirou fundo.

— Já teve acidentes?

Martha tomou um gole de chá.

— Só um. Todos sobreviveram, mas a afeição do meu pai por mim ficou gravemente ferida.

— Tive três acidentes no meu primeiro ano como motorista — contou Kathleen. — Acidentes nos ensinam a dirigir com mais cuidado.

A menos que sejam fatais.

Liza forçou um sorriso.

— Imagino que você queira perguntar sobre qualificações?

— Ah, sim. Qualificações. — Kathleen olhou nos olhos de Martha. — Você sabe fazer uma boa xícara de chá? Gosto de Earl Grey.

— Eu faço um chá excelente — respondeu Martha. — Antes do abrigo de animais, trabalhei em um café.

— Então você tem as qualificações perfeitas para o trabalho — concluiu Kathleen. — Já dá para ver que vamos nos dar muito bem. O emprego é seu, se não se incomodar em passar o verão com uma octogenária atrevida que tem uma tendência irritante a nunca fazer o que mandam.

Kathleen olhou para Liza com um brilho nos olhos e Martha sorriu.

— Também nunca faço o que mandam. Minha mãe diz que vai morrer do coração por minha causa.

Perfeito, pensou Liza. *Duas pessoas irresponsáveis juntas. O que poderia dar errado?*

Martha deve ter percebido que Liza era quem precisava ser conquistada, porque se inclinou para a frente.

— Prometo cuidar bem da sua mãe.

— Obrigada. — Liza quase não tinha como contestar o entusiasmo ou as boas intenções da jovem, mesmo que a realidade prometesse ser um pouco diferente. — O que seus pais acham de você passar o verão nos Estados Unidos?

— Vão ficar muito felizes por eu ter arrumado um trabalho.

A resposta em nada tranquilizou Liza, mas Kathleen se levantou.

— Então está decidido. Você tem passaporte?

— Tenho. — Martha confirmou com a cabeça. — Fiz uma excursão escolar para a Itália no último ano do ensino médio e ainda é válido.

Liza estava analisando tudo na cabeça.

Quantas jovens de 25 anos escolheriam largar tudo para dirigir pelos Estados Unidos com uma idosa de 80 anos? Por que Martha não passaria o verão com as amigas ou com um namorado?

Alguma coisa não estava certa, mas era tarde demais, porque sua mãe já estava remexendo em uma gaveta em busca do envelope onde guardava dinheiro.

— Vou lhe dar algum dinheiro agora para poder se preparar para a viagem. — Kathleen pegou o envelope. — Espero que não se importe de não ser uma transferência bancária. Não gosto da ideia de meu dinheiro sendo transferido para lá e para cá.

É só a gente digitar um número errado e, de repente, todas as suas economias vão para outro lugar.

— Como quiser, sra. Harrison. Mas o que precisa que eu compre? Se me der uma lista, posso comprar o que precisar. Chá?

— Pode deixar o chá comigo. Esse dinheiro é para seus pertences. Você vai precisar de roupas confortáveis para dirigir. Uma bolsa de viagem que caiba em um espaço pequeno. Óculos de sol, para nós duas estarmos bem chiques enquanto zanzamos por aí em nosso carro bacana. Uma echarpe para seus lindos cachos não ficarem caindo no rosto quando pegarmos a estrada em alta velocidade. Talvez uns vestidos?

Martha deu um puxão na própria camiseta.

— Gosto mais de calça jeans, mas obrigada. É generoso da sua parte. Tem certeza?

— Se estou esperando que você dirija duas mil e quatrocentas milhas, então o mínimo que posso fazer é garantir seu conforto. — Kathleen entregou a ela um maço grosso de dinheiro. — Ignore a cara feia de Liza. Minha filha é cautelosa com tudo.

O que havia de errado em ser cautelosa? Desde quando era pecado ser alguém com quem se podia contar? Por que ignorar as responsabilidades e não pensar nos outros era uma virtude?

Liza sentiu os olhos arderem.

Não importava que, desde o "incidente" da mãe, ela tivesse ido para a Cornualha fim de semana sim, fim de semana não. Não importava que estivesse passando pouco tempo com a própria família, que se desintegrava. Nenhum de seus esforços a aproximava da mãe, e isso nunca ocorreria.

Magoada, deu um sorriso rápido e seguiu para a porta.

— Vou dar uma volta. Prazer em te conhecer, Martha. Aproveite a viagem.

Ela quase sentia pena de Martha, tão sorridente e otimista. Quaisquer que fossem as razões para concordar com aquilo, Liza estava confiante de que a jovem não fazia ideia de onde estava se metendo. E, quanto à promessa de manter Kathleen segura, bem, boa sorte para ela.

De repente, ficou com muita vontade de ir para casa. Talvez pudessem ir embora depois do café da manhã do dia seguinte, em vez de esperarem até a hora do almoço conforme o planejado. Ela prepararia um bom jantar para as meninas. Fariam a refeição todos juntos, em família.

Enquanto ela e Sean atravessavam os campos até a praia, Liza manteve a respiração lenta e profunda. A paisagem era linda, mas ali ela nunca conseguia relaxar de verdade. Parte de relaxar era poder deixar todas as tarefas para trás, e no chalé havia muitas tarefas por fazer. Complicações futuras pairando no horizonte. Sua mãe caindo. A casa desmoronando.

Sean se abaixou para pegar uma concha na areia.

— Martha parece ótima.

— Hum.

Ela observou as ondas quebrando na praia. Liza sempre fora responsável. Mesmo quando criança, tinha um senso de dever. Cozinhara para o pai e tentara compensar as muitas ausências da mãe.

Sean passou o braço ao redor dos ombros dela e tentou beijá--la, mas Liza se afastou e foi seguindo pela praia. Ainda estava chateada e não podia virar a chavinha com tanta facilidade, indo de irritação e mágoa para afeição. As palavras descuidadas dele criaram uma barreira entre os dois que ela não sabia como ultrapassar. Para Liza, o sexo estava ligado à emoção de maneira íntima. Ela nunca fora do tipo que usava sexo como uma forma de fazer as pazes depois de uma briga. Precisava se sentir amada e cuidada, e não sentia nenhuma das duas coisas no momento.

Sean a alcançou.

— Sei que está chateada, mas é só sua mãe sendo sua mãe.

Não era só a mãe que a havia aborrecido, mas não era hora de ter uma conversa tão importante. Estava cansada, magoada e não confiava nos próprios sentimentos.

Os dois seguiram juntos em um silêncio desconfortável e, quando voltaram para a casa, Martha já tinha ido embora.

Enquanto Sean ligava para as meninas, Liza foi preparar uma salada leve, espalhando folhas frescas de manjericão por cima da muçarela e misturando amêndoas torradas a vagens enquanto ouvia a conversa, distraída.

— Tudo tranquilo por aí, Caitlin? — Sean passou por Liza e roubou uma azeitona. — A casa ainda está de pé? Ninguém precisou ligar para a emergência… O quê?… É lógico que estou brincando. — Ele lançou a Liza um olhar que dizia: "Viu só? Estou vendo como elas estão". — Não se esqueça de trancar as portas antes de ir para a cama. E confira também se não deixou a porta do freezer aberta.

Liza salpicou alho picado por cima de tomatinhos, cebola roxa e pimentão, então levou a assadeira ao forno.

Sean encerrou a ligação e comentou:

— Está com um cheiro bom. As gêmeas parecem bem. Estão tendo uma noite tranquila e está tudo certo.

— E a festa?

— Você disse a elas que não podiam ir.

— Desde quando alguém me escuta?

Liza fatiou um pão de massa fermentada e tirou a manteiga da geladeira.

— É *óbvio* que elas ouviram você.

Ela se sentia culpada por não confiar tanto nas filhas quanto ele.

— Você falou com Alice?

— Não. Por quê?

Porque ela não mente tão bem quanto a irmã.

Caitlin era a dominante.

— Deixa pra lá.

Por que ela não se sentia mais tranquila? Por causa daquele olhar que Caitlin lançara antes de ela sair de casa. O "sim, mãe" que não significava *sim* de jeito nenhum.

Eram suas filhas. Ela as amava mais do que tudo. Deveria confiar nelas também. Nunca repararia o relacionamento com elas a menos que construísse uma relação de confiança. Tinha que ser mais como Sean, esperando o melhor e não o pior.

— Obrigada por ver como elas estão. Eu agradeço.

Ela beijou Sean na bochecha e pegou a taça de vinho que ele ofereceu.

O primeiro gole foi uma felicidade, como a luz do sol. Um pouco da tensão a deixou.

Eles jantaram ao ar livre, observando o sol se pôr sobre os campos e o mar ao longe.

Popeye apareceu, como sempre acontecia quando havia comida.

Conversaram sobre a viagem, e Liza falou sobre os planos do verão na França, mas teve o cuidado de resistir à tentação de pedir à mãe que tomasse cuidado.

Ela fechou os olhos, saboreando o vinho e o sol, até que ficou frio. Quando o céu escureceu, ela levou os pratos para a cozinha e Kathleen foi para a cama.

Liza teve a sensação de que a mãe ficaria muito mais feliz sozinha. Ficou nítido que estava frustrada com as tentativas da filha de cuidar dela, e Liza não sabia como não cuidar das pessoas.

— A gente devia dormir cedo também — disse ela a Sean. — Toda aquela brisa do mar me deixou cansada.

Sentindo-se isolada e pouco valorizada, ela demorou muito no banheiro e ficou aliviada ao encontrar Sean já adormecido quando enfim se acomodou na cama ao lado do marido.

Ela levou muito tempo para pegar no sono, mas enfim conseguiu, e estava sonhando com o sul da França quando o celular de Sean tocou.

Ele tateou no escuro e Liza acendeu a luz, com o coração martelando.

— São as meninas?

Ele olhou a tela.

— Não, são Margaret e Peter, os vizinhos. Por que ligariam no meio da noite? — Ele se sentou e atendeu. — Margaret? Não tem problema, imagina… — Ele ouviu e passou a mão no rosto. — Você está de brincadeira… Ah, não…

— O quê? — Liza fez a pergunta movendo bem os lábios, mas ele balançou a cabeça e ergueu a mão.

— Tudo que posso fazer é me desculpar… Sim, com certeza. Sairemos daqui agora, mas levaremos umas quatro horas para chegar em casa. Lógico que você chamou a polícia, eu entendo.

— *Polícia*? — Liza, que não estava entendendo nada, ficou desesperada. — O que aconteceu?

— Sim, Liza e eu vamos ter uma conversa com elas, pode deixar. — Sean por fim desligou e praguejou baixinho. — Precisamos ir embora.

— Elas sofreram um acidente?

— Não, elas deram uma festa. — A expressão de Sean estava sombria enquanto começava a jogar as roupas na mala. — A casa está um caos e, ao que parece, quebraram a janela da sala de jantar dos vizinhos e destruíram os preciosos canteiros de plantas herbáceas deles. Temos que ir para casa.

6

Duas semanas depois, Kathleen estava sentada, apertando a bolsa no colo, enquanto Liza a levava de carro para o aeroporto.

Ela se sentia velha, mas era isso que acontecia depois de passar duas noites com adolescentes.

Era errado se sentir aliviada por aquela parte da viagem ter acabado? Estava começando a entender por que Liza sempre parecia esgotada.

Liza abriu um sorriso abatido para ela.

— Desculpe. Não foi a estadia mais relaxante.

— Foi um prazer ver as meninas — forçou-se a mentir Kathleen, um desafio para alguém que acreditava que era melhor falar a verdade.

Parecia a coisa mais educada a fazer, embora ambas soubessem que as gêmeas tinham sido um pesadelo. Foram maravilhosas com ela — "Vovó! É ótimo ver você" — e péssimas com a mãe — "A gente poderia sair para jantar em família, mas a mamãe tirou toda a alegria da nossa vida".

Considerando o nível de hostilidade, Kathleen admirava a filha por manter os castigos que havia imposto. Duvidava de que teria sido tão firme na mesma situação. Só que Liza sempre fora uma menina tranquila, então não costumava haver necessidade de punição.

Que mundo horrível, infeliz e cheio de conflitos a filha habitava.

— Sem internet, TV e telefone por *um mês*. — Caitlin saíra batendo o pé pela cozinha. — É uma violação dos meus direitos humanos.

Alice, que era avessa a conflitos, cobrira os ouvidos e saíra de perto.

Liza tinha permanecido calma.

— Foi uma violação dos direitos de nossos vizinhos quando vocês impediram eles de dormir, quebraram a janela deles e destruíram metade das plantas do quintal.

— Isso não foi minha culpa. — Caitlin era rebelde. — Não sou responsável pelas atitudes das outras pessoas.

— Você é quando elas são suas convidadas.

— Não eram minhas convidadas! Eu nem conhecia aquela gente. E tirar tudo nosso é... é... é uma tortura medieval. Vovó, fala para ela.

— Nada na sua vida é medieval. — Kathleen tentara permanecer imparcial. — Na Idade Média, era provável que você nem tivesse sobrevivido até a adolescência. A mortalidade infantil era assustadora de tão alta.

— Está dizendo que nunca deu uma festa quando tinha nossa idade?

Oh, céus.

— Bem, dei...

— Viu? — Caitlin se virara para Liza, triunfante. — A vovó disse que deu uma festona quando tinha a nossa idade.

— Eu não disse festona — retrucara Kathleen, mas ninguém a ouvia mais.

Liza estava se esforçando tanto para manter a calma que o corpo tremia.

— Em primeiro lugar, estamos falando de você, e não da sua avó. Em segundo lugar, as redes sociais ainda não tinham sido inventadas quando sua avó era adolescente e, mesmo que ela desse, *sim*, uma festa, aposto que conhecia todo mundo lá.

Em terceiro lugar, os convidados da sua avó não destruíram a casa dos pais dela e a dos vizinhos.

— *Nós* não destruímos a casa — murmurara Caitlin, mas teve a decência de parecer um pouco envergonhada. — Não convidamos aquela gente.

— Mas alguém convidou, e você precisa descobrir quem foi e responsabilizar essa pessoa.

— Não tem como. Vou ficar parecendo uma chata.

Kathleen havia ficado na expectativa de que Liza fosse dizer "Enquanto você morar debaixo do meu teto, vai ter que seguir as minhas regras", mas ela não o fez.

Em vez disso, ela havia se sentado diante da ilha de cozinha, com os ombros pendendo para baixo como se a vida fosse um fardo pesado demais.

— Caitlin, se um desconhecido entrasse no seu quarto sem ser convidado e destruísse as coisas que você ama, você ficaria chateada?

Caitlin fizera uma pausa.

— É diferente.

— Não é diferente. Ontem, a empresa de seguros mandou alguém para avaliar os estragos, e vai custar milhares de libras para consertar tudo.

— Isso é absurdo. É um golpe.

— É a realidade. Seus "amigos" deixaram a torneira aberta no banheiro do andar de baixo, e a água vazou para o corredor, acabando com o piso de madeira. O sofá da sala está cheio de queimaduras de cigarro e o tapete está manchado de vinho. O vidro das portas da varanda está rachado. E nada disso contabiliza os danos ao nosso relacionamento com o sr. e a sra. Brooks. Sinto tanta vergonha que mal consigo olhar para eles. Ao que parece, um de seus supostos "amigos" usou o jardim da frente deles para urinar.

Caitlin pareceu menos segura.

— Eu não sei de nada disso.

— Você era responsável por zelar por esta casa.

— Não sabia que iriam convidar um monte de gente que eu não conhecia! — Havia certo pânico em sua voz.

— Isso acontece quando você compartilha detalhes de uma festa nas redes sociais.

Caitlin empalidecera.

— Eu não fiz isso.

— Alguém fez, e você precisa descobrir quem foi. E precisa começar a se questionar de verdade sobre sua amizade com essa pessoa.

— Ah, por que não fala logo de uma vez? — A culpa deixara Caitlin mais irascível do que o normal. — Você acha que foi Jane. Aposto que torce para que tenha sido ela, porque assim vai ter uma desculpa para separar a gente. Você sempre odiou Jane. Só porque ela é um ano mais velha e supermaneira. Mas já tenho idade suficiente para escolher quem eu quero como amiga.

— Você não está escolhendo nada — argumentara Liza. — Está seguindo as escolhas dela. Isso é o que me preocupa. Você concorda com tudo que ela faz e diz, mesmo que vá contra seus próprios valores. Se tem idade suficiente para fazer escolhas, também tem idade suficiente para se responsabilizar por elas.

Sean entrou na sala naquele momento e imediatamente deu meia-volta e saiu.

Kathleen percebera o olhar de frustração da filha quando Liza abriu a boca para chamar o marido de volta, mas desistiu.

Estranho eles não terem lidado com isso juntos, pensara Kathleen. *Uma frente unida.*

E então se lembrara de todas as vezes que estivera ausente, em uma viagem para algum lugar exótico, e Brian tinha precisado resolver sozinho todas as pequenas crises familiares.

Caitlin continuara sem se abalar:

— Você quer que eu tenha uma vida chata que nem a sua. Mas sou mais como a vovó. Aventureira e destemida. Está no meu DNA. Eu nasci assim.

Em circunstâncias diferentes, Kathleen poderia ter admirado a maneira inteligente, embora manipuladora, de Caitlin desviar a atenção de si mesma. DNA. Ao que parecia, o ocorrido tinha passado a ser, de alguma maneira, culpa de Kathleen.

Ela saíra de fininho naquele momento e escapulira para o quarto, indo analisar o guia de viagens. Viajar era a maneira perfeita de sair da própria vida, e estava pronta para fazer isso. Gostaria que a filha pudesse fazer o mesmo, pois a vida dela não parecia algo muito agradável de se viver.

Pela primeira vez, ela se questionou sobre seu desejo de que a filha fosse um pouco mais rebelde. Se Caitlin era um exemplo de filha rebelde, estava feliz por não ter precisado lidar com isso.

E agora, no carro, Kathleen tinha plena consciência de que estava escapando, enquanto Liza teria que voltar para aquele ambiente tóxico.

A filha parecia pálida e cansada, mas decidida e determinada, como se estivesse travando uma batalha exaustiva.

Onde estava a diversão? O descanso?

Kathleen endireitou a postura no banco, com o cérebro a toda. Não tinha sido a melhor mãe do mundo, mas nunca era tarde para melhorar.

Mas como? Como poderia convencer a filha a tirar um tempo para si mesma? Kathleen odiava quando as pessoas tentavam dizer a ela como viver a vida, então não faria um discurso nem daria conselhos. E logo estariam no aeroporto, cercadas por desconhecidos, pelo barulho e pela vida na forma mais frenética. Não era o momento para uma conversa franca, ainda mais para uma pessoa tão avessa a conversas emocionais quanto ela.

Parada no engarrafamento, Liza tamborilou no volante e olhou para ela.

— Você está com dúvidas sobre a viagem? Porque sabe, né, se acontecer alguma coisa, é só me ligar que eu vou ajudar.

Kathleen sentiu um aperto no peito. Embora a filha achasse que a viagem era uma péssima ideia, ainda estava disposta a ajudar caso algo desse errado. Mesmo que estivesse lidando com uma crise em casa. Era tão típico de Liza colocar as necessidades de todos acima das dela.

Mas as pessoas faziam sacrifícios por aqueles que amavam. E ninguém sabia disso melhor do que Kathleen.

Ela deixou os pensamentos sobre si mesma de lado, e não só porque remoer o passado era o que menos gostava de fazer. Aquilo não era sobre si.

— Estava pensando em você.

Vamos lá, Kathleen. Diga algo profundo e útil. Admita ter sentimentos.

— Tem sido um período bastante estressante. — Liza voltou a atenção para a estrada. — Espero que as férias acalmem as coisas e eu consiga relaxar. Mal posso esperar.

— Você não pode passar a vida esperando pelas duas semanas por ano em que enfim consegue se divertir, Liza. E as outras cinquenta?

— Não me divirto só duas semanas por ano. — Liza franziu a testa. — É verdade que o dia a dia anda bem cansativo, mas a vida é assim mesmo, não? E é assim para todos. Todo mundo tem algum problema.

Mas nem todo mundo lidava com os problemas com a mesma diligência que a filha.

— Você precisa ter esse sentimento do verão no resto do ano também, não só por duas semanas em agosto. — Kathleen umedeceu os lábios. — Estou preocupada com você.

— *Você* está preocupada *comigo*? — Liza riu. — É você quem vai viajar de carro pelos Estados Unidos com alguém que não conhece.

Mas aquilo combinava com Kathleen. Ela não tinha nenhum desejo de conhecer Martha a fundo. Relacionamentos superficiais sempre foram sua preferência.

— Estou preocupada porque você nunca dá limites aos outros.

Liza apertou mais o volante.

— Somos muito diferentes nisso, você sabe.

— É, mas você permite que as pessoas suguem a sua bondade até que só sobre... pó. Você tem pintado?

— Pintei o quarto de Caitlin.

— Não foi isso que eu quis dizer.

— Não, não tenho pintado. — Liza soou cansada. — Não tenho tempo.

— Você deveria arranjar tempo.

— Não ando com vontade. Não tem prazer algum em tentar criar algo às pressas quando todos precisam de alguma coisa de você. Vira outra tarefa. E eu me sentiria culpada por tirar esse tempo para mim quando há tanta coisa a ser feita.

Aquilo não era bom. Não era nada bom.

Kathleen seguiu com cautela, como uma desbravadora se aventurando em um terreno novo:

— Você é a cola que mantém a família unida, mas sabe o que acontece com a cola com o passar do tempo? Ela seca. E então tudo se despedaça.

— Acha que estou muito seca? — A resposta de Liza foi descontraída, mas as mãos dela apertavam o volante. — Preciso mudar meu hidratante.

— Você usa hidratante?

— Só quando me lembro de usar. — Liza respirou fundo. — Você acha que sou fraca. Acha que eu deixo as pessoas me fazerem de capacho.

— Não. Acho que você se doa. É a pessoa mais bondosa e generosa que eu conheço, mas, por algum motivo, esquece de praticar essa bondade consigo mesma. Qual parte da sua vida é só sua e de mais ninguém? *Liza!* — gritou quando a filha estava prestes a bater no carro da frente.

Liza pisou firme no freio.

— Desculpe. Eu… Você disse que me acha bondosa e generosa?

— Acho.

Por que alguns simples elogios provocariam uma resposta tão dramática? E Liza estava com lágrimas nos olhos? Ah, não!

A filha piscou algumas vezes.

— Você acha que sou chata. E cuidadosa.

— Você não é chata. Cuidadosa, talvez. Carinhosa, com certeza. — Talvez aquela conversa fosse um erro. Não estava em condições de ajudar nem influenciar Liza, mesmo que quisesse, e em geral sua opinião era de que uma pessoa tinha todo o direito de estragar a própria vida sem interferência. Mas aquela era sua filha. — Você se preocupa muito com as pessoas próximas e sempre coloca a felicidade delas em primeiro lugar. É assim desde criança.

— Isso é uma coisa ruim?

— Pode ser ruim se com isso as pessoas tirarem proveito de você. Se algo precisa ser feito, elas sabem que você vai fazer. — E de repente teve uma ideia. A resposta. Não era interferência se ela conduzisse alguém com gentileza em uma direção específica. A pessoa ainda tinha escolha. — E, como sei que você faz o que as pessoas precisam que você faça, vou pedir mais um favor.

Ela não precisava prolongar aquela conversa incômoda, apenas precisava manipular a situação para alcançar o resultado desejado.

— Você acabou de me falar que eu deveria começar a dizer não para as pessoas — contrapôs Liza —, e agora está me pedindo um favor?

— Pois é — disse Kathleen. — É egoísmo meu, eu sei, mas preciso que alguém me ajude com isso. Eu deveria ter pedido antes. — Se a ideia tivesse lhe ocorrido antes... Estivera abordando a questão da maneira errada. — Você poderia ir lá em casa dar uma olhada no Popeye algumas vezes enquanto eu estiver fora?

— Achei que você tivesse me falado que alguém iria botar comida para ele, não?

— É, mas você conhece o Popeye. Ele é muito independente, mas nunca ficou sozinho por tanto tempo. Ficaria mais tranquila se soubesse que alguém de confiança está de olho nele. De repente até fazendo uns carinhos nele.

Mentalmente, pediu desculpas a Popeye, que, de modo geral, não era chegado a carinho. Qualquer culpa que sentisse por tirar vantagem da boa índole e do senso de dever de Liza foi apaziguada pelo fato de que o pedido era por uma boa causa.

— Vou tentar, mas as garotas andam ocupadas, e não vamos deixar as duas sozinhas depois do que aconteceu da última vez...

— Por que não vai só você? Deixe Sean em casa de olho nas garotas. Você pode até gostar. Não há nada como uma caminhada matinal na praia quando se é a única ali. Às vezes tomo café lá, sentada na areia.

— É mesmo? — Liza olhou para ela. — Não sabia.

— Agora vai me dizer que parece perigoso.

— Acho que parece ótimo. Ah, o que eu não daria por uma meia hora de paz na praia sem ninguém por perto.

— Então faça isso. Passe o fim de semana lá no chalé. Tire um tempinho para você. Por que não?

— Bem, porque... — Liza franziu a testa. — Nunca vou a lugar nenhum sozinha. Fazemos tudo juntos.

E esse, pensou Kathleen, *é o problema.*

Ela se esforçou para fazer uma expressão lastimosa.

— Não pediria esse favor, mas fico preocupada com Popeye, coitadinho.

— Sei que ele é muito importante para você. — O trânsito voltou a fluir e Liza avançou com o carro. — Prometo que vou ficar de olho no Popeye. Embora eu não me responsabilize se ele fugir.

— Ele nunca foge. Sai para perambular por aí, mas sempre volta para casa.

Liza sorriu.

— Nunca tinha percebido como vocês dois são parecidos.

— De fato. Tudo que eu preciso é ter a liberdade de perambular por aí. — Aquilo não estava tão longe da verdade. — Se for passar o fim de semana no chalé, não se dê ao trabalho de fazer compras e cozinhar. Tem uma delicatéssen maravilhosa que abriu na vila faz pouco tempo. Diga a eles que é minha filha. E, caminhando um quilômetro e meio pela praia, pode comer na Tide Shack, o hambúrguer de lá é maravilhoso. As batatas fritas são espetaculares.

— Sua dieta é pavorosa, mãe. — Mas daquela vez Liza estava rindo, não dando um sermão. O trânsito enfim havia melhorado e no momento estavam a apenas alguns minutos do aeroporto. — Por favor, tente comer legumes ou frutas de vez em quando enquanto estiver nos Estados Unidos.

— Prometo viver de brócolis. — Kathleen pegou a bolsa e conferiu o passaporte outra vez. Estava um pouco nervosa, mas não tinha como admitir isso para a filha. O máximo que conseguia fazer era, com algum esforço, aguentar uma conversa sobre emoções, desde que não fossem as dela. — Faz tanto tempo que não viajo de verdade que esqueci os procedimentos. Toda hora fico olhando para ver se estou com o passaporte e o cartão de crédito, embora já tenha conferido várias vezes.

— Vai dar tudo certo. — Liza pegou a saída para o aeroporto. — Você tem um celular. Martha tem meu número. Se precisar de alguma coisa ou tiver algum contratempo, me ligue.

— Espero ter alguns contratempos. — Kathleen deu um tapinha na perna da filha. — É para isso que estou viajando.

Liza parou na área de embarque.

— Você não tem jeito.

— Eu sei. Por favor, fique de olho no Popeye por mim.

— Pode deixar. — Liza abriu a porta do carro e deu a volta para ajudar Kathleen com as malas. — Eu deveria ter estacionado para entrar com você.

— Odeio despedidas prolongadas. — Elas se entreolharam, ambas se lembrando de todas as separações estressantes de quando Liza era criança. *As emoções têm tentáculos*, pensou Kathleen. Elas se enrolavam na pessoa e a puxavam para baixo. Enfiavam-se no coração, causando dor. Ela deu um tapinha desajeitado no ombro de Liza. — Obrigada. Aproveite a França.

Uma pressão estranha cresceu em seu peito.

Ela deveria ir embora, mas, por algum motivo, suas pernas não se mexiam.

Liza deu um passo à frente e a abraçou.

— Divirta-se. Eu te amo.

A pressão foi aumentando até parecer que alguém havia inflado um balão dentro de seu peito.

Ela umedeceu os lábios e tentou falar, mas as palavras não saíam. Como era possível sentir tanto e dizer tão pouco? E, no entanto, esse era o mundo dela. Guardava os sentimentos dentro daquele balão e torcia para não estourar.

Liza deu um passo para trás, abriu um sorriso tímido e voltou para o carro.

Kathleen acenou, inquieta com a sensação de perda que sentia. Ficou ali parada enquanto Liza entrava no fluxo interminável de carros, e a sensação não foi apenas de adeus. Foi de um momento que se ia para sempre. Uma oportunidade perdida.

Eu também te amo. Você sabe disso, não sabe?

Ela se virou, lutando contra o sentimento de decepção que surge quando se é reprovado em uma prova ou se deixa de alcançar um objetivo. Aquele sentimento que vem quando se sabe que deveria ter feito mais.

Assim que ela entrou no prédio do terminal, a agitação e o barulho ao redor melhoraram seu humor. O presente sempre conseguia abafar o passado se buscasse um presente alto o suficiente.

A sensação durou até que um jovem deu um esbarrão que quase a derrubou e disse um "Olha por onde anda, vovó".

No painel de voos estavam todos os destinos, lembrando-a de como o mundo era grande e de como ela havia permitido que o dela se tornasse pequeno.

Viu Martha parada perto do terminal automático de check-in, parecendo perdida.

Kathleen acenou e arrastou a mala pelo piso brilhante, abrindo caminho entre os passageiros enquanto Martha se aproximava com a empolgação e o entusiasmo de um labrador.

— Kathleen! — Martha a envolveu em um abraço. — Nosso voo está no horário, já olhei. Chicago, aqui vamos nós!

Um pouco da energia vibrante da jovem fluiu para dentro de Kathleen, e a pressão em seu peito diminuiu. As emoções desconfortáveis deslizaram para as profundezas de seu ser, onde era o lugar delas.

Durante o mês seguinte, não precisaria pensar nisso.

Que par perfeito ela e Martha formariam. Sua sabedoria e experiência combinadas com a juventude e a energia da moça.

A jovem companheira compensaria todas as partes de Kathleen que pareciam não mais funcionar direito.

Três fusos horários, oito estados, uma aventura incrível.

Seria perfeito.

7

Martha

Quarenta e oito horas depois, Martha olhou para o carro lustroso de alto desempenho à sua frente e se desculpou mentalmente pelo que estava prestes a fazer com ele. Ai, ai, por que não foi honesta sobre o fato de odiar dirigir?

Sua mãe estava certa. Ela sempre tomava más decisões.

Fingir autoconfiança era fácil — *Sim, adoro dirigir* —, porém mais cedo ou mais tarde era preciso encarar as próprias mentiras, e era o que estava fazendo agora. A ideia de se sentar atrás do volante daquele carro esportivo revirava seu estômago. Era como tentar cavalgar um cavalo de corrida quando só se tinha montado em um pangaré de sítio.

Ai, Martha, Martha.

Aquilo não acabaria bem. Quando chegasse ao fim da rua, ou as duas estariam mortas ou ela estaria demitida. Seria a jornada de trabalho mais rápida da história, o que era uma pena, pois estava começando a gostar de Kathleen e até então a viagem tinha sido mais emocionante do que ela poderia imaginar. Nunca tivera a oportunidade de viajar, e precisava se conter para não ficar apontando para tudo e dizendo: "Olha aquilo!"

Estava tentando parecer uma mulher sofisticada e viajada, o que não era fácil.

E era chegada a hora da verdade.

— Ford Mustang, certo? — O homem alto e magro com pele maltratada que se apresentara como Cade lhe entregou as chaves. — Vocês estão com sorte. Há muita procura pelo modelo, nem sempre temos um disponível. Têm certeza de que é isso que querem? Vocês poderiam levar um Corvette ou um Camaro. Ou um SUV. Teriam mais espaço.

O que eu quero, pensou Martha, *é um carro velho e lento.*

Só que Kathleen negou com a cabeça.

— Uma das vantagens de não sermos abençoadas no quesito altura é que não precisamos de muito espaço para as pernas. Quero o Mustang.

Dois dias na companhia de Kathleen ensinaram à Martha que ela sempre conseguia o que queria.

Martha pensou no turbilhão das quarenta e oito horas anteriores.

Depois de terem desembarcado em Chicago, fizeram check-in em um hotel elegante, no qual Kathleen havia reservado uma suíte com dois quartos. O banheiro de Martha era maior que o quarto na casa dos pais.

Kathleen escancarara as portas da sacada e respirara fundo, como se estivesse inalando oxigênio pela primeira vez em anos. Ficou lá parada, olhando a vista de Chicago, e depois disse *Sim* em um tom que sugeria que estava mais do que satisfeita.

Para Martha, a viagem toda era um grande *sim*.

Tirando a parte de dirigir, estava vivendo um sonho. E luxuoso! Um quarto grande o suficiente para dançar sem o risco de trombar com as paredes. Ninguém da família para apontar todos os seus defeitos. E, o melhor de tudo, não havia chance de Steven aparecer ali.

A suíte era incrível, mas de onde Kathleen tinha tirado dinheiro para pagar por tudo aquilo? Será que havia roubado um banco na juventude? O brilho malicioso nos olhos da mulher mais velha fazia Martha pensar que tudo era possível.

E quais eram as exatas expectativas da viagem? Deveria ficar na sua ou se juntar a Kathleen?

O trabalho não viera com nenhuma orientação, tirando o fato de que ela deveria dirigir. Ficara ansiosa para passar uma noite tranquila com um bom hambúrguer e a cópia surrada de *As vinhas da ira* para entrar no clima da viagem, embora torcesse para que houvesse bem menos drama e dificuldades na versão delas da jornada pelos Estados Unidos.

Cheia de gratidão por aquela nova vida, Martha juntara-se a Kathleen na varanda.

— Quer que eu peça algo para comer, Kathleen? Imagino que esteja querendo dormir cedo.

Sua avó sempre tirava uma soneca à tarde. Martha sabia que a sra. Hartley também, pois gritava com qualquer um que batesse à porta entre três e quatro da tarde.

Kathleen, no entanto, estava agitada.

— Dormir cedo? São só cinco horas.

A pele dela estava pálida e os olhos, cansados, mas brilhavam com um entusiasmo que deixara Martha animada também.

Não era seu papel discutir com a nova chefe. Era a motorista e faria companhia, mas não era uma cuidadora. E, se a pessoa não soubesse o que queria aos 80 anos, então quando saberia?

A testa franzida de preocupação de Liza lhe viera à mente. Martha tinha experiência suficiente em ser censurada para saber que a filha de Kathleen também a censurara. Ela ficara um pouco intimidada por Liza, e não só porque invejava qualquer pessoa com um cabelo bem cuidado. O de Liza era liso e claro como leite coalhado. E havia também o ar de competência dela. Martha não precisara ouvir que a filha de Kathleen era professora. Duvidava de que houvesse algum problema que Liza não conseguisse resolver ou uma turma que não desse conta de controlar.

Mas ela não era funcionária da filha, certo? Era funcionária da mãe.

Ainda assim, não havia mal em perguntar.

— São dez da noite lá em casa. Não, espera, a diferença é de seis horas. Então são onze da noite lá em casa.

Sua mãe estaria escovando os dentes e gritando com o marido para que conferisse se havia trancado as portas. Martha ficou grata por não estar lá.

— Você está no fuso de Chicago agora. Temos algumas horas para tomar banho e descansar, e depois vamos jantar e tomar uns drinques.

— Drinques?

Sua avó sempre tomava um chocolate quente antes de dormir. Martha os preparava para ela, usando a quantidade exata de leite e açúcar. Às vezes, comia um biscoitinho para acompanhar.

Kathleen então olhara para o horizonte.

— Da última vez que estive aqui, tomei alguns drinques. Quero fazer isso de novo.

— Já esteve aqui antes? Quando?

— Eu tinha 30 anos. Foi minha primeira viagem a Chicago.

— Mal posso esperar para ouvir todas as suas histórias. Pode me contar enquanto bebemos. — Parecia tão adulto e sofisticado, ela indo beber drinques e falar sobre viagens exóticas. Suas conversas em geral se restringiam a assuntos do dia a dia, mas naquela noite ela viajaria por meio das experiências de Kathleen. Ou talvez estivesse sendo presunçosa demais. — Não preciso ir junto, lógico. Se preferir ficar sozinha...

— Por que eu preferiria ficar sozinha? Você é parte desta aventura. — Kathleen sorrira. — Você agora faz viagens incríveis, Martha.

Martha não se sentia uma pessoa que fazia viagens incríveis e tinha certeza de que também não parecia esta pessoa, mas estava disposta a fazer o que fosse preciso para adotar o estilo de vida.

— Como devo me vestir?

— Em um estilo casual chique.

O que era isso, exatamente?

No fim, ela optara pelo único vestido que tinha. Pegara a jaqueta jeans para o caso de sentir frio e calçara um par de tênis brancos de exercício.

Kathleen usava as roupas habituais, com camadas esvoaçantes em cores intensas, além de um relógio fino de ouro em um pulso e várias pulseiras no outro. Com o cabelo branco curto e o ar de elegância natural, ela parecia o auge do glamour.

Olhando para ela a gente vê uma mulher forte e elegante, não a idade que tem, pensara Martha.

— A senhora está linda, sra. Harrison.

— Me chame de Kathleen. — Ela pegara a bolsa. — Vamos subir ao terraço para beber Manhattans e comer risoto de lagosta.

Seria delicioso ou nojento? Martha se imaginara no pub local perto de casa depois de voltar de viagem. "Vou querer um risoto de lagosta e um Manhattan." Era provável que a resposta fosse um "Como é que é?" acompanhado de um olhar confuso, um prato de iscas de peixe e meio litro de cerveja.

O terraço da cobertura tinha vista para o centro de Chicago e o lago mais ao longe.

— É muito legal.

Martha havia ido se acomodar na mesa livre mais próxima, mas Kathleen gesticulou para o garçom.

Ela dissera algo que Martha não conseguiu ouvir, e logo em seguida as duas foram conduzidas até uma mesa na varanda, com a melhor vista do horizonte.

Disfarçando, Martha dera uma olhada nas pessoas ao redor, aliviada ao ver roupas variadas. Algumas se vestiam de maneira mais casual, outras com mais elegância, mas todas tinham algo em comum: confiança. Como se combinassem com o lugar.

Martha endireitara um pouco a postura e tentara agir como se aquele bar elegante fosse seu hábitat, embora tivesse certeza de que não estava enganando ninguém. Ela devia se destacar como uma zebra em uma praia.

E então os drinques chegaram, entregues com um floreio.

— À aventura.

Kathleen levantara o copo e Martha, meio tonta por causa do fuso horário, do cansaço e de uma overdose de empolgação, erguera a bebida também.

— À aventura.

E a uma vida nova, bem longe da antiga.

Martha, desbravadora e apreciadora de drinques exóticos.

Viu só, Steven Pegajoso?

A jovem tomara um gole do drinque e quase se engasgara. Sua ingestão de álcool era restrita pela falta de dinheiro e, quando bebia, em geral era a cerveja que o pai tinha na geladeira. Ela devia ter o paladar menos sofisticado do planeta.

Depois de três goles, tinha descoberto que o drinque era a melhor coisa que já havia provado, e, no quarto, notara que ficaria muito feliz se tomasse só aquilo para sempre. Ao terminar a bebida, já estava evidente que Kathleen não era nada parecida com a avó de Martha.

Sentia uma tontura leve e estranha. Era por causa do fuso horário? Por causa do drinque? Como nunca tinha sentido nenhuma das duas coisas, era impossível saber.

Kathleen pedira mais uma rodada, e Martha estava prestes a dizer que beber tanto de estômago vazio poderia não ser uma boa ideia quando o risoto de lagosta chegou.

Chicago se estendia diante delas, resplandecente e brilhante.

— O que disse ao garçom para conseguir essa vista para nós?

— Eu disse a verdade. — Kathleen pegara o garfo. — Que tenho certa idade e nunca se sabe se esta pode ser minha última refeição.

Martha não estava acostumada com pessoas que reconheciam a própria mortalidade de modo tão aberto. O que deveria dizer? "Não seja boba, você vai ficar bem"? Mas e se não ficasse? E se Kathleen morresse na viagem?

Ela tomara outro gole do drinque. Nunca tinha visto um cadáver.

Era egoísmo torcer para que Kathleen pelo menos não morresse antes do fim da viagem? Não queria que a aventura terminasse ainda. Também não queria ser responsabilizada pela assustadora Liza por levar a mãe dela ao fim da vida.

Talvez fosse do interesse de Martha ser pelo menos um pouco protetora.

— Você está bem? Algo que eu deva saber?

Talvez devesse ter pedido à Kathleen para fazer um exame médico antes de viajar ou apresentar um atestado de saúde, mas, como Kathleen não havia lhe pedido uma prova de experiência como motorista, não teria sido justo.

— Tenho 80 anos. Pode-se dizer que sou como um carro clássico. Preciso de manutenção. Meu motor se engasga às vezes e tenho alguns arranhões na lataria, mas ainda aguento o tranco. — Kathleen erguera o copo. — Um brinde a viver o momento.

Martha também erguera o copo.

— A viver o momento. — O que era ótimo, desde que o momento não envolvesse ter que lidar com o cadáver de Kathleen. Elas passariam pelo Vale da Morte, não? Não parecia muito auspicioso. Talvez devessem pegar um caminho diferente. Além disso, a analogia do carro não a deixou muito feliz, pois não tinha um bom histórico com carros. Não queria ser responsável por outro arranhão na lataria de Kathleen. — Posso pedir um suco para você? Uma água?

— Vou tomar mais um drinque para comemorar nossa primeira noite. E você?

Mais um drinque e ela com certeza acordaria com dor de cabeça, então Martha negara. Tinha a sensação de que teria motivos suficientes para dores de cabeça na viagem sem adicionar o consumo excessivo de álcool à lista.

— Uma água com gás, por favor.

Kathleen sorrira para o garçom e apontara para o copo.

— Aquele homem é muito boa-pinta. Você não deve nem saber o que isso significa, não é? Sua geração diria "fofo", ou pelo menos é o que minhas netas dizem.

— "Fofo" é uma opção.

— Cinquenta anos atrás eu teria levado esse rapaz para o quarto comigo. Ele tem olhos maravilhosos e um sorriso maroto. — Kathleen olhara para Martha, pensativa. — Talvez você...

— Não. Obrigada. Não estou interessada.

Aventura, sim. Viagem de carro, sim. Drinques, com certeza. Homens? Sem chance. O que o fato de uma senhora de 80 anos estar tentando juntá-la com alguém dizia sobre a vida de Martha?

Kathleen se inclinara para a frente.

— Você é lésbica?

— Não, não sou lésbica. Só estou dando um tempo nos relacionamentos. — Ela então pensara em Steven, e pensar em Steven a fazia desejar ter pedido outro drinque em vez de água. — É bom eu tirar uma foto sua e mandar para Liza. Prometi a ela que faria isso. Quer deixar a bebida na mesa? Ela vai ficar preocupada?

— Ela ficaria mais preocupada se eu não estivesse bebendo.

Kathleen posara com o horizonte ao fundo enquanto Martha tirava fotos no próprio celular.

Ao guardar o aparelho, Martha viu que tinha duas ligações perdidas de Steven. O momento perdeu parte da magia. Mesmo tão longe de casa, ele ainda conseguia estragar sua noite.

Ficara tentada a mandar uma foto sua tomando drinques junto com uma mensagem: *Não posso falar agora, estou ocupada.*

Kathleen a observava.

— Está tudo bem?

— Tudo. — Ela fechara o zíper da bolsa e tentara esquecê-lo. — Conte mais de você, Kathleen. Sempre viajou muito?

— Sempre. E este lugar é tão emocionante quanto eu me lembrava. Seu coração não bate mais rápido só de olhar em volta?

— Seu coração está batendo mais rápido? — Martha ajustara a postura no assento. — Está sentindo alguma dor no peito ou algo assim?

Ela deveria ter feito um curso de primeiros socorros antes da viagem.

Kathleen parecia calmíssima.

— Na minha idade, sempre sentimos dores. É melhor não pensar muito nelas.

Martha também sentia algumas dores, sobretudo no peito. Seus sentimentos foram feridos, sua confiança sofrera um golpe. Ela também era muito a favor de não pensar muito no assunto.

— Você veio aqui como turista?

Ela havia percebido que a única coisa que sabia sobre a nova chefe era que ela morava em uma bela casa no meio do nada, parecia ter dinheiro suficiente para bancar hotéis caros e estava determinada a viver o resto dos anos de uma maneira imprópria para a idade dela.

— Vim a trabalho. — Kathleen pousara o garfo. — Eu apresentava um programa de viagens. Décadas antes de você nascer, lógico. Viajei o mundo. Fui famosa por um tempo.

— Qual era o nome do programa?

— *Vocação Verão*. Você é jovem demais para se lembrar do programa, mas sua mãe talvez conheça.

Martha não tinha a menor intenção de entrar em contato com a mãe. Estava gostando de estar longe e não tinha dúvidas de que a recíproca era verdadeira.

— Você era jornalista?

— Comecei a trabalhar em uma emissora de televisão quando terminei a faculdade. Trabalhei com várias coisas diferentes, mas depois descobri que era boa apresentando. Fiz alguns programas diferentes, inclusive um para crianças. E então comecei o *Vocação Verão*. Já teve um trabalho que parecia perfeito para você?

— Não. — Martha não via motivo para não ser honesta. — Acho que poderia dizer que ainda estou... me descobrindo. Tentativa e erro, sabe?

Cometera mais erros do que gostaria de se lembrar.

— Bem, o *Vocação Verão* era perfeito para mim. Adorei o trabalho desde o início. O que tentava fazer nas reportagens era dar às pessoas um gostinho do lugar. Queria que elas pudessem decidir se queriam visitar cada destino e que aqueles que viajavam sem sair do sofá, e eram muitos, sentissem como se tivessem visitado todos mesmo sem ter deixado o conforto das próprias casas. Assim que chegávamos a um lugar novo, cabia a mim decidir o que destacar. Eu mostrava a cultura, a comida, mas sempre cobria alguns lugares menos comuns. Se tivesse sorte, encontrava algum nativo disposto a se juntar a mim por um dia e me levar a todos os lugares favoritos dele. Essa perspectiva privilegiada dava aos espectadores uma sensação de como era o lugar de verdade.

Martha ficara fascinada.

— Tem algum episódio antigo na internet?

— Não faço ideia. Não uso internet. Tenho os episódios em DVD, mas lá em casa.

— Se não usa a internet, como você reservou as passagens aéreas, os hotéis e o carro?

Kathleen fizera uma pausa antes de dizer:

— Se eu contar, você precisa prometer não contar para Liza. Ela reclamaria.

Martha achou engraçado Kathleen estar escondendo segredos da própria filha. Talvez não fosse a única que achava Liza um pouco assustadora.

— Prometo.

— Meu vizinho reservou tudo para mim.

Martha comia o risoto devagar, saboreando cada garfada.

— Por que isso é um problema?

— Porque a reputação dele não é das mais louváveis.

— Louvável. Adoro o jeito que você fala. — Martha sorrira. — O que ele faz?

— Ele aproveita a vida — revelara Kathleen com toda a calma —, algo que tende a despertar a inveja daqueles que testemunham as maiores travessuras dele. Uma inveja disfarçada de censura. Ele é uma estrela do rock. Muito bem-sucedido, pelo que ouvi das pessoas que sabem mais dessas coisas do que eu. Bem-sucedido o suficiente para comprar todas as terras ao meu redor e vários carros velozes. A casa dele é espetacular. Tem uma vista maravilhosa para o mar.

— Qual o nome dele?

— Finn Cool.

Martha deixara cair o garfo.

— Você está de brincadeira. Finn Cool?! Eu amo as músicas dele. Quer dizer, ele é bem velho, é óbvio… — Tarde demais, Martha se dera conta de que Finn devia ter metade da idade de Kathleen. — Mas ainda acho ele incrível. Foi ele que fez as reservas?

— Não pessoalmente. Ele perguntou minhas preferências e contatou o empresário, que providenciou tudo. Foi muito prestativo e fiquei grata, porque não tive coragem de pedir a Liza que fizesse isso. Não pega bem dizer que quero uma aventura e depois ter medo da internet.

Martha tinha achado a coisa toda muito fofa.

— Como conheceu Finn Cool? Achei que a maioria das celebridades era apegada à própria privacidade em um nível patológico.

— Foi bem engraçado. — Ao pegar o copo, as pulseiras de Kathleen tilintaram. — A entrada da casa dele é difícil de achar. Imagino que seja por isso que ele escolheu aquele terreno. Tem sempre alguém batendo na minha porta perguntando onde ele mora.

— Deve ser irritante.

— De jeito nenhum. É divertido. Certa vez, fiz um daqueles repórteres suspeitos com uma câmera gigantesca ir dois campos na direção errada. — Kathleen inclinara-se para a frente. — Não confio em homem que tem uma lente de câmera grande demais, e você? A gente se pergunta se eles estão tentando compensar o tamanho de outra coisa.

Martha se engasgara com a bebida.

— Não conheço ninguém que tenha uma câmera. Todo mundo usa o celular.

— Bem, ele era um daqueles homens com quem não simpatizamos de primeira, então eu mandei o sujeito embora. Mas, de alguma forma, ele não viu a placa de que havia um touro no campo e teve que ser resgatado pelo fazendeiro.

Era a história mais engraçada que Martha ouvia havia algum tempo.

— Finn Cool ficou sabendo?

— Não de início. Mas então mandei um carro cheio de jovens esperançosas para outro vilarejo, achando que estava ajudando. Só que eram convidadas de uma das festas escandalosas que ele costuma dar.

— Como ele ficou sabendo?

— Elas ligaram para Finn e perguntaram como chegavam lá e, sem dúvida, mencionaram a senhorinha imprestável que morava na rua dele. No dia seguinte, Finn apareceu na minha porta com um grande buquê de flores e uma garrafa de gim excelente para me agradecer por ser o dragão resguardando os portões dele. Bebemos um pouco juntos no jardim e, quando lhe contei sobre o fotógrafo, ele caiu na gargalhada. Depois disso, combinamos que os visitantes bem-vindos teriam uma senha, que seria alterada mês a mês. Assim, se alguém batesse na minha porta e não usasse a palavra certa, eu mandaria a pessoa fazer um desvio longo e interessante.

Martha concluíra que adorava Kathleen.

— Qual é a senha deste mês?

— Jurei segredo. Mas ele e eu nos entendemos. Ele não é nada do que as pessoas dizem, embora seja verdade que dê umas festas invejáveis. Certa vez, algumas das convidadas dele saíram para passear à meia-noite e acabaram no meu jardim. Mulheres encantadoras, embora muito econômicas no quesito roupas.

— Você quer dizer que eram roupas baratas?

— Eu estava me referindo à quantidade e não ao valor. — Kathleen tomara um gole do Manhattan. — Uma estava usando a parte de baixo de um biquíni muito pequeno e nada mais. Finn pode considerar presunçoso da minha parte dizer isso, mas acho que temos uma espécie de amizade.

— Essa é uma ótima história. — Será que era por isso que haviam recebido um upgrade no hotel? Talvez a gerência pensasse que Kathleen era parente de Finn Cool. Hilário. Com sorte, seriam tratadas como estrelas do rock o tempo todo. — Então você já esteve em Chicago antes. E na Califórnia?

Kathleen abaixara o copo.

— Nunca.

— Esta é uma viagem dos sonhos para você? — perguntara Martha, mas viu pela expressão de Kathleen que havia feito a pergunta errada, então decidiu mudar de assunto depressa. — Nunca estive nos Estados Unidos antes. Já fui para a Itália. Em uma excursão escolar. E só.

Kathleen estava olhando para o horizonte com um olhar distante.

— Kathleen? — Martha ficara tentada a estalar os dedos para ver se ela estava consciente. — Quer outra bebida?

Kathleen então piscara, voltando a si.

— É melhor não. — Ela pegara o copo vazio. — Eu não devia beber, por causa dos remédios de pressão.

Martha pensou nos três drinques.

— O que acontece se você beber?

— Não sei. Podemos estar prestes a descobrir.

Tomara que não.

— O risoto estava delicioso. Assim como o drinque. Obrigada.

— Beba mais um. — Kathleen acenava para o garçom fofo. — Se for certinha demais aos 25 anos, não terá nada para recordar quando chegar aos 80. Se chegar um momento em que eu ficar decrépita demais para viajar e ter independência, vou passar os dias viajando em minhas lembranças, e, quando isso acontecer, prefiro que sejam interessantes. Tenho certeza de que você vai sentir o mesmo.

Martha não conseguia se imaginar aos 80 anos, mas se deixara ser convencida, e se deixara ser convencida também na noite seguinte, e era por isso que no momento estava parada na frente de um carro esporte ainda com o efeito dos três drinques martelando no cérebro. O sol quente fazia a pintura vermelho brilhante do carro esporte reluzir.

Ela tivera duas noites excelentes e passara o dia anterior desbravando Chicago sozinha enquanto Kathleen decidira ter um dia tranquilo antes do início da jornada. Tinha sido mais emocionante do que Martha poderia ter imaginado. Por um breve período, a ansiedade de dirigir havia desaparecido, mas estava de volta com força total, assim como o embrulho no estômago que sentia por perceber que estava prestes a ser responsável por duas vidas: a dela e a de Kathleen. E também pela vida de qualquer outra pessoa que estivesse por perto na estrada.

Cade ainda estava esperando pela resposta, e ela tentou se concentrar.

— O que você disse mesmo?

— Estava confirmando que esse é mesmo o carro que vocês querem.

Cade olhou de uma para a outra, como se nunca tivesse visto uma dupla tão improvável.

Martha não o culpava. Ela abriu a boca para responder "Claro que não é isso que queremos", mas Kathleen foi mais rápida:

— É perfeito. — Ela passou a mão esguia e enrugada pela superfície brilhante. Os anéis pareciam grandes demais para os dedos da mulher. — É rápido?

— Rápido? — O sujeito passou o chiclete da bochecha direita para a esquerda. — Minha senhora, este carro tem um motor V-8 de cinco litros e vai de zero a 90 quilômetros por hora em menos de quatro segundos. É rápido o suficiente para o seu gosto?

Kathleen inclinou a cabeça.

— Acho que vai atender nossas necessidades.

O sujeito sorriu e concordou com a cabeça.

— A senhora é uma figura.

Era evidente que ele achava que Kathleen deveria alugar uma cadeira de rodas, não um carro de alto desempenho.

Martha estava perdida. A idade deveria deixar uma pessoa mais cuidadosa, não? Sua vizinha, a sra. Hartley, nunca saía sem a bengala. Não atendia a porta da frente sem olhar pelo olho mágico primeiro.

Agora estava nítido por que Liza parecera ansiosa e fizera tantas perguntas.

Mas era a viagem de Kathleen. Ela tinha o direito de viver a vida do jeito que queria, certo? Embora não soubesse de toda a história, lógico. Como Martha não fora honesta sobre a qualidade de sua direção, era provável que Kathleen tivesse subestimado os riscos.

— Este modelo tem novos cabeçotes, assim como as cambotas... — prosseguiu Cade, e Martha parou de prestar atenção.

O que era uma ponteira de escapamento dupla de ponta quádrupla mesmo? E por que ela precisava saber disso?

Cade abriu a porta e gesticulou.

— Você tem um modo esportivo, um modo pista...

Martha olhou para o interior do veículo, aliviada ao ver o câmbio automático. *E* para estacionar e *D* para dirigir. Só precisava se lembrar disso. Não tinha a menor intenção de dar ré. A viagem seria sempre para a frente. Na verdade, poderia ser uma metáfora para sua vida. Nada de dar ré.

Cade se endireitou.

— Querem dar uma volta de teste?

E dar a ele provas concretas da falta de habilidade? Ele se recusaria a alugar o carro, provavelmente.

— Agora não. Vamos terminar a papelada. Precisamos de um seguro completo. — Ela fez contato visual com o homem. — Não que eu ache que vá ser necessário, mas é melhor não arriscar. Para o caso de alguém bater no nosso carro.

Como uma árvore. Ou um poste. Havia rumores de que aquilo acontecia.

— Lógico. É só isso? Então terminamos aqui. — Cade deu de ombros. — Alguma pergunta?

— Eu tenho uma pergunta.

Kathleen tirou os óculos escuros e o brilho malicioso nos olhos dela deixou Martha quase tão nervosa quanto a ideia de dirigir o carro.

— Kathleen…

— Qual é o limite de velocidade?

Ai, meu…

— Por quê? A senhora é uma fugitiva? — Cade riu e coçou a barriga. — Por acaso roubou um banco? A polícia está na sua cola?

— Não, embora eu tenha lidado com a polícia faz pouco tempo quando foram tirar um corpo da minha cozinha.

Cade parou de rir.

— Um corpo?

Um corpo? Martha se deu conta de que na verdade não sabia muito de Kathleen. Ela havia falado muito sobre o trabalho e as viagens, mas sem revelar nada pessoal. Sabia de Liza apenas porque a havia conhecido.

Ela poderia estar saindo numa viagem pelos Estados Unidos com uma serial killer de 80 anos.

— Kathleen? Você não... há... comentou...

— Esqueci de comentar, querida. Ou talvez, de modo inconsciente, eu esteja tentando esquecer. A mente tem um jeito de bloquear o trauma, não é?

Martha torcia para que fosse verdade, porque no momento parecia que a viagem poderia ser inesquecível pelos motivos errados.

— Conte para a gente sobre o corpo, Kathleen.

— Não foi um corpo aleatório. Era de um intruso que invadiu minha casa no meio da noite.

— Ah, isso é terrível. — Martha pôs a mão no braço de Kathleen. — Que assustador.

— Ele não parecia assustado. Na verdade, foi bastante destemido.

— Eu quis dizer assustador *para você*.

— Eu sei. Estava brincando. — Kathleen deu um tapinha na mão dela. — Foi a maior emoção que tive em um bom tempo, embora deva admitir que tive sorte por ele estar sozinho e embriagado. Vou te dar um conselho... — Ela se aproximou de Cade. — Se um dia for invadir a casa de alguém, esteja sóbrio e leve um cúmplice. É muito mais difícil lutar contra duas pessoas.

Cade deu um passo para trás, com os olhos arregalados.

— Certo. Então... a senhora matou o cara?

— Não. Ele está bem vivo. — Kathleen franziu a testa. — Deve ter sido porque usei a frigideira média, não a grande. Só uso a grande quando quero fritar ovos e cogumelos com o bacon.

— Bom saber. — Cade olhou para Martha com pena aparente. — Os limites de velocidade e outras informações gerais sobre como dirigir nos Estados Unidos estão em nosso guia... — Ele empurrou o documento para ela. — No porta-malas há uma lanterna, um cobertor, cabos de ligação, sinalizadores e um kit de primeiros socorros. Aconselhamos que sempre levem água, sobretudo quando chegarem ao deserto, e mantenham os celulares carregados, embora em algumas áreas possam não ter sinal, lógico. Tudo de que precisam está bem aí. E, se tiverem problemas — a expressão no rosto do homem sugeria que ele achava isso muito provável —, podem ligar para o número no verso.

— Obrigada. — Kathleen pegou o guia e sorriu. — É tudo muito emocionante.

Martha não estava achando aquilo emocionante. Sinalizadores? Por que elas precisariam de sinalizadores?

Cade pigarreou.

— Então, mais alguma pergunta ou terminamos aqui?

Tenho uma pergunta, pensou Martha. *Por que, meu Deus, eu aceitei este trabalho?*

8

Liza

Liza olhou para a foto da mãe erguendo a taça em um brinde, o horizonte espetacular de Chicago brilhando atrás dela. Martha acrescentara uma legenda rápida: *Vida dos sonhos.*

Foi um gesto atencioso da parte de Martha enviar a foto, mas isso estava fazendo Liza dar uma boa olhada na própria vida.

A inveja a acertou no peito e ela se sentou no balcão da cozinha que estivera limpando momentos antes.

Em comparação, seu mundo parecia cinza e banal. A mãe estava cercada por velas tremeluzentes e drinques. Liza estava diante de uma tigela de cereal vazia.

Era seu aniversário de casamento naquele dia. Não que tivesse grandes expectativas, mas uma pequena comemoração teria sido legal. Não era como se não tivessem uma desculpa.

Sua mãe não precisava de uma desculpa. Ela celebrava cada momento.

Como Liza havia pensado que aquilo era irresponsável? Era uma boa maneira de levar a vida.

O que ela havia feito na noite anterior enquanto a mãe bebia, ria e observava o sol se pôr sobre o lago Michigan? Tinha passado roupa e cuidado de alguns preparativos de última hora para a viagem à França.

Sua mãe se hospedava em hotéis. Nem precisaria arrumar a própria cama. Se estivesse absorta em um livro, poderia pegar um cardápio e pedir serviço de quarto. Tudo que precisava fazer era decidir quando queria comer, e outra pessoa teria todo o trabalho.

Liza se levantou e jogou o material de limpeza de volta no armário.

Bastava de sentir pena de si mesma.

Tinha que encontrar uma maneira de ficar mais entusiasmada com o presente, em vez de viver esperando que as coisas fossem melhorar no futuro. Havia dias em que toda a sua vida parecia uma prorrogação. Ela esperara que as gêmeas deixassem de ter cólicas, esperara pelas noites em que começariam a dormir bem, esperara pelo dia em que parassem de birra. Agora estava esperando que superassem a fase adolescente "difícil". Será que algum dia ela ficaria feliz com a vida no presente?

Sean entrou. Estava vestindo um terno e lendo as notícias no celular. Sem levantar a cabeça, deixou a tigela de café da manhã em cima do balcão.

Aquela pequena tigela, abandonada, parecia simbolizar a vida inteira de Liza.

Feliz aniversário de casamento, meu bem.

— A tigela não entra na máquina de lavar louça sozinha, sabia?

Ele desviou os olhos do celular.

— É só uma tigela.

— Alguém tem que colocar essa tigela na lava-louça. Esse alguém sou sempre eu.

As páginas arrancadas da revista que estavam dentro da bolsa a teriam aconselhado a abordar quaisquer problemas com calma, expressando as preocupações de forma construtiva. Sem comentários mal-humorados e sarcásticos. Mas a resposta dele a deixou mal-humorada e ela estava cansada de tentar ser perfeita.

Sean abriu a lava-louça, colocou a tigela lá dentro e fechou com um clique contundente.

— Feliz agora?

Não, ela não estava feliz. Era o aniversário de casamento deles e Sean tinha esquecido.

Ele poderia ter colocado uma garrafa de champanhe na geladeira para mais tarde. Poderia ter dito a ela que a levaria para jantar.

— Eu não deveria ter que pedir, Sean.

— É, verdade. Desculpe. — As pontas do cabelo dele ainda estavam úmidas do banho. — Qual o problema?

Minha mãe está bebendo drinques em um terraço enquanto eu arrumo a bagunça de outras pessoas.

A mãe se dedicava a aproveitar cada mínimo momento de alegria da própria vida. Talvez isso fizesse dela uma pessoa imprudente ou egoísta, ou talvez apenas fizesse dela alguém sensata.

— Passo tempo demais limpando a bagunça dos outros, só isso.

— Nós vamos tentar ajudar um pouco mais.

Ele abriu um sorriso e colocou o celular no bolso.

— Quando você diz que vai *ajudar*, isso ainda coloca a responsabilidade em mim. Isso deixa implícito que o trabalho é meu, mas você vai ajudar. Eu não quero "ajuda". Quero que as outras pessoas assumam a responsabilidade também.

O livro que ela havia comprado sugeria que ela começasse as frases com "eu sinto que", mas Liza tinha feito tudo errado de novo.

Eu sinto, eu sinto, eu sinto.

— Sinto que estão tirando proveito de mim, Sean.

— O quê? Ah, isso não é nada bom. E nós vamos conversar sobre isso. Direito.

Ele foi para perto dela e lhe deu um beijo rápido na bochecha. Ela sentiu o leve cheiro de gel de barbear e sentiu algo se remexer no estômago.

Era o aniversário de casamento deles. Deveria estar se sentindo romântica, não com raiva.

Eles precisavam prestar mais atenção um ao outro. Talvez só precisassem fazer *isso*.

Ela levou a mão ao peito.

— Fico feliz por você dizer isso. Acho que precisamos conversar.

— E nós vamos. — Ele checou o relógio. — Mas tenho uma reunião às nove no escritório com o cliente mais exigente com quem já tive a infelicidade de trabalhar, e preciso sair agora ou vou acabar me atrasando.

Ela deixou cair a mão.

Seu casamento está em risco?

Sim, com certeza estava.

Será que estava sendo injusta? Não podia esperar que ele cancelasse uma reunião só porque ela queria conversar. Ele tinha obrigações a cumprir com os sócios do escritório e os clientes. E qualquer conversa que tivessem no momento seria prejudicada pelo fato de ele estar estressado com a possibilidade de perder a hora no trabalho.

— Vamos sair para jantar hoje à noite.

Como ele não sugeriria, então ela o faria.

— Hoje à noite? — A voz dele tinha um quê de pânico. — Eu marquei de ir para o happy hour com os sócios. Não comentei?

— Não.

— Que tal amanhã? Podemos comemorar.

Um calor se espalhou pelo corpo de Liza. Ele não tinha esquecido.

— Comemorar?

— O início das férias, pelo menos para você e as meninas... — Ele deu um sorriso. — Poderíamos ir àquele restaurante italiano. As meninas adorariam. E amanhã é um bom dia para mim porque é sábado e ninguém no trabalho vai precisar ficar sentindo meu bafo de alho.

— Não estava considerando levar as meninas.

— Ah, você estava pensando em uma noite romântica. Ótimo. — Ele pegou uma barra de cereal do armário. — Qualquer noite, exceto hoje.

Qualquer noite, exceto hoje.

No aniversário de casamento deles.

O sentimento terno dentro de Liza murchou e morreu.

Ela observou enquanto Sean pegava a bolsa de ginástica na lavanderia e enfiava a barra proteica no bolso lateral.

— Sean...

— Pode reservar algum lugar. Qualquer um que você queira. Mal posso esperar.

Ele saiu pela porta antes que ela tivesse tempo de dizer *Acho que seria mais romântico e especial se você escolhesse o lugar.*

A porta da frente bateu atrás dele e Liza se encolheu como se a porta tivesse fechado em seu dedo.

Feliz aniversário de casamento, Liza.

Ela pegou mais café. Será que estava errada em esperar algo romântico? Será que todo relacionamento ficava daquele jeito depois de duas décadas e duas filhas? No primeiro aniversário de casamento, foram passar um fim de semana em Paris. Foram com pouco dinheiro e se hospedaram em um hotel decadente na Rive Gauche, mas amaram cada segundo da viagem. No segundo, eles fizeram um piquenique no rio com um cobertor à sombra de um salgueiro-chorão.

Havia anos não faziam algo especial.

Oito sinais de que seu casamento pode estar em risco.

Por que o artigo a estava incomodando tanto? E por que oito sinais? Por que não sete ou nove? Era provável que alguém tivesse se sentado e pensado em um punhado de ideias, então concluído que oito era um bom número.

Caitlin desceu a escada com passos pesados.

— Viu minha calça jeans?

— É dia de escola. Você não pode usar jeans.

— É o último dia. A gente pode vestir o que quiser, lembra?

Não, ela não se lembrava.

— Sua calça jeans está na máquina. Você vai ter que usar outra coisa.

— Quê?! — O grito de Caitlin fez a irmã, no andar de cima, ir correndo até a escada.

— O que houve?

— A mamãe está lavando minha calça jeans! Dá para acreditar nisso?

— Obrigada por lavar minha calça jeans, mãe — disse Liza, e Caitlin corou.

— Eu precisava dela hoje, só isso.

— Se você precisava dela, por que estava para lavar?

— Porque estava suja, mas eu achei que você já tivesse lavado. Coloquei para lavar na segunda-feira.

— Também tive uma semana cheia. Tenho certeza de que você vai encontrar outra coisa para vestir.

— Queria minha calça jeans. Vou sair horrível em todas as fotos, e vai ser culpa sua. Você ainda está me punindo por causa daquela maldita festa. Odeio minha vida!

Ela subiu a escada, ainda a passos firmes, e reapareceu dez minutos depois usando um par de botas até as coxas com as pernas nuas e uma minissaia.

Ainda surpresa com a noção de Caitlin de que não teria lavado a calça jeans antes por vingança, Liza ficou sem reação.

— Onde você arrumou essas botas?

— Jane me emprestou.

— Bem, você pode devolver. — *Fique calma. Não piore a tensão.* — Você não vai usar essa roupa na escola, seja o último dia ou não. Não é adequada.

Os olhos de Caitlin flamejavam.

— Sei que você gosta de controlar *tudo* em nossa vida, mas você não vai controlar o que eu visto. Eu decido. Eu tenho um cérebro, sabia?

— E seria bom ver você usar esse cérebro. — Era uma tarefa exaustiva e ingrata. — Vá trocar de roupa.

— Não dá tempo.

Caitlin colocou a bolsa no ombro e seguiu para o carro.

Alice seguiu logo atrás.

— Não comece uma briga — implorou ela. — Não posso me atrasar hoje. Vou recitar um poema, lembra? Fazer isso já é horrível o suficiente sem chegar atrasada.

Por que era sempre Liza quem tinha que lidar com esses momentos?

Daria qualquer coisa para trocar de lugar com Sean. Ela preferiria um adulto exigente a um acesso de raiva adolescente em qualquer dia.

— A gente pode ir logo? — Alice puxou a manga da mãe. — Todo mundo usa o que quer no último dia. Ninguém se importa.

— E isso inclui ir quase sem roupa? Porque parece ser o que sua irmã escolheu.

Liza olhou para as coxas da filha enquanto ela se acomodava no carro.

Deveria ser firme na questão, mas Alice estava certa. Se batesse o pé e comprasse briga, elas se atrasariam, inclusive a própria Liza. Não era justo esperar que seus colegas de trabalho a substituíssem só porque a filha estava determinada a lhe dificultar a vida o máximo possível.

Então foi invadida pela vergonha.

Ela estava se deixando ser manipulada a ponto de quase desistir de se importar. Estava cansada demais para resistir.

Derrotada, ela trancou a porta da frente e foi para o carro.

Caitlin ficou de cara feia por baixo da franja durante a breve viagem e, assim que Liza parou na frente da escola, ela saltou e se dirigiu para os portões, com um sorriso doce e um aceno para as amigas.

— Tchau, mãe.

Alice bateu a porta do carro atrás de si e seguiu a irmã.

Liza ficou sentada no silêncio do carro e olhou para as gêmeas. Caitlin já se sacudia de tanto rir, abraçando as amigas. Menos de quinze minutos antes, ela agira como se a própria vida tivesse acabado. Agora parecia não ter problemas.

Foi invadida pela mágoa.

Respire, Liza, respire.

Eles superariam essa fase, como haviam superado todas as outras. Um dia ela riria disso. *Não é?*

Liza queria tanto ser próxima das filhas. Não queria que elas pensassem *Como eu queria ser mais próxima da minha mãe*, como ela sempre pensou. Mas elas pareciam não ter o menor interesse nisso.

O que ela era para as meninas? A motorista, governanta, cozinheira.

E de quem era a culpa?

Liza engoliu em seco. O que sua mãe tinha dito? "Qual parte da sua vida é só sua e de mais ninguém?"

A resposta? Nenhuma.

Ela se obrigou a encarar a verdade difícil e brutal. Aos poucos, com o tempo, sua família passou a ter a expectativa de que ela faria tudo por eles. Não viam como um ato de amor. Eles se aproveitavam dela. "Cadê a minha calça jeans? Acabou o leite?"

As meninas não apreciavam o afeto ou o interesse dela. "Pare com esse interrogatório, mãe."

Os frutos que tinha colhido dos últimos dezesseis anos se dedicando à família eram duas jovens que esperavam que ela preparasse as refeições, lavasse as roupas e ficasse à disposição delas.

Como se seguindo a deixa, o celular tocou.

Caitlin.

Liza estendeu a mão para atender a ligação e mudou de ideia. Não. Se não estivesse sempre disponível, talvez as meninas começassem a pensar de forma mais independente.

Ela deixou a chamada cair na caixa postal e na mesma hora ficou ansiosa. E se fosse uma emergência? E se Caitlin quisesse se desculpar pelo comportamento grosseiro e egoísta?

Odiando-se por não ser mais forte, ela conferiu a caixa postal.

— Mãe! — bradou a voz de Caitlin ao telefone. — Esqueci de trazer o troféu de teatro e é o último dia. Vou perder pontos na minha casa escolar se não entregar, e todo mundo vai me odiar. Preciso que você pegue lá e deixe o troféu na recepção na hora do almoço para mim.

Houve algumas risadinhas ao fundo, e então a ligação foi encerrada.

Por favor, mãe. Obrigada, mãe.

Eu te amo, mãe.

Liza enfiou o aparelho na bolsa.

Era hora de mudar as coisas. E ela sem dúvida pagaria caro por isso e a vida seria estressante por um tempo, mas não importava o quanto suas ações causassem desconfortos, Liza não voltaria atrás.

Movida pela raiva e pela mágoa, ela dirigiu até a escola em que lecionava e chegou à sala dos professores pouco antes do sinal.

— Só mais um dia. — Seu colega Andrew estava despejando água quente no café instantâneo. — Mal posso esperar pelo verão. Você parece estressada, está tudo bem?

Não estava tudo bem, mas ela não diria nada. Estava chateada, mas isso não significava que se sentisse pronta para falar das filhas adolescentes na sala dos professores. Além disso, a conversa não passaria uma boa impressão sobre ela, e Liza já estava se sentindo uma mãe ruim o suficiente sem precisar que outras pessoas reforçassem o sentimento.

— Fim do ano letivo. Você sabe como é.

Ele não devia fazer ideia, mas ela estava na sala dos professores, não na sala de espera de um psiquiatra. Não era o lugar de confissões.

Ele misturou açúcar no café.

— Vai fazer algo de interessante no verão, Liza?

Lavar. Limpar. Cozinhar. Organizar. Encher a lava-louça.

— Liza?

Ela se sobressaltou.

— Sean está trabalhando em um projeto importante agora e depois vamos para a França. E você?

— Jen e eu vamos passar duas semanas viajando pelas ilhas gregas. É a primeira viagem sem a garotada. Mal posso esperar.

— Você não vai com a família toda?

Liza percebeu que não tinha tempo para esperar o café esfriar, então bebeu um copo d'água.

— Phoebe tem o acampamento de tênis e aceitaram Rory em uma orquestra de jovens, então eles vão ficar longe de casa pelas duas semanas. Jenny e eu pensamos em aproveitar a oportunidade. Curtir um pouco como casal, sabe?

Não, ela não sabia. Só que adoraria saber. Mas será que isso resolveria o problema dela? Talvez não. A verdade era que se sentia sozinha. Não se sentia próxima da mãe, não era próxima das meninas e, naquele momento, não se sentia próxima do marido.

Andrew soprou o café.

— Suas filhas vão fazer alguma coisa no verão?

— Elas têm duas semanas de uma oficina de teatro, mas vão dormir em casa.

Nem de longe férias.

Andrew comeu um biscoito de chocolate, embora tecnicamente ainda fosse hora do café da manhã.

— Você e Sean vão viajar sozinhos?

— Não.

Mesmo que ela quisesse, como poderiam confiar nas meninas depois do que acontecera da última vez? Com a situação atual, ela faria favores para os vizinhos pelo resto da vida para compensar.

E não confiava mais que as gêmeas conseguissem se cuidar.

Ela planejava ir para o Chalé Oakwood em algum momento para ver como estava Popeye, como havia prometido à mãe, mas não tinha ideia de como planejaria isso. A família toda precisaria ir, o que seria um estresse para Sean, que não podia se dar ao luxo de tirar uma folga no momento.

— Até mais tarde, Andrew.

Ela deu as aulas da manhã, e foi um pouco mais permissiva com os alunos, pois estavam animados com o fato de ser o último dia de aula.

Na hora do almoço, ela se juntou aos colegas na sala dos professores para um último almoço.

Recebeu três ligações de Caitlin e ignorou todas. Se a filha tivesse sofrido um acidente, a escola teria ligado.

Era a última chance que teria de conversar com outros adultos por um tempo. No fim das contas, preferia ouvir sobre o novo jardim de ervas de Wendy a enfrentar o trânsito da hora do almoço para buscar o troféu que Caitlin deveria ter se lembrado de levar.

Estava na hora de ser mais dura. Não colocando as filhas de castigo ou tirando privilégios, como havia feito até então, mas obrigando-as a assumir a responsabilidade. Deveria ter feito isso antes.

— Não acredito que você não trouxe o troféu. — Foi a primeira coisa que Caitlin disse quando entrou pela porta. — Eu liguei várias vezes. Por que não atendeu?

— Eu estava dando aula.

— Mas você sempre atende o telefone porque pode ser uma emergência.

— Nunca é uma emergência.

Será que Sean chegaria cedo em casa? Seria bom ter um pouco de apoio moral.

E então se lembrou. O happy hour. O que significava que ficaria ali sozinha com as meninas.

Feliz aniversário de casamento, Liza.

Caitlin ainda estava fazendo uma performance digna de um prêmio de atuação.

— Eu poderia estar à beira da morte.

— Mas não estava. — Liza abriu a geladeira. — Foi você quem esqueceu o troféu, Caitlin. Você precisa ser mais organizada.

— Mas eu pedi para você levar para mim! Isso é ser organizada. Lógica adolescente.

— Eu estava trabalhando.

— Mas você poderia ter vindo aqui em casa na hora do almoço.

Ninguém perguntava como tinha sido seu dia ou como ela estava. Ninguém se importava.

Ela se sentia oca. Sentia saudade da mãe. Não era ridículo? Não era próxima da mãe, assim como não era das filhas, mas no momento sentia como se fosse. Era por causa da conversa no carro. Aquela conversa estranha e surpreendente em que a mãe tinha sido gentil e a elogiado. Liza vinha pensando muito nisso. Ela quase desmoronou e contou tudo para a mãe. Não porque fossem próximas, mas porque não havia mais ninguém com quem pudesse conversar.

Sentia falta de intimidade. Sentia falta de sentir que era especial para alguém.

Liza fechou a geladeira devagar. Por que a havia aberto? Não conseguia se lembrar.

Sua cabeça estava cheia dos próprios erros.

Estivera determinada a criar um lar aconchegante e confortável e a ser a mãe atenciosa e amorosa que sonhara em ter, mas o que fez foi criar o equivalente a um hotel cinco estrelas com serviço de quarto.

Ela era uma concierge. Alguém que fazia tudo pelos outros.

E o pior era que as filhas nem percebiam. Estavam tão acostumadas a ter alguém fazendo tudo por elas que nem lhes passava pela cabeça fazer as coisas elas mesmas. Apenas reclamavam do serviço. Se fosse um emprego, era provável que Caitlin tivesse demitido a própria mãe.

Liza sentiu algo que parecia pânico. Tinha tanta certeza, sentira-se tão superior achando que era uma mãe muito melhor do que a sua. Só que saíra da casa dos pais sabendo cuidar de si mesma porque fazia isso desde pequena. Nunca teria lhe passado pela cabeça exigir que a mãe fosse buscar algo que ela havia esquecido em casa. Não teria esquecido o troféu, ou teria encontrado uma maneira de buscar sozinha.

Ela falhara com as filhas. Os pais deveriam criar os filhos para serem independentes. Para respeitarem o tempo das outras pessoas. E o que Liza fizera? Ela as criara para gritarem pela mãe quando não havia pizza no freezer ou quando uma blusa de alça sumia do cesto de roupa.

Como se virariam quando saíssem de casa?

E como ela se viraria agora?

Sentia como se a cabeça estivesse prestes a explodir. Havia um peso esmagador em seu peito e respirar era difícil.

O tão esperado verão se aproximava, mas seria mais do mesmo.

Ela cuidaria de tudo e resolveria as coisas até que a vida dos vários membros da família estivesse impecável. Era o que ela fazia.

— Podemos pedir pizza hoje? — Alice jogou a bolsa esportiva na lavanderia. — Tipo uma comemoração?

— Que tal a gente pedir comida naquele restaurante tailandês incrível? — Caitlin terminou de comer um iogurte e deixou o pote vazio na bancada. — Ou talvez comida indiana.

O que você gostaria de comer, mãe? Vamos deixar a mamãe escolher.

Bastava!

Ignorando o pote de iogurte vazio, Liza saiu da cozinha e já estava na metade da escada quando Caitlin a alcançou.

— Mãe? A gente decidiu que quer pizza. Qual sabor você quer? Liza foi para o quarto.

— Nada de pedir comida. Você e Alice podem preparar alguma coisa com o que tem na geladeira.

— O quê? Por quê? — Alarmada, Caitlin a seguiu até o quarto, olhando enquanto Liza pegava uma bolsa de viagem e começava a jogar algumas roupas lá dentro. — O que está fazendo? Aonde está indo?

— Vou sair.

Liza pegou os produtos de beleza no banheiro e colocou-os na bolsa sem se preocupar em selecioná-los.

Alice apareceu na porta.

— O que está acontecendo?

— A mamãe vai sair.

— Agora? Você não comentou nada. O papai também vai?

— Não. — Liza enfiou um par de sapatos na bolsa. — Seu pai está em um evento do trabalho. E alguém tem que ficar com vocês.

— Mas aonde vai? Você nunca viaja sem o papai.

Outra coisa que precisava mudar.

Liza pegou as chaves e o dinheiro.

— Vou para Oakwood.

— Por quê? — Alice franziu a testa. — A vovó nem está lá.

— Eu sei. Sua avó deve estar bebendo drinques em um bar numa cobertura em Chicago, porque ela é sensata e sabe como aproveitar a vida. — *Eu sou nova nisso*, pensou Liza, *mas vou aprender*. — Vou ver como Popeye está e tirar um tempo para mim.

Ela podia ver as garotas se entreolhando, tentando entender quão séria era a situação. Pela primeira vez, a mãe parecia estar fazendo o que queria, e isso era tão estranho para elas que não sabiam nem como reagir.

— Papai sabe que você está indo?

— Vou deixar um bilhete para ele agora.

Ela pegou uma caneta da bolsa e encontrou um pedaço de papel.

Sean, decidi ir para Oakwood. Quero dar uma olhada na casa, no gato e passar um tempo lá. Ela quase acrescentou um "fique de olho nas meninas", mas depois lembrou que o objetivo era parar de organizar a vida dos outros. Ele que decidisse se precisava ficar de olho nelas ou não. Será que deveria desejar feliz aniversário de casamento? Não, seria mesquinho, e Sean poderia pensar que aquilo tudo era por ele ter esquecido a data, quando, na verdade, a questão era muito mais profunda. Em vez disso, ela assinou: *Te amo, Liza.*

Deixou o bilhete no travesseiro, orgulhosa por não ter cedido à criança dentro de si que estava pronta para espernear e gritar: *Você esqueceu nosso aniversário de casamento!*

Caitlin parecia em pânico.

— Mas o que a gente vai fazer?

— Fazer com o quê?

Liza transferiu os conteúdos da bolsa, o celular e as chaves do carro para uma bolsa que não a lembrava do trabalho. Tinha pegado tudo de que precisava? Era provável que não, mas o mais importante era ir embora antes que mudasse de ideia. Seu senso de responsabilidade já estava batendo à porta da consciência. *Olá, lembra de mim?*

Liza ignorou as batidas. Só porque alguém batia à porta não significava que precisava abrir.

— A gente vai ter uma semana cheia — disse Caitlin. — Temos as atividades de verão. Você sempre leva a gente. E os almoços, o que vamos fazer?

— Resolvam alguma coisa. Pensem nisso como outra atividade de verão, só que, em vez de aprender tênis ou teatro, vocês vão aprender a ser autossuficientes.

Liza pegou os livros que estava guardando para a França e os enfiou na bolsa.

— Mas a diferença é que tênis e teatro são, tipo, *divertidos*.

— A vida nem sempre pode ser divertida. Aí está outra lição. Uma vida boa é um equilíbrio entre fazer o que se precisa e fazer o que se quer. Tenho certeza de que vocês duas dão conta do desafio.

E ela também. Ela analisaria bem aquele equilíbrio na própria vida.

— Mas se você não vai cozinhar e não podemos pedir pizza, o que vamos jantar hoje?

— Aí é com vocês. — Pela primeira vez, Liza não providenciava nem o cardápio nem os ingredientes. — Sejam criativas.

— A gente vai acabar morrendo de desnutrição — contrapôs Caitlin, como a rainha do drama que era.

— Eu duvido muito.

Liza levou a bolsa até a porta. Isso era extremo demais? Será que estava exagerando? Ao deixá-las sozinhas, será que estaria apenas aumentando a própria carga de trabalho quando voltasse?

— Mas quando você vai voltar? — Alice se juntou à irmã. — Sempre tem tanta coisa para fazer antes da nossa viagem de férias.

Liza parou à porta.

— E sou eu quem faz tudo. No momento, não sei se tenho energia.

Ignorando a expressão chocada de Alice, ela desceu a escada e abriu a porta da frente. O carro aguardava na garagem como um amigo, esperando para levá-la embora. Num impulso, abriu a garagem, pegou uma caixa grande e a colocou no carro.

Alice e Caitlin pararam à porta.

— Você disse que não confiava mais na gente depois do que aconteceu da última vez.

As gêmeas não queriam que ela fosse embora, mas Liza sabia que isso tinha menos a ver com afeto e mais a ver com o fato de ela estar causando uma inconveniência para as duas.

— Vocês acham que sou controladora e querem ser deixadas em paz, então é isso que estou fazendo. Considerem esse período como um curso avançado em Cuidar de Si Mesmas. Espero que tirem dez na prova final.

— Mas… — Alice também parecia em pânico. — Você vai voltar a tempo de ir para a França, certo?

Será que iria?

Liza colocou a bolsa no carro e se sentou no banco do motorista, sentindo-se livre. Pela primeira vez desde que conseguia se lembrar, só precisava se preocupar consigo mesma.

Ela desligou o celular.

— Espere! — Caitlin bateu na janela. — Você não respondeu à pergunta sobre a França.

Porque não tinha a resposta. Tudo que Liza sabia com certeza era que precisava sair dali. Precisava fazer algo por si mesma. E até então a sensação era *boa*.

Liza abriu uma fresta na janela.

— Comportem-se.

Com um aceno rápido para as meninas, deu ré para sair da garagem.

Próxima parada: Chalé Oakwood.

Sua mãe não era a única partindo para uma viagem. A dela não seria considerada tão fascinante, mas no momento parecia a maior aventura de sua vida.

Feliz aniversário de casamento, Liza.

9

Kathleen

Chicago ~ Pontiac

Ao mesmo tempo que Liza partia em sua viagem, Kathleen e Martha partiam na delas.

Kathleen não tinha certeza se deveria atribuir o latejar na cabeça à ingestão um tanto imprudente de álcool ou à diferença de fuso horário de seis horas. De qualquer maneira, estava secretamente aliviada por deixar Chicago para trás depois de duas noites. Tudo era tão grande e barulhento que contribuía para um excesso de estímulos que não ajudavam em nada a aliviar a dor de cabeça.

Martha havia passado o dia livre passeando enquanto Kathleen ficara no hotel e aproveitara a cidade na relativa paz da varanda, o conforto intensificado pelo jovem encantador que levara o pedido dela do serviço de quarto.

A paz fora quebrada quando Martha irrompeu de volta na sala (na quarta tentativa, pois parecia não ter uma afinidade natural com cartões-chave), fervilhando de histórias e emoção. *Ela tinha visto isso, provado aquilo, ido em tal lugar, conhecido tal pessoa. Kathleen, sabia que…?*

Falara sem parar enquanto devorava os restos do chá da tarde de Kathleen. A idosa achou o entusiasmo deslumbrado surpreendentemente revigorante. Como alguém poderia se sentir velha e vazia perto de Martha, que parecia exalar não apenas juventude, mas certa inocência e ingenuidade? Era como se a jovem estivesse vendo o mundo pela primeira vez.

Ao ouvi-la, Kathleen não tinha certeza se já havia sentido o mesmo nível de admiração por arranha-céus envidraçados que Martha parecia sentir, mas dera o que esperava que fossem respostas com um nível adequado de encorajamento. Sim, era uma quantidade inacreditável de vidro. Não, não devia significar que todos na cidade gostavam de olhar para o próprio reflexo. Sim, era verdade, o lago ficava mesmo congelado no inverno... Kathleen havia testemunhado isso. Sim, com certeza Chicago era chamada de Cidade dos Ventos por um motivo.

O entusiasmo de Martha continuara inabalável durante os drinques antes do jantar e durante a refeição. Ela pedira de novo o risoto de lagosta, porque, segundo informou à Kathleen em tom sério, *é bem provável que seja a minha última chance de comer esse risoto e, de qualquer forma, o que é bom nunca é demais.*

Será que era verdade?

Kathleen, que havia recusado um terceiro drinque sob a suspeita de que na noite anterior aquele algo bom fora demais para ela, não tinha tanta certeza.

Como uma bateria de longa duração, Martha acabara ficando sem energia a certa altura e fora para a cama, na qual, sem dúvida, dormiria o sono profundo e invejável dos jovens.

Kathleen, para quem o sono nunca chegava com muita facilidade, ficara se revirando, ajustando o travesseiro desconhecido, e acabara adormecendo depois de um tempo, flutuando em um sonho de memórias passadas.

Agora, no primeiro dia da tão esperada viagem de carro, ela sentia como se estivesse arrastando cada um de seus 80 anos. Talvez os drinques tivessem sido um erro. No entanto, fora uma experiência memorável, e ela sempre acreditou em viver no presente. Quando gravava o *Vocação Verão*, ela e a equipe começavam cada viagem com uma celebração.

Sentiu uma pontada de nostalgia por aqueles dias.

Viajar pelo programa era como entrar em uma realidade alternativa. Havia uma sensação de suspensão da vida, o prazer intensificado porque todos sabiam que era algo efêmero. Quando passava, precisavam sair da bolha e voltar para a vida real, e a colisão entre o mundo temporário construído com cuidado e o mundo real era dissonante. Kathleen sempre levava um tempo para se adaptar. Liza exigia tempo e atenção assim que a mãe entrava pela porta, enquanto parte de Kathleen ainda habitava outro lugar. Sentia-se desconectada e desorientada ao fazer a transição de uma vida para a outra, e muitas vezes dava um passo em falso.

Estava ciente de que não tinha sido a melhor mãe. Casara-se tarde na vida e a gravidez fora uma surpresa. Sua primeira reação quando a parteira colocara Liza em seus braços fora de terror. Um bebê era mais do que um bebê. Era uma responsabilidade, uma vida inteira de preocupações e um amor tão imenso que ameaçava transbordar da pessoa em momentos inconvenientes.

E não havia como voltar atrás. Não importava que não se sentisse preparada ou que soubesse que lhe faltavam habilidades essenciais. Confiabilidade, constância e a capacidade de estar presente… Ela não era essa pessoa. Se as coisas tivessem acontecido de outra maneira, mais cedo na vida, quando ainda era romântica e idealista aos 20 anos, talvez tivesse entrado com mais facilidade no papel, mas as circunstâncias a moldaram de forma diferente. Havia navegado pela vida sozinha com sucesso por quase quatro décadas, então o casamento parecera um grande passo, por isso Brian tivera que se ajoelhar e fazer o pedido três vezes antes que ela dissesse sim.

E então Liza chegara.

Ela sentira como se tivessem se apoderado de sua vida, de quem ela era de verdade, para sempre.

Confiante e controlada na vida profissional, no papel de mãe ela se sentia uma impostora. Não era boa em se abrir emocionalmente. Brian entendia isso. Ele a entendia por completo e lhe dava o espaço de que precisava. Mas, com a filha, Kathleen mantivera grande parte de si mesma inacessível.

Era por isso que Liza permitia que a vida dela fosse consumida pelas demandas da família? Estava compensando as deficiências de Kathleen?

O pensamento acrescentou ainda mais desconforto à sua cabeça que já latejava.

Não conseguia se esquecer daquele momento no aeroporto, de Liza lhe dando um abraço tão apertado que ela achou que lhe quebraria as costelas. *Eu te amo.* Kathleen dera alguns tapinhas nas costas de Liza, sem conseguir afugentar a sensação de que estava falhando com a filha mais uma vez.

O que Liza estaria fazendo naquele momento? Quase desejava não ter ficado com eles antes da viagem, porque desde então a filha não lhe saía da cabeça. Além disso, Liza era quem fazia todo o esforço para manter um relacionamento com Kathleen. Quaisquer deficiências não eram culpa da filha.

Kathleen pegou os óculos escuros na bolsa. Era um dia de calor escaldante, com o sol atravessando o vidro do carro fresco.

Os drinques a tinham deixado melancólica.

Imaginava que Martha também estivesse arrependida, porque a tagarelice e o entusiasmo da noite anterior tinham sido substituídos por um silêncio tenso.

O olhar concentrado da jovem estava fixo na via à frente como se fosse um inimigo a ser derrotado. Os lábios se moviam de leve enquanto conduzia uma conversa silenciosa consigo mesma.

Kathleen se deu conta de que a garota não tinha dito uma palavra desde que entraram no carro.

Martha conferira o cinto de segurança de Kathleen três vezes, e teria conferido uma quarta se Kathleen não tivesse apontado com toda a calma que elas iriam andar de carro, não viajar pelo espaço, e que o tráfego intenso coibiria quaisquer tendências de corrida que pudessem estar embutidas no veículo chamativo.

— Está tudo bem, querida? — perguntou Kathleen.

A tagarelice alegre de Martha era bem-vinda. Fazia Kathleen se sentir jovem de novo e lhe dava algo em que se concentrar além das dores no corpo e dos pensamentos inquietantes. E não era como se as conversas fossem profundas ou invasivas. Exceto por aquela dúvida inocente sobre Kathleen já ter visitado a Califórnia, a moça não fazia perguntas desconfortáveis das quais Kathleen precisasse se esquivar. Era o tipo perfeito de conversa. Mas, desde que ajudara Kathleen a entrar no carro, Martha parara de tagarelar, e agora os olhos da jovem — um pouco ensandecidos, Kathleen pensou — estavam fixos na estrada como se estivesse preparada para uma catástrofe.

— Estou concentrada. Está… movimentado.

Era uma cidade grande, então lógico que estava movimentada. Mas Kathleen não queria dizer o óbvio, então ficou em silêncio e aproveitou a experiência. Os carros no engarrafamento paravam colados uns aos outros, arrastando-se ao som de gritos e buzinas atordoantes. Motoristas viravam em ruas sem dar qualquer indicação prévia. Além disso, encontrar o caminho tinha se mostrado desafiador… um fato que Kathleen considerava adicionar um frisson extra de emoção, mas que havia feito Martha respirar fundo várias vezes e, sem dúvida, aumentado seu estresse e reduzido a alegria.

Estavam se arrastando pela margem do lago Michigan, com o horizonte de Chicago erguendo-se acima delas.

Kathleen sentiu que deveria dizer algo reconfortante:

— Tenho certeza de que vai ficar mais calmo assim que sairmos de Chicago.

— Espero que sim, caso contrário, vamos levar no mínimo um ano e meio para completar a viagem. Não que eu esteja com pressa. Ou que não goste de dirigir no trânsito! É um ótimo treino. — Martha inspirou de repente. — Não que eu esteja dizendo que preciso de treino. Não quero que fique nervosa. Você está nervosa?

Alguém no carro está nervosa, pensou Kathleen. E não era ela.

— Por que eu estaria nervosa? Você é uma excelente motorista.

Ela não fazia ideia se Martha era medíocre ou excelente, mas, depois daquela conversa com Liza no carro a caminho do aeroporto, aprendeu que um pouco de encorajamento fazia toda a diferença.

— Acha mesmo? — As mãos de Martha seguravam o volante com tanta força que, se ele fosse uma coisa viva, já teria morrido havia muito tempo. — Se precisar que eu diminua a velocidade, é só me avisar.

Se dirigissem mais devagar, parariam.

— Dirija na velocidade que quiser. Espero que esteja achando o carro agradável de dirigir.

— Ah, é… — Martha umedeceu os lábios. — Eu sinto que ele gostaria de ir rápido.

Como se o carro tivesse vida própria.

— É você quem está no controle.

Martha endireitou um pouco a postura.

— Sim, eu estou.

Elas por fim deixaram o lago Michigan para trás, assim como o burburinho de Chicago, e seguiram na direção sudoeste, saindo da cidade. Aos poucos, as mãos de Martha relaxaram no volante. Sua boca ainda se movia de vez em quando, e Kathleen conseguiu entender, após se esforçar para fazer a leitura labial, que ela estava dizendo: *Fique do lado direito.*

Kathleen se sentiu tranquilizada. Um lembrete era muito preferível a uma colisão frontal.

Elas passaram pelas cidades de Joliet, Elwood e Wilmington antes de cruzarem o rio Kankakee e continuarem a jornada no sentido sul em direção a St. Louis. Cada cidade era cheia de nostalgia e atrações peculiares. Passaram por letreiros neon anunciando cachorros-quentes e hambúrgueres, lanchonetes vintage, prédios históricos e postos de gasolina restaurados, onde pararam para tirar fotos em frente às bombas de gasolina vermelhas e brilhantes.

— Eu fiz uma playlist — revelou Martha. — Mas estou pensando em me acostumar com o carro antes de adicionar música. A menos que você queira música. Algumas pessoas odeiam o silêncio.

— O silêncio é subestimado. — *Ainda mais depois de três drinques.* — Mas foi muito atencioso da sua parte montar uma seleção musical apropriada.

— Escolhi músicas específicas para cada lugar que vamos visitar. — O foco de Martha na estrada deixaria um suricato orgulhoso. Nada escapava de sua atenção. — Talvez depois.

Kathleen tinha o guia de viagens aberto no colo, além de um caderno no qual rabiscava pensamentos e observações. Mesmo naquele instante, depois de tantos anos, era instintivo planejar como apresentaria um lugar ao público. Parte de sua habilidade era encontrar o coração da localidade, mostrando o que a tornava única e especial, sabendo o que atrairia e cativaria as pessoas.

Na mente, dirigia-se à câmera.

"Quando você ouve as palavras 'viagem de carro', o que imagina? Estabelecida em 1926, a Rota 66 se tornou uma das estradas mais famosas da América do Norte. Há um bom motivo para ela estar na lista de lugares que muitas pessoas em todo o mundo querem conhecer. Nas semanas seguintes, viajaremos pelos quatro mil quilômetros de Chicago a Santa Mônica, atravessando oito estados e três fusos horários. Vamos degustar comidas em lanchonetes históricas, admirar murais, fazer um desvio até o Grand Canyon e passar por planícies, desertos e montanhas antes de chegarmos às margens do oceano Pacífico. Então, junte-se a nós enquanto levamos você em uma viagem não apenas por uma paisagem variada, mas também pela história dos Estados Unidos."

Então, ela sorriria para a câmera, Dirk gritaria "Corta!" e todos comemorariam bebendo no bar mais próximo.

Kathleen se orgulhava de quase nunca precisar de mais de uma tomada. Ajudava que ela própria sempre escrevesse o texto.

— Está se sentindo bem, Kathleen? — Martha a olhou de relance, a primeira vez que desviou os olhos da estrada. — Você está calada.

— Estava imaginando como apresentaria este lugar se estivesse gravando o programa.

— Adoraria ver alguns dos episódios. Vou ver se consigo encontrar na internet. — Os olhos de Martha voltaram para a estrada. — Preciso parar? Quer um café?

Kathleen conferiu o guia.

— Há algumas paradas recomendadas à frente, e uma delas inclui uma lanchonete histórica interessante. Imagino que o prédio em si que seja histórico, não o conteúdo da geladeira.

As cidades desapareceram e a estrada ficou mais tranquila à medida que os motoristas escolhiam o caminho mais rápido. De ambos os lados havia campos e fazendas.

Elas pararam para um almoço delicioso de frango frito, e Martha comeu enquanto estudava o guia, traçando a rota com o dedo.

— Quando chegarmos a este ponto, vamos ter que decidir qual estrada seguir.

— A Rota 66.

Kathleen sorriu agradecida quando a garçonete encheu os copos delas com água de novo.

— É mais complicado do que isso, porque a rota se desvia da estrada original. De acordo com o guia, houve melhorias e realinhamentos. E podemos seguir caminhos mais rápidos se quisermos.

— Nós não queremos.

Kathleen estava determinada a seguir o máximo possível a Rota 66 original. Queria saborear cada momento.

— Aqui diz que existem duas opções. Podemos dirigir pela estrada de 1926 ou escolher a rota de 1930. — Martha largou o guia e voltou ao frango. — Está delicioso. Para mim, a viagem pode ser inteira sobre comida. Ontem, comi um pedaço incrível de pizza, perto do lago.

— Você comentou.

Cinco vezes.

— A gente devia escolher a rota com os melhores restaurantes. — Martha voltou a atenção para o guia.

— Por mim, é um bom plano. Estou me divertindo muito.

Martha ergueu a cabeça.

— Você está se divertindo? — Um sorriso tímido surgiu. — Tem certeza?

— É tudo muito emocionante. — Kathleen terminou de comer o frango e limpou os dedos. — Você não tem ideia de quanto tempo esperei por isso. Estou vivendo um sonho.

— Contanto que minha direção não transforme a viagem em pesadelo… — Martha entregou o guia à Kathleen. — Você talvez tenha que me ajudar a seguir. Aqui diz que o GPS tenta indicar o caminho da autoestrada, não o da rota antiga.

Voltaram para o carro e Martha saiu com todo o cuidado do estacionamento até a estrada. Ela mordia o lábio e apertava o volante com força de novo, fazendo os nós dos dedos perderam a cor.

Kathleen se perguntou o que poderia fazer para ajudar a garota a relaxar.

— Conte um pouco de você.

— Ah… — Na verdade, a pergunta pareceu deixar Martha ainda mais tensa. — Minha vida é bem entediante. Não tem nada para contar.

— Você mora com seus pais?

— Moro.

— E é uma convivência harmoniosa?

— Harmoniosa? Ah, se nos damos bem? Sim. — Ela reduziu a velocidade ao chegarem a um cruzamento. — Na verdade, não. Não muito.

Já sabendo que Martha não precisava de muitos incentivos para falar, Kathleen a encorajou sem vergonha alguma:

— Não deve ser fácil. Uma garota como você precisa de independência.

— Precisar de independência e poder bancar a independência não são a mesma coisa, infelizmente. Sigo em frente?

Kathleen consultou o mapa.

— Isso. — Ela esperou até Martha fazer a curva. — Você e sua mãe são próximas?

— Não. Você e Liza são próximas?

Kathleen se arrependeu de ter feito a pergunta.

— Temos um relacionamento satisfatório. — Era verdade para ela. Para Liza não devia ser, mas Kathleen não tinha intenção de discutir um assunto tão íntimo com ninguém. — Você nunca foi próxima da sua mãe?

— Não. Ela prefere minha irmã mais velha.

Aquela confissão humilde surpreendeu Kathleen. Sem sombra de dúvida, ela havia falhado em muitas áreas como mãe, mas tinha certeza de que, se tivesse tido mais de uma filha, teria falhado com todos da mesma forma. Não teria um favorito.

— Tem certeza?

— Tenho. Se eu ganhasse um dinheiro a cada vez que ela diz "Por que você não pode ser mais parecida com sua irmã?", eu teria conseguido bancar uma vida mais interessante.

— E o que sua irmã faz que a torna tão digna da aprovação da sua mãe?

— Ela faz boas escolhas.

— Escolhas, sem dúvida, são subjetivas, e apenas a pessoa que fez as escolhas pode comentar sobre a qualidade delas, e em geral só consegue avaliar isso em retrospecto, não?

— Não lá em casa. — A estrada ficou livre e Martha acelerou um pouco. — Lá qualquer um tem o direito de comentar sobre escolhas, desde que sejam as minhas, e fazer isso em tempo real é considerado normal. E é provável que ela não esteja errada. Eu estava fazendo inglês na faculdade quando minha avó ficou doente.

Estudando inglês, pensou Kathleen, mas se conteve para não interromper a conversa com a correção boba. Era a maldição de ser uma apresentadora de TV e de ser casada com um professor de idiomas.

— O que aconteceu?

— Voltei para cuidar dela. Minha mãe achou que eu tinha perdido a cabeça, é lógico, mas minha avó era como uma mãe para mim. Eu a adorava, não só porque ela fazia um bolo de chocolate maravilhoso e sempre me incentivava a ser eu mesma, mas também porque ela era bondosa. Poucas pessoas são bondosas. Ela nunca me fez sentir mal comigo mesma. Sinto muita saudade dela, mesmo depois de todo esse tempo.

A voz dela falhou, e Kathleen ficou um pouco em pânico. Estava interessada em ouvir mais sobre Martha, mas não se as revelações viessem acompanhadas de lágrimas. Ela queria descobrir fatos, não emoções.

Estendeu a mão e deu um tapinha na perna de Martha, sem jeito.

— Sua avó teve sorte de ter alguém como você.

— Talvez. Não sei. — Como a estrada estava mais calma, Martha parecia mais relaxada. — Acho que, de certa forma, minha mãe não está errada. Ando com dificuldade em arranjar emprego, embora não tenha tanta certeza se terminar a faculdade teria ajudado. É provável que tivesse acabado mais endividada ainda e sem um salário para pagar as dívidas. É difícil hoje em dia, tanto para quem tem diploma quanto para quem não tem.

Kathleen ficou aliviada ao ver que Martha estava controlada de novo.

— O que você gostaria de fazer se pudesse escolher?

— Adorava trabalhar na cafeteria, mas não tanto pelo café em si, e sim pelas pessoas. Eu gostava da conversa. Acho que se existisse um emprego para uma tagarela profissional, eu me candidataria. — Ela sorriu para Kathleen. — Vice-presidente da Conversa. Isso existe? Ei — ela apontou —, aquele é um posto de gasolina bem bonito perto da placa da Rota 66. A gente devia parar e tirar uma foto sua e mandar para Liza.

Ela parou o carro e Kathleen consentiu em posar para uma fotografia.

Martha precisa arrumar um emprego que pague o suficiente para poder morar sozinha, pensou.

— Onde devo ficar parada?

— Aí mesmo está bom. Então, se estivesse apresentando um programa daqui, o que diria? Vou filmar. — Martha ergueu o celular. — Quando estiver pronta.

— Pronta para o quê?

— Pronta para fazer seu trabalho. Luzes. Câmera. Ação!

— Mas o que você vai fazer com isso?

— Sei lá. Mandar para Liza. Guardar de lembrança. Podemos decidir depois. Pronta quando você estiver. Pode começar!

Como a garota parecia determinada a não aceitar um não como resposta, Kathleen fez a melhor pose de apresentadora.

— Olhe além das placas de neon e dos postos de gasolina restaurados e você encontrará história. Na década de 1920...

Ela falou por cerca de três minutos, repetindo o que tinha lido no guia, e, quando terminou, Martha a olhou com uma expressão estranha.

— O que foi? Eu estava com os dentes sujos de batom? — questionou Kathleen.

— Você foi incrível. Tão profissional. — Martha virou a tela do celular para Kathleen. — Veja só.

Kathleen pegou o aparelho e tirou os óculos de sol. Aquela era mesmo ela? E parecia mesmo tão velha?

Mas, por baixo da insegurança, havia certo orgulho. Ela podia estar mais lenta e ter um excesso de rugas, mas não havia perdido as habilidades.

— Você filmou isso com o celular?

— Filmei. Foi um presente da minha avó, a câmera dele é ótima. Vou editar depois e postamos na internet. É bom demais para não usarmos. Aposto que vamos ter um montão de visualizações. — Martha guardou o celular. — Melhor a gente ir. Ainda temos um longo caminho antes de chegarmos ao destino de hoje à noite.

Estavam dirigindo havia meia hora quando Kathleen viu o celular de Martha acender.

— Alguém chamado Steven está ligando. Quer que eu atenda?

— Não! — Martha pegou o aparelho e o virou para baixo. — Deixa pra lá.

Kathleen se deu conta de que Steven tinha sido a única coisa que deixara Martha tentada a soltar o volante.

O celular parou de tocar e logo começou de novo.

— Ele é persistente.

— Uma de suas muitas características irritantes. — Martha afastou o cabelo do rosto com a mão trêmula. — Desculpe.

— Não faço objeção a ligações pessoais. Se quiser parar o carro e ligar de volta...

— Não quero. — Mas desviou para o acostamento e parou o carro. Respirando fundo, ela pegou o celular e o desligou. — Pronto. Não vou receber mais nenhuma ligação. Pelo menos ele não pode aparecer no hotel em que vamos ficar, então acho que eu devia agradecer pelas pequenas conquistas.

Fazia muito tempo desde a última vez que Kathleen testemunhara o desfecho de um romance ruim, mas isso não significava que tivesse se esquecido de como era.

— Ele era um patife?

— Um pa... — Martha engoliu uma risadinha. — Era. Ele era um grande patife, Kathleen. Um superpatife. Um *megapatife*.

— Patife é uma descrição adequada. A hipérbole é desnecessária. Imagino que ele tenha magoado você.

— E mais algumas coisas, incluindo um bule de chá que minha avó me deu, o que é algo que nunca vou perdoar.

Como amante de chá, Kathleen entendia a indignação.

— Descreva o bule de chá para mim.

— Era branco com cerejas vermelhas e me fazia pensar em verão e sorrisos. — Martha inspirou fundo e conduziu o carro de volta para a estrada. — Eu me recuso a deixar que ele atrapalhe minha vida ou esta viagem especial.

— Era um relacionamento sério?

— Para mim? Era. Para ele... pelo visto, não. Minha mãe enxergou isso como mais uma prova da minha incapacidade de fazer boas escolhas.

— É evidente que ela não entende os patifes. São charmosos e convincentes, e no momento parece ser uma boa decisão ficar com eles. — *Ela sabia bem.* — Ele é o motivo pelo qual você aceitou o emprego?

— Quê?

Martha freou de repente e Kathleen foi lançada para a frente, o cinto de segurança travando o movimento.

Ela deveria ter esperado até chegarem ao hotel antes de fazer a pergunta.

— Eu presumi que você estivesse fugindo de algo. Ou de alguém.

— Você... O que fez você pensar isso?

— Naquele dia em que veio conversar, você parecia um pouco... desesperada. Mantenha os olhos fixos na estrada, querida.

Martha estava segurando o volante com força.

— Você percebeu? E mesmo assim me deu o emprego?

— Você era bem o que eu precisava. Jovem, com energia suficiente para compensar minha falta de energia ocasional e alguém que não tinha razão alguma para mudar de ideia e voltar para casa no meio da nossa viagem.

— Kathleen...

— No começo, era apenas uma suspeita, mas agora tenho certeza de que nada além do mais puro desespero teria te persuadido a aceitar um trabalho de motorista quando é óbvio que você odeia dirigir.

Martha enxugou o suor da testa e murmurou um pedido de desculpa para o carro de trás, que apertava a buzina. Por sorte, a placa do hotel piscava à frente e, com um alívio visível, ela entrou e estacionou.

— Como sabe que odeio dirigir? — Ela se virou para Kathleen, apavorada. — Estou te assustando? Estou fazendo alguma coisa errada?

Kathleen estava começando a se arrepender de ter dito aquilo. Liza queria que ela verificasse o histórico de motorista de Martha, mas o que deveria ter feito, na verdade, era utilizar algum tipo de teste psicológico que revelasse que a futura motorista era um ninho fervilhante de emoções.

— Você não está fazendo nada errado, mas não parece muito à vontade. Toda vez que um carro se aproxima, você trinca os dentes, se inclina para a frente e segura o volante com tanta força que quase interrompe a circulação dos dedos. E eu não entendo o motivo, porque você é uma excelente motorista.

Martha a encarou.

— Excelente? Você acha mesmo?

— Acho. Por que você pensaria o contrário?

— Eu... não sou confiante.

— Eu a descreveria como cuidadosa. E, considerando que está dirigindo em um lado diferente da estrada e com o volante do lado diferente em um país desconhecido, tenho motivos para ser grata por isso. A última coisa que eu gostaria é de uma pessoa imprudente com um desejo secreto de se tornar piloto de corrida. Você quer me dizer por que aceitou um emprego como motorista, se odeia dirigir?

— Eu nunca disse que odeio dirigir.

— Martha... — O tom de Kathleen foi gentil. — Vamos passar as próximas semanas em um espaço confinado. Seria exaustivo ficar atuando. É importante que eu te entenda.

Ela não precisava, nem queria, que Martha a entendesse.

Martha encostou a cabeça no banco.

— Você está certa. Eu odeio dirigir. Acho aterrorizante. E fui reprovada no exame de direção cinco vezes, embora, em minha defesa, devo dizer que a última vez *não* foi culpa minha. E, se tivesse me perguntado diretamente, eu teria falado. Não sou mentirosa. Mas como não perguntou, decidi não mencionar. Porque eu precisava *mesmo* do trabalho. E você parecia uma pessoa legal. E também, você está certa, eu estava desesperada. — As palavras escaparam dela e a deixaram abatida e infeliz. — Você vai me demitir?

— Por que eu demitiria? Como eu poderia continuar seguindo pela Rota 66? Não posso mais dirigir, e minha condição física não permite que eu empurre o carro.

— Você poderia encontrar outra pessoa.

— Quero uma motorista como você.

Os olhos de Martha estavam cheios de lágrimas.

— Um lixo, você quis dizer?

— Não há problema algum com a qualidade da sua direção, minha querida, apenas com sua confiança.

Martha revirou a bolsa em busca de um lenço.

— A confiança vem das conquistas, e eu nunca tive nenhuma. Sou meio que um desastre.

Aquela confissão emocional fez a pele de Kathleen começar a pinicar. Se seus quadris não doessem tanto, talvez tivesse saído correndo do carro. Nunca fora uma pessoa que sabia o que dizer quando alguém estava chateado, então adotou uma abordagem direta:

— Bobagem. A confiança vem de saber o próprio valor. De gostar de quem você é. Você é bondosa, engraçada, inteligente, gentil e nitidamente leal. Além disso, teve a coragem de se afastar de um patife, o que também mostra bom senso.

Martha assoou o nariz com força.

— Eu deveria ter usado esse bom senso muito antes.

— Vocês se conheciam fazia muito tempo?

— Eu e o patife? Sim, nós nos conhecemos na escola. Namoramos e terminamos algumas vezes. Deveria ter prestado mais atenção ao que acontecia quando não estávamos juntos, em vez de me casar com ele. — Ela amassou o lenço. — Como pude ser tão *burra*?

— Você foi esperançosa. Otimista. Ambas são qualidades admiráveis. — Ela poderia estar descrevendo a si mesma. — É seu marido que não para de ligar?

— Ex-marido. — Martha roeu a unha. — Chocante, não é? Tenho 25 anos e não tenho diploma universitário nem um lugar só meu para morar ou um emprego, mas tenho um ex-marido. Minha mãe diz que a única coisa em que sou boa é em desistir.

A opinião de Kathleen sobre o próprio desempenho como mãe estava melhorando a cada minuto.

— Você tem um emprego, *sim*. Você tem este emprego. Por enquanto, você também tem onde morar. — Ela podia até não ser a melhor em apoio emocional, mas era excelente em oferecer ajuda prática. — Não vejo como um diploma universitário ou algo semelhante ajudariam você em sua situação atual. Quanto tempo passou casada?

Martha estendeu o braço para o banco de trás do carro, puxando a bolsa entre os assentos com tanta violência que quase arrancou a alça.

— Não muito tempo.

Era nítido que a garota estava sensível e com raiva, e Kathleen sentiu uma onda de compaixão.

— Estamos falando de meses ou anos?

— Eu terminei com Steven depois de quatro dias, quando encontrei ele na cama com outra pessoa. Sou um clichê terrível.

A dor foi inesperada. Rasgou-a, abrindo feridas que haviam levado décadas para cicatrizar, e trazendo à tona uma parte de sua vida que Kathleen tinha tentado esquecer.

Ela teve que lembrar a si mesma de que a conversa era sobre a coitada da Martha, não sobre ela.

Martha a olhou.

— O processo de divórcio foi concluído algumas semanas atrás.

Diga alguma coisa, Kathleen. Diga alguma coisa.

— Deve ter sido muito sofrido.

— Eu me senti péssima quando tudo aconteceu, mas já tem meses e agora estou só morrendo de raiva, o que na verdade é melhor. É mais fácil ficar com raiva do que triste. — Martha abriu a bolsa e jogou o celular lá dentro. — Estou com raiva dele. E de mim mesma.

A boca de Kathleen ficou seca.

— Por que de si mesma?

Martha deu de ombros.

— Minha mãe sempre disse que eu não sou boa em julgar o caráter das pessoas. Acho que ela tinha razão.

— Por que você se culparia por algo que está nítido que não foi sua culpa?

Sim, Kathleen, por quê? Por quê?

— Eu devia ter confiado menos. E, de verdade, não entendo por que ele fica me ligando. Tipo, ele dormiu com outra pessoa, então por que me quer de volta? — A voz de Martha ficou mais alta, e Kathleen percebeu que, embora ela estivesse com raiva, também estava bastante magoada.

E ninguém entendia aquilo melhor do que ela mesma.

— Não sou psicóloga, mas é provável que tenha a ver com você estar inatingível.

Kathleen se sentiu um pouco tonta. Sua mente havia sido inundada por uma nuvem escura e ela não conseguia mais ver o sol.

— Kathleen? Está tudo bem? Eu deixei você chocada?

Kathleen fez um esforço supremo para se recompor. A conversa não era sobre ela. Não era sua história.

— Uma das poucas vantagens de ter 80 anos é que poucas coisas nos chocam. Tirando, óbvio, nosso reflexo no espelho, que sempre é surpreendente, ainda mais de manhã cedo. — Uma piada. Muito bem, Kathleen. — Vamos entrar? Acho que estou pronta para me deitar e tirar uma soneca antes de provarmos as delícias locais, sejam lá quais forem.

— Salsicha no palito — disse Martha, distraída.

— Você deveria bloquear o número dele, é lógico. — Kathleen descansaria os olhos por meia hora e tentaria se recompor. Ela pegou o guia, os óculos e a bolsa. — O quanto antes.

— Não consegui fazer isso ainda, mas acho que eu deveria mesmo. Você é uma boa ouvinte. Eu estava preocupada que, se soubesse a verdade, não fosse mais me querer como motorista.

— Não consigo imaginar por que pensaria uma coisa dessas. Nós, mulheres, devemos nos apoiar.

Martha guardou a garrafa de água na bolsa.

— Você deve achar que sou uma covarde por fugir. Quer dizer, você é tão corajosa. Destemida. Acertou um intruso com uma frigideira, quando a maioria das pessoas teria ficado paralisada. E olhe só para você agora, 80 anos e atravessando os Estados Unidos. Nem está intimidada. — Martha deu um sorriso trêmulo. — Você é o auge da coragem, Kathleen.

— Está usando hipérboles de novo, Martha.

— É verdade. Você é a pessoa mais corajosa que já conheci. Não espero que entenda como é sentir vontade de fugir.

Kathleen apertou a bolsa e olhou pela janela. Ela era uma impostora. Uma maldita impostora.

Martha franzia a testa.

— Kathleen?

Ela poderia fazer algum comentário vago e mudar de assunto. Era o que fazia no geral. Nunca falava daquela época. Até Brian sabia que era um assunto proibido.

Então por que, pela primeira vez, ela sentia vontade de dizer a verdade? O que havia naquela jovem que a fazia querer transmitir as lições que tinha aprendido com a experiência?

— Passei a vida fugindo. — As palavras saíram sem permissão. — É justo dizer que sou especialista nisso. Você não é a única com um patife em seu passado, sabe?

Ah, Kathleen. Sua enorme tola.

Em seguida haveria perguntas, e ela não tinha intenção de responder a nenhuma.

— Você? — Martha soou incrédula. — Mas é tão bem resolvida. Você é incrível. Nenhum homem se atreveria a te tratar mal.

Martha não era da família. Kathleen não tinha obrigação de dar conselhos ou oferecer sua experiência.

Poderia deixar a garota seguir com as ilusões.

Ela olhou para a companheira, pretendendo fazer exatamente isso, e então viu os olhos marejados de Martha.

Kathleen sentiu algo compeli-la. Lembrou-se de sentir aquela mesma dor e lidar com ela sozinha.

— Ninguém é completamente bem resolvido, Martha, seja lá o que isso signifique. Eu sou uma covarde. — Pronto, ela disse em voz alta. — Depois de ter um patife na minha vida, eu passei a me proteger da dor. É uma resposta humana, lógico.

Talvez a idade não concedesse sabedoria, mas concedia o benefício de ver as coisas em retrospecto.

Ela não podia mudar o modo como a própria vida tinha se desenrolado. Não podia desfazer as decisões que havia tomado, mas poderia fazer o melhor para garantir que Martha não seguisse pelo mesmo caminho.

— Eu posso até não ter tido medo de viver, mas tinha medo de amar. — Dado que ela nunca tinha pronunciado tais palavras antes, elas saíram até com uma facilidade surpreendente. — Odiaria ver você cometer o mesmo erro.

10
Liza

Liza acordou com o som do canto dos pássaros e o aroma de roupa de cama recém-lavada. O ar fresco entrava pela janela aberta, levando consigo o cheiro de sal marinho e madressilva. Sua cabeça estava aninhada em um travesseiro muito macio, e por alguns segundos abençoados ela se deliciou com o extremo conforto. Então a vida se intrometeu.

Estava no Chalé Oakwood.

Tinha dirigido o caminho todo sem fazer paradas, com a música de sua preferência tocando alto. Ela havia chegado quando já estava escuro e desabado em cima da cama toda vestida, exausta demais por causa da experiência emocional para fazer qualquer coisa além de tirar os sapatos.

Apesar de tudo, tinha adormecido com facilidade e caído em um sono profundo, o que pelo menos significava que estava descansada para o acerto de contas.

Ela se sentou, preparada para sentir uma enxurrada de emoções difíceis.

O que tinha feito?

Tinha abandonado a família. Não, não os tinha *abandonado*. Isso soava permanente, e não era permanente. Mas, não importava como apresentasse a situação, família era tudo para ela, e Liza deveria estar se sentindo terrível. Foi um choque descobrir que não estava.

A sensação de pânico da noite anterior tinha desaparecido, mas a dor e a solidão ainda estavam presentes.

Ela nem mesmo tinha certeza do motivo pelo qual saíra daquele jeito. Fora o resultado da pressão emocional que aumentara ao longo do dia até Liza achar que estava prestes a explodir. De Sean ter esquecido o aniversário de casamento até Caitlin exigindo que ela levasse o troféu para a escola no horário de almoço, o dia todo tinha sido um lembrete sombrio de todas as coisas que a deixavam infeliz.

Não tinha saído para provar alguma coisa. Tinha saído porque era necessário para a própria sanidade.

Preferiu dormir no quarto que usava quando criança a dormir no quarto de hóspedes que ela e Sean ocupavam quando visitavam o chalé. Por que tinha feito isso? Talvez porque fosse uma maneira de voltar no tempo para a vida que levava antes dessa. Para a pessoa que ela era antes da mulher que se tornara.

O mapa-múndi estava grudado na parede, ainda com as marcações que ela havia feito com o pai. Juntando poeira nas prateleiras, estavam todos os antigos livros dela, obras favoritas das quais nunca se desfaria. Costumavam ficar escorados pelo prêmio de arte que ela ganhara na escola, mas o objeto parecia ter sumido.

A mãe devia ter guardado em algum lugar.

Sentindo-se desapontada por sua mãe desorganizada ter escolhido arrumar aquele item em particular, Liza caminhou até a janela e olhou para fora, para os campos que se estendiam até o mar. Aquela tinha sido sua vista todos os dias quando era nova.

O sol brilhava e ela podia sentir o calor inundando o quarto, embora ainda fosse cedo. Seria um dia quente.

Ela se despiu, colocou as roupas usadas no cesto de roupas sujas e tomou um longo banho.

Envolvida em uma toalha, abriu o zíper da bolsa de viagem que tinha arrumado. Colocara várias coisas ao acaso lá dentro sem de fato pensar no que usaria.

Por que diabos tinha levado aquela blusa? Ela a odiava.

Cada item que Liza retirava da bolsa a lembrava de casa e da vida da qual ela não tinha certeza se gostava tanto. E não havia nada apropriado para relaxar ao ar livre durante uma onda de calor.

No fim, escolheu uma blusa branca justa com botões de concha e uma pantalona de linho e guardou tudo de volta na bolsa. Ela fechou o zíper e pôs a bolsa embaixo da cama.

Não era só sua vida que precisava de uma reformulação: o guarda-roupa também.

Talvez ela fosse à boutique da vila mais tarde.

Ela só ligou o celular depois de terminar de secar o cabelo. Havia várias chamadas perdidas de Sean, e, antes que decidisse o que fazer em relação a isso, ele ligou mais uma vez.

Ela atendeu, sem saber o que esperar da conversa.

— Oi.

— Liza? Graças a Deus. Eu estava tão preocupado com você.

O tom da voz dele e o leve chiado a informaram que ele estava ligando o carro.

— Por que estaria preocupado comigo?

— Porque você saiu sem avisar! Eu não fazia ideia de que estava planejando ir para a Cornualha este fim de semana. E eu estou...

O telefone ficou sem som.

— Alô? — Ela verificou a tela para ver se a chamada ainda estava em andamento. — Sean?

— Oi. Você está aí?

— Estou. Não ouvi o que você disse.

Ele estava o quê? Será que tinha se dado conta de que se esquecera do aniversário de casamento deles?

Liza esperou, determinada a ser calma e compreensiva. Ele andava ocupado. Os dois andavam ocupados. Era uma das muitas coisas que precisavam ser resolvidas.

— Estou frustrado que você tenha feito isso sem falar comigo, sem antes ver se esse plano funcionaria para mim.

Ela se forçou a respirar. Poderia discutir naquele momento, mas sabia o que aconteceria. Apesar de todos os defeitos, Sean era um bom homem. Se ela confessasse como vinha se sentindo, o marido daria meia-volta no carro e seguiria direto até a Cornualha para vê-la, e Liza não queria isso. Queria um tempo sozinha, e pela primeira vez na vida ela faria o que queria.

— Eu prometi para minha mãe que ficaria de olho no Popeye.

— Bem, é um péssimo momento. Estou atolado de trabalho. Tive que sair de casa hoje de manhã antes de as meninas acordarem e vou chegar tarde, então a última coisa de que preciso é ficar limpando a bagunça que elas deixaram na cozinha.

Será que eles conseguiam ter uma conversa que não envolvesse gerenciar tarefas e as meninas? No início do relacionamento, os dois jogavam um jogo que chamavam de "Sonhos Grandes, Sonhos Pequenos", compartilhando todos os desejos que tinham, mas os sonhos viraram um tapete velho e gasto. Pisoteado e esquecido.

— Se elas fizerem bagunça, então podem limpar sozinhas. Se precisarem ir a algum lugar, podem pegar um ônibus. Elas têm idade suficiente para se virar.

— Quem é você e o que fez com Liza?

Ela umedeceu os lábios.

— Você sempre me diz que precisamos confiar nelas.

— Isso foi antes de elas destruírem a casa. Os pedreiros vêm esta semana, aliás. Você pode estar aqui na terça-feira?

— Não. Deixe uma chave para eles.

— Você nunca deixa nenhum profissional ficar lá em casa sem supervisão.

— Se você confia neles, então eu também confio.

Ela não se importava com os pedreiros.

Houve um momento de silêncio.

— Tem certeza de que está tudo bem?

Não, mas ela não estava pronta para falar do assunto.

— Estou cansada da viagem. Você sabe como são as coisas no fim do ano letivo. — Ela o ouviu praguejar baixinho. — Você está bem?

— O trânsito está um inferno. Vou me atrasar.

— Para onde está indo?

— Para uma reunião.

— Hoje é sábado.

— Esse projeto é um pesadelo. Não tem como eu me juntar a você com as coisas como estão agora.

A sensação de alívio logo foi substituída pela culpa. O que o fato de ficar feliz pelo fato de o marido não poder se juntar a ela dizia sobre si mesma?

— Não tem problema.

— Vai deixar o celular ligado? Elas podem telefonar para você se tiverem algum problema.

Elas telefonariam por qualquer coisinha.

— Não posso garantir que vou atender. Há muito o que fazer aqui, e você sabe que nem sempre tem sinal.

— Liza… — Ele soava exasperado. — Não posso ficar atendendo ligações no trabalho agora. Você não poderia ter escolhido uma hora pior para fazer isso.

Fazer o quê? Tirar um tempo para si mesma?

— Não estou esperando que você atenda ligações.

— Eu não entendo. Você se preocupa com as meninas a cada segundo do dia, confere se escovaram os dentes e tomaram as vitaminas, e agora está se recusando a estar disponível em caso de emergência?

— O que estou fazendo — contrapôs ela devagar — é ensiná-las a resolver os próprios problemas e a se responsabilizar pelas coisas. Algo que eu deveria ter feito há muito tempo. Se sempre dependerem de mim para resolver tudo, nunca vão aprender. Espero que sua reunião corra bem.

Ela desligou e olhou para os campos, na direção do mar, com a mente em conflito entre as próprias necessidades e as necessidades da família.

Sem uma lista de tarefas e sem ninguém lhe pedindo nada, o dia se estendia à sua frente, destituído de tudo, exceto de possibilidades. O tempo livre era tão estranho para ela que Liza não tinha ideia do que queria fazer com ele.

Uma caminhada? Talvez ela se sentasse no pátio, na cadeira de balanço confortável da mãe, e lesse um dos livros que tinha guardado para a viagem de férias. Só porque não podia tomar drinques no terraço de um hotel chique em Chicago não significava que não podia se mimar de outras maneiras.

Liza pegou o livro, fez um café na cozinha ensolarada e levou a xícara para o jardim. De um jeito estranho, o lugar parecia vazio sem a mãe. Liza estava acostumada a vê-la curvada sobre os canteiros de flores, arrancando ervas daninhas e cortando as flores murchas.

Popeye passou na sua frente e Liza estendeu a mão para acariciá-lo, mas ele se afastou, rejeitando as tentativas de carinho antes de caminhar na direção da cozinha e do pote de comida.

Existia alguém que não estivesse interessado apenas no que ela poderia fazer de útil?

Ela alimentou o gato e abriu o livro, mas achou difícil se concentrar.

Sentia-se inquieta e tensa. Seu instinto era limpar armários e tirar o pó das prateleiras. Polir a maresia de algumas janelas.

Não.

Ela apertou o livro nas mãos.

Nunca fazia isso. Em casa, a leitura era restrita a algumas páginas apressadas antes de dormir. Sentar-se ao sol com um livro parecia um luxo e uma indulgência. Fazia Liza se sentir culpada. Ela precisava se reeducar para relaxar.

Esforçou-se para ler algumas páginas e então se levantou e puxou a camisa que já estava grudando na pele. Estava tão *quente*.

As roupas que trouxera consigo eram ásperas e desconfortáveis. Ela parecia pronta para dar uma aula, não para relaxar ao sol.

Talvez houvesse algo mais fresco na bolsa, ou algo que ela pudesse pegar emprestado. Subiu a escada e vasculhou os vestidos da mãe, e na mesma hora foi transportada de volta à infância. Sempre que Kathleen desaparecia em uma viagem, Liza procurava refúgio nos cabides de roupas da mãe, permitindo que o aroma das peças preenchesse todas as pequenas lacunas criadas pela ausência. E ali estava ela, fazendo isso outra vez, embora tivesse passado da idade de sentir falta da mãe.

Ela estava com o rosto enterrado em uma camisa de seda vintage quando ouviu o som de passos na cozinha.

Ficou imóvel. Tinha se lembrado de trancar a porta dos fundos quando subiu? Tinha! Ela se lembrava de girar a chave. Mas, apesar disso, alguém estava dentro da casa.

O que ela faria?

Deveria se esconder? Em meio às roupas? Debaixo da cama? Não, seria o primeiro lugar em que um intruso procuraria, e então ela ficaria presa.

Poderia pular pela janela do quarto da mãe, que dava para os campos, mas era provável que quebrasse uma perna.

O medo a fez prender a respiração. Seu coração estava quase saindo pela boca.

Será que era o mesmo homem que tinha invadido a casa algumas semanas antes? Não. Aquele estava bêbado e procurando abrigo.

Ela se levantou devagar. As pernas tremiam tanto que Liza não tinha certeza se conseguiria correr para outro lugar, mesmo que a oportunidade surgisse.

Então ouviu o som de um armário da cozinha sendo aberto e fechado.

Quem quer que fosse, não parecia estar fazendo nenhum esforço para disfarçar a presença. Talvez a pessoa ainda não tivesse percebido que a casa não estava vazia.

Ela tirou o celular do bolso e ligou para os serviços de emergência, depois entrou no banheiro sem fazer barulho e trancou a porta.

— Alô? — sussurrou ela, morrendo de medo de que a qualquer momento a porta fosse arrombada. — Tem um intruso na minha casa. Me ajude.

11

Martha

St. Louis ~ Devil's Elbow ~ Springfield

—Tem certeza de que está bem para viajar hoje? Você está quieta — comentou Martha enquanto colocava as malas no carro.

Aprendera que era preciso colocar as bagagens em uma posição exata, senão não cabiam no porta-malas. Para alguém cuja gaveta de roupas íntimas costumava ser uma bagunça, estava orgulhosa da conquista. O porta-malas arrumado parecia representar algo, embora ela não soubesse bem o quê. Ordem?

— Posso confirmar que desejo viajar hoje. — Kathleen apertou a bolsinha que sempre levava consigo no carro. — Estamos no meio de uma viagem de carro e, depois daquelas panquecas deliciosas no café da manhã, estou cheia de energia.

— Você comentou que não dormiu bem. Deve ter sido por causa daquela conversa sobre patifes.

Martha ainda não conseguia acreditar que algo parecido tinha acontecido com Kathleen quando ela era jovem. A experiência de Kathleen tinha sido pior, de certa forma. Ouvir sobre ela fizera Martha se sentir um pouco melhor consigo mesma. Se aquilo podia acontecer com alguém como Kathleen, então podia acontecer com qualquer um.

Não que soubesse muitos detalhes. Tudo que Kathleen havia contado era que tinha sido noiva de um homem que então teve um caso com a amiga dela. Depois dessa revelação, ela se esquivou de todas as perguntas que se seguiram com habilidade e encorajou Martha a falar de si mesma.

Martha fizera isso de bom grado. Havia muitas coisas que não sabia, como sua mãe sempre gostava de lembrar, mas sabia bem quando alguém não queria falar de algo.

Kathleen entregou a última das malas.

— É verdade que eu não dormi bem, mas isso é comum não se preocupe.

Martha enfiou a bagagem no espaço restante, fechou o porta-malas e olhou para Kathleen. Não havia sinais visíveis de que a companheira estivesse abatida. Ela usava as camadas esvoaçantes e elegantes de sempre e tinha se dado ao trabalho de passar batom.

Martha sentiu uma onda de admiração e um sentimento ainda maior de afeição. Conhecia Kathleen havia apenas alguns dias, mas não se sentia tão à vontade com outra pessoa desde que perdera a avó. Era tão fácil conversar com Kathleen. Ela era acolhedora, engraçada e franca. Mas também era solidária e recebia todas as sugestões tímidas de Martha com tanto entusiasmo que ela se sentia menos hesitante. Isso a fez perceber que vinha levando a vida sempre na defensiva, sempre alerta e pronta para se resguardar da mãe, da irmã e de Steven. Poder começar cada dia sem se preparar para um embate era uma sensação boa. O nó no estômago tinha se desfeito.

E, embora uma pequena parte de si avisasse que ela devia ter sido mais cautelosa ao se abrir com uma desconhecida, ignorou a sensação.

Seria aquele o motivo de Kathleen ter ficado mais distante de repente?

— Está arrependida de ter me contado coisas pessoais? — Martha abriu a porta do carro para Kathleen. — Porque não precisa se preocupar. Sou falante, mas não sou fofoqueira. Tem uma diferença.

— Estou ciente da distinção. E não me arrependo.

— Sei que só me contou porque estava tentando fazer eu me sentir melhor. E funcionou.

Martha fechou a porta, contornou o carro a passos rápidos e deslizou para o banco do motorista.

— Não sou nem de longe tão bondosa e altruísta quanto você parece achar. — Kathleen pôs o cinto de segurança. As mãos dela ainda eram elegantes, mesmo que a pele estivesse enrugada e escurecida em alguns lugares devido à exposição excessiva ao sol. — Não entendo bem por que compartilhei o que passei. Foi um impulso.

Martha ajustou o retrovisor.

— Foi o que você disse quando pediu bacon.

— Em geral, acho que os impulsos alimentares têm menos consequências imediatas do que os emocionais. Espero que você leve a sério meu conselho e não deixe sua lamentável experiência com o Steven Patife influenciar as escolhas que fará pelo resto da vida.

Martha hesitou.

— Como aconteceu com você?

— Já falamos mais que suficiente de mim. — Kathleen colocou os óculos de sol no rosto. — Vamos pegar a estrada? Assim teremos uma chance de chegar à Califórnia antes de eu completar 100 anos.

Martha deu uma gargalhada.

— Você é tão engraçada.

— Sua diversão está no topo da minha lista de prioridades, então considero isso uma excelente notícia. Vamos, Martha!

Martha descobriu que o banco do motorista parecia mais confortável do que antes. Ela não se sentia mais como se o veículo fosse descobrir que era uma impostora e a enxotar a qualquer momento. Ela estava no comando, não o carro.

— Você não gosta de falar de si mesma, não é?

— Já fiz um relato extenso das minhas viagens.

— Verdade. — Martha verificou o fluxo de carros e conduziu o veículo para a estrada. — Mas estou falando de coisas mais sentimentais. Você não gosta de falar de emoções. Dá para notar. É difícil para você.

— Você é perspicaz.

— Sou boa em entender as pessoas. E todo mundo é diferente, não é? E isso é bom. A vovó dizia que devemos deixar as pessoas serem do jeito que querem ser. Algumas pessoas são mais falantes; outras, caladas. Não dá para mudar isso. Eu, por exemplo — ela aumentou a velocidade enquanto saíam da cidade, desviando a conversa para si mesma a fim de poupar Kathleen —, meus boletins escolares sempre diziam "Martha precisa se concentrar mais e falar menos", mas o que ninguém entende é que é de fato difícil para mim falar menos.

— Como estou descobrindo.

Martha riu.

— As pessoas nunca dizem para uma pessoa calada ser mais falante, já reparou? Elas nunca dizem "Fale mais" nem "Por que você não pode ser mais tagarela?". Mas, por algum motivo, as pessoas sempre acharam que tinham o direito de me dizer como eu poderia melhorar. É irritante, na verdade.

— Posso imaginar a frustração.

— O estranho é que eu nem falo tanto em casa. Na maioria das vezes, só em discussões sobre quem vai fazer quais tarefas. — Ela pensou na mãe e na irmã. — Tenho muito a dizer e ninguém para ouvir. Tudo que ouço é "Cale a boca, Martha". É outro motivo pelo qual preciso sair de casa. Não me deixam ser eu mesma.

— O mundo perderia muito se você não fosse você mesma, de fato.

Martha corou e olhou para a companheira de viagem.

— Sério?

— Eu posso, de vez em quando, omitir informações, mas não tenho o hábito de dizer coisas nas quais não acredito. O objetivo da fala é comunicar com transparência.

Martha concentrou-se na estrada.

— Bem, eu sei que me comunico com muito mais frequência do que a maioria das pessoas, então, se quiser que eu fique calada, é só dizer. Pode dizer "Martha, chega!". Eu não vou ficar ofendida.

— Sua boa índole é uma qualidade notável, e é sorte minha estar viajando com você.

Como uma especialista em identificar sarcasmo graças à longa experiência com a família, Martha concluiu que Kathleen estava sendo sincera. Foi tomada por uma sensação de contentamento. Estava acostumada a passar tempo com pessoas que a diminuíam o tempo todo, e aquela era uma mudança revigorante.

— Bem, eu sou muito sortuda por estar viajando com você. Viva eu! A maioria dos meus amigos está ocupada agora no verão... férias, empregos e coisas assim... então eu estava me preparando para um verão solitário e triste, até que vi seu anúncio para o trabalho.

E seus amigos tinham ficado impressionados quando ela contou do emprego. Mas não sua família, que parecia não se impressionar com nada do que ela fizesse.

— Não consigo imaginar você triste, Martha. E tenho certeza de que alguém como você tem mais amigos do que tempo para passar com eles.

Será que era verdade?

— Bem, eu conheço muita gente, mas amizade é uma coisa estranha, não? Tem amigos que parariam tudo para nos ajudar em uma crise, e esses valem ouro. E tem amigos de bar com quem conversamos sobre como foi a semana, mas eles não têm ideia do que está se passando na nossa cabeça ou na nossa vida. Não estou dizendo que isso não é amizade, mas é um tipo diferente de amizade, não é? Um bom amigo parece que é da família.

No caso de Martha, melhor que família, mas aquele era, de fato, um parâmetro bem baixo.

— É isso. Um amigo de verdade pode mesmo ser como família.

O tom de nostalgia na voz de Kathleen deixou Martha pensativa.

Ela tinha a impressão de que, apesar da reticência, Kathleen queria falar sobre o assunto. Só porque a pessoa achava difícil falar não queria dizer que ela não queria. Como tudo, exigia prática.

Ela tentou um pouco de encorajamento, prometendo a si mesma que se conteria ao primeiro sinal de que Kathleen queria recuar.

— Depois do caso, você e Ruth perderam o contato?

Kathleen se remexeu no assento.

— Ela me escreveu, mas nunca abri as cartas.

— Entendo. Você queria deixar tudo no passado. Seguir em frente. Não olhar para trás. Quer dizer, isso é humano. Quem me dera Steven estivesse no passado. — Martha franziu a testa. — Mas Ruth era sua amiga, então deve ter sido difícil.

— Foi mesmo uma provação. — A voz de Kathleen soou bem, bem baixinha.

— Aposto que você sentiu saudade dela. Mas, ao mesmo tempo, queria matá-la. É difícil lidar com emoções tão confusas. Não se sabe o que sentir. É uma sensação toda errada, como... como... se alguém tivesse colocado calda de chocolate por cima do espaguete à bolonhesa. Quer dizer, imagine só! Ou é que nem quando minha avó deixava a agulha de tricô cair. Era difícil desfazer o nó.

— Prefiro a analogia do tricô. Não gosto quando estragam minha comida.

— E você estava desolada, então isso deixava tudo ainda mais complicado.

— Verdade. Eu o amava muito.

Martha sentiu um aperto no peito e estendeu a mão, apertando o braço de Kathleen.

— Mas você seguiu em frente. Não consigo nem explicar o quanto isso me inspira. Eu estava me sentindo frágil e patética quando fui até sua casa naquele dia, como uma camisa de seda que passou por um ciclo quente na máquina em vez de ser lavada à mão...

— Suas analogias são sempre intrigantes.

— ... mas ouvir sua história me faz sentir muito mais confiante. E eu não culpo você por querer deixar tudo no passado. Comigo foi igual. Foi uma das razões pelas quais eu liguei quando vi seu anúncio.

E ela estava aliviada por ter feito aquilo. Se não estivesse tão desesperada, não teria considerado um trabalho que envolvesse dirigir, e no entanto ali estava ela se divertindo muito.

Kathleen apertou a bolsa no colo.

— E eu que me beneficiei dessa decisão.

— Mas sei que nossa situação não é a mesma. De verdade, não me sinto tão desolada por Steven. No começo, sim, mas na maior parte do tempo me senti idiota. Idiota por pensar que ele era o cara certo. Idiota por ter decidido me casar com ele. Acho que não teria feito isso se minha avó não tivesse morrido, mas eu o conhecia fazia um tempão, estava me agarrando a algo familiar.

— Você tem uma notável percepção de si mesma.

— Nunca antes de as coisas acontecerem, infelizmente. Só depois, e aí já é tarde demais.

— Ah, entendo isso muito bem.

Martha olhou para ela.

— Você também era assim? Então queimou as cartas de Ruth? Picou em pedaços? Se preferir não falar disso, tudo bem.

— As cartas estão em uma gaveta na minha casa, junto com o anel.

Não abriu as cartas, mas também não jogou fora, pensou Martha. Se não quisesse mesmo contato, ela as teria jogado fora, não?

— E você não sabe se ela ainda está na Califórnia? Ou se os dois estão juntos?

— Duvido que estejam juntos. Ele não conseguia manter um compromisso. Mas as cartas sempre foram postadas na Califórnia, então parece razoável supor que Ruth ainda more lá.

— E é por isso que você ficou um pouco estranha naquela primeira noite quando mencionei a Califórnia. Ir até lá te deixa um pouco desconfortável. Mas é um lugar grande. Você não vai trombar com ela a menos que queira.

Mas talvez ela quisesse. Seria aquele o motivo de Kathleen ter escolhido aquela viagem específica? Estivera, de modo consciente ou não, criando um horizonte de possibilidades? Martha reprimiu as milhões de perguntas borbulhando na mente e fez apenas uma:

— Vocês eram muito amigas?

Kathleen demorou muito para responder e, quando enfim o fez, sua voz saiu de novo baixinha:

— Éramos — confirmou ela. — Melhores amigas. Éramos como irmãs.

Aquilo devia ter sido terrível, certo? Perder o noivo já era ruim o suficiente, mas perder a melhor amiga também?

Martha estava começando a pensar que sua situação não era tão ruim, afinal. Certo, ela tinha 25 anos e já estava divorciada, o que não era bom aos olhos das pessoas que não conheciam a história toda, mas o que as outras pessoas pensavam não deveria importar, não é? Kathleen não tinha tomado decisões com base no que outras pessoas pensariam.

Martha ergueu o queixo. *Seja mais como Kathleen*. Esse era seu novo lema.

Talvez ela devesse encarar o divórcio como uma experiência de vida, não como um fracasso. Coisas aconteciam na vida de todo mundo. Ela precisava se concentrar mais no *hoje* e menos no *ontem*. Era jovem, saudável e não tinha filhos com quem se preocupar. Não precisava manter contato com Steven. Ela tinha os meios para seguir em frente, assim como Kathleen havia feito.

Só que Kathleen também tinha perdido a amiga mais próxima. Fora um golpe duplo.

Martha teve uma súbita vontade de ajudar. Kathleen já a havia ajudado, então o mínimo que Martha podia fazer era retribuir o favor.

— Se quiser procurá-la, podemos fazer isso.

— Eu não quero.

A rejeição direta à sugestão fez Martha se perguntar sobre a dor escondida por trás daquelas palavras.

O que havia acontecido de fato?

Martha percebeu que era hora de uma distração.

— Que tal uma musiquinha?

— Nós tentamos ontem. Meus ouvidos ainda estão se recuperando.

Martha sorriu.

— Foi culpa minha por cantar junto. Não consigo evitar. Eu explodo se não cantar. Vamos deixar a música pra lá. Que tal abrir o teto?

O dia estava quente. O sol brilhou, aprovando a sugestão.

— Abrir o teto, querida?

— Do carro. Temos um carro esportivo chique. Podemos muito bem aproveitar todas as funcionalidades. Só que é provável que bagunce seu cabelo.

— Vai ser esplêndido. Vá em frente.

Esplêndido. Quando foi a última vez que ela ouviu alguém usar essa palavra?

Sorrindo, Martha parou o carro perto de um campo. Ela apertou o botão, fascinada pela forma como a capota se abriu.

— Que máximo!

— Duvido que vá ser o máximo quando chegarmos ao Arizona.

Martha ligou o motor e viu um homem observando-as de uma casa do outro lado da rua. Estava começando a entender que, longe de ser o pesadelo de todos, aquele carro era considerado um sonho. Não era bem *seu* sonho, mas talvez em algum momento passasse a ser.

Kathleen enrolou o lenço em volta do cabelo, e Martha pegou o celular e tirou algumas fotos.

— Você parece uma estrela de cinema. E se não está velha demais para uma viagem épica de carro, não vejo por que estaria velha demais para entrar em contato com uma velha amiga.

Talvez Martha não devesse ter insistido, mas, se fosse a coisa errada a fazer, Kathleen diria. Se não com palavras, então com um olhar.

Kathleen ajustou os óculos de sol.

— Ela já deve ter morrido.

— Isso não é muito otimista. Ela pode estar viva, querendo notícias suas.

Martha voltou a pegar a estrada. O sol batia em seu rosto e uma brisa leve brincava com seu cabelo.

— Talvez ela nem se lembre de mim.

Martha arqueou a sobrancelha.

— Quando você recebeu a última carta?

— No ano passado.

— Então é nítido que ela ainda estava pensando em você. — Martha se acomodou no assento. O carro estava começando a parecer familiar. Não precisava mais olhar as figuras na chave por cinco minutos enquanto tentava descobrir como trancar e destrancar as portas. É verdade que ainda havia muitos botões nos quais não tinha tocado, mas, no geral, estava orgulhosa de si mesma. — Eu entendo por que você ficou tão relutante em se envolver com outra pessoa depois disso. Mas as voltas que a vida dá são engraçadas, não são? — Ela diminuiu a velocidade ao se aproximar de um cruzamento. — Se meu relacionamento não tivesse terminado, é provável que eu não estivesse aqui com você agora. Nunca me diverti tanto na vida.

Kathleen virou a cabeça para olhar para ela.

— Você nunca se divertiu tanto?

— Você está brincando? Esta viagem é fantástica. É difícil até escolher um ponto alto até o momento. Quer dizer, Chicago foi incrível. E ontem também, quando cruzamos o rio Mississippi e vimos a Chain of Rocks Bridge. Adorei dirigir pelas cidadezinhas e passar por todos aqueles campos de milho e soja. Não que eu fosse saber o que estava sendo cultivado lá se aquela mulher não tivesse nos contado. Todo mundo é tão amigável e acolhedor. Ah, e aquele hambúrguer! E a conversa com aquele casal francês. Não sabia que esta viagem tinha um apelo tão internacional. Quero passar mais tempo em cada lugar, mas ao mesmo tempo mal posso esperar para seguir em frente e ver o que vem depois. É empolgação o tempo todo. Esta viagem fez o mundo parecer maior. Fez minha vida inteira parecer maior. É como se... — ela tentava encontrar as palavras — ... antes, minha experiência com Steven preenchesse meu mundo muito pequeno, e agora meu mundo é muito maior e cheio de possibilidades, e ele não domina mais as coisas. Ele se tornou uma pequena parte da minha vida grande, em vez de uma grande parte da minha vida pequena. Isso me mostrou o quão importante é ir além do nosso mundo normal. Abraçar novas experiências. Está dando para entender?

— Está. Fico feliz que você esteja achando a experiência tão enriquecedora.

Martha adorava o jeito que Kathleen falava.

— Tudo isso é graças a você. Acho que você pode ter me salvado, embora também vá me custar uma fortuna. Agora estou viciada em viajar e não tenho dinheiro para bancar essa nova paixão, mas vou dar um jeito. Talvez você precise de uma motorista para a próxima viagem de carro emocionante.

Ela já vinha refletindo. Não havia como voltar para a vida tão insatisfatória em casa. Talvez pudesse trabalhar para uma empresa de turismo. Ou talvez fosse fazer um mochilão pelo mundo por um ou dois anos, com nada além da mochila nas costas e da sagacidade. Poderia trabalhar em bares ou cafés. Não havia nenhuma lei dizendo que se precisava ter uma carreira corporativa de sucesso ou uma qualificação profissional para aproveitar a vida. E se os pais dela não aprovassem, bem, paciência. Era a vida dela, não deles. O julgamento deles não afetaria as decisões dela. Aquela parte de sua vida estava no passado, junto com Steven Patife, como ela havia começado a chamá-lo.

— Só estou dizendo que a vida é engraçada, sabe? Há males que vêm para o bem. Se você não tivesse terminado o relacionamento lá atrás, provavelmente não teria tido a carreira que teve: viajando o mundo, apresentando todos aqueles programas. Você era uma superestrela. — Martha tinha conseguido encontrar uns vídeos do *Vocação Verão* na internet, e ela e Kathleen tinham assistido juntas na noite anterior. — Estou falando demais.

— Eu gosto de ouvir você falar. Continue, por favor.

Kathleen gosta de me ouvir falar.

— Quer dizer, vamos supor que você tivesse se casado com ele... — Martha seguiu a placa da Rota 66 e fez uma curva à direita. — Ele poderia ter traído você *depois* que já estivessem casados e com dois filhos. Não teria sido nada legal.

— Nem um pouco legal.

— Teria sido mais difícil seguir em frente, e você teria tido menos opções. Em vez disso, teve uma vida maravilhosa e empolgante, e depois se apaixonou e teve uma filha. Isso parece bom para mim. O melhor dos dois mundos. Brian precisou mesmo pedir você em casamento três vezes?

— Precisou. — A voz de Kathleen estava baixinha, como se ela não conseguisse acreditar que havia contado aquilo para Martha.

— Você devia estar se protegendo. Que nem um daqueles castelos antigos romanos. Uma fortaleza emocional. — Ela olhou para Kathleen. — Não estou querendo dizer que você está desmoronando nem nada do tipo.

Kathleen ajustou os óculos.

— Muitos me considerariam uma ruína viva.

— Acho que você está ótima. E entendo. Com certeza não estou interessada em outro relacionamento.

— Isso precisa ser corrigido com certa urgência.

— Como pode dizer isso, quando acabou de confessar que fugiu dos relacionamentos?

— Talvez tenhamos que considerar a possibilidade de eu ser uma hipócrita. — Kathleen pegou o espelhinho que carregava na bolsa e conferiu o batom. — Ou talvez eu não queira que você cometa os mesmos erros que eu cometi.

— Mas você teve uma vida plena e feliz.

Kathleen olhou pela janela.

— Até eu conhecer Brian, me faltava intimidade. Eu me mantinha distante das outras pessoas, tanto homens quanto mulheres. — O tremor na voz de Kathleen fez Martha suspeitar de que aquela era uma admissão significativa.

Será que a mulher mais velha já tinha dito aquelas coisas para alguém antes?

— Autoproteção. — Martha fez que sim com a cabeça. — É natural. Você criou uma armadura de gelo em volta do coração. Que nem o balcão de peixes no supermercado, que mantém o interior bem gelado. Camarão no gelo.

— Está me comparando a um peixe?

— Não *você*. Seu coração. Coração, camarão. Entendeu? Comarão. Deixa pra lá. Talvez champanhe no gelo fosse uma comparação mais apropriada. — Ainda mais para Kathleen, que parecia beber apenas chá Earl Grey ou espumantes. — Mas enfim. Estava congelado.

— Isso foi por medo. E o medo limita as escolhas e experiências de vida. Não quero isso para você. O que queremos é que você arrume um bom estepe para substituir o Patife o mais rápido possível e recuperar sua confiança.

Martha pisou no freio, aliviada por não haver carros na frente ou atrás.

— Um bom estepe?

Mudar de assunto era uma coisa, mas aquilo ultrapassava sua zona de conforto. Talvez ela tivesse alguns temas na zona proibida, afinal.

— É. Como é que vocês dizem hoje em dia? "Seguir o baile."

— Seguir o… Kathleen! Não acredito que disse isso.

— Já está nítido que eu digo o que penso, embora talvez seja presunçoso da minha parte fazer um comentário tão pessoal dado que nos conhecemos há pouco tempo.

Martha sorriu.

— Deve ser porque ficamos íntimas rápido.

— Íntimas?

— Gosto de você. Acho que você também gosta um pouco de mim, embora eu entenda que é provável que não vá admitir, porque não gosta de falar sobre seus sentimentos. E tudo bem. Pode ser uma diferença geracional. Mas nem sempre é sobre o que a pessoa diz, não é? Às vezes é sobre como a pessoa se comporta. Você quer que eu seja feliz. E isso é legal.

Kathleen pigarreou.

— É verdade que eu posso ter nutrido certo carinho por você, Martha.

Martha sentiu um nó na garganta.

— Eu também nutri um carinho por você. Estranho, não é? Depois de apenas alguns dias?

— Eu nunca acreditei que a qualidade de um relacionamento dependesse da duração.

Será que Kathleen estava pensando na amiga?

— Sou igual. Conheço minha mãe desde que nasci e não me sinto tão próxima dela quanto me sinto de você.

— Concentre-se na estrada, Martha, ou a próxima pessoa com quem cruzarmos pode acabar precisando nos tirar da vala. Vamos achar alguém para você. Eu sempre fui muito boa em encontrar um parceiro para outras pessoas. Não era tão boa quando o assunto era eu.

— Isso não é verdade. Você disse sim para Brian. E, de verdade, Kathleen, fico muito tocada por você pensar em mim, mas a última coisa de que preciso agora é de um homem. Ainda estou superando o último.

— Vamos usar uma analogia. Sei que você gosta delas. — Kathleen tamborilou na bolsa. — Se você faz uma refeição e não gosta da comida, você para de comer? Não. Você escolhe algo diferente do cardápio. Se visita um lugar do qual não gosta, você para de viajar? Não. Você escolhe um destino diferente da próxima vez.

— Isso é muito lógico, mas não me faz ter vontade de voltar ao mundo dos relacionamentos.

— Nem todos os homens são como Steven.

— Mas como descobrir de que jeito o homem é? Não confio no meu senso crítico.

— Você mantém a relação casual até conhecer o rapaz melhor.

— É fácil para você falar.

— Não, não é. A *estrada*, Martha! Você está dirigindo no meio.

— Pomba! — Martha girou o volante e ajustou a posição. — Desculpe.

— Você viu uma pomba?

— Não, "pomba" é uma expressão. Aquela palavra que começa com P.

Kathleen ficou sem reação.

— Posso estar cada dia mais perto de me tornar um fóssil, mas até eu sei que a palavra com P não se refere a um animal.

— Pois é o que significa quando eu digo. — Martha sorriu. — Quando eu tinha 9 anos, perguntei à minha avó o que significava a palavra com *P*. Ela não suportava palavrões, então só me explicou que queria dizer pomba. É assim que penso desde então. Virou hábito.

— Suponho que não vá fazer mal desde que você não esteja conduzindo alguém que tenha fobia de pássaros.

— Foi culpa sua por me distrair com toda essa conversa sobre relações casuais. Espero que não esteja prestes a capturar algum homem inocente desprevenido no próximo restaurante a que formos.

— Você não precisa de alguém inocente. Precisa de alguém experiente que saiba o que está fazendo.

Martha conseguiu evitar uma colisão com o carro que vinha na direção oposta.

— Não acredito que disse isso.

— Vou ficar alerta em busca de um candidato apto. Como você diz, nunca se sabe que oportunidades a vida vai colocar em nosso caminho.

Ela deveria rir ou argumentar?

— Bem, no momento não preciso que a vida coloque um homem no meu caminho, mas agradeço a preocupação. — Estavam cercadas por campos, a luz brincando na grama e nas plantações. — Liza achou que você deveria tentar entrar em contato com Ruth? — Quando Kathleen não respondeu, Martha olhou para ela. — Kathleen?

— Ela não sabe a história toda. Só sabe que Ruth e eu éramos amigas na faculdade.

— Ela não sabe do noivado? Ou que você tem as cartas? — Martha fez uma pausa, chocada. — Nada?

— Liza e eu não conversamos sobre assuntos pessoais. A responsabilidade por isso é minha.

— Não se sinta mal. É quem você é. Não é fácil falar sobre sentimentos. Tenho certeza de que Liza entende.

— Não tenho certeza se ela entende. Liza sempre quis mais do que eu me sentia capaz de oferecer. Isso é algo de que me arrependo.

— Se consegue conversar comigo, consegue conversar com ela.

— Talvez, embora sua maravilhosa falta de reservas remova todas as barreiras.

— Deve ser diferente quando se trata de mãe e filha. Também não converso com minha mãe. Nem mesmo sobre assuntos neutros como livros. Não lemos as mesmas coisas. Eu gosto de romances, ela lê revistas cheias de artigos sobre como evitar rugas, mesmo que todo mundo saiba que a única maneira de evitar rugas é morrer antes dos 30 anos.

— Uma observação muito realista.

— Minha mãe é bem diferente de você. Tenho certeza de que você conseguiria encontrar uma maneira de ficar mais próxima de Liza. Nunca é tarde demais para fazer isso. — O trânsito estava mais leve do que no dia anterior. Elas passaram por fazendas, os terrenos se estendendo ao longe. — Vamos parar para almoçar em um lugar chamado Devil's Elbow. Vou tirar fotos suas e gravar outro vídeo, então pode começar a fazer a pesquisa. Acho que a gente devia criar uma conta em uma rede social para você. Eu estava pensando em que nome dar. É uma pena você não ter 86 anos.

— Por que eu iria querer menos tempo de vida quando já me resta tão pouco dela?

— Você não sabe quanto tempo resta. Quer dizer, ninguém sabe, não é mesmo? Eu poderia morrer amanhã.

— Se você mantivesse os olhos na estrada, as chances de sobrevivência poderiam ser muito maiores para nós duas.

Martha riu.

— Essa foi uma das coisas que eu adorei quando assisti ao *Vocação Verão*. Você era muito engraçada. Enfim, como eu estava dizendo, você pode viver até os 106 anos, e, se for o caso, só teria vivido três quartos da vida até agora. O melhor ainda pode estar por vir.

— Duvido muito, embora eu admita que meu entusiasmo pela vida tenha tido um aumento considerável com a perspectiva de encontrar um candidato adequado para ser alvo de seu afeto.

— Isso não é justo. — O sol estava forte, e Martha puxou o boné de beisebol para baixo para proteger mais os olhos. — Está esperando que eu tolere essa história de casamenteira só para alegrar seus dias?

— Seria muito gentil da sua parte.

— Detesto ter que te decepcionar, mas no momento meu afeto está indisponível. Como eu dizia, se você tivesse 86 anos, eu poderia chamar a conta nas redes sociais de "86 na 66", ou algo assim. — Martha pensou um pouco. — Ou talvez "86 e 66". Ou que tal "Velhinha Viajante"? Não, é meio rude.

— Poderíamos chamar de "Um novo homem para Martha".

— Nós não vamos chamar disso.

— "A Rota Romântica de Martha"?

— Talvez a gente devesse chamar de *Vocação Verão* mesmo. É nossa natureza. A viagem era parte de você, agora é parte de mim. Estamos em busca de aventura. Pegue esse guia e comece a estudar.

Fazia muito tempo que Martha não se sentia tão relaxada. A confiança de Kathleen nela havia aumentado sua autoconfiança.

— Não morra de susto, mas estou começando a gostar de dirigir. Estou feliz.

— É visível. O aumento da velocidade do carro parece ter uma relação direta com a melhoria em seu humor. Avise quando atingir o ápice da euforia para eu poder tomar as devidas precauções de segurança.

Estavam atravessando Missouri a caminho do Kansas, com o sol no rosto e a brisa soprando no cabelo.

— Você olhou o guia? Tem algo especial que gostaria de ver? Kathleen ajustou o lenço na cabeça.

— Tem. Eu gostaria de ver você com um homem.

— Eu me referia às atrações.

— Bem, seria uma atração das mais belas.

— Kathleen, vai me fazer passar vergonha na próxima parada?

— Vou tentar. O caminho até aqui foi bem bonito, aliás.

Sem conseguir mudar de assunto, Martha parou em Devil's Elbow e estacionou.

— Vamos dar um passeio para ver a ponte e o rio Big Piney e depois podemos comer alguma coisa. Estamos bem no meio dos Ozarks. Os madeireiros costumavam transportar as toras pelo rio até aqui e tinham que contornar essa curva terrível, é por isso que é chamada de Devil's Elbow, o cotovelo do diabo. Li que não havia uma barreira na estrada original. Acho que nós duas sabemos onde eu teria acabado. Flutuando pelo rio Big Piney junto com as toras.

Kathleen estava olhando a estrada empoeirada.

— Parece que tivemos sorte. E que rápido! Ali na frente… — Ela apontou. — Aquele homem é bem-apessoado, embora sem dúvida você fosse usar uma palavra diferente. Você o chamaria de quê? Bonitinho?

— Eu o chamaria de desconhecido. — Será que Kathleen faria mesmo aquilo? Martha tinha presumido que ela estivesse brincando. — Pode pelo menos não apontar, por favor?

— Se eu não apontar, como você vai saber de quem estou falando? Seria terrível se você escolhesse o homem errado.

— É, bem, eu sou boa nisso.

Martha trancou o carro e olhou para o homem. Ele estava encostado em uma parede, absorto em uma conversa com outro homem. A calça dele tinha bom caimento nas pernas fortes e os ombros eram largos e firmes. A postura transmitia certa confiança relaxada que, sem dúvida, era atraente. *Gato*, pensou ela. Era assim que ela o chamaria, mas de jeito nenhum admitiria isso. Kathleen já estava fora de controle. E observava Martha com toda a atenção.

— O que achou? O cabelo dele precisa de um corte e a barba está por fazer, mas ele deve estar viajando como nós, então podemos perdoar esses detalhes.

Martha guardou as chaves do carro na bolsa.

— Ele está longe demais para eu conseguir ver o rosto dele.

— Podemos chegar mais perto.

— De jeito nenhum. Vou comprar comida para nós e vamos caminhar até o rio e comer lá. Alguma preferência? Você vai entrar comigo?

— Vou ficar aqui com o carro.

Quando Martha voltou carregada de comida e bebida, Kathleen estava envolvida em uma conversa com o homem que havia chamado de "bem-apessoado".

— Martha! — Kathleen acenou. — Aqui.

— Vou torcer o pescoço dela — murmurou Martha para si mesma.

Ela tentou encontrar uma desculpa para não se juntar aos dois, mas não encontrou uma que não parecesse grosseira, então cedeu à pressão e se aproximou de Kathleen e do novo amigo dela.

— Este é Josh, e ele estava me dizendo que nós *precisamos* passar um dia a mais no Arizona e ver o Grand Canyon. Ele está fazendo a Rota 66 também, acredita?

Martha não comentou que, na verdade, uma vez que elas estavam na parte antiga da Rota 66, isso era bastante óbvio. Nem que elas já tinham se planejado para visitar o Grand Canyon.

— Que coincidência.

Os olhos dele se enrugaram nos cantos e ele estendeu a mão.

— Josh Ryder. Kathleen me contou tudo sobre a viagem de vocês até agora. Viajar com ela deve ampliar horizontes.

— De maneiras que você nem imagina.

Kathleen deu uma piscadinha para ela.

Sutileza, Martha pensou, não era uma das habilidades de Kathleen.

— Comprei sanduíches de porco desfiado para nós duas. Pensei que poderíamos comer perto do rio. Tchau, Josh. Boa viagem.

— Josh está pegando carona — revelou Kathleen. — Isso não é audaz?

— Muito.

Martha acenou com a sacola e Josh sorriu.

— Que cheiro ótimo.

Certo, ele era *mesmo* muito sexy, Kathleen não estava errada nisso.

— Preciso ir ao banheiro. Os dois jovenzinhos podem se conhecer melhor enquanto isso.

Kathleen se afastou e Martha a observou com exasperação, que aumentou quando ela se virou e viu Josh rindo.

— Faz um tempo desde que me chamaram de "jovenzinho". Ela é muito figura.

E como.

— Ela é mesmo — concordou Martha. — É única.

— Ela tem 80 anos? Isso é impressionante. Estava me contando sobre a aventura de vocês.

Era bom que ela só tivesse contado a ele sobre isso. Se tivesse mencionado que Martha precisava de um "estepe" para o ex patife, a próxima aventura de Kathleen na Rota 66 seria ser jogada no rio Big Piney.

— É, era um sonho dela viajar pela Rota 66. Eu me candidatei para o trabalho de motorista, então aqui estamos nós. E você?

Ela precisava matar o tempo até que Kathleen voltasse, e preferia que conversassem sobre ele em vez de falar sobre ela.

— Eu... estava precisando de uma mudança de ares. — Ele terminou de beber uma lata de refrigerante e a jogou na lixeira, com uma mira perfeita. — Esta pareceu uma boa maneira de fazer isso.

Por que ele estava precisando de uma mudança de ares? *Não é da sua conta, Martha.* Ela não estava interessada, não estava mesmo.

— Você veio de Chicago?

— Vermont. Estava na casa de uns amigos.

— Você pegou carona até aqui? Isso não é perigoso?

Ele deu de ombros.

— Até agora não. Todo mundo tem sido amigável e prestativo.

— Imagino que ter músculos ajude — disse ela, então viu nos olhos do rapaz que ele tinha achado graça, e o rosto dela corou. — Eu só quis dizer que é provável que você não precise se preocupar muito com... Ah, esquece.

Seus pensamentos estavam seguindo uma direção que ela não queria.

Ela com certeza torceria o pescoço de Kathleen.

— E você? — Ele se apoiou na parede, tão confortável quanto ela estava desconfortável. — Está gostando de dirigir?

— Está sendo ótimo — mentiu ela. — Um pouco assustador em Chicago, mas está ficando mais fácil.

— Vocês têm um belo carro, hein!

Josh indicou o carro com a cabeça e ela ficou aliviada por Kathleen ter insistido em alugar um modelo pequeno e esportivo em vez de um grande SUV. Não havia espaço para outro passageiro.

Enfim, Kathleen voltou e Martha decidiu que era hora de encerrar a conversa antes que algo constrangedor acontecesse.

— Boa viagem, Josh.

Ele a encarou por um momento.

— Talvez a gente se esbarre de novo mais adiante na estrada.

O coração dela estava batendo um pouco rápido demais. O calor nas bochechas não tinha nada a ver com o sol.

— É, talvez. Se cuida, viu. — Ela abriu um sorriso sem jeito e ofereceu o braço a Kathleen, conduzindo-a para que não se demorasse. — Vamos até o rio. É tão bonito aqui, e eu quero contemplar a paisagem dos Ozarks.

Kathleen não protestou, mas olhou por cima do ombro para Josh.

— A gente se pergunta o que um homem daqueles está fazendo sozinho. Parece uma oportunidade.

— Parece um aviso. Talvez ele seja um serial killer e não goste de cúmplices. — Martha entregou uma sacola à Kathleen. — Sanduíche. Coma. A comida vai ajudar seu cérebro a funcionar e, com alguma sorte, fazer você parar de bolar planos.

— Estou gostando de bolar planos. E é lindo aqui. Um lugar perfeito para uma parada. Garota esperta. — Kathleen olhava para o sol brilhando na superfície do rio. Árvores se estendiam ao longe e se inclinavam sobre a água, criando sombras. — Os Ozarks, você disse.

— Aham.

Martha estava com a boca cheia de um porco desfiado delicioso, mas isso não a impediu de aproveitar a vista.

Elas ficaram em um silêncio confortável, ambas comendo.

Enfim, Kathleen falou:

— Josh parece encantador. É difícil acreditar que tivemos sorte tão depressa, não acha?

Martha conseguiu engolir antes de se engasgar.

— Nós não tivemos sorte. Nós cumprimentamos outro viajante. Só isso.

— Não parece que ninguém tenha dado carona para o pobre homem. Nós deveríamos oferecer uma carona a ele.

— Kathleen, ele não é um pobre homem, e não vamos dar carona a ele.

— Já deu carona para alguém antes?

— Nunca.

— Você não disse que estava pronta para abraçar novas experiências?

— Não esse tipo de nova experiência. — Martha limpou os dedos e amassou a sacola. — Já terminou?

— Quanto mais penso nisso, mais certeza tenho de que é uma ideia maravilhosa.

— Quanto mais penso nisso, mais certeza tenho de que é a pior ideia do mundo.

— Mas me alegraria. Você negaria mesmo um pouco de felicidade a uma frágil senhora idosa no que podem ser os últimos dias de vida dela?

Martha revirou os olhos.

— Não caio em chantagem emocional. E, se continuar tentando me juntar com todos os homens que encontrarmos, vão ser mesmo seus últimos dias de vida.

— Isso me deixa ainda mais convencida de que precisamos ser espontâneas. Eu odeio ver você tão desconfiada. — Kathleen deu tapinhas no braço dela. — Nós nunca conhecemos alguém de verdade, querida. Você e eu temos experiências que comprovam isso.

— Aham.

Martha tirou algumas fotos com o celular.

— A única coisa que podemos fazer é arriscar.

— Kathleen, isso é ridículo. — Ela abaixou o celular. — A única coisa que sabemos desse cara é que ele "estava precisando de uma mudança de ares". Talvez tenha assassinado alguém. Pode ser um fugitivo.

— Mas você reparou bem nele? Aqueles olhos. — Kathleen terminou de comer e amassou a sacola também. — Eu morreria feliz. E, de qualquer maneira, você tem a sorte de estar viajando com uma mulher que acertou um intruso com uma frigideira, então deveria estar se sentindo bem segura.

— Acho que essa experiência pode ter dado a você uma opinião um pouco distorcida das suas habilidades de autodefesa.

— A viagem é minha, então quem decide convidar ou não alguém sou eu.

— Eu sou a motorista. Eu poderia entrar em greve. — E então Martha percebeu que estava usando os argumentos errados. — De qualquer maneira, não há espaço no carro. Ele tem mais de um metro e oitenta. Pernas compridas. Não que eu estivesse olhando...

— Eu vi você olhando.

Martha suspirou.

— Não tem como ele caber no banco de trás.

— E nem precisa. Eu caibo muito bem no banco de trás, e ele pode se sentar na frente com você.

— Eu seria obrigada a ficar conversando com ele.

— Exato! Nunca se sabe... Vocês dois podem ser um par perfeito.

— Isso seria um milagre.

— Um bom relacionamento não requer milagres. Requer a pessoa certa na hora certa. — Kathleen pôs os óculos de sol. — Avante.

12
Kathleen

St. Louis ~ Devil's Elbow ~ Springfield

Kathleen fingiu estar dormindo.

Ela não tinha sido de todo sincera com Martha quando disse que estava bem. Não se sentia nada bem. Suas entranhas se reviravam, e não tinha nada a ver com o sanduíche de porco desfiado. Sentimentos e pensamentos, que ela havia conseguido evitar por tantos anos, enfim vieram à tona. Eles se infiltraram por todas as barreiras e se enterraram em seu cérebro, e ela não conseguia se livrar deles.

Fora a conversa com Martha que começara tudo. Por que ela não havia impedido?

Por causa de Martha, lógico. A ternura e a bondade da jovem tinham um jeito de derreter a reserva habitual de Kathleen. *Coração, camarão*. Não importava o quão sério fosse o assunto, Martha ainda conseguia fazer Kathleen rir.

E no momento ela não conseguia parar de pensar em Ruth. Será que deveria ter aberto aquelas cartas?

— Você está bem aí atrás, Kathleen? — Martha a olhou pelo retrovisor, um brilho perigoso visível nos olhos antes que ela os cobrisse com os óculos de sol. — Não está muito espremida?

— Nunca estive melhor.

Seu desconforto era causado por algo mais difícil de resolver do que a falta de espaço para as pernas no banco traseiro.

Sabia que Martha estava frustrada por ela ter oferecido uma carona para Josh, mas Kathleen estava disposta a enfrentar a censura da nova amiga se isso significasse convencer a jovem a sair da pequena bolha protetora que tinha formado ao redor de si. Kathleen reconhecia o medo quando o via. Tinha absoluta certeza de que Josh não era um serial killer ou uma ameaça de qualquer tipo. E a última coisa de que Martha precisava era ficar presa com uma octogenária pelo próximo mês, por mais que ambas gostassem da companhia uma da outra. A garota precisava de juventude e empolgação.

Mas, até o momento, Martha não havia demonstrado qualquer propensão a conversar com o novo passageiro, então, se algo fosse acontecer, tudo dependeria de Kathleen.

Por sorte, ela sempre fora uma entrevistadora habilidosa. Não havia motivo para não usar as habilidades para descobrir mais sobre Josh.

— Você disse que veio de Vermont, não foi? Nunca estive lá, embora eu goste de xarope de bordo. É onde mora, Josh?

— Moro na Califórnia. Estava visitando amigos em Vermont.

— E viajar pela Rota 66 sempre foi um sonho seu?

Demorou um bom tempo para ele responder.

— É algo que venho pensando em fazer há um tempo, mas só agora decidi colocar em prática.

Kathleen sentiu que havia algo que ele não estava contando. Interessante.

Aliviada por ter algo em que se concentrar além dos próprios problemas, ela esperou que Martha aproveitasse a deixa óbvia e perguntasse por que ele só havia decidido colocar em prática agora, mas Martha continuou em silêncio, os olhos fixos na estrada.

Uma Martha em silêncio era preocupante.

Kathleen quase conseguia ouvi-la dizendo: "Você que convidou ele para se juntar a nós, então você que converse com ele."

Ela suspirou. Ao que parecia, teria que dar conta de tudo mesmo.

— O que fez você decidir subitamente realizar esse sonho?

— Várias coisas, mas a principal foi quando um amigo apontou que eu não tirava férias fazia três anos.

— Três anos? Por quê?

— Estava ocupado trabalhando. Coloquei a carreira em primeiro lugar.

Então é um homem que consegue se comprometer, pensou Kathleen. Não era uma má qualidade, desde que ele conseguisse aplicá-la em outras situações da vida além do trabalho.

— Seu chefe não te incentivava a tirar um tempo para descansar?

Houve uma pausa.

— Ele não via sentido em tirar férias. Era muito… focado.

— Que tipo de trabalho você faz?

— Trabalho com tecnologia. Sou engenheiro de computação.

Kathleen tinha apenas uma vaga noção do que era aquilo. Certamente não sabia o bastante para se sentir confiante em uma conversa sobre detalhes específicos.

— Sem dúvida ele é um daqueles sujeitos obcecados que criaram um negócio no dormitório da faculdade.

Josh riu.

— Foi isso mesmo.

— E, sem dúvida, decepcionou os pais por não se formar.

— Não, ele se formou. Respeitava demais os pais e os sacrifícios que fizeram, não jogaria isso tudo fora.

— Ele não pode ser tão ruim, então. — Kathleen ficou satisfeita por estar conseguindo conversar apesar da lamentável falta de conhecimento. — Mas tenho certeza de que alguém assim seria um chefe difícil. Devia esperar que todos tivessem a mesma dedicação e o mesmo comprometimento com o crescimento da empresa.

— Ele tinha uma visão restrita demais, sem dúvida.

— Ambicioso?

— Com certeza.

Kathleen soltou um muxoxo de censura.

— Parece bastante intimidador. Aposto que criou uma cultura fria e machista e que tratava as pessoas feito máquinas. O equilíbrio é tão importante na vida. — Embora ela não tivesse sido muito equilibrada quando jovem. Também trabalhara. Colocara o trabalho acima de tudo, inclusive da intimidade. Só que seu caso fora diferente. Ela tivera uma experiência ruim. O trabalho tinha sido um refúgio. — Mas aqui está você, tirando férias, então o que aconteceu? A empresa faliu, no fim das contas? Ele fazia parte da bolha da tecnologia?

— A empresa foi muito bem-sucedida. Além de qualquer expectativa.

Kathleen analisou o rapaz, pensativa. Em seguida, tentou ver o rosto de Martha, mas estar no banco de trás a colocava em desvantagem.

— Mas ainda assim ele não achava que a equipe deveria alcançar um equilíbrio entre trabalho e vida pessoal? Bem, respeito sua decisão de sair. Não deve ter sido fácil. Talvez isso faça o sujeito pensar, embora pessoas assim não costumem se importar muito com os funcionários. E agora você está tirando um tempo para decidir o que vai fazer, e esta viagem te dará tempo para pensar.

— Algo do tipo.

Kathleen estendeu a mão e deu um tapinha reconfortante no ombro dele.

— Tenho certeza de que não vai ter dificuldade de encontrar outro emprego quando estiver pronto. Minhas netas me dizem que há várias oportunidades na área da tecnologia hoje em dia.

Ele sorriu.

— Me conte sobre suas netas.

A estrada que saía de Devil's Elbow passava por uma série de pequenas colinas, a paisagem repleta de árvores.

— Minha filha tem gêmeas. Alice e Caitlin. São adolescentes e estão em uma idade difícil, o que não facilita as coisas.

Coitada da Liza. O que devia estar fazendo? Era provável que estivesse cozinhando para alguém ou levando outra pessoa até o outro lado da cidade para algum compromisso.

— Passam a vida grudadas nos celulares, mandando mensagens para os amigos — continuou ela. — Na minha época, víamos os amigos pessoalmente, mas aceito que sou de um tempo diferente. Mais alguns anos e vão me colocar em um museu.

— Você está viajando pela Rota 66 aos 80 anos. Não acho que esteja pronta para o museu ainda. Você vê suas netas com frequência?

— Não tanto quanto antes. Quando eram bem pequenas, elas adoravam me visitar. Minha casa fica perto do mar, então iam com os baldes e as pazinhas, faziam castelos de areia e comiam sorvete. À medida que foram crescendo, ficaram mais relutantes em deixar os amigos para trás. Hoje em dia, minha filha e o marido são os que me visitam mais.

E a preocupação com isso não saía da cabeça dela desde aquela ida ao aeroporto.

Kathleen sentiu uma onda de ansiedade.

— Martha, quando chegarmos ao próximo destino, poderia fazer a gentileza de enviar outra foto e uma mensagem para minha filha? Talvez até mesmo um e-mail.

Martha a olhou pelo retrovisor.

— Lógico. Tenho mandado várias fotos para ela. Nós temos nos comunicado bem.

Era a primeira coisa que Martha dizia desde que saíram de Devil's Elbow. Kathleen ficou aliviada em saber que pelo menos a jovem estava viva, e não apenas porque ela era a motorista.

— Imagino que você saiba muito sobre redes sociais, não é, Josh? Martha criou uma conta para nós, registrando nossas aventuras. É algo que não entendo direito, mas é tudo muito divertido. Estamos fotografando e gravando vídeos da nossa viagem pelos Estados Unidos. Na minha juventude, apresentei um programa de viagens bastante popular chamado *Vocação Verão*.

— É mesmo? — Josh se virou, intrigado. — Conte mais.

E assim ela fez, e ficou evidente que Josh era um ótimo ouvinte, algo que ela sempre considerou uma qualidade importante em um homem. Torcia para que Martha percebesse isso.

Será que ela falaria alguma coisa em algum momento?

Era evidente que Josh estava curioso, pois lançou um olhar na direção dela.

— E você, Martha? Está tirando férias de verão? — perguntou ele.

— Estou.

Com exceção do início da viagem, quando ainda estava se acostumando com o carro, Martha falara sem parar o tempo todo, mas agora que Kathleen precisava que ela continuasse a conversa com Josh a moça ficou em silêncio.

— Martha também está tirando um tempo para pensar na vida — informou Kathleen —, então vocês dois têm isso em comum. Josh, você parece ser um homem bem relacionado. Talvez tenha algumas dicas de carreira para Martha. Ela está querendo seguir um novo rumo.

Martha manteve o olhar fixo na estrada.

— Não preciso da ajuda de ninguém, obrigada. — Ela pisou no freio com força quando um carro a cortou. — Pomba!

Josh pareceu confuso, e Kathleen soltou um suspiro cansado.

— É melhor nem perguntar.

Ficou óbvio que Josh percebeu que Martha não conversaria, então voltou a atenção para Kathleen.

— E você, Kathleen? Esta é uma viagem ambiciosa para… — Ele não terminou a frase, e Kathleen acenou com a mão.

— Para alguém da minha idade? Não precisa ser delicado. É ambiciosa em certos sentidos, mas tenho minha querida Martha comigo, que é uma motorista maravilhosa e tem me mantido entretida com a *tagarelice* dela.

Ela enfatizou a palavra de leve, para o caso de Martha ter se esquecido de como falar.

— E o que vai acontecer quando chegar à Califórnia?

Kathleen sentiu um frio na barriga. Ruth. Por um momento, havia esquecido, mas todos aqueles pensamentos, dúvidas, questionamentos e arrependimentos voltaram.

E se...

Será que existiam duas palavras mais torturantes?

Kathleen nunca fora de ficar se perguntando *e se*, mas por algum motivo sentia como se estivesse perdendo o controle. Era tudo culpa de Martha. Estar com a jovem tinha encorajado uma franqueza que era nova para ela, e não sabia como se fechar de novo.

Josh estava esperando por uma resposta, e ela não tinha a menor ideia do que dizer.

— Kathleen ainda não decidiu o que fazer — falou Martha por fim, preenchendo o silêncio. — Talvez ela passe um tempo aproveitando o sol da Califórnia. Uma das melhores partes desta viagem é a programação flexível.

Kathleen sentiu uma onda de gratidão e afeição. Garota querida. Ela sabia exatamente o que Kathleen estava pensando.

Josh pareceu satisfeito com a resposta.

— A Califórnia é meu estado natal, então, se precisarem de sugestões de lugares para visitar enquanto estiverem lá, podem me perguntar.

— É muita gentileza sua. — Kathleen ajustou o lenço na cabeça. — Tem algum lugar que está planejando ver durante a viagem?

— O Grand Canyon. Tenho até vergonha de admitir que nunca estive lá.

— Não deveria se envergonhar. É óbvio que passou tempo demais trabalhando, graças ao seu chefe insensível. — Ela olhou para Martha, mas a garota havia voltado a ficar em silêncio. — Fico feliz que enfim possa explorar um pouco o mundo. Não tenha pressa em voltar ao trabalho. Eu tive sorte, lógico, porque viajar era meu ofício, então eu fazia as duas coisas.

Eles passaram por outra pequena vila, onde o cheiro de churrasco enchia o ar, e aos poucos deixaram as colinas e a floresta para trás.

Quando chegaram ao local onde passariam a noite, Kathleen estava cansada e sua mente vagava em direções que no geral ela não permitiria. Será que deveria entrar em contato com Ruth? Não, seria muito imprudente. Ainda mais porque ela nem mesmo abrira as cartas.

Deveria tê-las lido. Ou pelo menos tê-las levado consigo. Só que saber que estavam dentro da bolsa teria sido um peso. O objetivo da viagem era aproveitar ao máximo o tempo que tinha, não confrontar o passado.

Será que Ruth ainda estava na Califórnia? Martha disse que a procuraria, mas não havia como Kathleen encorajar isso.

Mas e se voltasse para casa, lesse as cartas e depois se arrependesse de não ter entrado em contato com Ruth?

Sentiu uma onda de medo de ter feito a coisa errada.

Martha estacionou.

— Você está bem, Kathleen?

— Melhor impossível.

Pela primeira vez, desejou não ter convidado Josh para se juntar a elas. Poderia ter tirado uma pequena soneca no carro no trajeto até ali. Estava exausta por ter precisado manter uma conversa animada e o passado não parava de perturbá-la, acabando com qualquer esperança de relaxamento.

Para sua humilhação, precisou da ajuda de Martha para sair do banco de trás do carro.

— É o ângulo — disse Martha em tom gentil, servindo de apoio à Kathleen para que ela conseguisse se levantar do banco de trás.

— É a idade.

Kathleen se endireitou e sentiu o mundo girar. Ela ficou se escorando em Martha.

— Kathleen? — Segurando-a com firmeza, Martha apontou a chave para o porta-malas e o abriu. — Josh? Poderia pegar nossa bagagem para eu ajudar Kathleen a entrar?

Kathleen tentou se firmar.

— Passei tempo demais sentada, só isso. Meu corpo está rígido. Só preciso de um momento e vou ficar bem.

— Vocês têm uma reserva? — Josh tirou a bagagem do porta-malas. — Que tal eu ir na frente e fazer o check-in? Trago a chave de vocês. Assim não precisam ir até a recepção.

Ela deixaria mesmo um momento de tontura impedi-la de aproveitar a viagem? Não, não deixaria.

— Obrigada, mas nós nos viramos. Você também está hospedado aqui, Josh?

— Esse era o plano. — Ele pegou as malas delas. — E sou grato pela carona até aqui. Posso convidar vocês para jantar, como agradecimento?

Tudo que Kathleen queria fazer era se deitar, mas sabia que, se sugerisse que os dois fossem sem ela, Martha a acusaria de tentar bancar o cupido.

Só que Martha a olhava com preocupação.

— Acho que o que precisamos fazer agora é nos acomodar nos quartos e tomar uma boa xícara de Earl Grey antes de decidirmos o programa da noite. O que acha, Kathleen?

Soava maravilhoso.

Cheia de gratidão, Kathleen entrelaçou o braço no de Martha enquanto iam até a recepção.

Martha acariciou sua mão.

— Nós exageramos. Não se preocupe. Vai se sentir nova em folha depois de sentar um pouco e tomar um chazinho.

Era impressionante o quão confortável se sentia com Martha.

Por que as coisas não eram fáceis assim com a própria filha? Talvez fosse porque estar com Liza a lembrasse dos próprios fracassos. Fosse recusar-se a se mudar para uma casa de repouso, parar de comer bacon em excesso ou ter uma conversa mais profunda, ela sentia como se não pudesse ser o que Liza queria que ela fosse.

Martha foi rápida e eficiente, a equipe do pequeno hotel também, e em menos de dez minutos Kathleen estava no quarto, sentada na beira da cama enquanto Martha enchia o bule que Kathleen havia insistido em levar de casa. Não dava para preparar uma xícara de chá adequada sem água fervente, e Kathleen jamais confiou nas máquinas dos quartos de hotel.

Era um quarto bonito, com vista para os campos que se estendiam ao fundo. Sempre que possível, evitavam se hospedar em cidades movimentadas.

Kathleen relaxou um pouco. Ficaria bem depois de descansar.

— Pronto. — Martha colocou a xícara de Earl Grey na mesinha perto da cama, junto com um biscoito amanteigado. — Estou no quarto ao lado, então vou me acomodar e passo aqui para ver como está daqui a uma hora.

Houve uma batida na porta aberta. Era Josh.

— Como está se sentindo? Precisa de alguma coisa?

— Estou me sentindo bem.

Para provar que estava, Kathleen se levantou e começou a ir até ele, com a intenção de agradecer a gentileza. No meio do caminho, percebeu que havia cometido um erro.

O quarto começou a girar e ela estendeu a mão para se firmar, então percebeu que não havia nada próximo em que pudesse segurar.

— Martha! — gritou ela, e estava preparada para cair no chão quando braços fortes a seguraram e a impediram de desabar.

— Está tudo bem. — A voz de Josh era calma e firme, confirmando a suspeita original de Kathleen de que ele era a escolha perfeita para Martha.

Ela sempre acreditou que uma crise era um bom teste do caráter de um homem. E de uma mulher também, aliás.

— Coloque ela na cama! Kathleen? — Era Martha quem parecia estar em pânico. — Está sentindo alguma dor? Vou chamar o médico.

— Você não vai chamar médico nenhum. Vamos esperar passar.

Kathleen se deitou e fechou os olhos, mas o quarto girava de maneira alarmante, então ela os abriu de novo.

Seu chá esfriaria, e ela não suportava chá frio.

Seria aquele o fim?

Se morresse ali, nunca chegaria à Califórnia e nunca saberia o que estava escrito nas cartas.

Ruth.

Sua velha amiga foi a última coisa em que pensou antes de perder a consciência.

13

Liza parou na entrada da rua. A casa de praia era bem recuada, quase impossível de ser vista se a pessoa não soubesse onde ficava.

A casa em si era protegida de olhares curiosos e lentes de câmera indesejadas por grandes portões de ferro, com equipamentos de segurança de última geração. Era o imóvel ideal para alguém famoso que não queria ser encontrado.

O sol queimava a nuca dela e seus pés estavam quentes e desconfortáveis nos sapatos baixos que levara de casa. A bolsa que carregava batia em suas pernas.

O que ela estava fazendo ali?

Ela deveria esquecer aquela história toda e enfrentar o constrangimento sozinha.

Estava prestes a ir embora quando uma voz soou pelo interfone.

Liza ficou imóvel. Ela se imaginou sendo observada por uma equipe de guardas em uma sala de controle.

Passara o domingo inteiro se sentindo ridícula e lutando contra a tentação de voltar para casa, mas então resolvera fazer o que estava encorajando as filhas a fazer: assumir a responsabilidade.

— Oi. Sou Liza. — Ela se aproximou da câmera e do interfone. — Minha mãe é dona da casa aqui da rua... Estou hospedada lá. Vim falar com Finn Cool, embora seja provável que ele não... — Houve um zumbido e os portões se abriram. — Ah. Certo.

Sem ter outra escolha, Liza passou pelos portões e eles se fecharam com suavidade atrás dela, prendendo-a lá dentro.

Ela caminhou por uma entrada sinuosa sombreada por grandes arbustos de rododendros e azaleias, até que enfim a casa apareceu diante dela.

Era espetacular, lógico, o que ela já esperava. A fachada parecia ser quase toda de vidro, com vista para jardins acidentados que davam abruptamente em uma pequena praia particular.

A vida dos ricos...

Ela contemplou a vista por um instante e então a porta da frente se abriu.

Esperava um guarda-costas grandalhão ou uma governanta assustadora. O que não esperava era ver o próprio Finn Cool, encostado no batente da porta.

Com o rosto magro e bonito e olhos sonolentos, parecia tão devasso e perigoso quanto quando ela o vira pela primeira vez, na cozinha da mãe, embora na hora estivesse estressada demais para admirá-lo. Ele estava de bermuda e camiseta preta, descalço e com a barba por fazer. Liza não sabia dizer se ele havia acabado de acordar ou se nem se dera ao trabalho de se barbear.

— Você veio sozinha ou trouxe a polícia junto? Se for o caso, preciso abrir o portão de novo.

As bochechas de Liza coraram, e não foi por causa do sol.

— Eu vim me desculpar por ter chamado a polícia. *É óbvio* que eu não fazia ideia... Quer dizer, minha mãe não comentou nada de você. — Não havia muito que pudesse dizer para se redimir, então ela mostrou a bolsa que carregava. — Trouxe uma oferta de paz.

Ela passara horas pensando no que dar a um homem que tinha tudo, e no fim concluíra que algo caseiro funcionaria. Talvez fosse outro erro, mas o que seria mais um entre tantos?

Ele endireitou a postura.

— Você foi mais rápida que eu. Estava planejando passar lá mais tarde para me desculpar.

— *Você* ia se desculpar? Por quê?

— Por ter te dado um susto. Por sorte, você tem um temperamento mais brando do que sua mãe, caso contrário eu agora estaria apagado no hospital com a cabeça rachada. — Ele abriu um sorriso. — Desculpe. Eu devia ter tocado a campainha em vez de sair entrando na cozinha, mas não sabia que havia gente em casa, então usei a chave que tenho. — Ele chegou para trás e abriu mais a porta. — Pode entrar.

— Ah, não precisa... Quer dizer, eu queria entregar... — Distraída com o sorriso do homem, as palavras dela saíram atropeladas. Ela subiu os degraus em direção à porta e estendeu a bolsa. — É uma torta de limão com merengue e cookies com gotas de chocolate. Duas das minhas especialidades. Eu não sabia bem o que trazer.

Liza ainda não tinha absorvido por completo o fato de Finn Cool ter uma chave da casa da mãe dela. Por que a mãe não havia mencionado nada?

— Você tem mais do que duas especialidades? Nesse caso, vai ter que chamar a polícia para me prender outras vezes, só para eu poder experimentar seu repertório culinário. Obrigado, Liza. Isso foi muito atencioso da sua parte. Eu deveria dizer que você não precisava ter se dado ao trabalho, mas nunca recuso comida. Vamos para a cozinha.

Ele pegou a bolsa e entrou na casa.

Será que estava apenas sendo educado? Sem dúvida a última coisa que ele queria era uma mulher desconhecida dentro de casa.

Liza esperou um pouco e então o seguiu, fechando a porta atrás de si.

Tinha que admitir que estava curiosa a respeito da casa, e não se decepcionou. A luz entrava por uma claraboia de vidro bem acima deles, derramando-se sobre uma grande extensão de pisos brancos. *Decoração italiana*, pensou, quase babando de inveja. O decorador havia brincado com o espaço e as cores, mantendo a maior parte do ambiente branca, mas acrescentando alguns destaques em azul que evocavam um ar mediterrâneo. Liza tinha certo interesse por design de interiores. Ela até cogitara se juntar a Sean no escritório, mas no fim decidiram que os dois trabalhando no mesmo negócio não era uma boa ideia. E ser professora significava que ela podia passar mais tempo com as meninas.

Mesmo assim, de vez em quando ela ansiava pela carreira. Não conseguia entrar em um imóvel sem imaginar de imediato como mudaria o interior.

Mas naquela casa ela não modificaria nada. Era uma obra-prima da arquitetura moderna. Sean teria apreciado a simplicidade.

Pensar no marido causou uma pontada de dor. A situação de seu casamento nunca lhe saía da cabeça, perturbando-a como uma dor de dente.

A única coisa que tinha recebido dele depois da conversa por telefone tinha sido uma mensagem de texto naquela manhã. *Você viu minha camisa azul?*

Isso a fez se perguntar se havia feito a coisa certa ao adiar a conversa sobre o que vinha sentindo. Em algum momento, Liza teria que ser honesta com a família e dizer que as coisas precisavam mudar. Eles não eram adivinhos. Se fossem, não teriam continuado mandando mensagens esperando que ela resolvesse todos os problemas triviais. Mas, assim que falasse alguma coisa, perderia a chance de ter um tempo para si mesma, e ela queria muito um tempo sozinha. Ela merecia!

Então ignorou a mensagem de Sean e as duas de Caitlin perguntando sobre roupas.

Ninguém tinha perguntado como ela estava.

O que teria dito?

"Estou com medo de estar à beira de um colapso. Aliás, liguei para a polícia porque havia um intruso na cozinha, mas não se preocupem com nada disso. Vou resolver tudo sozinha, porque é o que sempre faço."

Afastando os pensamentos sobre a família, Liza seguiu Finn Cool até uma cozinha ampla e arejada.

— Que linda. — Se tentasse cozinhar ali, porém, ela queimaria tudo, pois estaria distraída olhando a vista para o mar. — Eu me sinto péssima pelo que aconteceu. Não devia ter chamado a polícia.

— Você fez o certo. Ainda mais depois do que aconteceu com sua mãe. — Ele colocou a bolsa na bancada. — Não causou nenhum problema. Tive que dar alguns autógrafos e sorrir para umas selfies, só isso. Já lidei com coisas piores.

— Não fazia ideia de que conhecia minha mãe.

— Ela é uma mulher muito discreta, nossa Kathleen. Também é muito durona. — Ele pegou pratos em um dos armários. — Somos amigos há um tempo. Se eu fosse alguns anos mais velho, me casaria com ela, e isso é um elogio, acredite em mim, porque não sou do tipo que se casa.

Liza não era de ler jornais ou revistas de fofoca, mas até ela sabia que Finn Cool tinha uma vida social ativa e interessante. Então, era ainda mais bizarro que ele fosse amigo da mãe dela de 80 anos.

— Não acredito que ela pediu a você que fosse dar comida ao gato.

Só sua mãe pediria a uma celebridade para dar uma passadinha na casa dela e servir ração ao gato.

— Popeye e eu somos ótimos amigos. Ele costuma me visitar.

— Você conhece Popeye?

Ele sorriu.

— Não existem muitos gatos caolhos de três patas por aqui. Eu o considero um grande exemplo de resiliência. Nada impede

Popeye de perambular por aí, nem mesmo meus cachorros. Ele manda em tudo.

Enquanto ele falava, houve uma cacofonia de latidos, um borrão marrom e preto, e três grandes pastores-alemães surgiram correndo do fundo do jardim em direção à casa.

Liza os observou, nervosa, enquanto eles se aproximavam derrapando pelos azulejos.

— Eles vão se vingar de mim por chamar a polícia?

— É mais provável que lambam você até a morte ou te derrubem no chão. Eles odeiam esses azulejos. — Finn estalou os dedos e os cães pararam, deslizando, com a língua de fora, e olhando para ele com expressões abobalhadas. — Sentados.

Os cães se sentaram, um com mais relutância do que os outros.

Liza olhou para as fileiras de dentes afiados.

— Estou entendendo por que você não precisa de guarda-costas.

— Esses três fazem invasores pensarem duas vezes, sem dúvida.

Ele se agachou e fez carinho nos cães, e ela o imitou, embora com um pouco mais de cautela.

Um dos cachorros rolou de costas, mostrando a barriga, e ela a afagou.

— Eles são lindos. Como se chamam? Embora eu não vá conseguir diferenciar um do outro.

— Um, Dois e Três. Pareceram bons nomes na época. Não se deixe enganar pelo tamanho. Eles têm medo do Popeye.

Ele se levantou e ela fez o mesmo.

— Todos nós temos um pouco de medo do Popeye. Ele é o gato mais crítico que já conheci. E emocionalmente distante. — *Assim como a mãe dela.* — Por falar nisso, como conheceu minha mãe?

— É uma longa história. Para o relato, precisamos de comida. — Ele lavou as mãos e abriu a bolsa que ela lhe entregara, vendo o que tinha dentro. — Não como uma torta de limão com merengue desde criança. Vou cortar um pedaço para nós dois e podemos comer lá no terraço.

— Eu fiz para você.

— Estou sempre pronto para me mimar, mas nem mesmo eu conseguiria comer uma torta inteira sozinho.

— Você está sozinho aqui? Imaginei que teria muitos funcionários.

— Sou o único residente permanente, embora eu esteja sujeito a invasões regulares vindas de Londres. Minha fiel governanta vem de vez em quando e me resgata das profundezas da minha própria bagunça. O marido dela cuida dos jardins e da piscina. Eles moram no chalé a cinco minutos a pé daqui. Estão por perto, mas ao mesmo tempo não, se é que faz sentido. Eles me tratam como um filho, o que é sorte minha. — Ele cortou fatias grandes. — A torta parece uma delícia.

Seu modo de falar era uma combinação entre um sotaque americano arrastado e uma suave melodia irlandesa. Ela percebeu que poderia ouvi-lo falar o dia todo.

— Os ovos são orgânicos. São da fazenda Anderson.

Por que diabo ela tinha dito isso? Ele não dava a mínima.

— Se não forem os ovos da fazenda Anderson, eu não como.

Os olhos risonhos a deixaram desconcertada.

— Você está brincando.

— Não estou, não. Meu freezer também está cheio de carne bovina orgânica dos pastos deles. Praticamente sustento aquele lugar, mas ainda assim o dono tem prazer em dirigir o trator feito tartaruga, e acaba me atrasando para tudo. Ele está determinado a desacelerar minha vida do modo turbo habitual, e ainda por cima é quem mais me olha feio em toda a região.

Liza achara que Finn Cool seria distante e tentaria se livrar dela o mais rápido possível. Não imaginara que ele fosse tão acolhedor e acessível. Ela tinha sorrido mais desde que entrara na casa dele do que na última semana. Ou no último mês?

O telefone dele tocou, mas ele ignorou.

— Quer beber alguma coisa?

— Ah, é cedo demais para eu beber, mas obrigada.

— Estava pensando em chá ou café. — Ele pegou duas canecas de um armário. — Apesar dos rumores caluniosos que você pode ter ouvido na vila, tento passar pelo menos parte do dia sóbrio.

— Eu não quis dizer… — Ela se afastou, envergonhada outra vez. — Devia ir embora. Isso é muito constrangedor.

— Você não devia ir embora. Devia relaxar. Venha para o jardim. É impossível se estressar ao ouvir os sons do mar e comer uma maravilhosa torta de limão com merengue. Quer um cappuccino? Minha máquina faz o melhor de todos.

Ela aceitou o convite, e alguns minutos depois estava sentada em um amplo terraço com o sol no rosto e a brisa do mar balançando de leve as pontas do cabelo. Abaixo deles estava a piscina e depois da piscina, o mar.

Palmeiras sombreavam um lado do terraço e os cães corriam pelo gramado, rolando uns por cima dos outros enquanto brincavam.

— Sempre me surpreende o fato de palmeiras crescerem aqui na Cornualha. Minha mãe tem umas iguaizinhas no canto do jardim.

— Eu sei. Ela me deu muitos conselhos sobre o jardim. E até algumas mudas.

A mãe dela tinha dado mudas para um astro do rock.

Parecia surreal. Ela, Liza Lewis, estava no que devia ser a casa mais cara do oeste da Inglaterra, com Finn Cool.

As gêmeas teriam ficado impressionadas. Só que elas não haviam se dado ao trabalho de perguntar o que a mãe estava fazendo.

Era bom ter um pequeno pedaço de si mesma que ninguém mais conhecia.

— Este lugar é incrível. Minha mãe já esteve aqui?

— Muitas vezes.

Ele cortou um pedaço da torta.

— Eu não fazia ideia — confessou Liza. — E o que eu não entendo é por que ela insistiu para que eu viesse até aqui cuidar do gato quando sabia muito bem que você já estava tomando conta dele. Por que ela não me contou?

— Isso eu não tenho como responder. — Ele devorou a torta de limão com merengue como se não visse comida havia um mês. — Ela poderia ter algum outro motivo para querer que você viesse para cá?

Era impossível interpretar a expressão dele por conta dos óculos escuros, mas ela tinha a sensação de que ele a observava com atenção.

Pensou nas noites tensas que a mãe passou com a família dela antes de Liza levá-la para o aeroporto. Tentou se lembrar exatamente de quando a mãe havia pedido para que desse uma olhada no gato.

Fora de última hora, após uma conversa sobre como Liza colocava todos os outros em primeiro lugar.

Será que a mãe havia feito uma intervenção? Não, ela não faria isso.

Ou será que faria?

A ideia se alojou em sua mente.

— É possível que ela quisesse me incentivar a tirar uma folga. E, se tivesse me contado que você já estava cuidando do Popeye, eu não teria vindo. Popeye foi uma desculpa. Ainda não contei que estou aqui. Preciso ligar para ela.

Sua mãe havia percebido que algo estava errado. Ela se importara o suficiente para tentar ajudar, mesmo que os métodos fossem um pouco desajeitados.

Liza ficou surpresa com o quanto isso a fez se sentir bem.

Um pássaro deu um rasante na piscina e voou para longe. Abelhas zumbiam nas plantas e uma borboleta azul brilhante voejava ao redor dos vasos de terracota que cercavam o terraço.

O sol esquentava o rosto de Liza, e ela se sentiu mais tranquila e relaxada do que se sentia havia muito tempo.

Finn raspou as últimas migalhas do prato.

— Você precisa de uma desculpa para tirar uma folga?

— Não sou boa nisso.

Ela deu uma pequena garfada na fatia de torta, saboreando o gosto ácido e cítrico.

— O que você faz? Não, espere... — Ele levantou um dedo. — Deixe-me adivinhar. É a responsável por uma grande corporação e, sem você para mantê-la funcionando, milhares de pessoas perderiam os empregos.

Daquela vez, ele sem dúvida estava brincando.

— Sou professora de artes.

Ele afastou o prato.

— Estou surpreso. Você tem um visual mais corporativo. Eu te imagino trabalhando em um arranha-céu envidraçado na cidade, não em um estúdio. Nunca teria chutado artista.

— Na verdade, não sou uma artista. Não mais. — Reivindicar o título a faria se sentir uma impostora. — Não pinto nada há muito tempo. Ensino os outros a pintar.

Ela dava aulas sobre espaço e forma, sobre tom e textura, sobre cor.

— Mas em algum momento da vida você pintava, né?

— Sim. Eu adorava.

— Então por que não se considera uma artista?

Liza ponderou.

— Uma artista é alguém que cria arte, e eu não estou fazendo isso.

— Por quê?

A pergunta criou um nível de intimidade que estava em dissonância com o pouco tempo que se conheciam.

— Isso foi reprimido por outras coisas. E agora você talvez diga que sempre podemos encontrar tempo para fazer o que queremos, mas...

— Não, eu entendo. A criatividade requer espaço e tempo, e essas duas coisas estão em falta no mundo em que vivemos. O cérebro acaba esmagado pelo peso das demandas cotidianas. — Ele enxotou uma vespa da mesa. — Estar com a cabeça cheia de obrigações pode esgotar toda a nossa criatividade.

Como aquele homem que não a conhecia entendia tão bem?

— Você fala como se soubesse como é.

— Por que acha que estou morando aqui? Embora eu também tenha a vantagem de ser egoísta, o que ajuda. — Ele deu um meio-sorriso e se levantou. — Venha comigo. Quero mostrar uma coisa.

Ela o seguiu pelo terraço, desceu os degraus até a tranquila área da piscina e depois atravessou os gramados em direção ao mar. Um pequeno caminho de areia íngreme levava até a pequena praia protegida dos dois lados por penhascos. Ali, o oceano Atlântico batia na costa, avançando e recuando. O ritmo era hipnotizante, a natureza selvagem contrastava com o trecho mais abrigado da praia no estuário perto do Chalé Oakwood, com as dunas de areia banhadas pelo sol.

— Nem sabia que isso existia.

— Foi o que me fez comprar a casa.

Ele seguiu pelo caminho e ela o acompanhou.

Quando estavam na metade, passaram por um colete salva-vidas preso a um poste.

Finn apontou para o objeto e explicou:

— Caso alguém resolva dar um mergulho à meia-noite durante uma das muitas festas regadas a bebida que dizem que eu dou dentro dessas paredes.

Ela avançou com cuidado, tentando não escorregar.

— Vi como você dirige, então pelo menos alguns dos rumores são verdadeiros.

Ele abriu um sorriso.

— Carros são meu vício.

— As estradas por aqui são irritantes de tão sinuosas e estreitas demais para um carro veloz.

— O problema não são as estradas. São os outros motoristas.

Os cachorros passaram correndo por ela e a teriam feito perder o equilíbrio se ele não tivesse estendido a mão para a estabilizar.

— Desculpe. Eles não sabem se comportar de maneira civilizada. Esquecem que nem todos nós nos equilibramos em quatro patas.

Ele continuou a segurar a mão dela à medida que foram descendo, e ela estava ciente dos dedos dele entrelaçados com firmeza nos dela. Liza sentiu que deveria puxar a mão de volta, mas só fez isso quando chegaram ao fim do caminho.

Ela tirou os sapatos e sentiu um alívio imediato quando os pés descalços tocaram a areia macia. A praia era isolada e privativa. Era como se estivesse entrando em outro mundo.

— As pessoas costumam escalar os penhascos?

— Não. São íngremes demais. Às vezes, tentam atravessar os campos, mas felizmente o fazendeiro mantém o touro em um pasto a dois terrenos naquela direção — ele apontou —, então é uma espécie de segurança embutida. Também podem chegar pela estrada, mas tenho Kathleen para me proteger disso.

Liza fechou os olhos por um momento e sentiu o ar salgado e o brilho do sol. Sua visão diária habitual era de prédios e ruas congestionadas, cheias de carros e pessoas. O som de fundo eram motores, buzinas e aviões passando. Ali não havia nada além de mar, céu e aves marinhas.

Ela abriu os olhos.

— Como minha mãe protege você?

— Ela tem várias estratégias interessantes. Às vezes, despista as pessoas, mandando irem na direção contrária ou para uma vila próxima. De vez em quando, ela se finge de surda e deixa que gritem cada vez mais alto até desistirem. — Ele tirou os óculos. O cabelo estava emaranhado e bagunçado pelo vento e os olhos brilhavam, achando graça. — Ela nunca contou?

— Vai ferir o seu ego se eu disser que ela mal fala de você?

O sorriso se abriu mais.

— Só confirmaria minha suspeita de que ela deve ser a melhor vizinha do planeta.

Liza dobrou a barra da calça. A pele pálida dos pés e tornozelos era prova de que ela não havia ficado parada tempo suficiente para se bronzear. Precisava fazer algo em relação a isso, e sem dúvida precisava dar um jeito no guarda-roupa, que era totalmente inadequado para relaxar na praia.

— Com que frequência você a encontra?

— Na maioria das semanas, quando estou aqui. — Ele se curvou para pegar uma concha. — Tomamos café no jardim dela, ou ela vem até aqui nadar na piscina e depois tomamos uma bebida gelada.

— Toda semana? — Liza não podia acreditar no que estava ouvindo. — Ela nada na sua piscina?

— Ela costumava nadar duas vezes por dia no mar, mas, depois daquela tontura que teve, convenci Kathleen a usar a piscina em vez disso.

Tontura?

Se pedisse mais detalhes, ele poderia pensar que Liza era uma péssima filha. E não adiantava se questionar por que a mãe não havia comentado. Queria evitar um sermão sobre segurança. E Liza com certeza teria dado um.

Talvez ela fosse *mesmo* uma péssima filha. Sua intenção fora ajudar e proteger, mas, ao fazer isso, acabara se isolando de grande parte da vida da mãe. As constantes advertências para que fosse cuidadosa não tiveram nenhum efeito, já que ela sempre fazia o que bem entendia. Tudo que conseguira fazer fora incentivá-la a esconder coisas de Liza para evitar reclamações. Mas, ao que parecia, Kathleen não escondia nada de Finn.

— Ela aceitou seu conselho e parou de nadar no mar?

— No começo, não, mas eu disse que, se o corpo dela aparecesse na praia uma noite, isso acabaria com minha festa. Ela riu e concordou em usar a piscina em vez disso. — Ele olhou para Liza. — Glenys, minha governanta, sempre está por perto quando Kathleen usa a piscina, então é seguro.

Liza tentou se lembrar de uma única conversa em que ela e a mãe riram juntas.

— Você gosta dela — disse ela a Finn.

Ele deu de ombros.

— Não tenho pais ou avós vivos. Acho que a vejo como uma pessoa mais velha e mais sábia.

— Sério? — Não era nadinha como Liza via a mãe. — Em geral, eu a vejo como imprudente. Ela me causa ataques constantes de ansiedade.

— Deve ser diferente quando é sua mãe. — Ele caminhou em direção à água. — Ela sempre foi assim?

— Teimosa?

— Eu ia dizer aventureira. Audaciosa.

— Suponho que sim.

— Deve ter sido uma infância interessante.

Na verdade, fora uma infância solitária, mas isso não era algo que ela pretendia compartilhar com Finn Cool.

— Sempre tirei nota boa em geografia. Sou aquela pessoa que querem no time quando é hora do quiz.

— Eu assisti na internet a alguns dos episódios do programa dela. Eram incríveis. Ela tinha uma baita presença.

Liza não assistia ao *Vocação Verão* desde criança. O programa a fazia lembrar de ausências.

— Ela tem todos em DVD.

— Sério? — A brisa tinha soprado o cabelo dele, jogando alguns fios no rosto. — Mas devem ter sido gravados em filme 16 mm, né?

— Não sei. Só sei que deram a ela todos os episódios em DVD de presente no aniversário de 60 anos.

Ele ergueu a sobrancelha.

— É um presente e tanto. Mas se bem que ela era uma lenda. Aposto que todos a adoravam. Devia ser divertido trabalhar com ela. Esses DVDs estão na casa dela?

Será que ele estava esperando um convite de Liza? E como ela se sentiria assistindo aos episódios? Sempre sentira um leve ressentimento em relação ao *Vocação Verão*. Quando criança, parecia que o programa competia pelo tempo e pelo afeto da mãe.

— Não sei onde ela guardou, mas posso perguntar.

— Você devia trancar a sete chaves. É provável que sejam itens de colecionador. — Ele se virou para observar o mar, o olhar fixo no horizonte. — Kathleen sabe viver a vida. E nunca se conforma com as expectativas sociais. Ela continuou como apresentadora quando outras pessoas já teriam sido substituídas, porque era insubstituível, imagino. E olhe para ela agora... Seria de se esperar que fosse estar vivendo em algum tipo de casa de repouso, mas está viajando pelos Estados Unidos. — Os ombros de Finn chacoalharam quando ele riu baixinho. — Ela é incrível. Sabe caçar e devorar até a última migalha de felicidade. A maioria das pessoas pisa nessas migalhas. Você deve ficar feliz por ela ainda estar tão ativa e aproveitando a vida.

Ela se sentiu culpada por ter pensado em convencer a mãe a se mudar para uma casa de repouso.

— O estilo de vida dela me deixa muito ansiosa.

E ela estivera pensando em si mesma, não em Kathleen. De certa forma, tinha sido tão egoísta quanto as gêmeas.

— Ela tem sorte de ter uma filha como você, que se importa tanto com ela.

Será? Liza tinha a impressão de que Kathleen teria escolhido uma filha aventureira e viajante.

Havia motivos para ela não querer que Liza fosse a motorista daquela viagem especial.

Ela mudou de assunto.

— Martha me mandou uma foto dela tomando drinques em um terraço em Chicago.

Ela mostrou a ele a foto no telefone, e ele pegou o aparelho, protegendo a tela do sol com a mão.

— Maravilhosa. Tem outras?

Ela se inclinou para mexer no celular.

— Martha tirou uma foto do carro.

O sorriso dele se alargou.

— Ora, veja só! Ela alugou mesmo o Ford Mustang.

— Você sabia que minha mãe estava planejando alugar um carro esportivo?

— Ela me perguntou sobre carros. Queria saber o que eu alugaria se fosse fazer essa viagem. Foi fácil responder, porque já fiz essa viagem, nesse mesmo carro. — Ele devolveu o celular. — Ela vai se divertir muito. Mas, quem é Martha?

— Martha é uma desconhecida que ela contratou sem nem pedir referências. Típico da minha mãe. — Mas, na verdade, Martha havia se mostrado muito atenciosa. Enviava fotos todos os dias, junto com atualizações e vídeos divertidos. Parecia que a mãe tinha escolhido bem a companheira. — Você parece saber muito sobre a viagem dela.

Ele hesitou.

— Ela não conversou com você sobre o planejamento?

— Não. Fiquei na expectativa de que fosse me pedir ajuda, porque ela odeia a internet, mas não pediu. — Liza fez uma pausa. — O que você não está me contando?

— Ela é discreta. Sinto que eu também deveria ser. — Ele passou a mão no maxilar. — Minha equipe ajudou com os preparativos. Como você disse, ela não se sente muito à vontade com a internet.

— Você cuidou das reservas? Por que ela não me pediu? Eu teria feito isso.

— Eu me ofereci. Teria ficado ofendido se ela tivesse recusado.

— Acho que isso explica por que ela ficou na Suíte Presidencial em Chicago.

— Eles a colocaram lá? Eu esperava que sim, mas sempre depende de quem mais está hospedado, lógico.

— Foi muito atencioso da sua parte. — Ela tentou não se sentir magoada pela mãe não ter pedido sua ajuda. — Julguei você mal. Achei que fosse um crápula.

— Um crápula? Na verdade, nunca ouvi alguém usar essa palavra fora de um drama de época. — Ele se aproximou, um brilho malicioso nos olhos. — Eu sou um crápula, Liza. Sou egoísta e, se já fiz algo para ajudar alguém, é provável que eu tenha me beneficiado.

Ela não conseguia imaginar como ajudar a mãe dela poderia tê-lo beneficiado.

Eles caminharam pela areia até chegarem à beira da água.

— A maré está subindo. Poderia ficar aqui sentado olhando o dia todo. Às vezes faço mesmo isso. — Ele se curvou e pegou outra concha. — Fazia um ano que eu não escrevia nada quando encontrei este lugar.

— Músicas, você quer dizer?

Liza sentiu vergonha por saber mais sobre a reputação dele do que sobre a carreira musical.

— Melodias e letras. — Ele virou a concha e esfregou o interior cheio de areia. — É engraçado. Às vezes você passa um tempão sentado tentando se obrigar a produzir algo. Dar duro sempre é uma parte do processo, mas no fim das contas é algo mágico, tão delicado quanto uma planta brotando. E não dá para forçar. Você é uma artista. Você entende.

Ah, sim, ela entendia.

— Já disse, sou professora. Não me vejo como uma artista.

— Mas imagino que você já se viu como uma, não?

Ela se lembrou dos tempos em que dormia com o caderno de esboços debaixo do travesseiro. Acordava ao amanhecer, levava as tintas para a praia e se sentava na areia úmida e fresca, tentando capturar a beleza do que estava vendo. Fora o modo de canalizar todas as emoções que não conseguia expressar de outras maneiras e a única coisa a seu respeito que havia despertado o interesse da mãe. As duas nunca cozinharam juntas ou fizeram qualquer uma das coisas que mães e filhas muitas vezes faziam, mas Kathleen sempre demonstrara interesse pela arte de Liza. Quando Liza ganhara o prêmio de arte na escola, a mãe fora à cerimônia e aplaudira alto. Dado o quão raro era a mãe aparecer em um evento escolar, fora o momento de maior orgulho de Liza. Aquele prêmio representava muito mais do que um reconhecimento de sua arte, e fora por isso que ela ficara tão decepcionada por sua mãe tê-lo guardado em outro lugar.

— É. — Ela forçou a atenção de volta para o presente. — Já me vi como uma.

— Que técnica você usava?

— Várias. No início, fazia pinturas a óleo, mas depois passei a usar mais aquarela e depois pastel. E tinta acrílica de vez em quando. Eu explorei técnicas mistas, e ainda adoro fazer esboços.

— Você tem alguma foto das pinturas? Eu adoraria ver o que você faz.

Fazia anos que ninguém expressava interesse por suas pinturas.

— Eu não tenho... Ah, espera... — Ela abriu um site no celular. — Há alguns anos, fiz uma série a óleo que foi exibida em uma pequena galeria aqui perto. As fotos ainda estão no site deles. Sabe lá Deus por quê.

Ele pegou o celular e ficou em silêncio por tempo suficiente para Liza se arrepender de ter mostrado.

— É provável que não sejam seu estilo, e foi há muito tempo...

— São impressionantes. Consigo sentir o mar. A profundidade das cores. E a maneira como você capturou o movimento das ondas... Aposto que todas foram vendidas.

— Foram.

Ele devolveu o celular.

— Você aceita encomendas?

— Eu já falei, não pinto nada há anos.

— Então talvez esteja na hora de mudar isso. E que lugar melhor que esse para voltar a pintar? — Ele esfregou a concha na mão. — Você sente falta?

— Sinto, embora eu não tenha pensado nisso há um tempo. — Mas ela estava pensando nisso no momento. — Pareceria egoísta pintar quando se tem tanta coisa para fazer na vida.

— Eu chamaria de autocuidado. Precisamos tirar um tempo para as coisas que são importantes para nós. Aqui... — Ele lhe entregou a concha. — Inspiração. Você pode colocar no estúdio.

Liza enfiou a concha no bolso, sentindo como se ele tivesse dado a ela algo especial e significativo.

— Eu não tenho um estúdio.

— Onde você prefere pintar?

— Quando era mais nova, pintava no chalé de verão nos fundos do jardim da minha mãe. Tinha janelas grandes. Luz vinda do norte. Em Londres, não temos espaço. — Ela não estava acostumada a falar de si mesma. Pouco à vontade, ela se curvou e dobrou ainda mais a calça, então entrou no mar até que a água molhasse seus tornozelos. — É aqui que você trabalha melhor?

— Aqui e na Irlanda. Tenho um espaço em Galway. Pertencia aos meus avós por parte de mãe.

— Você é irlandês?

— Irlandês-americano. Nasci na Califórnia, mas nos mudamos de volta para Galway por alguns anos quando eu era adolescente. Foi quando comecei a levar a música a sério. — A maré subia ao redor das panturrilhas dele. — E você? Sua família não está aqui com você?

— Não. Sean é arquiteto e está no meio de um projeto importante. E a última coisa de que as gêmeas precisam é serem arrastadas para o meio do nada.

Ela não confessou que tinha praticamente fugido da família. Ou que as meninas teriam pegado o primeiro trem de alta velocidade para o oeste se achassem que havia uma chance de conhecer Finn Cool pessoalmente.

— É por isso que você parece triste?

— Eu pareço triste?

Ele ergueu a mão e afastou uma mecha de cabelo do rosto dela.

— Parece. Ou, melhor dizendo, você está se esforçando muito para não parecer triste. Além disso, não está pintando. Ou desenhando. Ou esculpindo. Qualquer que seja o meio de expressão escolhido. E uma artista que não cria arte é um mau sinal. Se essa parte sua fica dormente, você acaba se tornando uma sombra de si mesma.

Como aquele homem, aquele desconhecido, conseguia ver algo que Sean não via?

Quando foi a última vez que Sean perguntou o que ela queria? Quando foi a última vez que ele a olhou do jeito que Finn olhava no momento, com tanta atenção e interesse? Será que a familiaridade ofuscava a visão das pessoas? Será que elas viam o que sempre tinham visto, em vez de o que realmente transparecia?

— Estou cansada, só isso.

Cansada. Magoada. Confusa.

— Então ainda bem que Kathleen te encorajou a tirar uma folga.

Ela sentiu que precisava dar uma resposta, então manteve uma postura neutra.

— A vida familiar pode exigir muito, ainda mais quando se tem adolescentes. Não que eu espere que você entenda.

— Eu entendo. Por que acha que estou solteiro?

O sorriso dele era tão cativante que ela se viu sorrindo de volta.

— Pensei que talvez você continuasse solteiro para gerar o máximo de fofocas entre os residentes locais.

— Há certo prazer nisso, admito. — Ele entrou um pouco mais fundo na água. — Quer nadar?

— Aqui? Agora?

— Por que não?

— Não estou com roupas apropriadas.

— Eu não estava sugerindo que você nadasse assim. Deixe as roupas na praia. Fique só com as roupas íntimas, se for tímida.

Ele falou com tanta naturalidade que por um breve momento ela considerou a ideia.

Então Liza voltou a si.

— Isso é ridículo.

— Nadar é a coisa mais natural do mundo. E nadar no mar é uma sensação maravilhosa. O que há de ridículo nisso? — Ele a observou. — Você costuma fazer coisas espontâneas, Liza?

— Não. — Embora a decisão de ir para o Chalé Oakwood tivesse sido espontânea. E a decisão de visitá-lo para se desculpar pessoalmente também. Ambas as ações a fizeram olhar mais fundo para dentro de si mesma. — De vez em quando.

— E o que acontece quando você faz?

Ele estava parado tão perto dela que era inquietante, e Liza deu um passo para trás, agitada com a provocação.

— Não sei bem. Pergunte de novo daqui a uma semana.

Na mesma hora, ficou envergonhada. As palavras soaram como se ela tivesse a expectativa de que fossem se encontrar com regularidade.

— Vou perguntar mesmo. Venha nadar na minha praia. Traga roupa de banho.

— Você vai passar o verão todo aqui?

— Fico até setembro. Depois volto para Los Angeles.

Ela não conseguia imaginar viver um estilo de vida tão nômade.

— Por que você passou um ano sem escrever nada?

Ele hesitou.

— Perdi uma pessoa próxima.

Então se virou e caminhou de volta para a costa, e ela desejou não ter perguntado nada.

— Sinto muito.

— Imagina. A morte faz parte da vida, não é? Mas isso não torna a coisa mais fácil. — Ele se agachou perto de uma piscininha. — Algas marinhas não são plantas. Sabia disso?

— Não.

Ela se agachou ao lado dele, mas não foi um silêncio desconfortável. Sentiu vergonha de si mesma por todas as suposições e os julgamentos que havia feito sobre ele.

A piscininha estava cheia de vida. Pequenos caranguejos-eremitas se abrigavam sob as algas. Lapas e mexilhões se agarravam às rochas, e anêmonas flutuavam na água calma. Ela poderia ter passado horas olhando, mas a maré estava envolvendo os calcanhares deles, lembrando-os de que estava prestes a reivindicar a praia de volta.

Finn se levantou.

— É melhor a gente ir antes que a maré suba. Já fui questionado pela polícia, não quero a guarda costeira na minha cola também.

— Você vai ganhar uma torta de limão com merengue extragrande se precisar chamar a guarda costeira por minha causa.

Ele riu.

— Agora estou tentado a me jogar na água. Quem ensinou você a fazer essa torta?

— Eu aprendi sozinha. Meu pai era um cozinheiro prático... — Ela fez uma pausa. — Na verdade, era um péssimo cozinheiro. Ele cozinhava sempre em fogo alto, então tudo ficava queimado. Minha mãe viajava muito, então eu assumi a tarefa. Eu até achava legal, mas para diminuir o tédio eu gostava mesmo era de fazer experimentos.

Eles seguiram pela areia e voltaram ao pequeno caminho que serpenteava até o jardim.

— Tudo que você faz é tão gostoso quanto sua torta de limão com merengue?

— Espero que sim.

O caminho era íngreme, e Liza já estava sem fôlego. Ela precisava encontrar tempo para fazer mais exercícios.

— Nesse caso, me convide para jantar.

Ele estendeu a mão e a ajudou a subir a última parte do caminho.

Ela não tinha planejado cozinhar, mas por alguma razão gostou da ideia de preparar um jantar para Finn. Tivera uma conversa mais honesta com ele na última hora do que com qualquer outra pessoa em muito tempo. A companhia dele tinha melhorado o humor de Liza. Então por que não? Era nítido que ele era um bom vizinho para a mãe dela, e Liza agradeceria cozinhando algo delicioso.

— Você consegue sair sem seguranças?

— Você dá conta de me proteger. — Ele sorriu. — Vou pelos campos. Ninguém vai me ver.

Os cachorros correram pelo jardim, rosnando, latindo e se atirando uns sobre os outros enquanto brincavam.

— Então venha jantar na sexta-feira. — Seria uma oportunidade de pôr em prática seu amor pela culinária, algo que ela não fazia havia um tempo. Preparar refeições diárias era mais uma tarefa na lista longa. — Qual é sua comida favorita?

Finn pegou as xícaras que eles haviam deixado na mesa e as levou até a cozinha.

— Eu como de tudo. Vou levar um vinho. Podemos conversar sobre a pintura que você vai fazer para mim.

Liza já estava planejando o jantar. A previsão era de que a onda de calor continuasse, então poderiam comer ao ar livre. Ela usaria as verduras do jardim da mãe.

— Aqui. — Finn entregou a sacola que ela levara. — Fico feliz que tenha vindo.

Ela também. A visita a fizera parar de ficar remoendo o que estava acontecendo com a família e pensar na vida de uma maneira que nunca tinha pensado antes.

Sentindo-se mais leve, Liza voltou pela estrada do terreno dele e atravessou os campos que davam no Chalé Oakwood.

Ficou na casa apenas tempo suficiente para deixar a sacola na cozinha e pegar as chaves do carro.

O que ele tinha dito?

"Você tem um visual mais corporativo. Nunca teria chutado artista."

Suas roupas não refletiam quem ela era, refletiam a vida que vivia. Ter um guarda-roupa neutro com peças que combinavam entre si significava ter menos decisões para tomar em um dia já saturado delas. O que Liza escolheria vestir se não estivesse sempre levando as meninas a compromissos, indo ao supermercado às pressas, dando aulas?

Determinada a descobrir, ela dirigiu até a vila, estacionou o carro e caminhou ao longo da rua estreita até chegar à pequena boutique que ficava entre uma livraria e uma delicatéssen.

Com um toque de desafio, ela empurrou a porta. Quando foi a última vez que fez compras para si mesma? Já fazia tempo demais.

A loja era fresca e espaçosa, com espelhos cobrindo duas paredes. Por um momento, Liza se viu como as outras pessoas deviam vê-la. Cabelo loiro reto até os ombros, um rosto estreito e olhos azuis. Se tivesse que encontrar uma palavra para descrever sua aparência, seria *comum*. Suas roupas não diziam "olhem para mim", diziam "não olhem para mim". E também não era como se ela tivesse a intenção de passar alguma mensagem com a maneira como se vestia. Tinha coisas demais para fazer para pensar em mensagens.

— Posso ajudar? — Uma jovem de cabelo vermelho curto e maquiagem impecável saiu de uma sala nos fundos. — Temos mais tamanhos lá atrás, se não encontrar o seu.

Liza sentiu um momento de insegurança, e logo afastou o sentimento. Ela era uma artista. Entendia de cores. Entendia de formas. Sabia o que ficava bem. Não precisava de ajuda para isso. Tudo que precisava fazer era se permitir ser essa pessoa e dar um pouco de liberdade ao lado criativo. Ela o havia reprimido por tempo demais.

Foi até as araras de roupas, analisou cada peça e então escolheu algumas. E depois mais algumas.

Quando enfim saiu da loja meia hora depois, estava carregando duas sacolas grandes cheias de vestidos de verão bonitos, blusas de linho em tons pastel, shorts, sapatos, chinelos para a praia e um par de brincos prateados grandes feitos por uma artista local.

Feliz aniversário de casamento, Liza.

Ela tinha experimentado cada uma das roupas. Até experimentá-las a fazia se sentir em clima de verão e relaxada, embora não pudesse usar a desculpa para justificar a compra mais extravagante.

— O que acha de vermelho? — A mulher entregou o vestido a Liza. — Com seu tom de pele, ficaria fantástico.

O vestido era vermelho de alcinha e de todo inadequado para seu estilo de vida.

Liza o comprara, junto com um par de sapatos que com certeza *não* tinham sido feitos para caminhar.

Ela se sentia culpada? Não, sentia-se aturdida e jovem. Em vez de comprar um vestido que combinasse com a vida, ela escolheria uma vida que combinasse com o vestido.

Liza saiu da boutique e foi à delicatéssen ao lado.

Uma das vantagens de estar ali sozinha era que ela não precisava pensar em elaborar um cardápio para a família.

Equilibrando uma cesta no braço, escolheu uma baguete crocante recém-saída do forno. Em seguida, pegou presunto italiano, dois queijos franceses, tomates vermelhos ainda presos pelo caule e um pote de azeitonas verdes rechonchudas.

— Liza?

Se pudesse se esconder, teria feito isso. Estava aproveitando a liberdade. Não queria bater papo com ninguém. Queria poder se concentrar em si mesma sem ser considerada egoísta.

— Ai, meu Deus, quanto tempo faz? — A mulher parecia ter acabado de sair de uma aula de ioga, o cabelo preso em um rabo de cavalo e o rosto brilhoso e corado. — Lembra de mim, *né*?

Levou um momento para Liza se lembrar.

— Angie? Angie!

— Por que tanta surpresa? Eu moro aqui, esqueceu?

— Você tinha se mudado para... — Ela forçou a memória. — Boston. Por causa do emprego do seu marido, certo? Qual era mesmo o nome dele? Jeremy? Jonah?

Angie fez uma careta.

— Ele ainda está lá. Nós nos divorciamos.

— Sinto muito. — *A vida*, pensou Liza. Dava pancada em todo mundo. — Uma pena você não ter me mandado um e-mail ou me ligado.

— Fazia um tempo que não nos falávamos. Eu não queria ser a amiga reclamona. Foi difícil na época e por alguns anos depois, mas seguimos em frente. John se casou de novo e tem um bebê. *John.*

— Um bebê?

Angie revirou os olhos.

— Não precisa pisar em ovos. Ele está com 53 anos. Minha vingança é imaginá-lo trocando fraldas e passando noites em claro. Embora ele não tenha feito nenhuma das duas coisas na primeira vez. Ah, Liza, é tão bom ver você. Tem tempo para tomar um café? Tem um lugar aqui pertinho.

Seu instinto era dizer sim. Era o que ela fazia toda vez. Com todas as pessoas. Mas havia coisas que queria fazer naquela tarde e à noite, e estava ansiosa por elas.

— Eu adoraria pôr a conversa em dia, mas tenho algumas coisas para fazer hoje. — Dizer isso foi difícil, mas ela disse mesmo assim. Só que estava mesmo feliz em ver Angie. — Que tal você passar lá em casa amanhã?

— Em Oakwood? Você está lá com sua mãe?

— Ela está fazendo uma viagem de carro pelos Estados Unidos. A Rota 66.

— Sua mãe é incrível. Ainda vivendo a vida de *Vocação Verão*. Não consigo me imaginar fazendo uma coisa dessas agora, que dirá quando eu tiver 80 anos. Mas, se ela não está em casa, por que você está aqui?

Estou fugindo.

— Estou cuidando do gato.

— Com as meninas e Sean?

— Não. Eles tinham compromissos em Londres.

Ela e Angie costumavam ser tão próximas quanto irmãs. Contavam tudo uma à outra. Só que isso fazia muito tempo. A faculdade e a vida as separaram, depois Angie conheceu John e se mudou para Boston, e aos poucos a comunicação delas diminuiu. Liza não se sentia à vontade para expor os detalhes de sua vida ao julgamento alheio.

Ela sentiu uma dor repentina. Sentia falta da amizade profunda que ela e Angie tinham. Uma amizade na qual se ria até a barriga doer e se sabia tudo uma sobre a outra. Elas tinham compartilhado roupas, histórias e maquiagem. Quando Sean a beijou, Angie foi a primeira pessoa a quem Liza contou.

Depois de ter as filhas, as amizades mudaram e passaram a acontecer em função do estilo de vida. No começo, o elo comum era os bebês, depois a escola. Eram amizades, de certa forma, mas não a amizade profunda e autêntica que tinha com Angie. Talvez tivesse valorizado ainda mais esse elo porque não era tão próxima da mãe.

Ainda assim, aquela época já tinha passado, e ela e Angie eram pessoas diferentes, com os laços desgastados pelo tempo, pela distância e pelas experiências de vida.

— Venha amanhã. Vamos fazer um piquenique na praia. Podemos nadar, se bater a coragem. Temos tanto o que conversar. Onde está morando?

— Na casa da minha mãe. — Angie pegou um vidro de geleia na prateleira. — É minha agora. Ela faleceu no ano passado e eu vim para vender a casa, mas acabei desistindo. É pequena, mas tem espaço para Poppy vir ficar comigo. Você teve mais filhos?

— Não. As gêmeas me mantiveram bastante ocupada!

— Imagino. — Angie deu um abraço em Liza. — Foi bom te ver. Até amanhã.

Liza sentiu o cabelo de Angie roçar sua bochecha, respirou o perfume floral da antiga amiga.

Ela prolongou o abraço por um momento. Sentia falta de amizades. Sentia falta de intimidade.

Depois de carregar as muitas compras de volta para o carro, Liza voltou para o Chalé Oakwood se sentindo mil vezes melhor do que naquela manhã.

Ela tirou a comida das sacolas, preparou um prato e guardou o restante na geladeira. Então, querendo se permitir, abriu uma garrafa de vinho, serviu-se de uma taça e a levou para o pátio.

Popeye estava sentado lá fora, lambendo os pelos. Ele parou por tempo suficiente para lhe lançar um olhar de desdém, depois continuou o ritual de limpeza.

— Você sempre foi assim tão emocionalmente distante ou aprendeu com minha mãe?

Liza se sentou, sentindo-se em clima de verão com o novo short e a camiseta, os pés enfim confortáveis em chinelos bonitos.

Sua mãe estava certa. Precisava tentar capturar aquela atmosfera leve das férias o ano todo, não apenas por algumas semanas em agosto.

O restante da tarde e da noite se estendiam à sua frente.

Talvez devesse usar o tempo livre para limpar a casa da mãe, mas não tinha a menor intenção de fazer isso. A poeira podia ficar onde estava. Ela tinha coisas melhores em mente.

Liza notou uma chamada perdida da mãe no celular e sentiu um lampejo de preocupação. A mãe quase não ligava. Era Liza quem tomava a iniciativa.

Ela se sentou à sombra no pátio e desfrutou do vinho enquanto esperava a mãe atender. Quando a ligação começou, a voz de Kathleen parecia fraca e um pouco sonolenta.

— Mãe? Eu acordei você? — Será que ela calculara mal a diferença de fuso horário? — Está tudo bem?

— Está tudo ótimo. Estou vivendo um sonho.

Algo na voz da mãe não soava normal. Foi perturbador perceber que ela não conhecia a mãe o suficiente para poder saber o que estava acontecendo.

— Tem certeza? Você me ligou.

E você nunca faz isso.

— Tenho certeza. Sabe há quanto tempo eu queria fazer a Rota 66? Martha está tirando fotos maravilhosas.

— Estou adorando. Por favor, agradeça a ela. Onde mesmo que vocês estão?

Houve uma pausa e Liza ouviu vozes abafadas ao fundo antes que a mãe voltasse à linha.

— Martha me disse que estamos hospedadas nos arredores de Springfield, e hoje vamos dirigir pelo Kansas. E você? Está me ligando do carro enquanto leva as gêmeas a algum lugar?

— Não estou no carro. — Liza esticou as pernas, admirando os novos chinelos. — Estou bebendo vinho no seu pátio, depois de ter comido o excelente almoço da delicatéssen da vila que você recomendou.

— Está em Oakwood?!

— Por que tanta surpresa? Você me pediu para vir até aqui, lembra?

— Pedi, mas nunca pensei… — A mãe parou de falar. — Você foi à delicatéssen? Experimente as minitortinhas de queijo de cabra, são divinas. E Sean vai adorar o brownie de chocolate.

— Sean não está aqui, mas vou comprar um para mim da próxima vez que estiver lá.

Houve uma pausa.

— Você está sozinha?

— Estou. Vim ver como Popeye estava, como prometi. — Ela olhou para o gato, mas não viu nada nem meramente parecido com gratidão nas feições felinas. — E ontem encontrei um desconhecido na cozinha.

— Não! Outro intruso?

— Não exatamente, mas só entendi isso depois de ter chamado a polícia. Por que não me disse que conhecia Finn? E que tinha pedido a ele para dar comida ao gato?

— Ah.

— Também se esqueceu de mencionar que vocês dois se encontram para tomar café com frequência e que você nada na piscina dele algumas vezes por semana.

— Eu estou velha, Liza. Minha memória não é mais a mesma.

Liza revirou os olhos.

— Diz a mulher que está atravessando os Estados Unidos em um carro esportivo.

— É tão maravilhoso quanto eu achei que seria.

— Que bom. Mas por que me pediu para ficar de olho no Popeye quando outra pessoa já estava fazendo isso?

— Foi uma ideia espontânea. Achei que você precisava de um descanso e de uma brisa do mar. Eu sabia que você não faria isso por você, mas que faria por mim se eu pedisse. Porque é assim que você é. E agora vai me repreender por ser uma intrometida hipócrita, já que eu nunca permito a mesma intromissão vinda de você.

Liza sorriu.

— Na verdade, eu ia agradecer.

— Há?

— Isso mesmo. Por me encorajar a fazer algo que eu não teria feito sem um empurrãozinho.

Ela observou Popeye se banhar ao sol. Nunca tirava um tempo para não fazer nada. Por que uma vida ocupada era mais valorizada do que uma vida tranquila? Ela passara tanto tempo correndo de uma tarefa para a outra que se esquecera de como era caminhar com tranquilidade. Um momento parada a fazia se sentir estressada e culpada.

— Eu não tinha certeza de que você faria isso. Achei que no mínimo levaria Sean junto.

Liza deu mais um gole no vinho.

— Acabou não sendo assim. — Houve uma longa pausa. — Mãe? Ainda está aí?

— Estou. Liza, está tudo bem?

Era tão incomum a mãe fazer aquela pergunta que Liza quase derramou o vinho.

— Está tudo bem. Por quê?

— Nada. Deixa pra lá.

Por que tinha a sensação de que estava deixando alguma coisa passar?

— Você está bem, mãe? Você ligou por algum motivo específico?

— Eu estava preocupada com você, só isso.

Liza teve que se conter para não conferir o número no telefone. Era mesmo a sua mãe?

— Ligou para saber como estou? Por quê? Você não costuma se preocupar muito com as coisas.

— Eu me preocupo com várias coisas. Eu me preocupo com a possibilidade de deixar o planeta antes de ter feito tudo que quero. Eu me preocupo com Popeye. Eu me preocupo com aquela macieira antiga, me pergunto se deveria ter podado ela antes de viajar.

— É a época errada do ano para isso. — Liza olhou para a casca grossa e retorcida da árvore e os galhos espalhados. — Vou lembrar você no inverno.

— O que achou de Finn?

— Ele é… legal.

Era uma palavra inadequada, mas também uma descrição neutra que não traria questionamentos. Se ela o tivesse descrito como carismático, encantador ou sexy, todas descrições que se aplicavam a ele, a conversa teria tomado um rumo que ela não desejava.

— Ele não é o que os rumores dizem.

— Eu percebi. Nós tivemos uma boa conversa.

— Sobre o quê?

A vida. Pintura. Criatividade. Um montão de coisas sobre as quais ela não falava havia muito tempo.

— Nada em especial. — E, além de ser carismático, ele era talvez o melhor ouvinte do mundo. — A casa é um espetáculo.

— É o jardim que eu amo. E a piscina, lógico. E aqueles cachorros lindos.

— Eu não fazia ideia de que você o conhecia. Por que não me falou?

Kathleen riu.

— Achei que você me daria um sermão por ter amigos inapropriados.

Liza sentiu um aperto desconfortável no peito. Será que ela era tão chata assim?

— Sinto muito por você sentir que precisa censurar o que me conta. Se eu falo no seu ouvido, é porque eu te amo.

Ela sabia que a mãe não se sentia confortável com demonstrações de afeto, mas sentiu a necessidade de dizer isso.

— Eu sei, querida.

Liza prendeu a respiração. Esperou. Torceu.

— Alô? Você está aí?

— Sim, estou aqui.

Mas ela não diria que também a amava.

Liza sabia que a essa altura já deveria ter aceitado.

— Como está Martha? Devem ser o quê? — Ela verificou o celular. — Umas dez da manhã por aí?

— Nove. Estamos prestes a tomar café da manhã antes de cairmos na estrada.

Liza sorriu com a descrição.

— Fico feliz que estejam se divertindo. A propósito, aquela policial simpática ligou. Levando em conta que o intruso estava bêbado, arrependido e ao que parece não tinha ficha criminal, ela acha improvável que você seja chamada para depor.

— É isso, então?

— Parece que sim.

— Bom. Pobre coitado. E o que vai fazer hoje à tarde? Por favor, não me diga que vai limpar a casa.

— Nada de limpar. Vou para a praia com o caderno de desenho e tintas.

Ela não sentia vontade de pintar havia anos, mas agora sentia. Estava animada com a ideia, e essa animação cresceu ao ouvir o murmúrio de aprovação da mãe.

— Promete uma coisa? Não importa como a pintura fique, quero que você deixe aí para mim.

— Por quê?

— Porque eu gostaria de ter outra pintura da minha filha em casa.

— Outra?

— Sim, junto com as outras, embora tenham sido pintadas faz muito tempo, lógico. Tempo demais. Você negligenciou esse talento.

Sua mãe havia guardado as pinturas? Liza foi tomada por um sentimento terno e depois ficou irritada consigo mesma por ser tão carente.

— Vou deixar uma pintura para você.

Ela não mencionou que Finn havia perguntado se ela fazia encomendas ou que ele iria jantar lá na sexta-feira.

— Eu queria perguntar uma coisa... Sabe aqueles DVDs antigos do seu programa? Onde estão? Posso assistir?

— Por quê? Você nunca teve interesse no programa. Sempre odiou essa parte da minha vida.

Liza sentiu um aperto no peito de culpa. Ela não podia dizer que a conversa com Finn havia despertado o desejo de ver como a mãe se saíra naquela época.

— Eu era jovem. Sentia falta da minha mãe, só isso.

Houve um silêncio, e ela se perguntou o que a mãe estava pensando.

— Alô?

— Oi! Perdão. Eu estava distraída. Os DVDs estão no escritório. Na prateleira, acho, debaixo dos guias de viagem.

A chave do escritório está na gaveta da mesinha de cabeceira ao lado da cama. Mas, Liza...

— O quê?

— Não arrume o escritório. Não jogue nada fora.

— Eu não faria isso. — Ela ouviu um barulho ao fundo. — O que está acontecendo aí?

— Josh, nosso herói, trouxe o café da manhã para nós. Ele acabou de chegar. Nossa, que banquete!

— Quem é Josh?

— Ele é alguém para quem demos carona ontem. Um homem adorável e muito bom em conseguir um café da manhã, ao que parece.

Liza abriu a boca e a fechou de novo.

— Vocês... deram carona a um desconhecido?

— Bem, ele não é mais um desconhecido. Aliás, sem ele eu... — A mãe parou de falar.

— Você o quê?

— Nada. Preciso ir. Sabe que não suporto mingau de aveia frio. E, Liza, sobre Finn...

— O que tem ele?

— Algumas das fofocas sobre ele são verdadeiras, *sim*. Ele é charmoso e um absurdo de bonito, lógico, mas tende a representar certo perigo, ainda mais quando se trata de mulheres. Tenha cuidado.

— Não acredito que *você* está *me* dizendo para ter cuidado. Você deu carona a um desconhecido!

— Eu sei. É só porque não quero que você faça algo impulsivo de que possa se arrepender.

Por que a mãe diria isso? Liza estava com Sean desde a adolescência. Ela nunca tinha sentido o menor interesse por outro homem. Será que a mãe de alguma forma percebera o quanto ela estava inquieta?

Com um último adeus, Liza encerrou a ligação. Arrepender-se? No momento, ela tinha a sensação de que era mais provável que se arrependesse das coisas que não fizera do que das coisas que fizera. E não tinha motivo para se sentir culpada ou desconfortável. Ela convidara Finn para jantar, só isso. Era um gesto amigável entre vizinhos, considerando as circunstâncias. Não havia nenhum motivo para mencionar o jantar à mãe.

14

Martha

Springfield ~ Kansas ~ Tulsa

Martha colocou a bandeja de café da manhã lotada na mesa e a puxou para perto da cama enquanto Josh servia o café. Estava grata pela presença calma e firme dele.

— Por que não contou a verdade para Liza?

— Porque ela teria ficado preocupada e, pela primeira vez desde que me lembro, minha filha não pareceu ansiosa — respondeu Kathleen. — Está hospedada sozinha lá em casa. Vai levar as tintas para a praia. Não tenho a menor intenção de dizer nada que vá colocar uma nuvem cinzenta no dia ensolarado dela.

Martha torcia para que fosse a decisão certa. Ainda estava abalada depois da noite anterior. A responsabilidade pesava em seus ombros. Se ela fosse Liza, iria querer saber. Mas não era da família, então tinha que respeitar os desejos de Kathleen.

— Certo, mas você ouviu o que o médico disse. Você exagerou ontem. Sol demais, água de menos. Ficou desidratada, e a culpa é minha.

— Por quê? Tenho idade suficiente para decidir se estou com sede.

— Parece que não. Hoje vou ficar no seu pé para você beber alguma coisa a cada meia hora.

— Será que gim conta?

— Não. — Martha colocou frutas vermelhas frescas em uma tigela, aliviada por Kathleen parecer estar de volta à irreverência habitual. — Esse café da manhã parece uma delícia, Josh. Onde encontrou tudo isso?

— Peguei na cozinha. O pessoal é muito acolhedor. — Ele puxou uma cadeira para mais perto da cama e se sentou, segurando uma xícara de café forte. — E concordo com Martha. Acho que você não devia ter pressa para ir a lugar nenhum por agora, Kathleen. Vá aos pouquinhos e veja como se sente.

Toda a antipatia e a suspeita que Martha havia sentido desapareceram. Ela tinha mais de um motivo para ser grata pelo fato de terem dado carona a Josh Ryder em Devil's Elbow.

Foi Josh quem segurou Kathleen antes que ela caísse no chão, e foi ele quem encontrou um médico enquanto Martha acomodava Kathleen na cama. Parecia ter um jeito de fazer as coisas acontecerem, e Martha ficou agradecida por isso.

Ela jamais desejaria passar por aquilo sozinha. Quando Kathleen desabou nos braços de Josh, Martha se sentiu aterrorizada, vulnerável e muito longe de casa.

E se algo acontecesse com Kathleen? Martha tinha considerado essa possibilidade, mas havia uma grande diferença entre contemplar uma possibilidade e vivenciar o acontecimento.

O médico tinha feito um exame minucioso em Kathleen, enquanto Martha se mantivera de pé ao lado dela.

Tranquilizada com o diagnóstico de que não havia nada que não pudesse ser curado com a ingestão de líquidos e um pouco de repouso, Martha insistiu para que Kathleen seguisse as recomendações e ficasse descansando na cama. Sua intenção era ficar com ela, mas Kathleen insistiu que queria ficar sozinha para dormir. Embora relutante, Martha concordou em passar a noite no próprio quarto.

Presumiu que Josh estaria ocupado, mas ele insistiu em fazer companhia.

— Não preciso de babá — argumentou Martha.

— Se Kathleen piorar, você pode ficar com ela enquanto eu chamo o médico.

Ele se recusou a ceder, e ela ficou aliviada por tê-lo ali para dar apoio, então não retrucou.

O drama havia quebrado o gelo entre os dois, derrubando as barreiras que ela tinha erguido. Ele a impressionou de verdade. Poderia ter ido embora, mas não foi.

Passaram as horas seguintes jogando cartas e, apesar da ansiedade de Martha, Josh conseguira distraí-la e fazê-la rir.

Depois de um tempo, ele saiu para arranjar comida e ela foi ver como Kathleen estava.

Checou o quarto da amiga várias vezes durante a noite, usando a lanterna do celular para sair e entrar sem fazer barulho. Mesmo assim, foi um alívio quando a luz do sol enfim começou a se insinuar pelas cortinas. Tudo parecia menos assustador e mais fácil de se administrar à luz do dia.

— O que fizeram ontem à noite? — Kathleen aceitou a tigela de frutas que Martha lhe entregou. — Saíram para jantar em um restaurante charmoso?

Ela achou que tinha acontecido um encontro?

Martha não sabia se achava graça ou ficava exasperada com a pergunta — será que nem um mal-estar daqueles conseguia diminuir o entusiasmo de Kathleen em bancar o cupido?

— Dividimos uma pizza e jogamos cartas. Aceita iogurte?

Ela entregou um para Kathleen.

— Obrigada, querida. É tudo muito saudável e delicioso, embora eu sinta falta de um bom bacon crocante.

Josh terminou de beber o café.

— Tenho certeza de que posso arranjar bacon.

Ele saiu do quarto, e Kathleen pôs a tigela de lado e estendeu a mão para Martha.

— Me desculpe. Você não se candidatou para ser enfermeira. Foi muito gentil ontem, mas, se quiser pedir demissão, eu entendo.

— Pedir demissão? De jeito nenhum. Não se preocupe. Você precisa beber algo.

Martha serviu outro copo de água gelada e ficou olhando enquanto Kathleen tomava um gole.

— Vou ficar bem em poucos minutos. Ainda mais se Josh encontrar bacon. Ele não é incrível?

— Ele tem sido de grande ajuda. — Martha teve o cuidado de não ser muito efusiva, caso o próximo pedido de Kathleen fosse que eles marcassem um local para o casamento. — Tem certeza de que não devo ligar para Liza? Acho que ela iria preferir saber que você não estava se sentindo bem.

— Para quê? Você daria a ela mais um motivo para se preocupar, e ela já tem preocupações suficientes. Mal consigo acreditar que minha filha esteja mesmo em Oakwood sozinha. Você não faz ideia do avanço que isso é, embora eu esteja um pouco preocupada com o que isso significa para o casamento dela. Espero que Sean tome jeito. Acha que eu devia ligar para ele?

— Acho que não. — Como alguém que havia sofrido com as tentativas enérgicas de interferência amorosa de Kathleen, a resposta de Martha foi rápida. — Acho que deve deixar que eles se resolvam. Como está se sentindo, de verdade? E não finja estar bem.

— Estou melhor. Você ouviu o médico, não é nada sério.

— Os médicos não sabem de tudo. — Martha serviu suco para Kathleen. — Sabe qual é meu diagnóstico? Intromissão demais na minha vida amorosa.

Ela ficou aliviada ao ver Kathleen sorrir.

— Essa parte tem sido relaxante. E veja como me saí bem. Ele não é perfeito? Escolhi por causa dos ombros largos e dos olhos bonitos, mas por acaso todo o resto é magnífico também.

— Kathleen...

— Se Josh não tivesse me segurado, era provável que eu tivesse batido a cabeça e desmaiado. Agora conheço os músculos superiores dele em primeira mão. Talvez você possa desmaiar nele, isso pode acelerar o relacionamento.

— Ou pôr um fim nele.

— Será que ele vai conseguir bacon?

— Tenho certeza de que vai. Josh parece ser bom em levar as pessoas a fazerem o que ele quer. — Martha se serviu de uma xícara pequena de café, pensando em como abordar o que tinha em mente. — Nossa conversa sobre o passado perturbou você, Kathleen?

— Você ouviu o médico, eu não bebi água suficiente, só isso. Estava ocupada conversando com o adorável Josh, porque você estava dando gelo no coitado.

— Eu estava concentrada em dirigir. E, se não parar de bancar o cupido, vou ligar para Liza.

— Isso é chantagem.

— Sim. Aprendi com você. — Martha tomou um gole de café. — Estou na dúvida se não é melhor ficar mais um dia aqui. Eu poderia alterar nossas reservas.

— Hoje vamos passar por Kansas e Oklahoma. Não precisa alterar nada.

Era seguro elas viajarem? E se Kathleen desmaiasse enquanto ela dirigia e estivessem a quilômetros de distância da cidade grande mais próxima? E se ela precisasse encontrar outro médico? Onde procuraria?

Josh voltou com bacon e, depois de terminarem de comer, eles foram para os respectivos quartos arrumar as malas.

Martha o alcançou na frente da porta do quarto dele.

— Está indo embora?

No dia anterior ela estava mais a fim de passar com o carro por cima do pé dele do que de oferecer uma carona, mas isso foi antes do drama da noite. A calma e a bondade que Josh havia demonstrado mudaram a opinião dela.

— Martha... — O tom dele foi gentil. — A última coisa que você queria era que eu fosse junto na viagem.

— Isso foi ontem. E não foi por eu ter algo contra você. Foi porque... — Ah, era tão constrangedor. Se ela contasse a ele sobre Kathleen bancando o cupido, ela nunca mais conseguiria olhá-lo nos olhos. — Não lido bem com desconhecidos. Levo um tempo até me sentir à vontade.

Ele a observou por um momento.

— Desde que chegamos aqui, você conversou com quase todos os funcionários. Se fosse mais afetuosa, nem te deixariam ir embora. É raro ver alguém tão amigável quanto você. Exceto comigo.

Certo, então essa desculpa não vai colar.

Ela sentiu um ímpeto de desespero.

— Você não entende... Kathleen colocou na cabeça que eu preciso da... ajuda dela.

— Ajuda?

— Tive um fim de relacionamento difícil.

— Como assim?

— Bem, acabou em divórcio, então bem difícil. Ele me traiu. — Ela corou. Por que estava contando tudo isso para um estranho? — Eu precisava de um pouco de distância de tudo, da minha própria vida, no caso, então aceitei este emprego. E de alguma maneira Kathleen conseguiu me fazer falar, porque ela é esse tipo de pessoa, e eu contei a verdade, então ela elaborou um plano ridículo para...

— Para quê?

— Para me juntar com alguém que me ajude a recuperar a confiança. Sei como isso soa ridículo. Já disse para ela.

— Você quer dizer tipo um estepe?

Martha trincou os dentes.

— Acredite, a ideia não foi *minha*.

— E eu fui o escolhido?

Ela deveria tê-lo deixado ir embora.

— Ela achou que você tinha potencial. Do que está rindo? Não tem nada de engraçado nisso.

Ele tirou os óculos de sol e esfregou o nariz.

— Então foi por isso que você não disse uma palavra na viagem ontem?

— Estava chateada com ela. E frustrada. E envergonhada, caso você percebesse a situação. E também um pouco nervosa, porque ontem eu não sabia que você era um cara decente que consegue encontrar médico, comida e uma boa garrafa de vinho... o que salvou a minha noite, aliás... enfim, um cara muito legal. Não sei o que teria feito se você não tivesse... Quer dizer, não teria conseguido segurar Kathleen como você fez. Ela teria batido a cabeça e se machucado.

— São muitos sentimentos para uma pessoa tão pequena. — Sorrindo, ele estendeu a mão e apertou o ombro dela. — Ela vai ficar bem. Você ouviu o médico: calor, viagem, desidratação, a diferença dos fusos horários... Tudo isso uma hora se torna demais, ainda mais para alguém da idade dela.

— Eu estava com medo. E você foi maravilhoso. Não tive a chance de agradecer direito ontem à noite, então estou agradecendo agora.

Ela estava ciente de que a mão dele ainda estava em seu ombro, quente e forte.

— De nada. Fico feliz que ela esteja se sentindo melhor, e espero que o resto da viagem de vocês corra bem.

— Mas é essa a questão... Se você for embora agora, ela vai me culpar. Vai pensar que eu te expulsei. E isso vai deixar Kathleen estressada. Ela parece decidida a viajar hoje, então posso te convencer a seguir com a gente? Pelo menos por mais um dia? — Será que era a última coisa que ele queria? — Ou talvez você prefira uma carona mais legal do que nós duas, ainda mais se não tira férias há anos. Talvez seja uma ocasião especial, e sei que não tem nada de especial na minha direção. Não sou tão experiente, como já deve ter percebido. Se bem que, se você tivesse pegado carona com a gente em Chicago, teria ainda mais motivos para ficar nervoso. Melhorei muito em poucos dias. Quando chegarmos a Santa Mônica, espero ter virado uma motorista competente. E agora você deve estar pensando que prefere não arriscar sua vida. O que é irônico, na verdade, porque eu estava preocupada com a nossa segurança por termos dado carona a um estranho, enquanto quem deveria estar preocupado era você...

Ela se calou quando ele colocou a ponta dos dedos em seus lábios.

— Ontem eu não conseguia fazer você falar, hoje não consigo fazer você parar de falar.

— Kathleen ficaria mais tranquila se você estivesse com a gente, e *afinal*, estamos viajando na mesma direção. — Ela respirou fundo. — Diga alguma coisa.

— Estava esperando uma pausa.

Havia um brilho de diversão nos olhos dele, o que a fez se sentir melhor.

— Você vem com a gente? Só mais um dia. Depois, se estiver cansado de nós, pode ir embora.

— Posso falar? Porque tenho uma pergunta.

Ela cruzou os braços, nervosa.

— Pode falar.

— Por que ela pensou que eu seria um estepe perfeito?

— Você teria que perguntar a ela. Porque você é homem e tem ombros largos? A lista de critérios dela não parecia longa. Além disso, você foi o primeiro homem da idade apropriada que ela viu depois de ter elaborado o plano mirabolante. Mas, sério, não precisa se preocupar. Ela pode bancar o cupido o quanto quiser, se isso a distrair do mal-estar, por mim tudo bem. Você sabe a verdade agora, e, caso esteja se perguntando, posso te tranquilizar de que está em segurança. Não estou nadinha interessada em nenhum tipo de relacionamento agora, nem um casual. Aceitei este trabalho para fugir de tudo isso. Você não faz ideia de quanto estou amando não ter complicações emocionais.

Ele pareceu pensativo.

— Então você não a conhece tão bem?

— Eu a conheço há menos de uma semana.

Era engraçado, mas ela sentia como se a conhecesse bem. No tempo em que estiveram juntas, Martha tinha contado a Kathleen coisas que nunca havia contado a mais ninguém.

Por quê?

Ela olhou para o rio. Era porque Kathleen mostrava interesse nela e não a julgava. Kathleen nunca a fazia se sentir mal, nem mesmo em relação ao modo como Martha dirigia.

— Vocês se dão tão bem que achei que fossem avó e neta.

Martha sentiu uma pontada de saudade. Passar tempo com Kathleen a fez se dar conta do quanto sentia falta da avó. E percebeu também que não havia nada de errado com a própria vida. A origem da infelicidade eram as pessoas com quem convivia. A família. Steven. Martha nunca seria quem eles queriam que fosse, e ela não queria ser essa pessoa.

— Se eu pudesse ter uma segunda avó, escolheria Kathleen.

Com a própria família, ela passava o tempo todo com a guarda erguida, sempre pronta para conflitos. Não conversava com eles da mesma maneira que conversava com Kathleen.

Naquela viagem, estava conseguindo ser ela mesma, e havia muito tempo que não se sentia tão feliz.

Josh sorriu.

— Ela tem sorte de ter te encontrado para ser a motorista. E agora entendo por que você está fazendo a viagem, mas e ela? Quais os motivos de Kathleen?

— A Rota 66? — Martha se forçou a prestar atenção à conversa. — Ela é muito viajada, foi uma pioneira. Mas você já sabe disso. A Rota 66 é parte da lista de viagens a fazer, eu acho.

Embora estivesse começando a se perguntar se Ruth não tinha algo a ver com a escolha de Kathleen. Ela dizia que não queria entrar em contato com a antiga amiga, mas estava indo para a Califórnia, e devia estar pensando no assunto, não? Tinha que estar. Talvez Martha fizesse uma nova tentativa. Mas não era algo que pudesse debater com Josh.

— Você vem com a gente hoje?

— Vai ser um prazer.

A sensação de alívio foi tão bem-vinda quanto um banho frio em um dia quente.

— Obrigada, obrigada, obrigada.

— De nada. Vou resolver tudo na recepção e depois ajudo a levar as coisas para o carro.

Ela teve vontade de abraçá-lo, mas, depois da conversa que haviam acabado de ter, ficou com medo de que o gesto de gratidão pudesse ser mal interpretado, então se contentou em dar um soquinho amigável no braço dele.

— Oklahoma, aqui vamos nós.

Kathleen não estava errada sobre os músculos dele, pensou. Mas isso não queria dizer que ela estivesse interessada.

Aquela era uma decisão ruim que ela *não* tomaria.

15

Liza

—Já se passaram dezenove anos desde que a gente se viu pela última vez. Dá para acreditar?

Angie estava sentada no tapete de piquenique, um grande chapéu de sol sombreava seus olhos, enquanto elas se secavam após um revigorante — ou congelante, como Liza chamou — mergulho no mar.

Liza estava deitada de costas, olhando para o céu azul sem nuvens. Por que tinha demorado tanto para fazer isso? E que sorte a dela ter tirado um tempo para si bem no meio de uma onda de calor.

No dia anterior, depois da conversa com a mãe, ela tinha ido até a praia e passado horas pintando. No começo, a folha de papel em branco encarando-a havia parecido intimidadora, quase como uma acusação. Fizera alguns traços com o lápis e a mão parecera rígida e instável. Estava mais acostumada a guiar e ensinar e menos acostumada a criar algo ela mesma. Mas quem veria o esboço? Por sorte, a praia estivera quase vazia e ninguém parecia interessado em espiar o papel. Depois de um tempo, sua mão começara a se mover com mais confiança, como se enfim tivesse se lembrado do que fazer. Ela ficara na praia até a pele começar a arder e depois guardara todo o material na bolsa e voltara para casa. Poderia ter usado qualquer cômodo da casa para continuar a pintura, mas em vez disso revirara uma das gavetas da cozinha em busca da velha chave enferrujada que abria o chalé de verão no fundo do jardim. No momento era usado como depósito, mas em outros tempos fora o lugar favorito de Liza.

A fechadura estava tão enferrujada quanto a chave, mas com um pouco de óleo e muitas voltas Liza havia conseguido abrir a porta. Todas as lembranças voltaram de repente. O chalé de verão tinha sido o lugar de muitas brincadeiras de faz de conta na infância, imaginados para ajudá-la a passar as longas semanas em que a mãe estava ausente. Já tinha sido uma livraria. Um hospital. Um navio pirata. Ela fora uma criança selvagem que morava na floresta. Uma princesa fada. Uma bruxa boa.

E, naquele exato momento, ela era uma artista.

Energizada pelo projeto que pertencia somente a ela, Liza tirara as teias de aranha e os vasos de plantas quebrados, varrera a grossa camada de poeira do chão e polira as janelas embaçadas para deixar a luz atravessar o vidro. Depois de algumas horas de trabalho pesado, transformara o lugar em algo que poderia ser chamado de estúdio. Ela tinha resgatado o antigo cavalete do fundo da garagem da mãe e colocado as tintas na mesa. Pastéis, aquarelas, óleos... Trabalhara com uma variedade de técnicas ao longo da vida e estava animada para fazer isso outra vez. Experimentaria tudo e veria o que achava mais interessante.

Animada demais para fazer uma pausa, ela voltara para a casa apenas por tempo suficiente para fazer um sanduíche simples com os restos do pão crocante que tinha comprado na delicatéssen e algumas fatias grossas de presunto, servira-se de uma taça de vinho branco gelado e levara tudo para o chalé de verão.

Com as janelas abertas, ela podia ouvir o som dos pássaros no jardim e o balido ocasional de uma ovelha no campo atrás da casa.

Pintara até não haver luz suficiente, distraída com a tarefa. Por fim, trancara a porta, voltara para a casa e se lembrara de checar o celular.

Tinha duas chamadas perdidas de Sean e uma mensagem de Caitlin perguntando quanto tempo um pacote de presunto duraria depois de aberto.

Em breve, pensara ela. Em breve conversaria com eles sobre como estava se sentindo, mas por enquanto queria se concentrar em si mesma.

Acabara pegando no sono, exausta mas feliz, e então ali estava ela na praia com a amiga mais antiga, se perguntando como tinham se permitido perder o contato. Como tantas coisas na vida, tinha acontecido pouco a pouco, de modo que ela nem notou a mudança até que tivessem se distanciado. Será que isso tinha acontecido com a mãe e Ruth?

— Não acredito que faz tanto tempo.

Esticou as pernas. Usava short e camiseta, as pernas e os pés descalços. Pela primeira vez em muito tempo, não tinha nada que a perturbasse. Nenhuma vozinha dizendo que havia coisas que deveria estar fazendo, o que era bom, porque a única coisa que queria fazer era se deitar com o sol no rosto e ouvir as ondas quebrando na praia. Torcia para que a onda de calor não terminasse tão cedo.

— Foi no nosso casamento.

— Eu sei. E o aniversário de vocês foi há alguns dias. É incrível como o tempo passa rápido — afirmou Angie.

Como era possível que uma amiga que não tinha visto por quase duas décadas se lembrasse de seu aniversário de casamento e o marido não?

— Foi um dia quente, lembra? Meu cabelo estava escorrido e minha maquiagem, oleosa.

Angie tirou o chapéu e se deitou ao lado dela.

— Eu me lembro de cada momento. Você estava linda. Nunca senti tanta inveja de alguém na vida.

Liza virou a cabeça.

— Por que você sentiria inveja de mim?

— Porque nenhum homem jamais olhou para mim do jeito que Sean olhou para você.

O coração de Liza deu um pulo.

— Era o nosso casamento. Todo homem olha para a noiva assim no dia do casamento.

— Não é verdade. Não foi um olhar de *Ah, você está linda nesse vestido* ou algo do tipo. Foi um olhar que dizia que tudo o que ele sempre quis na vida estava ali bem na frente dele. O tipo de olhar sobre o qual se lê em romances e quase nunca se vê na vida real. — Angie suspirou. — Sean era um cara muito sexy. Cérebro e corpo, uma combinação e tanto. As mulheres disputavam a atenção dele a tapa, mas ele não tinha olhos para mais ninguém. Só para você. Foi um daqueles raros casamentos em que a gente sabe que o casal vai mesmo ficar junto para sempre. Quem não sonha com isso?

Liza foi envolvida por uma onda de tristeza e nostalgia. Angie não estava errada. A única coisa de que ela se lembrava daquele dia era Sean. Ele tinha sido o foco dela, e continuara a ser por todos os anos que se seguiram. No começo, ela estivera tonta de tanta felicidade, sem conseguir acreditar na própria sorte. Mesmo depois que aquela sensação inicial de euforia desaparecera, ela ainda se sentia satisfeita com a vida.

Haviam celebrado os pontos altos e enfrentado os baixos. Tinham rido, se abraçado, conversado, ouvido, feito muito sexo e planejado o futuro. Tinham tanta história juntos, mas em algum momento a vida corroera os laços que os mantinham próximos. Eles tinham se esquecido de como ser um casal. Como isso acontecera?

— É uma pena para você Sean não ter conseguido vir desta vez, mas eu me dei bem.

Angie se sentou e limpou a areia das pernas.

Liza se sentiu culpada por pensar apenas em si mesma.

— Nem sabia que você tinha voltado para cá.

— Voltei faz só seis meses, e nem saía muito no começo. Estava muito focada em sofrer. Você sabe como é a vida em uma vila. Não queria que as pessoas ficassem fazendo perguntas.

— Como Poppy reagiu?

— Ficou morrendo de vergonha porque o pai estava tendo um caso. Adolescente nenhum quer ser obrigado a pensar em um dos pais fazendo sexo, ainda mais com uma pessoa mais perto da idade dela do que da minha. Ela passou meses sem falar com ele. E isso foi difícil, porque eu estava tentando ser uma boa mãe e não falar mal dele. Mordi tanto a língua que achei que ela fosse cair. — Angie pegou protetor solar na bolsa e passou mais na pele. — Mas nós superamos. Poppy já tinha sido aceita em uma faculdade na Costa Leste, mas veio fazer uma visita no Natal. E então, em fevereiro, John contou sobre o bebê.

— Ah, Angie... — Liza abraçou a amiga.

— Doeu, o que não fazia sentido, porque eu não o teria aceitado de volta nem se ele tivesse implorado. Enfim, me atualize das suas novidades. Sean agora é um arquiteto famoso? Vocês vivem em uma mansão incrível e toda envidraçada em Londres?

Liza fincou os dedos do pé na areia.

— Não é uma mansão, mas é verdade que Sean aproveitou o espaço ao máximo. Ele ampliou a cozinha há alguns anos e, sim, teve muito vidro na reforma. Temos uma sala de estar grande e bonita que dá para o jardim.

— E vocês dois ainda estão casados e felizes. Viu só? Eu sabia.

Oito sinais de que seu casamento pode estar em risco.

Como ela poderia falar sobre isso com Angie, quando nem mesmo tinha tocado no assunto com Sean?

Era com ele que ela deveria estar conversando. E ela faria isso. *Faria, sim.*

— Liza? — A voz de Angie a puxou de volta à realidade.

— Desculpe. Me distraí.

— Sonhando com Sean. — Angie cutucou-a. — É bom saber que a ausência aumenta a paixão mesmo depois de duas décadas juntos. Quando ele vem encontrar você? Eu adoraria rever seu marido.

— Nós ainda não combinamos. Sean está no meio de um projeto importante e é difícil para ele passar tempo longe. E as meninas têm atividades de verão... — Era em parte verdade, e ela não queria dizer mais.

— Vocês dois são uma inspiração. Sabe o que é absurdo? Apesar de tudo, eu ainda sonho em um dia conhecer alguém especial de novo.

— Isso é bom.

Embora não tivesse certeza se deveria ser uma inspiração para alguém. Liza se sentia mal por deixar Angie acreditar que era um casamento perfeito.

Angie calçou as sandálias de novo.

— Depois de tudo que aconteceu, era para eu estar amarga e rancorosa e odiar todos os homens, mas, sendo bem sincera, não é o que sinto. A vida é muito curta e preciosa para eu perder tempo ficando amargurada, né? E não é como se eu *precisasse* estar com alguém, tenho independência financeira, tenho uma casa... pequena, mas é minha. Tenho amigos, um emprego e hobbies. Posso ficar solteira. Mas preferiria compartilhar a vida com alguém que se preocupa comigo e com quem eu me preocupasse também. Quero alguém que se interesse por mim e se importe com o que aconteceu no meu dia.

Liza engoliu em seco. Ela também queria isso.

Pensou em Finn e em como tinha sido bom ser ouvida por alguém. A conexão era tão importante para a intimidade, e em algum ponto ela e Sean haviam deixado de se conectar profundamente.

— Tenho certeza de que você vai encontrar o que quer.

— Talvez. — Angie olhou para Liza. — Não fique tão preocupada. Minha vida amorosa desastrosa não é contagiosa. Você e Sean são um casal eterno, eu sempre soube.

Liza se levantou depressa.

— Está calor e nós duas estamos torrando aqui. Vamos voltar para a casa.

Angie também se levantou.

— Que tal eu cozinhar para a gente na sexta-feira?

Na sexta-feira ela prepararia um jantar para Finn. Outra coisa que não planejava compartilhar com Angie, e não só porque seria uma invasão da privacidade de Finn.

— Não posso na sexta. Que tal amanhã?

— Amanhã está bom. — Angie pôs a bolsa no ombro e elas caminharam pela areia, voltando para o caminho que levava pelos campos até o Chalé Oakwood. — Você sabia que Finn Cool mora por aqui?

— É?

Ela não estava acostumada a ser evasiva. Como a mãe conseguia?

— Poppy quase teve um troço quando soube. Fico na expectativa de esbarrar com ele no supermercado, embora imagine que ele tenha funcionários e não lide com seres humanos normais.

Liza pensou em como ele tinha sido amigável. E como havia ajudado a mãe dela.

— Deve ser difícil tentar levar uma vida normal quando se é famoso.

Elas voltaram para a casa e Angie procurou as chaves do carro na bolsa.

— Acho que tem razão. Mas, se esbarrar com ele por acaso, não esqueça de dizer que estou solteira. — Rindo, Angie destrancou o carro e jogou a bolsa no banco do carona. — Obrigada pelo piquenique. Foi divertido.

Liza acenou em despedida e depois seguiu direto para o chalé de verão, desesperada para voltar à pintura.

A tarde passou sem que ela percebesse, e foi a fome que enfim a fez voltar para a casa.

Seu cabelo estava todo duro por causa do mergulho no mar, e ela pretendia tomar um banho, mas primeiro queria assistir a alguns episódios do *Vocação Verão*.

Fez um lanche rápido, pegou a chave no quarto da mãe e destrancou o escritório. Cada espaço disponível no cômodo estava preenchido por algo. Estantes de livros ocupavam duas das paredes do chão ao teto. As outras estavam cobertas por mapas. Duas janelas grandes deixavam entrar a luz e mostravam cada partícula de poeira. E havia muita. A mesa no canto tinha uma pilha de mapas, guias de viagem e papéis.

E ali, em posição de destaque, estava o prêmio de arte de Liza.

A mãe o havia tirado do antigo quarto de Liza e levado para o escritório, onde ela poderia vê-lo.

O coração de Liza deu um solavanco. Não fazia ideia. Nunca entrava nesse cômodo.

Tocou o prêmio, lembrando-se do dia em que viu a mãe aplaudindo bem alto na plateia.

Quisera tanto que a mãe fosse mais expressiva, mas às vezes o mais importante não era o que a pessoa dizia, mas sim o que ela fazia. A mãe não teria guardado o prêmio se não sentisse orgulho, certo?

Liza se forçou a se concentrar nas prateleiras. Encontrou os guias de viagem, mas não viu os DVDs. Procurando em pontos aleatórios, abriu a gaveta grande da mesa, e lá estavam os DVDs.

— A-há!

Ela os pegou e estava prestes a fechar a gaveta quando um brilho chamou sua atenção. Liza estendeu a mão para investigar o que era e encontrou um anel. A pedra era enorme. Não podia ser um diamante real. Ou podia?

Levantou o anel devagar. Só podia ser falso.

Será que era?

Liza o virou.

Quem teria dado aquele anel para a mãe? Não era o anel de noivado dela. O anel de noivado da mãe era de esmeralda, e ela o usava sempre. Este anel tinha sido largado sob um pedaço de barbante que prendia um monte de papéis.

Ela olhou o interior da gaveta e descobriu que, na verdade, aquela pilha de papéis eram cartas. Haviam sido postadas na Califórnia e enviadas em intervalos regulares, desde o início dos anos 1960. A mãe tinha uns 20 e poucos anos na época.

Por que ela não as abrira? Havia um motivo para as cartas e o anel estarem guardados juntos ou era só coincidência?

Seu celular tocou e Liza quase deixou as cartas caírem no chão.

Por ora, pôs o anel no dedo, guardou as cartas de volta na gaveta e trancou a porta do escritório. Só então ela atendeu a ligação.

Era Sean.

— Passei o dia todo ligando para você. Onde você estava?

— Eu saí. Esqueci o celular.

— Você nunca esquece o celular.

Nos últimos tempos, ela vinha fazendo muitas coisas que não faria normalmente.

— Estava ocupada.

Ela se sentou na beirada da cama da mãe. O anel pesava no dedo. Isso queria dizer que era verdadeiro? Se fosse, devia valer muito. Nem mesmo a mãe deixaria um anel caro solto em uma gaveta, certo?

— Ocupada fazendo o quê? — Sean parecia cansado. — Caitlin está dando um chilique porque lavou uma camisa branca dela, que ao que parece é muito preciosa, junto com um pano de limpeza vermelho que eu tinha esquecido na máquina.

Liza viu um pica-pau pousar na macieira.

— Eu disse a ela para conferir se a máquina está vazia antes de colocar qualquer coisa lá dentro.

— Bem, ao que parece é culpa minha, porque eu devia ter percebido. Garotas são exaustivas. A chapinha de cabelo de Alice quebrou, e parece que isso é uma tragédia. Tentei dizer que isso não se qualifica como uma crise, mas, antes de baterem a porta na minha cara por esse comentário, me disseram que não tem como eu entender. O banheiro está com um cheiro tão forte de spray de cabelo e perfume que estou com dificuldade para respirar. Quando você vai voltar? Popeye precisa de tanta atenção assim?

— Não estou aqui por causa do Popeye, mas por mim. Preciso de uma folga.

Foi o mais próximo que ela chegou de admitir que havia algo errado.

— Uma folga? Conhecendo você como eu conheço, deve ter trabalhado sem parar desde que chegou aí.

Será que ele a conhecia mesmo? Ou tinha presumido que ela era a mesma Liza que sempre fora? Ninguém permanecia igual a vida inteira, certo? Coisas aconteciam. A vida acontecia. E cada evento e experiência transformavam a pessoa um pouquinho. Talvez, quando se passava muito tempo com a mesma pessoa, via-se o antigo eu, não o novo. Era importante manter a comunicação. Não parar de ouvir.

Mas ela não tinha feito isso com a mãe.

Havia partido do pressuposto que a casa era demais para ela e que se mudar seria a melhor coisa a fazer. Não tinha perguntado "O que você gostaria de fazer?". Não tinha ouvido. Em vez disso, havia insistido em um plano que lhe parecera sensato sem consultar a pessoa que mais importava.

Presumiu que conhecesse a mãe, mas as cartas ainda fechadas na gaveta e o anel a tinham lembrado de que havia muita coisa que não sabia. E que não tinha perguntado. Ela era apenas uma parte da vida abundante e diversa da mãe.

Liza havia pensado que tinha as respostas para todos os problemas, mas percebia que não havia feito as perguntas certas.

Sentindo-se culpada, ela se levantou e foi até a janela.

— Não tenho feito muita coisa por aqui.

Exceto encontrar algo que ela tinha quase certeza de que não devia ter encontrado.

— A gente vai ter que chamar alguém para fazer uma faxina completa quando ela finalmente decidir vender — comentou Sean.

Liza olhou para o jardim, para o borrão de cores brilhantes se derramando dos vasos no pátio. O lugar era idílico. A ideia de nunca mais ficar de pé naquele quarto, nunca mais correr pelos campos até o mar, nunca mais sentir o ar fresco na pele à noite a deixava desolada.

— Não acho que ela deveria vender — afirmou Liza.

— Sério? Por que mudou de ideia?

— Tive tempo para pensar.

Em muitas coisas.

— Que bom. Sua vida é uma correria. Por sorte, vamos para a França daqui a algumas semanas. Você vai poder relaxar.

Será que iria mesmo?

— A França me dá muito trabalho, Sean.

— Do que está falando? É uma excelente viagem em família que fazemos há anos. Você adora. É sempre relaxante.

Estava na hora de contar pelo menos parte da verdade.

— Vocês todos relaxam porque eu organizo. Eu só relaxo umas duas horas por dia, que é quando vocês estão todos na água. Aqui, tenho tempo para mim mesma, e não é um tempo limitado. Vou ficar um pouco mais. — Foi a primeira vez que ela pensou no que aconteceria em seguida. — Tenho algumas coisas para resolver.

Houve uma pausa.

— Está tudo bem, querida?

Ela prendeu a respiração. A gentileza e o calor na voz dele foram iguais aos do Sean de antes. Era sua chance de contar a verdade. De se abrir sobre todas as coisas que vinha sentindo. Mas será que era uma conversa para se ter por telefone?

Não. Tinha que ser cara a cara. Ela falaria com ele, mas não ainda.

— Estou cansada, é só isso.

— Depois de passar a semana sozinho com as gêmeas, eu entendo. — O tom do marido foi bem-humorado. — Acho que vou precisar de um mês para me recuperar. E você? Se não tem limpado a casa, o que tem feito?

Ela pensou em Finn. Na ida às compras. Na pintura.

Por algum motivo que não compreendia, ela ainda não estava pronta para contar a Sean sobre isso.

Olhou para os DVDs.

— Tenho tentado descobrir um pouco mais sobre minha mãe. Acho que não prestei atenção suficiente em quem ela é ou no que ela quer. Estou prestes a assistir ao programa antigo dela. — Ela não disse nada sobre as cartas que havia encontrado. Nem que estava pintando. — Encontrei Angie.

— Angie? Sua amiga da época da escola? O que ela está fazendo aí?

— Ela e o John se divorciaram, então ela se mudou para cá. Nós fizemos um piquenique na praia hoje.

Ela não mencionou que Angie os via como um exemplo de casal perfeito.

— Parece divertido. Preciso ir, prometi a Caitlin que tentaria salvar a camisa branca.

Eles estavam fazendo a mesma coisa de novo. Falando sobre a vida e as filhas. Nunca sobre eles mesmos.

Mas Sean havia perguntado se ela estava bem. Ele se importara o suficiente para perguntar.

Ela pensou no que Angie tinha dito sobre o dia do casamento deles e sentiu uma onda de ansiedade. Foram tão felizes. Lágrimas arderam em seus olhos.

— Sean…

— Divirta-se. Falo com você amanhã.

Resistindo à tentação de ligar para ele, Liza devolveu o anel à gaveta do escritório, pegou os DVDs e desceu para a sala de estar.

Preparou um chá com hortelã fresca do jardim, colocou o primeiro DVD e se aconchegou no sofá.

Começou pelo primeiro episódio do programa da mãe.

Vocação Verão fora um dos primeiros programas de viagens, e a popularidade imediata surpreendeu até mesmo os criadores. Durou quase duas décadas, e Kathleen foi o rosto que representou o programa.

Enquanto assistia, ela viu a mãe como as outras pessoas deviam vê-la: uma entusiasta vibrante, faminta por explorar o que o mundo oferecia e compartilhar tudo com um público mais amplo.

O programa estava datado, e em outras circunstâncias ela poderia ter achado graça dos trajes, da linguagem utilizada e dos lugares onde escolheram ficar, mas mesmo agora havia uma energia no programa que tornava fácil entender os recordes de audiência. Tinha sido ambicioso e, ainda assim, de alguma forma, acessível. Sua mãe atraía o público, até que sentissem como se estivessem ao lado dela, viajando com ela e rindo junto.

De muitas maneiras, Kathleen não havia mudado muito. Sim, ela tinha mais rugas e o cabelo estava mais curto, mas continuava com a mesma expressão intensa nos olhos azuis e a mesma animação com a vida.

Como Liza podia ter pensado que a mãe ficaria satisfeita em um asilo?

Liza assistiu a vários episódios e depois foi até as prateleiras onde os álbuns de fotos estavam guardados. Ela os levou até o outro lado da sala, empilhou-os no chão ao lado do sofá e começou a folheá-los um por um.

As fotografias contavam a história da vida da mãe, desde a infância até a faculdade e o início dos 20 anos. Liza estava interessada nesses 20 e poucos anos.

Quando chegou à foto de Ruth, fez uma pausa.

Ruth e Kathleen tinham sido próximas. Por que perderam contato?

Ela e Angie não tinham brigado. Foi mais a vida que as afastou e elas não se esforçaram o suficiente para se aproximar de novo. A explicação mais provável era que a mesma coisa tivesse acontecido com a mãe e Ruth.

As cartas haviam sido enviadas da Califórnia. Isso significava que eram de Ruth?

Ela deixou o álbum de lado, pensando em si mesma e em Sean.

Nem todos os relacionamentos terminavam de maneira abrupta. Para alguns, era um afastamento lento. De certa forma, isso era mais perigoso, porque poderia passar despercebido em meio às pressões da vida.

Liza se sentia culpada por não o ter convidado para se juntar a ela. E se sentiu ainda mais culpada quando se viu forçada a admitir que não queria que ele se juntasse a ela.

Ela se importava muito com a família. A família era tudo.

E, ainda assim, ali estava ela, mais feliz do que conseguia se lembrar de ter se sentido em muito tempo.

Sozinha.

Então, o que isso queria dizer?

16
Kathleen

Oklahoma ~ Amarillo, Texas

Kathleen estava sentada no banco de trás, os óculos escuros cobrindo os olhos. Era um dia quente, e Martha tinha insistido em manter a capota fechada e o ar-condicionado ligado, então o carro estava delicioso de tão fresco.

Kathleen olhava pela janela, observando a paisagem.

Como teria sido a Rota 66 nos dias de glória? Ela se perguntava que experiência as primeiras pessoas a viajarem pela estrada teriam tido. Nada parecido com o conforto de agora, isso era certo.

— Você está bem aí atrás, Kathleen?

Martha a olhou pelo espelho e Kathleen abriu o sorriso mais tranquilizador.

— Melhor impossível.

Ela já se sentira muito melhor, mas Martha estava bastante ansiosa, e admitir como se sentia provocaria uma enxurrada de perguntas que Kathleen não poderia responder. Nunca foi do tipo que compartilhava cada sentimento. E como poderia compartilhar algo que nem ela mesma entendia?

Aquele episódio de tontura a deixara abalada. E se tivesse sido seu fim? Ela teria morrido sem saber o que as cartas diziam. E talvez isso tivesse sido bom. E se o que estivesse escrito a deixasse chateada? Os acontecimentos daquele verão a moldaram.

Tinha tomado a decisão mais difícil da vida e acreditava que fizera a coisa certa.

Mas e se aquelas cartas mostrassem o contrário? Sem abri-las, ela não tinha como saber.

Deveria tê-las destruído. Se alguma coisa acontecesse com ela durante a viagem, outra pessoa as abriria.

Ficou pensando nisso. Em mãos rasgando envelopes lacrados. Curiosidade. Choque, talvez. Revelações. Aquelas mãos provavelmente seriam as de Liza, que jamais sonharia em jogar cartas fora sem lê-las primeiro, para o caso de o conteúdo ser importante. Isso contrariaria o senso de responsabilidade.

Os segredos do passado de Kathleen seriam expostos fora de seu controle. Revelariam um cenário que ela ainda não conseguia vislumbrar. E ela sabia que não importava o que dissessem, aquelas cartas seriam apenas parte da história.

Kathleen sabia o começo da história, mas não o fim. Havia inúmeros desfechos possíveis, e a única maneira de descobrir era abrindo aquelas cartas.

A ideia a deixava desconfortável. Ela se remexeu no banco.

Brian era a única pessoa que sabia a verdade. Ele fora a única pessoa para quem ela contara tudo, e mesmo assim tinha levado tempo e um encorajamento delicado.

Seu peito doía. Como sentia falta dele. Do senso de humor sarcástico. Do jeito tranquilo e dos conselhos sábios. Ele se fora havia cinco anos, e, no entanto, ela ainda se pegava virando-se para falar com ele durante a noite.

Ela nunca se abriu totalmente com ninguém, exceto Brian. Nem mesmo com Liza. Ela se protegera por tanto tempo que isso virou um hábito impossível de se romper.

Até aquele momento.

Sentiu uma leve pontada de culpa por ter contado mais sobre o passado para Martha do que para a própria filha.

Nos bancos da frente, Martha e Josh estavam absortos em uma conversa sobre onde deveriam almoçar e o que deveriam comer.

— Peixe-gato e batatinhas crocantes — sugeriu Josh.

Martha fez uma careta.

— Nem sei o que é isso.

— É a velha comida do Oklahoma, bem gostosa. Empanam o peixe com fubá e depois fritam. Uma delícia.

Martha balançou a cabeça.

— Não sei, não. Para ser sincera, não sou muito fã de peixe. E um peixe-felino não me deixa tentada a mudar de ideia.

— Que tal um hambúrguer de cebola? Usavam cebolas para fazer a carne render durante a Grande Depressão, e essa tentativa de economizar acabou dando em um hambúrguer delicioso.

— Parece melhor do que peixe-gato.

— Eu peço o peixe-gato e você pode experimentar. Devia experimentar tudo uma vez.

— Pensei assim em relação ao casamento e veja só no que deu.

— Você também está dirigindo pela Rota 66 pela primeira vez e isso está dando certo, não está?

Kathleen viu Martha sorrir para ele.

Depois do drama da noite anterior, os dois haviam desenvolvido uma camaradagem. Parecia que o mal-estar dela os aproximara de uma maneira que ela não conseguira com as tentativas desajeitadas de bancar o cupido.

Ah, ela se lembrava bem dos dias de flertes, o ar carregado de tensão sexual e expectativa.

Ela se animou ao pensar que, embora a própria vida pudesse ser uma bagunça, pelo menos a de Martha estava parecendo promissora.

Ela se concentrou nisso, na esperança de acalmar a agitação emocional que fervilhava dentro dela.

— Como está se sentindo, Kathleen?

Martha a olhou pelo retrovisor e repetiu a pergunta que havia feito pelo menos dez vezes desde que saíram do hotel.

— Estou viva — respondeu Kathleen. — Conferi minha pulsação para ter certeza. Pode ficar tranquila.

Martha sorriu.

— Está parecendo que você voltou ao normal. Não acha, Josh?

— Acho. — Ele se virou. — Se precisar fazer uma parada...

— Você será o primeiro a saber.

Que graça de rapaz. Embora "rapaz" não fosse bem a descrição correta. Josh era um homem, e um bem formidável, aliás.

Assim como Martha, estava aliviada por Josh ter decidido viajar um pouco mais com elas, e não apenas porque torcia para que isso resultasse em um breve romance com a jovem. Josh havia se mostrado estável e capaz.

De certa forma, ele lembrava um pouco Brian, embora Josh parecesse ter uma determinação e uma ambição que o marido dela não tivera.

Isso nunca a incomodou. Ela tivera determinação e ambição o suficiente para os dois.

Depois de Adam, ela nunca se permitira ser próxima demais de ninguém, e o trabalho havia facilitado essa atitude. Talvez fosse parte do motivo pelo qual ela escolheu a carreira. Mesmo antes do *Vocação Verão*, ela viajava pelo país a trabalho.

E ali estava ela, mais uma vez. Refletindo sobre o passado.

Talvez fosse uma característica da idade, que o passado parecesse mais relevante do que o futuro.

Eles pararam para almoçar em um restaurante à beira da estrada, e Kathleen percebeu que não estava com fome.

E, lógico, Martha notou.

— Você não está comendo. Você precisa comer.

— Comi muito no café da manhã.

— Você come muito no café da manhã todos os dias e isso nunca atrapalhou seu almoço antes. Quer que a gente peça outra coisa?

Ficou óbvio que Martha estava pronta para a ficar mimando, e Kathleen dirigiu a ela um olhar na esperança de contê-la.

— Se eu sentir a necessidade de comer algo diferente, posso pedir eu mesma.

— Eu sei. — Martha, nunca fácil de conter, sorriu para ela. — Mas achei que poderia poupar você do trabalho.

Para evitar uma discussão, Kathleen comeu algumas folhas da salada.

Quando Josh pediu licença para ir ao banheiro, Martha se inclinou para a frente.

— Eu estava pensando…

— Essa confissão deveria me deixar nervosa?

— Você poderia pedir para Liza abrir as cartas. Assim, saberia o que está escrito.

Foi perturbador saber que os pensamentos de Martha estavam indo na mesma direção que os seus próprios.

— E ela também saberia o que está escrito.

— E qual o problema? Por que não dividir isso com ela? Você disse que não são próximas. Parece que gostaria de que fossem. Ela pode gostar de ser envolvida na sua vida. Isso pode aproximar vocês.

Ou poderia ter o efeito oposto.

— Se eu quisesse abrir as cartas, já teria aberto.

— Não queria abrir antes, eu entendo. Deve ter ficado com muita raiva de Ruth. Devia estar tentando seguir em frente. Mas as coisas mudam, não é? Quer dizer, se me perguntasse hoje se eu iria querer me casar com Steven, com certeza eu diria que não, mas houve um momento em que eu quis, óbvio, senão não teria me casado. As pessoas têm o direito de mudar de ideia.

Não era isso. Não era isso, nem de perto.

Kathleen sentiu algo se agitar dentro dela.

Martha não fazia ideia.

Ela não entendia que o motivo pelo qual ela não abrira as cartas não era algum desejo infantil de vingança, ou mesmo um desejo de manter o passado no passado. Era porque sentia medo do que havia nas cartas.

Ela ainda tinha medo.

Martha achava que ela deveria lê-las, mas só sabia uma pequena parte da história. Só o que Kathleen havia contado.

— Eu aprecio o zelo.

— Mas quer que eu pare de falar nisso agora. — Martha abriu um sorriso bem-humorado. — Não quero que fique preocupada, só isso. E sei que você está preocupada, mesmo que não admita.

— Não sei por que acharia isso.

— Você está calada e parou de tentar me fazer ficar com Josh.

— Considero que já fiz minha parte. Se não consegue ver como ele seria um estepe perfeito, então não sei mais o que posso fazer para convencer você.

— Não vou ter um casinho com ninguém, Kathleen. — Martha terminou de comer as batatas fritas. — Mas admito que é bom tê-lo com a gente.

No dia anterior, Martha tinha dado gelo em Josh. Naquele dia, estava animada conversando com ele, de volta ao normal.

Às vezes, leva um tempo para nos acostumarmos com uma ideia, pensou Kathleen. Tinha que plantar uma semente, regá-la e deixá-la crescer.

Josh voltou à mesa e ele e Martha começaram de imediato a debater a respeito da sobremesa.

Que gracinha, pensou Kathleen.

Ela tentou afastar os pensamentos sobre Ruth, mas a antiga amiga pairava como uma nuvem carregada em um dia ensolarado, uma presença que ameaçava causar mudanças.

Ela poderia ignorar as cartas, Kathleen lembrou a si mesma. Não precisava lê-las.

Mas então Liza pode acabar lendo.

Ah, se ao menos Kathleen soubesse o que estava escrito nelas, então saberia se precisava lê-las ou não.

O pensamento absurdo a fez rir.

— Qual é a graça?

Martha ergueu os olhos do cardápio, sorrindo.

— Nada.

Martha pediu sorvete, e Josh também.

— Qual era a comida favorita de Brian, Kathleen? — Martha devolveu o cardápio. — Você é uma boa cozinheira?

— Sou uma péssima cozinheira. Brian também não tinha uma abundância de talento nessa área. Liza foi quem sempre levou jeito na cozinha. Ainda leva. Ela trata a comida como uma arte. Tudo que ela coloca no prato fica bonito.

Ela já tinha elogiado as habilidades culinárias da filha? No dia em que Liza fora às pressas até o litoral depois do acidente de Kathleen levando um cozido, ela havia sequer agradecido? Tinha a sensação desagradável de que podia ter dito algo impertinente.

Era provável que Liza a tivesse considerado mal-educada e ingrata. Só agora, com algum distanciamento, conseguia entender a razão por trás do próprio comportamento menos do que admirável. Estava morrendo de medo. Morrendo de medo de que conseguissem convencê-la a vender a casa e se mudar para um lar de idosos. Morrendo de medo de que isso pudesse, na verdade, ser a melhor decisão para ela.

A casa tinha sido o melhor presente de Brian, além do amor.

Quando ela enfim aceitara o pedido de casamento dele, ele a levou de carro até Oakwood e parou na entrada curva.

"Encontrei uma casa que leva você direto para o mar."

O fato de Brian entender sua profunda necessidade de independência e liberdade havia solidificado a decisão de se casar com ele.

Odiava a ideia de ficar em um lugar só, mas acabou se apaixonando pela casa à beira-mar. Ela fazia Kathleen sentir que estava prestes a iniciar uma jornada. Que poderia partir em um barco a qualquer momento.

Por que ela não disse isso? Por que não falou "Liza, estou com medo"?

Porque sua maneira de lidar com a vida era não deixar ninguém se aproximar muito.

Na última conversa por telefone das duas, Liza disse "Eu te amo", e o que ela respondeu? Não disse "Eu também te amo", embora amasse muito a filha. Ela replicou "Eu sei".

Era uma prova do grande amor de Liza por ela, não ter desistido da mãe.

Kathleen sentiu um aperto no peito.

Ela precisava fazer diferente. Faria diferente, *sim*.

Observou enquanto Martha mergulhava a colher no sorvete de chocolate de Josh e ele experimentava o dela, de morango.

Dividir as coisas. Dividir as coisas era essencial para cultivar um bom relacionamento. Não bastava dizer a Liza que a amava, tinha que mostrar isso. Ações significavam muito mais do que meras palavras, embora as palavras também fossem importantes.

Precisava mostrar a Liza que confiava nela e apreciava sua opinião.

E havia uma boa maneira de fazer isso.

Precisava pedir à filha que lesse as cartas de Ruth.

Precisava ser honesta em relação ao passado.

17
Martha

Amarillo ~ Santa Fé, Novo México

Martha deu uma olhada no retrovisor. Tinham passado a manhã desbravando o distrito histórico de Amarillo, e agora Kathleen estava dormindo no banco de trás do carro enquanto cruzavam o norte do Texas em direção ao Novo México.

Desde que ficara tonta, Kathleen andava mais contida. No dia anterior, eles tinham dirigido de Oklahoma City até Amarillo e Kathleen havia cochilado durante grande parte da viagem. Martha perguntara se ela estava se sentindo bem, e a resposta fora que sim, mas Kathleen tinha insistido em ir dormir cedo, deixando Martha e Josh passarem outra noite juntos.

Josh tinha sugerido que fossem a uma churrascaria, mas Martha não quis se afastar muito de Kathleen, então pediram pizza de novo, jogaram cartas e assistiram a um filme.

— Você acha que ela está bancando o cupido de novo? — perguntara Josh, mas Martha fizera que não com a cabeça.

— Quem me dera. Ela está muito diferente. De qualquer forma, eu nunca poderia ficar com alguém que não come a borda da pizza.

Ela olhou para as bordas abandonadas no prato de Josh e ele deu de ombros.

— Eu odeio as bordas. Prefiro mil vezes o queijo derretido. Esta viagem está cansativa para ela. Pode ser isso.

— Talvez.

Martha achava que não era isso. Estava um pouco tensa. Tinha uma forte impressão de que o motivo pelo qual Kathleen estava um pouco mal não era físico, mas emocional, e não parecia certo contar isso a Josh.

Será que estava pensando em Ruth? Nas cartas? Martha sabia da importância das cartas.

Olhou mais uma vez pelo retrovisor e viu a cabeça de Kathleen descansando no banco. Dormindo?

Martha voltou a atenção para a estrada.

Para se distrair um pouco de Kathleen, ela se concentrou em Josh.

— O que vai fazer quando a viagem acabar? Está preocupado por não ter um emprego para o qual voltar?

— Não.

— Admiro você. Deve ser bom poder sair e fechar a porta na cara do seu chefe, metaforicamente falando. Não são muitas pessoas que fariam isso. Imagino que ele não vai querer dar nenhuma referência sua... — Ela olhou para Josh, notou algo no rosto dele e, de repente, entendeu. — Ah...

— O quê? Por que está me olhando assim?

— É você, não é? Esse seu chefe terrível...

— Nunca disse que ele era terrível.

— Assustador e focado, então. É você! Você era o chefe. — Ela se sentiu boba e envergonhada. — Agora entendi tudo. Aquela pausa um pouco longa demais que você fez quando Kathleen estava dizendo o que ela pensava do seu "chefe", como se você não tivesse certeza se deveria sair em defesa dele ou não. Por que não disse nada?

— Porque estou de férias. — Ele soava cansado. — Precisava de um tempo longe. Do trabalho. De ser o chefe. De tudo. Não queria falar disso.

O carro estava cheio de assuntos sobre os quais ninguém queria falar, pensou Martha. E adiantava alguma coisa? Era óbvio que Kathleen carregava o peso do passado havia décadas. Pelo que podia ver, nada era resolvido quando se tentava fingir que algo não existia.

— Então, no caso, embora você esteja pegando carona, é um bilionário.

— Nunca disse isso.

— Mas você é super bem-sucedido, não precisa se preocupar em como vai pagar pela próxima refeição.

E ela quase desejou não ter entendido, porque passou a ficar intimidada.

De jeito nenhum ela teria um lance com alguém como ele.

Eram errados um para o outro, e não só porque ele não comia a borda da pizza. Ele era uma pessoa focada na carreira. Determinado. Provavelmente implacável. O tipo de homem que escolhia o trabalho em vez da diversão. *O tipo de homem que a mãe dela daria tudo para ver com uma das filhas.*

Só isso era suficiente para desincentivar Martha. Era provável que ele tivesse um milhão de diplomas. Ele a julgaria, assim como a família a julgava. Diria a ela que arranjasse um emprego de verdade e levasse a vida a sério. Com ele, Martha nunca sentiria que era boa o bastante.

— Dinheiro não é tudo na vida. — Josh soou relaxado e ela revirou os olhos, porque é claro que ele estava relaxado.

Não era ele quem tinha feito papel de bobo.

— É fácil dizer isso quando você tem de sobra. Acredite, quando não tem, isso se torna muito importante. Não que eu seja gananciosa. Não preciso de diamantes nem nada assim... não que eu fosse dizer não a diamantes... mas dinheiro, mesmo uma pequena quantia, permite que a pessoa tenha escolhas. Se eu tivesse dinheiro, não precisaria morar com a minha família, e isso seria bom para a saúde mental de todos. Você consegue tirar férias porque não precisa ficar ponderando se vai ter o que comer no almoço.

Por baixo da humilhação, havia uma camada de inveja.

Josh olhou para ela por um tempo.

— Espero que meu almoço venha daquele restaurante ali na frente, porque é recomendado pelo guia.

Martha mal conseguiu esboçar um sorriso.

— Você pode fazer piadas, mas isso muda tudo.

— O que muda? — Ele estava calmo. — Você quer que eu pague pelos hambúrgueres? Ia fazer isso de qualquer maneira.

— O problema vai muito além de quem paga pelos hambúrgueres. Eu estava à vontade com você, mas agora não estou mais.

— Por quê? O que meu trabalho tem a ver com isso?

Provavelmente era muito mais fácil tratar o sucesso com tanta naturalidade depois de já tê-lo alcançado.

— Conte da sua empresa.

— Por quê?

— Porque eu quero saber.

Ele suspirou.

— Eu projeto e vendo SGBDs.

— Não sei o que é isso.

— Sistemas de gerenciamento de banco de dados.

— Ainda não faço ideia do que seja. Hora de pôr um fim à conversa. Não está fazendo eu me sentir bem. E não entendo o que você faz, muito menos como faz.

— Projeto softwares que fazem bancos de dados funcionarem sem problemas.

— Então você não faz algo que eu já tenha usado.

— Não diretamente. Nossos produtos são usados por grandes empresas.

— E você fundou a empresa.

— Isso.

Martha se sentiu encolher.

— Do zero.

— Isso.

— E agora ela vale… muito.

— É. O restaurante de que falamos está à direita, então você precisa virar aqui.

Martha virou e estacionou em frente ao restaurante.

— Não sei se consigo dirigir sabendo que estou com um magnata da tecnologia no banco ao lado.

Ela foi atingida por uma onda de desânimo. Estava aproveitando tanto a viagem, mas tudo era uma ilusão. Ou talvez desilusão fosse uma palavra melhor. Não era uma vida nova. Era uma pausa na vida antiga. Sim, ela estava se divertindo, mas aquilo não era real. Não poderia passar o resto da vida como motorista de idosas atravessando os Estados Unidos. O que vinha pela frente não era uma aventura na ensolarada Califórnia, mas um retorno para os braços pouco acolhedores da família. Perceber que ela precisava se afastar das pessoas que a faziam se sentir mal consigo mesma era fácil, mas como fazer isso?

— O que meu trabalho tem a ver com isso?

— Vou explicar assim: se o meu corpo fosse meu ego, agora eu estaria bem magrinha.

— Não faço a menor ideia do que você está falando.

Não era óbvio?

— Estar com você faz eu me sentir pequena. Você é intimidador.

— Intimidador? — Ele parecia atônito. — Como?

O fato de ele conseguir rir só piorava as coisas.

— Você pode achar graça, mas eu não acho.

Quando estava cuidando da avó, Martha não vira a importância de se dedicar a uma carreira, mas até ela tinha que admitir que o que havia conquistado não poderia ser descrito como impressionante.

— Talvez você devesse ser um pouco mais sensível.

— Talvez você devesse ter um pouco mais de autoconfiança. Você se intimida com muita facilidade, Martha.

— Isso é fácil de dizer quando se é tão bem-sucedido.

— Há muitas definições de sucesso, Martha, e nem todas envolvem dinheiro. Você está fazendo suposições com base nos próprios preconceitos. Vou pegar uma mesa pra gente.

Ele saiu do carro e bateu a porta atrás de si.

Martha hesitou. Preconceitos? Ele a estava acusando de ter preconceitos? O sucesso dele era um fato, não uma opinião.

Que motivo ele tinha para ficar com raiva?

Ela observou enquanto ele atravessava o estacionamento e o viu parar em frente ao restaurante. Ele passou a mão pelo pescoço e ela viu seus ombros se mexendo quando ele respirou fundo e se recompôs.

Atrás dela, Kathleen se mexeu.

— O que há com Josh?

— Quando ele falou sobre o chefe que não o deixava tirar férias, ele estava falando de si mesmo. Ele é o chefe.

— Eu já sabia.

— Você *sabia*? — Martha se virou para olhar para ela. — E não achou que era uma informação digna de ser compartilhada?

— Sabia que ficaria intimidada e não queria que isso acontecesse. Queria que se conhecessem um pouco melhor antes. Vocês brigaram?

— Mais ou menos.

Por que ela se sentia culpada? Porque ela o tinha deixado chateado por algum motivo, e Josh vinha sendo gentil. Era uma situação estranha, porque estarem dentro do mesmo carro criava uma falsa intimidade. Estavam próximos e, ao mesmo tempo, não eram próximos. O fato de ela tê-lo chateado sem fazer ideia do motivo era um lembrete de que os dois não se conheciam de verdade.

Não deveria ter feito diferença, mas fazia.

Kathleen estendeu a mão e apertou o ombro dela.

— Você gosta dele, não é?

— Não mais.

— Você gosta dele.

— Está bem, eu gosto dele, mas não vou me envolver com alguém que me faz sentir mal comigo mesma.

— Ninguém pode fazer você se sentir mal consigo mesma a menos que você permita.

— Esse é um conceito ótimo na teoria. Na prática, não é tão fácil.

— O caráter é mais importante do que a conta bancária. Josh teve atitudes dignas de herói.

— Só porque ele arrumou um médico?

— Ele também arrumou bacon, o que me diz que ele é um homem que sabe estabelecer prioridades. — Kathleen abaixou os óculos de sol e olhou para Martha. — Converse com ele. Preciso usar o toalete e vou demorar pelo menos quinze minutos.

— *Quinze*? Está planejando redecorar o banheiro ou o quê?

— Quero que você tenha tempo suficiente para conversar com Josh.

— Preferia conversar com você — contrapôs Martha. — Esteve quieta e cansada nos últimos dois dias. Deveria ir com você.

— Você é minha motorista, não minha enfermeira, embora depois do meu desmaio eu entenda por que talvez você pense que suas atribuições de trabalho se expandiram um pouco. — Kathleen pegou a bolsa e o xale e saiu para o sol brilhante. — Vá logo. É o momento perfeito.

Será que era mesmo? Ele tinha se afastado. Isso poderia ser interpretado como uma indicação clara de que estava chateado com ela e não queria continuar a conversa. Em contrapartida, Josh estava pedindo uma mesa, o que sugeria que esperava que as duas se juntassem a ele.

E Martha acreditava piamente que problemas não deveriam ser ignorados. Se havia uma coisa que ela não suportava, era um clima pesado.

Ela deu o braço para Kathleen enquanto iam até a porta do restaurante.

— É por causa das cartas que você anda calada? Você tem pensado nelas? — Ela sentiu um puxão em seu braço e parou de andar. — Sei que um estacionamento não é o lugar para esta conversa, mas não quero dizer nada na frente de Josh e estou preocupada com você. Sei que as cartas são importantes. Você deve estar se perguntando o que está escrito nelas. Realmente não entendo por que não as leu antes.

— Porque eu temia não gostar do que iria ler.

Kathleen estava com medo.

Por que ela não tinha percebido isso antes? Kathleen, ousada e destemida, estava com medo. Até ela tinha fragilidades. Ela era tão humana quanto Martha.

Ela cobriu a mão de Kathleen com a sua.

— Mas se Liza ler as cartas, então vocês podem conversar sobre isso juntas.

— Estou considerando a ideia. Como falei, nós não temos esse tipo de relação. Não somos muito próximas. Culpa minha, lógico.

Porque Kathleen se protege, pensou Martha. E ninguém entendia isso melhor do que ela.

Mas sabia o quanto devia ter sido difícil para Kathleen admitir tal coisa e se apressou em tranquilizá-la.

— Liza ama você. Deu para ver quando fui na sua casa naquele dia. E também dá para ver nas mensagens que ela manda e no jeito que ela fala ao telefone quando me pergunta como você está. Não precisa se proteger de alguém que te ama. Ela é adulta, Kathleen. Seja lá o que estiver nessas cartas, ela vai ser capaz de lidar. Provavelmente até gostaria da chance de apoiar você.

— Não preciso de apoio.

— Todos nós precisamos de apoio. — Martha olhou para o restaurante, no qual Josh estava sentado sozinho. Será que Josh precisava de apoio? — Vou seguir sua sugestão e conversar com Josh. Mas se você demorar mais de quinze minutos, vou mandar uma equipe de busca.

Kathleen apertou a mão de Martha.

— Você é uma jovem muito especial. Tem uma alta inteligência emocional.

Martha sentiu um nó na garganta.

— Você fala umas coisas tão gentis...

Kathleen suspirou.

— Só falo a verdade, e, quanto antes você parar de se envolver com pessoas horríveis que fazem você se sentir mal consigo mesma, melhor. Você deletou Steven dos seus contatos?

— Ainda não.

— Bem, faça logo isso, enquanto ainda tem confiança suficiente para se levantar da cama de manhã.

Por que Martha ainda não tinha deletado o número dele? Ele não trazia nada para sua vida além de estresse. Ela não o *queria* mais na vida.

— Talvez você tenha razão.

Martha parou à porta do restaurante. Ela podia ver a nuca de Josh, sentado a uma mesa com sofá junto à janela.

— Ande. — Kathleen deu um tapinha em seu braço. — Você é mais inteligente do que pensa.

Ela seguiu para os banheiros enquanto Martha se juntava a Josh no sofá.

Ele passou o cardápio a ela.

— Obrigada. — Ela aceitou o cardápio e o pôs na mesa. Se ela faria aquilo, então precisava fazer de imediato, antes que Kathleen se juntasse a eles. — Sei que chateei você, sinto muito. Se quiser falar sobre isso, eu gostaria de ouvir.

Ela parou quando a garçonete chegou com café e copos com água gelada.

— Você não está atravessando a Rota 66 só por diversão, não é?

Ele poderia pegar um jato particular, se quisesse. Ou contratar o próprio motorista. Devia ter alguma razão para alguém como ele querer pegar carona na estrada.

Josh pegou o copo de água. A condensação embaçou a lateral do copo.

— Era para eu fazer esta viagem com meu irmão.

Era a primeira coisa pessoal que ele contava.

— E ele não pôde vir?

— Ele morreu.

— Ah, Josh...

Ela estendeu a mão e a pôs por cima da dele. Martha se lembrava de como se sentiu quando a avó morreu. Tão vazia e sozinha. Ela o sentiu ficar tenso e achou que fosse se afastar, mas, depois de uma pausa, ele entrelaçou os dedos nos dela.

— Tem sido... difícil. O momento mais difícil da minha vida.

Quando a avó dela morreu, muitas pessoas disseram a coisa errada. Algumas nem sequer a procuraram, pois não sabiam o que dizer, e isso também foi ruim. Tudo isso havia contribuído para a sensação de isolamento.

Ela sabia que era importante dizer *algo*, mas sabia também que as palavras que escolhesse importavam.

— O luto é uma coisa horrível, cruel. As pessoas falam sobre estágios, mas, sinceramente, não foi assim para mim. A experiência foi mais como estar no mar. Uma hora as coisas estão calmas e você começa a relaxar, quase confiante, e pensa "Eu estou lidando bem com isso", e aí no instante seguinte leva um caixote e acaba quase se afogando, tentando respirar.

— Você perdeu alguém próximo?

— Minha avó. É diferente, eu sei, porque ela viveu uma vida inteira, mas ela era a pessoa que eu mais amava no mundo. Ela me entendia. Quando morreu, foi como se eu tivesse perdido uma camada de proteção. Eu me senti exposta. Meu mundo inteiro mudou. A perda dela foi a coisa mais difícil que já precisei enfrentar, pior do que meu divórcio, para ser sincera, e ela não estava lá para me ajudar a superar isso.

— Mas você deu conta.

Martha olhou para as mãos deles ainda unidas.

— Não muito. Não de um jeito que me orgulhe. Eu estava solitária, vulnerável, desesperada para criar um laço com alguém e me sentir próxima de outra pessoa, para ser compreendida de novo, como era com a minha avó. Quando Steven sugeriu casamento, eu disse sim. Achei que isso resolveria tudo. Não resolveu. Só piorou as coisas. Se sentir sozinha em um casamento é mil vezes pior do que se sentir sozinha solteira. Foi um erro, na verdade. Acho que ele também percebeu isso.

Por que ela tinha sido tão dura consigo mesma? Ela tinha se culpado por fazer escolhas ruins, mas, quando expunha os fatos daquele jeito, as escolhas faziam mais sentido.

Ele assentiu.

— Sua avó devia ser uma pessoa especial.

— Era mesmo. — Ela ficou em silêncio por um momento. — Você já estava planejando essa viagem com seu irmão fazia muito tempo?

Ele colocou o copo na mesa.

— Ele estava me ameaçando com ela fazia dois anos, mas eu vivia muito ocupado.

— Ameaçando?

Ele esboçou um leve sorriso.

— Rubro e eu éramos muito... diferentes.

— Rubro?

— O nome dele era Lance, mas todo mundo o chamava de Rubro porque onde houvesse um alerta vermelho de perigo, lá meu irmão estaria. Eu era o sério. Viciado em tecnologia, focado, ambicioso. Ele era descontraído e tranquilo. Meu irmão amava água. Eu odeio. Quando éramos adolescentes, construí um jogo de surfe que eu podia jogar de dentro do quarto para que tivéssemos algo em comum. Era a nossa piada interna. Consegui encontrar um jeito de surfar em terra firme, enquanto ele estava lá fora surfando de verdade. — Ele olhou para o copo de água. — Eu costumava perguntar quando ele faria algo sério da vida, e meu irmão sempre me dizia que ser sério não era tudo isso e que olhar para a minha vida o fazia perceber que ele tinha feito as escolhas certas. Ele achava que minha vida era uma loucura. Eu sentia o mesmo em relação à dele. Apesar disso, éramos próximos. Isso provavelmente parece estranho para você.

— Não. Não dá para todo mundo ter a mesma vida, é um pouco como as roupas. Só porque você tem uma que eu não usaria, não significa que eu não ache que combine com você.

Ele sorriu.

— É uma maneira interessante de ver a situação.

Por que não tinha lhe ocorrido antes? Só porque suas decisões pareciam ruins para a família, não significava que *eram* ruins. Por algum motivo que Martha não entendia, ela estava predisposta a acreditar que a família estava sempre certa.

Ela se forçou a voltar a atenção para Josh.

— É por isso que está pegando carona? Está usando as roupas dele? Fazendo do jeito dele?

— De certa forma. Ele disse que eu tinha me esquecido de como me conectar com a vida real. Não estava certo, mas mesmo assim… — Josh soltou a mão dela. — Ele morreu em um acidente de surfe, exatamente a maneira como teria escolhido morrer. Já se passaram dois anos, e sinto falta dele o tempo todo.

Ele estava viajando pela estrada sozinho, pensando no irmão. Sentindo saudade do irmão.

Ela pensara que ele tinha a vida toda resolvida, e não era bem assim.

— Acho ótimo você estar fazendo essa viagem. É a maneira perfeita de honrar seu irmão e se lembrar dele. — Martha sentiu um nó na garganta. — O que estava na lista dele? O que ele teria convencido você a fazer?

Josh recostou-se no assento e sorriu.

— Você tem razão, nós teríamos desejado fazer coisas diferentes. Eu teria tentado arrastar Rubro para museus e lugares com um foco na história da estrada. Ele teria usado meu cartão de crédito para reservar uma viagem cara de rafting. Eu teria passado o tempo todo reclamando.

Ela fez uma anotação mental para pesquisar o passeio. Obrigaria Josh a fazer um programa que ele teria feito com o irmão.

— Você tem uma foto dele?

Ele enfiou a mão no bolso e pegou a carteira.

— Esta aqui foi tirada quando ele me visitou no escritório. Foi um dos poucos dias em que eu estava usando terno. Ele não deixou passar, mesmo que eu quase sempre usasse calça jeans. — Josh deslizou a foto pela mesa. — Ele brincou que estava usando a única camisa limpa que tinha.

Martha pegou a foto e viu um homem sorridente com cabelo loiro desgrenhado e um sorriso travesso.

— Vocês são parecidos.

— Nós não somos nada parecidos, Martha. Além da minha aversão à água, ele é vegano, enquanto eu seria capaz de dirigir sete horas seguidas só para comer um bom bife. Ele sabe nomear todas as espécies de tubarões, e eu sei construir um computador do zero. Não acho que haja um campo sequer em que nossos gostos se alinhem. E aqui estou eu mais uma vez falando do meu irmão como se ele ainda estivesse aqui.

Ele fez uma pausa, a emoção perto de transbordar, e ela sentiu uma pontada de compaixão. Também havia feito a mesma coisa muitas vezes.

— Não estou falando dos seus gostos ou das suas roupas. Mas vocês têm o mesmo sorriso. E os mesmos olhos.

— Isso é o que você vê quando olha para a foto?

Ela via amor.

E orgulho, nos olhos de ambos. Mas talvez não fosse o momento de dizer isso.

— Eu vejo irmãos.

A tristeza a atingiu. Ela não tinha uma única foto como aquela com a irmã. Josh e o irmão pareciam à vontade juntos. Ela e Pippa nunca tinham tirado uma foto juntas por vontade própria. Nunca se sentiam à vontade juntas. Talvez ela devesse parar de tentar reparar isso e aceitar que as coisas eram assim mesmo.

— Você tem outras?

Ele procurou na carteira e pegou mais algumas fotos.

— Estas foram tiradas quando ele me levou para surfar. Ele brincava que o oceano era o escritório dele. Eu nunca fui um esportista. Posso consertar seu laptop, mas não me peça para pegar uma bola ou uma onda.

E, mesmo assim, ele tinha ido surfar com o irmão. E seu rosto se iluminava quando falava sobre ele.

Ela devolveu as fotos.

— Vocês se divertiam.

— Passar tempo com ele era divertido, embora eu preferisse quando nos víamos em terra firme. Gostaria de ter feito isso com mais frequência. Queria ter passado menos tempo obcecado pelo trabalho e mais tempo me divertindo com Rubro. Não sou muito de dar conselhos sobre a vida, mas se fosse dar algum, seria "faça hoje, porque talvez não haja um amanhã".

E enfim Martha entendia por que Josh havia reagido tão mal à conversa deles sobre sucesso. O sucesso dele era uma ferida.

Ele era atormentado por cada momento que havia passado no trabalho e não com o irmão.

Ela conseguia ver o arrependimento nos olhos dele.

— Posso perguntar uma coisa?

— Pode.

Ele guardou as fotos no bolso.

— Não vou fingir que entendo o que você faz, mas me parece que você gosta. É sua paixão, não?

— É. Desde criança. Eu era tão obcecado pelo computador quanto meu irmão era pela prancha de surfe. Me divertia tanto com o jogo de surfe virtual quanto ele quando pegava ondas de verdade.

Ela tomou um gole de água.

— Vocês dois seguiram suas paixões. Não é como se você tivesse escolhido esse caminho porque estava atrás de dinheiro ou de sucesso profissional. Não que haja algo errado nisso. Dinheiro é uma necessidade, isso é um fato. Mas a questão é que você amava o seu trabalho. E ele também. Os dois estavam fazendo o que amavam. Você disse que não tinham nada em comum, mas tinham isso. Não finjo saber muito sobre as coisas, mas fazer o que ama é a definição de uma vida bem vivida, não é? Esse é o sucesso que eu vejo, não o dinheiro. E acho que isso é motivo de orgulho, não de arrependimento.

Ele ficou em silêncio por um longo momento.

— Tem ideia de como você é sábia?

— Não. Costumam me dizer que não sei nada da vida real.

— Acho que sabe muito mais da vida do que pensa, Martha. Talvez devesse passar menos tempo ouvindo as outras pessoas e ouvir mais a si mesma.

Kathleen tinha dito a mesma coisa.

Martha colocou o copo de volta na mesa. Será que ela tinha a confiança para fazer isso? Ignorar as pessoas ao redor e seguir os próprios instintos?

O que ela faria se os outros não estivessem sempre colocando-a para baixo e menosprezando suas ideias?

Algo que envolvesse se conectar com as pessoas. Mas isso não era uma paixão, era? Não como o surfe ou computadores.

Josh parecia prestes a dizer algo quando Kathleen se juntou a eles.

Ela tinha escolhido um momento tão perfeito para se aproximar que Martha se perguntou se a idosa estivera esperando ali perto, ouvindo a conversa ou fazendo leitura labial.

— Eles têm tacos? — perguntou Kathleen.

Ela se sentou ao lado de Martha e tirou o guia de viagem da bolsa.

— Hora de planejar. Josh, espero que se junte a nós na próxima fase da nossa viagem.

Martha prendeu a respiração e se concentrou no cardápio. Tinha presumido que ele iria embora, mas agora que conhecia a história queria muito que Josh continuasse a viagem com elas. Queria fazer o que o irmão dele teria feito e encorajá-lo a se divertir. Sentia que ele precisava disso, e Martha queria ser a pessoa a ajudá-lo a fazer isso.

Josh olhou por cima do cardápio.

— Agradeço o convite, mas tem algumas coisas que preciso fazer.

E agora que sabia por que ele estava fazendo a viagem, Martha estava determinada a não o deixar fazer essas coisas sozinho.

— Só porque pegou uma carona, não significa que precisa ficar grudado em nós. É provável que Kathleen e eu tenhamos nossas próprias aventuras pela frente.

— Não duvido. — Havia um ar de diversão em seus olhos. — Mas vou querer passar um pouco mais de tempo no Grand Canyon do que vocês tinham planejado.

— Não temos planos rígidos… — Kathleen acenou com a mão. — Leve o tempo que desejar. Martha vai ajustar a reserva. Não consigo pensar em um lugar melhor para me demorar.

Josh hesitou.

— Se vamos fazer isso, então eu insisto em ficar encarregado das acomodações.

— Podemos discutir essa parte depois.

— Então está resolvido?

A mente de Martha já estava a toda. Precisava pesquisar passeios no rio Colorado. Não queria deixar Kathleen sozinha por muito tempo, então teria que ser uma excursão de um dia. E, de qualquer maneira, se Josh fosse reclamar e resmungar o tempo todo por ficar molhado, um dia provavelmente seria mais do que suficiente para os dois.

A comida chegou, com pratos cheios de feijão refogado, *enchiladas* apimentadas e os tacos de Kathleen.

— Confesso que gosto de ter você por perto para me tranquilizar — confidenciou Kathleen. — E se eu desmaiar de novo? Você se mostrou muito útil quando foi logo encontrar um médico.

Martha pegou o saleiro e disse:

— Eu poderia encontrar um médico se precisássemos de um.

Mas também queria que Josh continuasse a viagem com elas, ainda mais agora que entendia o quanto a jornada significava para ele. Josh não deveria ficar sozinho, deveria? Estava óbvio que ele estava achando difícil. Poderia precisar de uma amiga e era um pouco parecido com Kathleen: tão acostumado a lidar com os desafios da vida sozinho que não sabia como pedir ajuda às pessoas. E, se continuasse em frente sozinho, quem cumpriria o papel do irmão dele e o encorajaria a fazer as coisas que ele normalmente não faria?

Martha pararia de pensar na carreira dele e em como ele era tão bem-sucedido nos negócios. Assim como Kathleen, havia uma pessoa por trás do sucesso. Um ser humano, que sentia todas as coisas que qualquer pessoa sentia. Josh estava sofrendo com o luto. Estava confuso, de alguma maneira sentindo que havia decepcionado o irmão.

Ninguém podia ser definido pelo trabalho, e ela continuaria a se lembrar disso.

Eles terminaram a refeição e voltaram para o carro.

Determinada, Martha se sentou no banco do motorista.

— Você tem sorte de estar viajando com a gente, Josh. Não deve saber, mas sou uma ótima motorista.

— Ouvi falar. — Ele se sentou no banco do carona. — Ouvi dizer que rotatórias e marcha a ré são sua parte favorita, então vou tentar encontrar um percurso que nos ofereça bastante das duas coisas.

— Muito engraçado.

Ele sorriu para ela, e o coração de Martha bateu forte. Ele já havia sorrido para ela antes, mas foi diferente. Esse sorriso era mais lento, íntimo, o tipo de sorriso compartilhado entre duas pessoas que se conhecem.

Seu estômago deu uma cambalhota elaborada que incluía um giro e talvez uma pirueta.

Não, Martha. Não, não, não. Sim, ela sentia compaixão; sim, ele era atraente... mas nada disso mudava o fato de que Josh Ryder sem dúvida não era o tipo dela.

Ele gostava de planejar. Ela era espontânea. Talvez ela devesse abraçar esse lado em vez de viver tentando se transformar na pessoa que os outros queriam que ela fosse. Ela nunca seria do tipo que trabalhava em escritório. Ela era mais como Rubro Ryder, vivendo a vida no presente.

Mas Josh achava que ela era sábia.

Sábia.

Martha se concentrou na estrada. Estava consciente de Josh no banco ao lado dela, o joelho dele a uma curta distância, fácil de ser tocado, a mão dele descansando perto da dela. Isso dificultava a sua concentração.

Ela não parava de pensar em Kathleen, tão ferida pela primeira experiência de amor que tinha se mantido a uma distância segura até conhecer Brian. Estava pedindo a Martha que não cometesse o mesmo erro.

E Martha não queria ter arrependimentos.

Não queria fazer outra escolha ruim, mas qual opção seria a escolha ruim? Ter um caso com Josh ou não ter?

Nunca tinha sentido uma fração dessa química com mais ninguém.

Ela olhou para Kathleen pelo retrovisor e a mulher mais velha deu uma piscadela de maneira travessa.

Kathleen não disse uma palavra, mas não precisava. Martha já sabia o que ela estava pensando.

18

Liza

Liza estava na cozinha, cantarolando para si mesma enquanto ralava gengibre e picava capim-limão para os filés de salmão.

Passara o dia pintando, experimentando em uma tela grande, aplicando pinceladas ousadas de azul e verde para capturar as cores daquela parte da costa.

No meio do dia, havia feito uma pausa e corrido até a praia, mergulhado na água do mar congelante e depois corrido de volta. Era algo que estava fazendo todos os dias. Ela se sentira muito fora de forma, o rosto vermelho e o coração disparado. Sean estava matriculado em uma academia e tentava ir pelo menos duas vezes por semana. Durante os três meses em que Liza esteve matriculada, havia conseguido ir exatas duas vezes, e uma delas fora interrompida pela escola quando ligaram lhe pedindo que fosse buscar Alice, que tinha caído durante um jogo de hóquei. Liza então decidira que não valia a pena pagar para patrocinar a boa forma de outras pessoas e cancelara a matrícula. Tinha planejado fazer uma aula de ioga experimental, ou talvez correr de manhã, mas sempre havia algo mais urgente exigindo sua atenção. E quando se via com trinta minutos para si mesma, não conseguia se convencer a gastá-los correndo por aí.

Enquanto tomava banho para lavar o sal do corpo, tirando um tempo para passar condicionador no cabelo, ela pensou mais no sonho de morar em algum lugar como aquele um dia. Houve um momento em que ela e Sean conversaram sobre isso, mas, como muitas outras coisas, esse sonho fora esmagado pela realidade. Por quê?

Passar tempo com Angie a fez se perguntar isso. A vida da amiga mudara de modo radical nos últimos anos, e essa mudança fora imposta a ela. Mas por que precisava esperar por uma crise para repensar a maneira como vivia?

E agora Liza estava na cozinha, preparando o jantar para um homem que não era seu marido.

Deveria se sentir culpada? Ela se *sentia* culpada?

Não. Finn havia sido generoso com a mãe dela. Além disso, Liza gostava da companhia dele.

E não era como se Sean fosse ficar sabendo. Se fosse pertinente, então ela contaria, mas, caso contrário, por que tocar no assunto? Era tudo bem inocente.

Guardou o salmão de volta na geladeira, bateu claras de ovos com açúcar para fazer suspiros e os levou ao forno.

Em uma atitude pouco comum, escolheu uma música do álbum mais recente de Finn e começou a dançar pela cozinha.

Quando a música acabou, ela parou, sem fôlego, pensando em como as meninas teriam ficado envergonhadas se a tivessem visto. Achavam que ela era velha demais para dançar.

E ela achara que a mãe era velha demais para fazer uma viagem de carro.

O comportamento não devia ser ditado pela idade, pensou Liza. Se ela queria dançar, dançaria. Se a mãe queria viajar, ela devia viajar.

E, se quisesse continuar vivendo na própria casa, devia continuar.

As portas e as janelas que davam para o jardim estavam abertas, e Liza podia sentir o cheiro das rosas que cresciam na parede ao lado da janela. Uma ideia lhe ocorreu, mas ela a colocou de lado. Era ridícula. Estava no mundo de fantasia.

Quando ficou segura de que o jantar estava bem encaminhado, subiu para trocar de roupa.

Ela analisou o novo guarda-roupa. *O problema de ter tantas opções*, pensou, *era ter que escolher.*

No fim, optou pelo vestido vermelho, porque não conseguia imaginar outra ocasião em que poderia usá-lo e um vestido daqueles não tinha sido feito para viver pendurado em um cabide.

Seu celular tocou quando ela estava descendo a escada.

Era a mãe.

— Como está a aventureira? — Liza colocou o relógio no pulso. Tinha começado a gostar das ligações da mãe todas as noites. — Como estão Martha e Josh? Suas tentativas de bancar o cupido estão dando certo?

— Estou otimista, mas não liguei para falar deles.

— Ah, não? — Liza olhou para o relógio. Tinha cerca de meia hora antes de Finn chegar. — Está tudo bem?

Houve uma pausa.

— Liza, preciso que você faça algo por mim.

A mãe nunca pedia nada a ela.

Liza se sentou pesadamente em uma das cadeiras da cozinha.

— Claro.

— É... difícil.

Física ou emocionalmente?

— Seja o que for, vamos dar um jeito.

— Liza, querida. Sempre tão sensata e confiável.

Liza olhou para os saltos altos. Felizmente, aquela não era uma chamada de vídeo, ou a mãe veria que ela havia deixado o lado sensato e confiável em Londres.

— O que houve?

— Tenho umas cartas...

Liza se endireitou na cadeira.

— Aquelas no escritório?

— Você sabe delas?

— Eu vi quando estava procurando os DVDs. Eles não estavam onde você achou que estavam, então olhei a escrivaninha.

As cartas estavam guardadas com um anel. Que eu imagino ser um diamante falso.

Houve um breve silêncio.

— Não é falso.

Liza ficou chocada.

Será que ela deveria mencionar que era um objeto valioso demais para se guardar em casa? Não. O anel nitidamente tinha um significado emocional que Liza não entendia. Não era da sua conta. Ela engoliu as palavras de advertência.

— Como posso ajudar?

Levou tanto tempo para a mãe responder, que Liza olhou para a tela do celular, se perguntando se a ligação tinha caído.

— Alô?

— Sim. Estou aqui. Antes de conhecer seu pai, eu tive um noivo. O nome dele era Adam.

Liza fixou o olhar no outro lado da cozinha.

Sua mãe tivera um noivo. Alguém que não era seu pai. Sua mãe já estivera apaixonada antes.

— O homem na foto. Com você e Ruth.

— Você tem uma boa memória.

— Ele terminou o noivado?

Ela mal conseguia acreditar que a mãe estava lhe contando isso. Falando com ela dessa maneira. Estava com medo de dar a resposta errada e fazer com que a mãe se retraísse outra vez.

— Não, eu terminei. Quando descobri que ele estava tendo um caso com Ruth.

Ruth. A melhor amiga da mãe.

— Ai, não, que horror.

Ela não fazia ideia. A mãe era tão reservada que Liza nunca tinha pensado muito no passado dela.

— Meu pai sabia?

Talvez não devesse ter perguntado. Ela sabia o quanto a mãe achava difícil falar de qualquer assunto pessoal.

— Deixa pra lá. Você não precisa falar sobre...

— Seu pai sabia. Foi por isso que ele me pediu em casamento três vezes. Ele entendia o quanto era difícil para mim aceitar esse compromisso. Depois daquilo, eu nunca mais fui boa em ser próxima das pessoas. — A mãe, em geral tão confiante, soava hesitante e incerta. — Preferia ter relacionamentos leves e fáceis.

— Não estou surpresa.

Nem estava surpresa que a mãe tivesse rompido com Ruth. O que a surpreendia era que a mãe, tão reservada, finalmente estivesse lhe contando isso.

— Achava difícil confiar nos outros. Não queria arriscar meu coração outra vez. Eu protegia meus sentimentos com cuidado, entende? Tive a sorte de conhecer seu pai, e ele era tudo de que eu precisava. A única pessoa que me conhecia de verdade.

Minha mãe precisa disso.

Liza sentiu uma onda repentina de emoção ao pensar no pai, tão gentil e paciente. Uma parceria perfeita era isso, não era? Conhecer a outra pessoa e aceitá-la. Permitir que ela fosse quem era.

— As cartas são de Adam ou de Ruth?

— Ruth. Não sei o que dizem. Decidi não manter contato.

— Deve ter sido tão difícil... — Algo assim seria impossível de perdoar, não? Destruiria qualquer amizade. — Você nunca teve vontade de abrir as cartas?

— Nunca.

Liza olhou para o relógio. A última coisa que ela queria era que Finn chegasse no meio da primeira conversa profunda de verdade com a mãe.

— Por que mudou de ideia?

— Tive um mal-estar, fiquei tonta. Isso me fez perceber que se algo acontecesse comigo, você abriria as cartas. Seja lá o que for que esteja escrito, quero que saiba a história, Liza. E agora você vai me perguntar sobre a tontura.

Finn também havia mencionado que a mãe ficara tonta.

Liza sufocou todas as perguntas ansiosas que vieram à tona.

— Tenho certeza de que você lidou com isso da maneira que achou melhor. Se precisasse de mim, teria ligado.

— Eu preciso de você, e é por isso que estou ligando agora. Gostaria que lesse essas cartas para mim, Liza. Sei que é um pedido e tanto. Não sei o que elas dizem. São muito pessoais. Talvez até perturbadoras.

Mas sua mãe confiava nela para lê-las.

Liza endireitou a postura.

— Você quer que eu leia primeiro e filtre? Posso tentar julgar se acho que ficaria chateada antes de ler em voz alta.

— Ah, Liza… — Houve uma pausa. — Você é uma pessoa tão gentil. Sempre foi. Não, se vamos ler as cartas, então vamos ler juntas.

Vamos ler juntas.

Liza sentiu um nó na garganta e um aperto no peito. Era tão raro ela e a mãe fazerem algo juntas.

— Tudo bem. Você acha que Adam ficou com ela?

— Não sei. Acho que existe uma boa chance de ele ter feito com ela a mesma coisa que fez comigo. De qualquer forma, não era minha intenção que esta fosse uma conversa melancólica.

— Você quer que eu pegue as cartas agora?

Ela ainda podia cancelar o jantar com Finn.

— Não. Não estou pronta. Primeiro queria testar o terreno com você. Mas talvez amanhã possamos abrir as primeiras e ver o que acontece.

— Claro.

Já era muito para a mãe ter contado o que aconteceu, era provável que estivesse esgotada.

— Fale de você. — A mudança abrupta de assunto foi uma confirmação. — Está aproveitando a Cornualha?

Liza olhou para a luz do sol no jardim. A mesinha do lado de fora estava pronta para o jantar.

— Estou amando.

— Ótimo. A casa foi feita para ser aproveitada. Vá lá e aproveite, e eu ligo amanhã à tarde, se não for problema para você.

Liza se despediu e ficou sentada por um momento, sem se mover.

Sua mãe queria sua ajuda. *Precisava* de sua ajuda. Sentia-se mais próxima da mãe depois daquela única conversa do que em toda a vida.

— Ei... — A voz de Finn veio da porta. — Está tudo bem?

Liza se pôs em pé de um pulo.

— Oi! Minha mãe me ligou e eu perdi a noção do tempo.

— Alguma má notícia?

— Não.

Embora ela não soubesse o que havia nas cartas, então era possível que fosse uma má notícia. Mas, independentemente do conteúdo, ela e a mãe enfrentariam juntas.

Juntas.

— Que bom. — Finn tirou o boné de beisebol, mas continuou de óculos escuros. — Você está... incrível.

A conversa com a mãe a fez se esquecer de que estava usando o vestido novo.

Ela viu apreciação e calor no olhar de Finn e se sentiu envergonhada. E se ele achasse que a roupa dela tinha sido uma tentativa elaborada de sedução? Foi um pensamento horrível. Não deveria ter comprado o vestido. Era demais para um jantar informal no jardim, mesmo que o convidado fosse Finn Cool. Mas era tarde demais para mudar de roupa.

— Entre. Como você não está de carro, fiz drinques. Pensei que a gente podia tomar lá fora.

Ele deu um passo à frente e pegou as bebidas, o que o deixou mais perto dela. Ele cheirava a sol, sal e verão, e Liza sentiu um calor atípico se espalhar pelo corpo. Então, ele começou a contar uma história sobre seus cachorros terem pulado no mar e ela conseguiu rir e fingir que não havia acabado de ser envolvida pela chama da atração sexual.

Fazia apenas alguns dias, mas ela havia se esquecido de como era fácil conversar com ele. Os dois riram, conversaram e comeram a comida que ela preparou, e Liza ficou feliz por ter usado o vestido.

Finn se serviu de mais aspargos.

— No que está pensando?

Minha mãe já tinha se apaixonado.

— Nada. Estou relaxada, só isso.

— Você pegou sol.

— Esqueci de usar protetor solar quando fui nadar hoje. — Ela pressionou os dedos na bochecha. — Meu rosto deve estar combinando perfeitamente com o vestido.

— Você está bonita. Mais feliz do que quando te vi no começo da semana.

— Isso é o que acontece quando se embarca em uma fuga para o campo.

— Do que você estava fugindo?

Ela colocou o garfo no prato.

— Eu... Foi modo de falar.

Ele olhou nos olhos dela.

— Foi mesmo?

Ela suspirou.

— Não. Foi uma fuga. De certa forma.

— Se quiser falar sobre isso, fique à vontade. — Ele se serviu de mais pão. — E se estiver preocupada em fazer confidências a um estranho, devo lembrar que estou sempre ciente de que tudo que faço pode virar notícia no dia seguinte. Por causa disso, é provável que eu seja a pessoa mais confiável que você poderia conhecer.

— Como consegue levar algo ao menos um pouco parecido com uma vida normal, quando não sabe em quem pode confiar?

— Confio nos meus instintos… — ele ergueu o copo — … que são bem calejados depois de inúmeras traições e decepções.

Ela pensou na mãe.

— As experiências ruins não te desencorajaram? Não fica tentado a ser cauteloso?

— Eu tinha 8 anos quando perdi meu pai. Tem muita coisa dele que não me lembro, mas algo de que me lembro com clareza é da capacidade que tinha de se divertir e aproveitar o momento, não importavam as circunstâncias. — Ele colocou o copo de volta na mesa. — Meu pai era muito parecido com sua mãe nisso. Eu tento fazer o mesmo. Não é fácil. As pessoas acham que é frívolo e superficial…

— Mas requer muita coragem.

Ele sorriu.

— Isso mesmo. Permitir-se amar… viver… requer coragem.

Ele não entendia a mãe dela, embora achasse que sim. Liza podia ver que todas as viagens, o distanciamento emocional, a maneira como Kathleen vivia a vida, não eram por egoísmo, mas por autoproteção. Embora Liza ainda não soubesse os detalhes, pela primeira vez na vida sentia como se entendesse, e entender mudava tudo.

— Sim, requer coragem.

— Tentar algo sabendo que você pode fracassar requer coragem. Assim como amar quando você sabe que há uma boa chance de acabar com o coração partido.

— Sim.

Quanta coragem devia ter sido necessária para a mãe se permitir amar o pai de Liza depois de tudo que havia acontecido?

— É sempre mais fácil se proteger, mas quando se constrói um muro ao redor, não apenas se bloqueia as coisas ruins, mas as boas também. Acho que é por isso que acho sua mãe tão inspiradora — revelou Finn. — Ela sabe o que quer e vai atrás. Não deixa o medo atrapalhar. Quero ser como ela quando crescer.

Liza já tinha pensado a mesma coisa sobre a mãe, mas agora sabia a verdade.

Kathleen deixara o medo atrapalhar.

Ela se levantou e recolheu os pratos.

— Não cresça. Acho que você está bem do jeito que está.

— Diz a mulher que tentou me matar com um olhar quando quase fiz o carro dela cair em uma vala.

— Você me reconheceu?

— Claro. Você é inesquecível, Liza.

Ele inclinou a cadeira para trás. Os óculos escuros escondiam seus olhos, mas ela não precisava ver o olhar dele. Podia senti-lo.

Sua pele esquentou como se alguém a tivesse queimado com um maçarico. Já fazia tanto tempo desde que alguém flertara com Liza que ela não tinha certeza se reconhecia o flerte. Com certeza não sabia como reagir.

Nenhum homem jamais tinha dito que ela era inesquecível. Foi como se tivessem jogado água em uma planta sedenta.

Constrangida, ela levou os pratos para a cozinha e se concentrou na sobremesa e no café.

Estava escurecendo e as luzinhas que a mãe havia enrolado nas árvores brilhavam como estrelas. Liza sempre achou as luzinhas um toque surpreendentemente romântico vindo de alguém que ela nunca considerara romântica. Seus pais nunca foram dados a demonstrações físicas de afeto. Ela nunca os viu abraçados. E, ainda assim, o pai havia sido dedicado à mãe, e Liza passou a entender que aquele amor profundo havia sido retribuído.

— E então, está aproveitando a vida nova?

A forma como ele a olhava estava criando um caos dentro dela. Liza sabia que estava à beira de algo perigoso de tão delicioso. Não tinha certeza se queria dar um passo à frente ou recuar.

— Não é uma vida nova. É uma pausa na antiga.

Ela se sentia sem fôlego. Será que ele conseguia perceber pela sua voz?

— Está me dizendo que vai largar a pintura quando voltar para casa?

Ela pensou em como tinha gostado da última semana. Acordava todos os dias ansiosa para voltar à tela que tinha deixado com relutância na noite anterior.

Em Londres, seria diferente. Ela não teria o chalé de verão, o som do mar, o espaço e o tempo para se dedicar a si mesma. Mas ainda assim...

— Não vou largar a pintura.

Ainda que a ideia de voltar fosse suficiente para diminuir seu ânimo, e não apenas por causa da pintura. Sentiria falta de usar chinelos na praia, de comer uma comida simples que não exigia que passasse um tempão na cozinha, de vestidos de verão e um bom livro. Acima de tudo, ela sentiria falta da simplicidade. Tinha muito em que pensar, sabia disso. Coisas para resolver. Ela vinha adiando, mas o tempo estava se esgotando.

Liza parou ao ouvir o som de um carro se aproximando.

Finn pôs o copo na mesa, alerta.

— Está esperando alguém?

— Não. — Liza se levantou. — Fique aí. Vou ver quem é.

— Posso...

— Não, tudo bem. — Ela ergueu a mão para detê-lo. — É melhor você não aparecer.

Quem poderia ser? Se fosse Angie, então ela teria algumas explicações a dar.

Dizendo a si mesma que não tinha motivo para se sentir culpada, Liza atravessou o jardim até a frente da casa.

Duas jovens mulheres estavam paradas lá.

— Estamos procurando Finn Cool.

Liza adotou uma expressão perdida.

— Oi?

— Finn Cool. — Uma das garotas sorriu. — Você deve ser velha demais para ter ouvido falar dele.

Que ousadia!

— Ele é famoso?

— É sério? Ele é o melhor músico de todos.

A garota afastou o cabelo loiro do rosto, as pulseiras em seu braço tilintando.

— Ah. Bem, acho que eu saberia se morasse ao lado de uma lenda do mundo da música.

— Ele foi visto em um pub aqui perto algumas semanas atrás.

— Qual?

— O The Smuggler's Arms.

— Ele deve ter ouvido falar do *fish and chips* deles, é bem famoso. Vocês deviam experimentar, já que estão na área. As pessoas vêm de longe para comer lá. E experimentem também o pudim de chocolate de sobremesa.

Uma das garotas se virou para a outra.

— Você tem certeza de que é o pub certo? Se ele morasse por aqui, ela saberia.

— Perguntem mais adiante na rua. — Liza acenou com a mão em nenhuma direção específica. — E tomem cuidado na estrada. As ruas são estreitas.

— Eu sei. Nós nos perdemos duas vezes. Mas obrigada mesmo assim. Você devia ouvir alguma das músicas dele.

— Pode deixar.

Ainda bem que elas não tinham chegado algumas horas mais cedo e a flagrado dançando na cozinha.

Liza esperou até o som do motor do carro sumir a distância e voltou para o jardim.

A mesa estava vazia, e num primeiro momento ela pensou que Finn tivesse se escondido, mas então viu a porta do chalé de verão aberta.

Ela pegou sua taça de vinho e caminhou pelo jardim.

O ar estava úmido e pesado com o calor, mas ela conseguia ver nuvens sinistras se assomando no horizonte. O anúncio de uma tempestade.

— Não estou surpresa que você tenha se escondido. Elas eram assustadoras. — Liza entrou na casa de verão e encontrou Finn analisando a pintura dela. Sentiu uma onda de insegurança. — Você passa por isso o tempo todo?

Ele não se virou.

— Não, na maioria das vezes é muito pior.

— Que horror. Quanto custa um guarda-costas?

— Na maioria das vezes é um posto voluntário, mas que recebe muita gratidão. Aqui, segure isto. — Ele se virou e lhe entregou a taça de vinho para deixar as mãos livres. — É incrível.

— Eu sei. Passava o tempo todo aqui quando era criança, mas minha mãe mal usa. Limpei tudo depois de ver você naquele dia e tenho usado como estúdio desde então.

— Não estou falando do chalé. Estou falando dessa pintura. Ela vai ser minha?

— Não sabia se você estava falando sério.

— Ah, eu estou falando sério. Não acredito que você pintou todas essas desde o fim de semana.

Sem pedir licença, ele começou a olhar as telas que ela havia apoiado junto à parede.

— Algumas são antigas. Tinha me esquecido de que estavam aqui.

E estava um pouco envergonhada por ele estar olhando seus quadros.

— Como pode se esquecer de uma obra como esta? Obrigado por cuidar daquelas mulheres, a propósito.

— De nada. Foi mais emoção do que eu costumo ter em um dia. Você acha que tenho futuro como espiã?

— Não, mas definitivamente tem futuro como artista. — Finn se inclinou e deu uma olhada mais de perto em uma das telas. — São deslumbrantes. Você tem um verdadeiro dom, Liza.

— Obrigada. Isso é muito gentil.

— Nunca sou gentil. Pergunte a qualquer um que me conhece. — Ele pegou uma das telas maiores e a colocou na mesa. — Pode me vender essa?

— Não vai querer a outra?

— Não. Eu quero as duas. — Ele analisou a tela em progresso. — Esta ficaria perfeita no meu corredor.

— Não está terminada.

— Então termine e diga o seu preço.

Ela engoliu em seco.

— Você está sendo educado?

Um sorriso brincou no canto da boca dele.

— Não sou educado nem gentil. Estou comprando porque quero, e quando quero algo... — Ele deixou a pausa se prolongar no ar e o silêncio cresceu e se intensificou, alimentado pela atmosfera tensa.

Ela não teria imaginado que tanto poderia ser dito sem que nenhum dos dois pronunciasse uma palavra.

O rosto dele pairou próximo ao dela e Liza teve uma intuição louca de que ele estava prestes a beijá-la, bem ali nas sombras das folhas no jardim.

Ela mal conseguia se concentrar, a mente nebulosa de desejo e vinho.

— Eu sou casada.

— Eu sei.

O sorriso dele ficou maior, sedutor e astuto.

Ela balançou a cabeça, reconhecendo as diferenças entre eles. E tais diferenças, além do apelo do proibido, eram o que o tornava tão atraente, é claro. Era difícil não se sentir lisonjeada. E ainda mais difícil não se sentir tentada.

— Talvez você seja tão ruim quanto dizem.

— Talvez eu seja. — Ele olhou para os lábios dela, e o calor nos olhos de Finn quase lhe queimou a pele. — E você, Liza?

E ela?

Liza sempre pensou que era o tipo de mulher que jamais olharia para outro homem, mas estava olhando para Finn. Estava sendo puxada por um fio invisível até a beira de um precipício, e não haveria como se recuperar da queda.

Sua boca estava perigosamente perto da dela.

— Pense nisso.

Ela bambeou, desorientada.

— Você está falando de vender os quadros?

— Isso também. — Ele acariciou o rosto dela com um dedo. — Obrigado por uma noite excelente. Vá lá em casa amanhã.

Ir até a casa dele? Para jantar? Para fazer sexo?

— O que está propondo exatamente?

— Você decide.

Ele estava tão perto que com um movimento mínimo dela os dois acabariam se beijando.

— Finn…

— Vá às sete da noite. Assim temos tempo para nadar antes.

Antes do quê?

Ela abriu a boca para perguntar, mas ele já estava se afastando, seguindo pelo caminho de volta à casa.

Liza ficou ali parada, dividida entre chamá-lo de volta e deixá-lo ir.

O que ela estava *fazendo*?

Claro que não poderia ir até a casa dele no dia seguinte. Ela não era ingênua. Era óbvio que Finn não a estava convidando só para provar a comida dele.

Ele nem mesmo a havia tocado, mas Liza sentia como se tivesse. Ela esfregou a palma das mãos nos braços. Sua pele estava quente, todo o corpo envolto em uma sensação deliciosa de estar derretendo.

Balançando a cabeça, fechou a porta do chalé e caminhou com as pernas bambas de volta até a casa, mas Finn já tinha ido embora.

Ela se sentia diferente, e não era o vestido nem os saltos. Era a maneira como Finn a tinha olhado. Ele fazia com que se sentisse atraente. Consciente de si mesma como mulher.

Mas ela não iria à casa dele no dia seguinte.

Ou iria? Ela abriria as cartas de Ruth com a mãe à tarde. Poderia acabar chateada. Uma noite com Finn serviria para animá-la.

A campainha tocou, e o coração dela começou a bater duas vezes mais rápido.

Finn.

Ele tinha mudado de ideia sobre esperar até o dia seguinte.

Ajeitando o cabelo, ela respirou fundo e foi até a porta, sentindo-se alta e elegante nos novos saltos.

Ela abriu a porta, com um sorriso no rosto, e quase caiu.

Sean estava ali, o cabelo bagunçado, a barba por fazer, os olhos cansados. Segurava as páginas da revista, amassadas e rasgadas em alguns lugares. "Oito sinais de que seu casamento pode estar em risco."

— Oi, Liza.

19

Liza

Liza dormiu mal, o que tendia a acontecer quando o marido chegava sem aviso e ela estava toda arrumada, considerando fazer sexo com outro homem.

Não teria dormido com Finn, ou foi o que disse a si mesma enquanto olhava para o teto, pensando em Sean, que ela tinha mandado ir dormir no quarto do outro lado do corredor.

Era a primeira vez no longo casamento que dormiam sob o mesmo teto separados. Ela usou a desculpa de que ele devia estar cansado depois da viagem e precisava de uma boa noite de sono, mas na verdade foi porque ela não tinha certeza de que havia espaço na cama para os dois e a culpa dela. Precisava pensar em tudo, e não conseguiria fazer isso com Sean deitado ao lado.

Por que ela deveria se sentir culpada? Não tinha feito nada. Pensar em algo não contava, certo? Ou talvez contasse.

Achou que estava certa, mas naquele instante sentia que estava errada, e era isso que acontecia quando se procrastinava e não fazia algo que precisava ser feito.

Ela devia ter falado com Sean no momento em que as primeiras dúvidas surgiram. Devia ter agido como se tivesse visto uma erva daninha no jardim, dizendo: "Olha só! Vamos cortar o mal pela raiz antes que se espalhe!" Mas ela não fizera isso, deixara a erva daninha se espalhar até que havia tantas que mal conseguia ver o marido no meio daquela confusão.

Liza percebia que era tão responsável pelos problemas deles quanto o marido, porque não dissera nada. Ela ficara esperando que Sean soubesse, como se ele devesse conseguir ler seus pensamentos depois de tantos anos. Como se ele tivesse poderes mágicos.

Mas a vida não era mágica, era complicada e real, e nunca mais real do que no momento em que Sean apareceu à porta, desesperado porque tinha encontrado o artigo e não queria que o casamento deles estivesse em risco. Ela também não queria, mas sua reação tinha sido fingir que nada estava acontecendo e depois fugir e dar uma "pausa" na própria vida, enquanto ele imediatamente correu para ela.

Liza sempre achou que não era nada parecida com a mãe, mas agora percebia que não era bem assim. Ser honesta sobre os sentimentos era fácil quando esses sentimentos eram positivos e claros, mas não tão fácil quando havia conversas difíceis.

Passou a maior parte da noite acordada, sem conseguir parar de pensar em Finn, naquele quase beijo, em Sean, no casamento deles, nas esperanças dos dois, nas meninas, na vida real. Todos esses pensamentos giraram feito uma sopa horrorosa até que ela se sentiu enjoada.

Ficou grata quando a luz começou a entrar no quarto, porque a escuridão parecia tornar os pensamentos sombrios também.

Às cinco, desistiu de tentar dormir e desceu a escada.

O tempo tinha piorado durante a noite, e uma tempestade dramática se transformara em uma chuva torrencial. Ela martelara no telhado e nas janelas e atacara o jardim, deixando as plantas curvadas e intimidadas pela força bruta. O clima refletia a mudança em sua situação. Seus dias isolados de um verão ensolarado estavam no passado.

Entrou na cozinha e encontrou Sean já sentado à mesa. O rosto dele dizia que ele também não tinha dormido.

A conversa na noite anterior havia sido desconfortável, para dizer o mínimo. Ela tinha começado a suar assim que abriu a porta e o encontrou lá, e não por causa do calor, embora estivesse avassalador, mas por pensar no que teria acontecido se Sean tivesse chegado meia hora mais cedo. Ele a teria encontrado rindo e flertando com Finn no chalé de verão.

Ela acenara para que ele entrasse, chocada por o marido estar segurando aquele artigo idiota. Não tinha lhe passado pela cabeça que ele pudesse ir atrás dela.

— Você está sozinho? Cadê as meninas?

— Elas estão em casa. Achei que precisávamos conversar sobre isso sem plateia.

Ele tinha olhado para o vestido dela e para os pratos que ela ainda não havia colocado na máquina de lavar louça.

— Você estava acompanhada?

— Sim, recebi uma visita.

Não dissera mais que isso, mas ficara vermelha e soubera que ele tinha percebido. Engraçado como quando queria que Sean reparasse nas coisas, ele não reparava, e quando preferia que ele não notasse algo, ele notava.

— Esse artigo não...

— Não o quê, Liza?

— Não significa nada.

— Se não significa nada, por que estava na sua bolsa? Quando você disse que estava vindo para Oakwood, pensei que vinha alimentar o gato. Não entendi que você estava me largando. Teria sido bom saber.

Ela fora consumida pelo pânico. Aquilo não era o que ela queria, e a situação parecia fora de controle.

— Não larguei você! Não desse jeito. Eu precisava de espaço, Sean, só isso. Precisava pensar.

Ela tinha imaginado que teria tempo para planejar o que diria, para que as palavras fossem pensadas e significativas. E agora se sentia presa, acuada e na defensiva. E esgotada, o que não era bom.

— Se precisava pensar em nosso casamento, não acha que eu deveria estar envolvido? Até um réu tem direito a um julgamento.

— Não estou acusando você de nada, Sean.

Ele pegara a garrafa de vinho aberta.

— Você se importa se eu beber isso?

— Fique à vontade.

Ela entregara uma taça para ele, que servira o que restava do vinho.

Sean sempre tinha sido estável. Foi uma das coisas que a atraíram nele desde o início, e isso jamais mudou. Ele tinha se mantido estável quando as gêmeas nasceram prematuras, e também quando o pai dela morreu. Naquele momento, ele não parecia nada estável.

— Planejei um grande discurso no caminho até aqui, mas agora não consigo pensar em uma única palavra. — Ele olhara para ela, os olhos cansados. — Nunca foi tão importante dizer a coisa certa, depois de tantas coisas erradas. Estava tão ocupado vivendo a vida que não parei para pensar em como eu a estava vivendo.

Ela entendia, porque de certa forma estivera fazendo o mesmo.

— Você está com uma cara exausta.

— Foi uma semana longa e o trânsito estava péssimo. — Ele virou a taça. — Sexta-feira à noite.

— É.

Sexta-feira à noite. E ela tinha jantado com Finn. Liza sabia que não era o momento de falar sobre tudo. Ela precisava pensar, e ele precisava descansar.

— Está tarde, e você fez uma longa viagem. Que tal ir para a cama enquanto eu arrumo a cozinha? Podemos conversar melhor amanhã?

— Isso é sério? Essa talvez seja a conversa mais importante do nosso casamento, e você quer adiar?

— Quero adiar justamente porque talvez seja a conversa mais importante do nosso casamento. Não acho que seja uma conversa para termos quando estamos cansados e estressados.

— Você não parece cansada nem estressada. Parece energizada. — Ele focara o olhar nas alças finas do vestido vermelho e descera até os saltos dos sapatos. — Você está... incrível. Diferente.

— Eu me dei um vestido novo de presente.

— Não é o vestido. *Você* está diferente.

Provavelmente era a culpa. Liza sentia como se estivesse pintada em sua pele. Não que tivesse feito algo pelo que devesse se sentir culpada. A menos que pensamentos contassem. Será que contavam?

— Passei uma semana relaxando ao sol. E me esqueci de usar protetor solar, então meu nariz está descascando.

Ele quase sorrira.

— Tinha imaginado você limpando a casa da sua mãe, fazendo uma lista interminável de tarefas. O que ficou fazendo?

— Eu me encontrei com Angie. Passei um tempo na praia. Nadei todos os dias. Pintei.

E flertei.

— Você pintou? Que bom. Você não faz tanto isso quanto deveria, e acho que parte da culpa é minha.

Ela balançara a cabeça.

— Eu deveria ter arranjado tempo.

— Como? Você tem tanta coisa para fazer que é um milagre ter tempo para escovar os dentes. — Ele suspirara e passara a mão pelo pescoço. — Está úmido e abafado.

— Vai cair uma tempestade.

Em vários sentidos.

Liza lutara contra a vontade de ter a conversa logo de uma vez. Ela precisava de tempo para pensar no que queria dizer. Não queria conversar usando o vestido vermelho sexy que tinha colocado para preparar um jantar para outro homem. Mesmo que tecnicamente ela não tivesse feito nada, parecia errado.

— Vá para a cama, Sean.

No fim, ele tinha concordado e levado a mala feita às pressas para o quarto que usavam quando se hospedavam ali, enquanto ela foi dormir no quarto que havia usado a semana toda, cercada pelas lembranças da infância.

E agora eles estavam se encarando de lados opostos da mesa da cozinha enquanto a chuva desabava no pátio.

— Você acordou cedo. — Sean serviu uma xícara de café e lhe entregou. — Conseguiu dormir?

— Não muito. E você?

— Não. Por que resolveu dormir no seu quarto antigo?

— Não sei. — Ela tomou um gole de café. Os olhos pareciam cheios de areia. — Eu estava cansada quando cheguei e escolhi aquele quarto. Acho que precisava de uma mudança completa.

— De mim?

— Não. — Ela abaixou a xícara. O artigo estava na mesa entre eles, junto com tantas coisas que precisavam ser ditas. — Não planejei nada disso, Sean. Muitas coisas aconteceram naquele último dia e nos últimos meses. Foi um estalo dentro de mim. Eu me sentia sobrecarregada o tempo todo. E isolada, como se para minha família eu fosse só alguém para levar objetos que esqueciam, reservar mesas que ninguém queria ter o trabalho de reservar ou preparar refeições para não terem que cozinhar. Deixei de ser uma pessoa. E foi culpa minha, porque permiti que isso acontecesse e não falei nada.

E foi um alívio enfim dizer isso. Um alívio ter tudo às claras. Ele parecia abatido.

— Eu devia ter percebido. Tenho sido tão egoísta.

— *Eu* não percebi, na verdade. Cada momento do meu dia era consumido por coisas que precisavam ser feitas. Não havia tempo para reflexão. Pintar costumava ser um pouco como uma meditação para mim, um tempo para estar concentrada e calma. Quando parei de pintar, perdi isso. Nunca tinha tempo... ou tirava um tempo... para me perguntar se estava vivendo a vida do jeito que queria. Naquele dia em que saí de casa, tudo que eu queria era espaço para pensar.

— Repassei aquele dia mentalmente. Você sugeriu que a gente saísse para jantar e eu pedi que reservasse algum restaurante, depois de já ter presumido que você queria que as meninas fossem junto... e era nosso aniversário de casamento. — Ele lhe lançou um olhar envergonhado. — Nem sei como me desculpar.

— Não foi seu melhor momento, mas um casamento é composto de muitos deles, felizmente, e você teve muitos bons momentos.

— Você devia ter batido na minha cabeça com uma frigideira, que nem sua mãe fez com o intruso. Se eu não tivesse encontrado essas páginas de revista, você teria falado alguma coisa?

— Sim. Eu precisava de tempo para saber o que dizer, só isso.

— Você não queria voltar para casa. Isso diz muito.

Os olhos dele estavam exaustos, o maxilar coberto por uma barba por fazer, e ele nunca tinha parecido tão sexy.

Ou talvez Liza estivesse tão abalada com a ideia de perdê-lo que estava notando coisas que havia deixado de notar. O tempo tinha esse efeito, não é? Fazia o olhar passar batido por coisas que deveriam ter chamado a atenção.

— Eu pretendia voltar para casa, Sean. E falar com você sobre como estava me sentindo. Só não tinha planejado como ou quando. Não sabia que você encontraria o artigo da revista.

— Não fui eu. As meninas que encontraram.

— Ah. — A culpa se misturou à ansiedade. — Como?

— Pedi que fossem procurar as outras chaves do carro. Elas abriram sua bolsa e viram.

Não tinha nem lhe passado pela cabeça que qualquer outra pessoa fosse ler aquelas páginas.

— O que elas disseram?

— Nada no começo. Não sabiam o que fazer, então mantiveram segredo por alguns dias e fizeram muitas perguntas que consideraram sutis. Então, ontem, elas resolveram falar comigo. Tinham muitas perguntas, nenhuma das quais eu sabia responder, o que não foi nada positivo para minha imagem. Se o casamento de alguém está com problemas, em geral se deveria saber.

— Você está com raiva?

— Não. Pelo menos, não de você. Talvez de mim mesmo, por não enxergar como você estava se sentindo, ou, mais ainda, por não ter sido mais cuidadoso para que você não se sentisse assim, para início de conversa. Mais que tudo, eu me sinto... — Ele balançou a cabeça. — Não sei. Abalado. Impotente. Apavorado, porque eu te amo e não vi o que estava acontecendo. Achava que estávamos felizes. É assustador saber que você estava pensando todas essas coisas e nem mesmo me contou. Não que eu seja um especialista em relacionamentos, mas até eu sei que não há como consertar algo que não aparenta ter um problema.

Ah, Sean.

Ela sentiu um nó na garganta.

— Eu também te amo.

— Então por que isso? — Ele tocou no artigo. — Por que não conversou comigo?

— Quando? Quando nós conversamos sobre nós ou nosso relacionamento, Sean? Nós falamos sobre a vida, sobre as meninas, sobre questões práticas.

Ele mexeu no papel.

— Oito sinais. Quantos se aplicam a nós? Eu li e não tive certeza. O que mais uma vez não diz muita coisa, não é? Quer dizer, o número dois... — Ele fez um gesto para o papel — ... "Vocês nunca passam tempo sozinhos juntos". Esse com certeza é verdade, eu consigo ver agora.

— Sean...

— Costumávamos ter uma noite para sairmos só nós dois. O que aconteceu com nossos encontros?

— Acho que sumiram em algum momento entre seu negócio deslanchar e Caitlin conseguir a bolsa para a aula de teatro. — Ela segurou a xícara com as duas mãos. — A vida é sobre prioridades, não é? E nós não priorizamos nossos encontros. Não priorizamos *nossa* relação.

— Não há nada na vida mais importante para mim do que você, então, se isso aconteceu, foi um descuido, não proposital. — Ele estendeu a mão sobre a mesa e segurou a dela. — Não culpo você por não acreditar nisso, mas você *é* minha prioridade. O trabalho, tudo que faço, é por nós.

— Eu sei. — Ela se sentia drenada e emotiva, e tão, tão feliz por vê-lo e enfim estarem conversando. — A culpa foi tanto minha quanto sua. Eu estava concentrada demais na família como um todo e negligenciei *nós dois*. Acho que tudo isso tem a ver com minha infância e um desejo de ser presente. Acabei indo longe demais, no outro extremo, agora consigo ver.

Lá fora, a chuva havia parado e um pedaço de céu azul aparecera. Isso deu esperança a ela, assim como sentir a mão dele apertando a sua.

— Você é uma mãe maravilhosa, as gêmeas têm sorte.

— Não é verdade. — Era difícil admitir, mas ela sabia que precisava. — Eu faço as coisas por elas, em vez de incentivar que assumam responsabilidades. O conflito com Caitlin faz eu me sentir uma péssima mãe, então faço tudo que posso para preservar a harmonia. Quero que ela seja feliz, e deixo que ela me manipule. Foi aí que eu errei, e preciso resolver isso.

— Acho que não vai ser preciso. As meninas estiveram pensando muito desde que encontraram essas páginas. — Como se aproveitasse a deixa, o celular dele emitiu um alerta de mensagem e ele verificou a tela. — É Caitlin, querendo saber se vamos nos divorciar.

— *Nos divorciar?* É isso que elas pensam?

— Isso é o que o fim do texto dizia. Você consegue salvar o relacionamento ou deve terminar?

— Eu nunca li até o fim.

O artigo a deixara em pânico. Tinha sido como ler sintomas médicos na internet e se convencer de que estava morrendo de uma doença horrível. Ela não quisera acreditar que seu casamento estava em um estágio terminal.

— No caminho até aqui, não parei de repassar aquele último dia. Estava distraído, pensando em clientes, trabalho, qualquer coisa, menos em nós dois. E você estava tentando me dar dicas para sairmos para jantar, fazendo o possível para me lembrar de que era nosso aniversário de casamento.

— Eu deveria ter falado.

— Você não deveria precisar me lembrar. Era minha responsabilidade lembrar. Eu devia ter reservado uma mesa para o jantar e levado você para uma noite romântica, e não ter te feito cuidar de tudo sozinha. Desculpe por ter deixado chegar a um ponto em que você explodiu. Você devia ter sentido que podia falar comigo. É culpa minha não ter dado espaço. Eu estava com pressa, tentando chegar ao trabalho... Como você disse, priorizando tudo menos nós.

— Talvez eu precisasse desse tempo sozinha. Foi bom para mim.

Conversar com Finn também tinha sido bom para ela. Ajudou a elucidar o que era importante.

— Tem certeza de que estava planejando voltar para casa?

— Claro! — Ela ficou chocada por ele precisar perguntar. Um raio de sol atravessou a cozinha e ela se levantou. — Vamos para a praia.

— Agora?

— Por que não? A gente adorava ir lá depois de uma tempestade.

— Nós éramos adolescentes.

— E daí? Não são só os jovens que podem se divertir. — Ela pensou na mãe. — Não existe nenhuma lei dizendo que não podemos mais gostar das coisas de que costumávamos gostar. O mar vai estar forte, vai estar ventando bastante e não vai ter ninguém.

Ele terminou de beber o café.

— Você vai se arrumar? E quer tomar café da manhã primeiro?

— Nós podemos levar o café da manhã. A luz vai estar maravilhosa depois dessa tempestade. Vou tirar algumas fotos para usar mais tarde para pintar.

Eles se arrumaram depressa e Liza pegou algumas frutas, dois muffins que havia comprado no dia anterior e guardou tudo em uma bolsa.

Sean ficou pronto, o cabelo molhado depois de um banho rápido e um moletom amarrado em volta dos ombros.

— Não vejo você usando short há anos. Parece que renovou o guarda-roupa.

— Eu não tinha as roupas certas.

Ela calçou os chinelos e, juntos, atravessaram o campo e desceram até a praia.

Exceto por alguém passeando com cachorros ao longe, tinham o lugar só para eles.

Liza tirou o chinelo e foi descalça até a beira da água. O mar estava agitado, mas as nuvens da tempestade tinham se dissipado e prometia ser mais um dia ensolarado.

— Nós nos conhecemos nesta praia. — Sean passou o braço ao redor dela. — Você me intimidou.

Ela se apoiou nele.

— Isso é ridículo. Você era o descolado. Aquele cara que todas as garotas queriam.

— E você nem olhou para mim.

— Eu olhei. Mas era tímida.

A água cobriu seus pés e tornozelos, gélida, deixando a pele dormente.

— Você era pensativa. Eu gostava disso. Você parecia viver muito da vida dentro da sua cabeça.

— Eu aprendi a ser independente.

Ele olhou para ela, entendendo.

— Você falou com sua mãe?

— Todos os dias. — Ela viu a surpresa do marido. — Nós conversamos mais durante a última semana do que em meses. Talvez anos.

— Sobre o quê?

— Tudo. A vida dela. Martha está postando sobre a viagem nas redes sociais. Fotos, vídeos… O nome da conta é *Vocação Verão*. Depois mostro a você. Elas estão se divertindo muito, dá para ver.

Liza pensou se deveria contar a ele sobre as cartas. Talvez depois.

— Estou começando a entendê-la, e isso ajuda. — Ela passou o braço ao redor da cintura de Sean e eles caminharam juntos à beira da água. — Eu amo este lugar.

— Eu também. Lembra quando a gente falava sobre comprar uma casa na região? Tínhamos tantos sonhos. O que aconteceu?

Ele se lembrava. Ela achava que ele tinha se esquecido daquelas conversas, mas não.

O humor dela melhorou ainda mais.

— Nós crescemos. Ficamos sensatos.

— Talvez seja hora de dar um jeito nisso.

Sean a pegou no colo de surpresa, e Liza gritou quando ele entrou na água com ela nos braços.

— Sean! Se você me soltar, eu vou…

— *Se* eu soltar você? Eu vou soltar você, meu bem. É uma questão de *quando*, não *se*.

— Você vai estragar meu short novo. — Ela ofegou quando uma onda bateu neles e a água respingou em seu rosto. — O mar está agitado demais.

— Eu estou aqui. — Ele a beijou. — Estou sempre aqui para você.

Seu coração deu um pulo. Quando tinha sido a última vez que conversaram assim? Liza não conseguia se lembrar.

Suas roupas ficaram molhadas e coladas no corpo.

— Você é ridiculamente irresponsável.

— Eu sei. E já estava mais que na hora. Se quer saber, temos sido adultos demais nos últimos tempos. Como você disse, não são só os jovens que podem se divertir. — Ele a soltou na água com cuidado e a puxou para perto. — Nós vamos fazer mais disso, Liza Lewis.

— Ficar molhados e congelando? Quase nos afogando?

— Ser espontâneos. — Ele acariciou o cabelo encharcado dela, tirando-o do rosto. — Você está tremendo. Vamos voltar para casa, para você tomar um banho quente.

Eles correram de volta pela praia de mãos dadas e sujaram o chão da cozinha de areia ao subirem a escada.

— A gente devia ter lavado os pés... — Liza estava rindo enquanto tropeçavam escada acima.

— Depois a gente limpa. — Sean a beijou e juntos eles se apertaram no chuveiro do quarto de hóspedes principal. — Este chuveiro não foi feito para duas pessoas.

Ela fechou os olhos enquanto a água caía sobre seu corpo, lavando a areia, o sal e o estresse das semanas anteriores. A boca de Sean cobriu a sua, oferecendo beijos e esperança.

Com os movimentos restritos pelo espaço apertado, Sean desligou a água, envolveu Liza em uma toalha e a carregou até o quarto.

As mãos dele estavam ousadas e confiantes, o corpo firme e familiar. Ele a tocou com o conhecimento de um mestre, relaxando todas as tensões e dúvidas, eliminando a distância entre os dois. Ela não estava mais preocupada com o passado ou com o futuro. Não havia nada além do presente, de Sean, e da intimidade suprema de ser conhecida e amada de verdade.

Como ela podia ter se esquecido dessa sensação? Como podia ter questionado os sentimentos dele quando eram tão óbvios? Aquilo não era sexo, era amor, e ele demonstrava isso com cada toque, cada beijo, cada movimento lento e habilidoso até que o prazer fosse crescendo e saísse de controle, deixando-a fraca e saciada.

É amor, pensou, deitada sem fôlego nos braços do marido. Amor.

Ele a puxou para mais perto.

— Senti falta disso.

— De sexo? Não faz tanto tempo assim.

— Faz muito tempo desde que fizemos sexo assim. Com essa sensação de proximidade.

Ela entendia o que ele queria dizer. A intimidade envolvia muito mais do que o contato físico.

— Quero continuar sentindo isso e não sei como.

— Acho que se nós dois estivermos tentando, então vamos conseguir continuar sentindo. Eu te amo, Liza.

— Eu também te amo. — Ela mudou de posição para poder ver o rosto dele. — E agora, o que a gente faz?

— Vou fazer um dos meus famosos sanduíches de bacon para você. — Ele a beijou. — E depois vamos passar o resto do dia falando sobre nossos sonhos e planejando, como costumávamos fazer. Quero saber tudo que você está pensando. Talvez a gente devesse ir à praia de novo.

Ele vestiu a calça jeans e saiu do quarto enquanto ela continuou deitada, sentindo-se letárgica demais para se mexer.

Liza conseguia ouvir o canto dos pássaros pela janela aberta e, quando foi até lá, viu que o sol quente havia secado os últimos vestígios de chuva do jardim.

Ela podia ouvir Sean fazendo barulho na cozinha e sentia o aroma tentador do bacon sendo frito.

Ela tomou outro banho rápido, secou o cabelo e pôs um dos vestidos de verão que tinha comprado na vila. Então se sentou na beirada da cama e mandou uma mensagem para Finn, explicando que não poderia ir jantar lá.

Não sentia mais culpa nem arrependimento. Sabia que o tempo que passara com Finn não tinha sido nada mais do que uma breve distração para ele, mas para ela foi uma oportunidade de se reencontrar. Sentia-se grata por isso.

Quando entrou na cozinha, Sean tinha preparado uma pilha de sanduíches com fatias grossas de bacon e um bule de café fresco.

— Devíamos ligar para as meninas. — Ela comeu um dos sanduíches. — Como estavam esta semana?

— As mesmas de sempre até encontrarem o artigo. Aí, de repente, começaram a ser muito afetuosas. Foi um pouco desconcertante, na verdade. — Ele sorriu para ela. — Caitlin me trouxe café da manhã na cama ontem. O alarme de incêndio disparou quatro vezes porque ela queimou a torrada. E as duas têm passado uma hora por dia cuidando do jardim dos vizinhos, embora Alice e as minhocas não sejam uma combinação feliz.

— Essa transformação aconteceu sem nem uma conversa? — Ela terminou de comer o sanduíche. — Estava ótimo. Não cozinhei muito esta semana. Tenho comprado coisas na delicatéssen da vila na maioria dos dias.

— Mas você cozinhou para Angie ontem à noite? Parecia uma refeição elaborada — questionou Sean.

Ela poderia mentir, mas não queria que o recomeço deles se iniciasse com uma mentira.

— Ontem eu jantei com Finn Cool. — Ela viu uma pergunta surgir nos olhos dele. — É uma longa história.

— Não estou com pressa.

Ele ouviu com toda a atenção enquanto ela contava tudo, desde a aparição de Finn na cozinha até o jantar.

— É típico da minha mãe não ter me contado que o conhecia tão bem.

— Ela sempre foi misteriosa.

— Acho que é mais reservada do que misteriosa.

Sean colocou o sanduíche pela metade na mesa.

— Então, devo ficar preocupado?

— Com o quê?

— Com o fato de você ter se arrumado e preparado um jantar para um outro homem. Você se divertiu com dele, dá para ver.

Ela sentiu as bochechas ficarem coradas.

— Nós conversamos. Ele fez eu me sentir… interessante. Eu me senti como um indivíduo, em vez de uma esposa, uma mãe ou a professora de alguém. Costumo me enxergar em relação às outras pessoas, e isso é algo que eu preciso mudar. Conversamos muito sobre criatividade e seguir a paixão.

Sean a encarou.

— Paixão?

— Por arte e música.

Ela quase tinha beijado Finn, mas não beijou. Fizera uma escolha. Não precisava contar isso. Aquela semana tinha se resumido a tomar as próprias decisões. Decisões que não eram ditadas pelas necessidades dos outros.

— Conversar com ele me fez pensar melhor nas coisas. Esta semana, acordei todas as manhãs empolgada com o dia. Caminhei na praia. Li livros sem sentir que deveria estar fazendo outra coisa. Fiquei sentada aproveitando o jardim sem pensar em todas as tarefas se acumulando. Comi coisas que não precisei cozinhar. E pintei, e não sei nem como expressar como isso fez com que eu me sentisse bem.

Sean assentiu.

— Você tem pintado que tipo de tela? Óleo? Pastel?

— De tudo um pouco. — Quanto ela deveria contar para ele? — Finn quer comprar dois dos meus quadros para a casa de praia dele.

Sean ficou em silêncio por um momento e então abriu um breve sorriso.

— Ele é um homem de bom gosto. Como ele sabe que você pinta?

— Conversamos sobre isso. E mostrei algumas fotos dos meus quadros antigos.

Sean respirou fundo.

— Não vejo você tão empolgada há muito tempo.

— As conversas com ele me ajudaram a entender o que eu queria.

Sean afastou o prato.

— Desculpe por ter tornado difícil para você ter esse tipo de conversa comigo. Era o número quatro naquele artigo, não era? "Você ainda compartilha seus sonhos com seu parceiro?" Esse foi uma pancada. Percebi que não sei quais são seus sonhos, e houve uma época em que eu sabia. Lembro da primeira vez que você me disse que queria ser uma artista. Nunca tinha contado para ninguém, e eu me senti nas nuvens porque você dividiu esse segredo comigo.

— Era um sonho pouco prático. É difícil ganhar dinheiro assim, e eu nunca quis ser uma artista passando fome.

— Mas conforme nossa vida foi ficando mais ocupada, não alimentei seu lado criativo. Eu me sinto péssimo por isso.

— A responsabilidade era minha.

Ele se levantou e estendeu a mão.

— Me mostre o que você anda pintando.

Ela segurou a mão dele e o levou até o chalé de verão.

— Dei uma geral aqui antes de transformar este lugar de novo no meu estúdio.

Liza abriu a porta, e Sean passou por ela e olhou para as telas apoiadas na parede.

— São todas novas?

— Algumas eu pintei esta semana. Outras são obras antigas que eu limpei.

Ela não mencionou a que pintara em um rompante de inspiração, que agora estava no andar de cima, no quarto da mãe, pronta para surpreendê-la quando voltasse.

Sean ficou em frente à tela que Finn tinha admirado.

— É esta?

— Sim. Ele gosta do oceano.

— É deslumbrante.

— Assim como a casa dele. O sonho de um arquiteto. Você adoraria.

— Precisamos encontrar uma maneira de construir um estúdio para você em Londres.

Ela arrumou algumas tintas, mais para ter algo a fazer do que por necessidade. A concha que Finn lhe dera descansava no beiral estreito da janela, um lembrete daquela manhã na praia. Seria errado guardá-la? Não. A concha não a fazia pensar em Finn, mas, sim, no momento em que tinha decidido voltar a pintar.

— Não temos espaço para um estúdio.

— Então vamos abrir espaço. — Ele se aproximou da tela, analisando as pinceladas. — Você é tão talentosa.

Uma onda de prazer a inundou.

— Obrigada.

Ele se virou e a puxou para mais perto.

— Então, qual é o sonho, Liza? Se pudesse projetar sua vida perfeita, agora mesmo, como ela seria?

— Fantasia ou realidade?

— Comece sonhando grande. E aí nós vemos como podemos transformar em realidade.

Fazia anos que não jogavam aquele jogo. "Sonhos Grandes, Sonhos Pequenos."

O sonho grande. Ela encostou a cabeça no peito dele.

— Gostaria de sair da cidade. Queria morar em uma casa como esta, cheia de personalidade, perto do mar. Levar uma vida com tempo ao ar livre, cheia de bons amigos, boa comida e bons livros. Pintar. Não me preocupar com as gêmeas o tempo todo. Queria saber que você se sente realizado e feliz também. Não quero que minha vida dos sonhos aconteça à custa da felicidade de outra pessoa.

Ele acariciou o cabelo dela.

— Nós sempre sonhamos em morar perto da praia. É culpa minha estarmos em Londres.

— Não é culpa de ninguém. — Ela olhou para ele. — Foi uma decisão conjunta. Você trabalhou muito para construir a base de clientes, e sou grata pela segurança que isso nos deu.

— Mas... — Ele se afastou. — Essa vida que estamos levando não parece a que nós queríamos vinte anos atrás.

— Duvido que a de qualquer um pareça. E aos 20 anos a gente não quer as mesmas coisas que quer aos 40.

— Não sei, não. Eu poderia viver aqui facilmente. — Ele olhou para o jardim. — Talvez quando as gêmeas forem para a faculdade.

Seu coração bateu mais forte, porque os pensamentos dele estavam indo na mesma direção que os dela.

— Está falando sério? — Ela sentiu uma centelha de empolgação e tentou controlá-la. — Mas não é muito prático, não é? Tem meu trabalho. E o seu. Não sei como poderíamos fazer isso dar certo.

— Talvez a gente precise se esforçar mais. Vamos pensar nisso. — Ele a beijou. — Nesse meio-tempo, vamos continuar a dividir esses sonhos para pelo menos sabermos qual é o objetivo.

Ela manteve os braços ao redor dele, e por um momento pareceu que estavam sozinhos no mundo, que nem em todos aqueles anos antes.

Ela não queria uma fantasia, percebeu. Queria a própria realidade, mas uma versão melhorada.

— Fico feliz que você tenha vindo até aqui.

— É mesmo? Quando abriu a porta ontem, achei que talvez eu tivesse cometido um erro. — Ele a abraçou com mais força. — Não desista de nós, Liza. Não vou deixar você desistir de nós. Podemos melhorar tanto.

Ela tinha sentido saudade dele. Não da parte limitada de Sean a que tinha acesso nos últimos tempos, mas de Sean por inteiro. O homem por quem ela havia se apaixonado.

— Nunca vou desistir de nós. — Ela descansou a cabeça no peito do marido. — Devíamos ligar para as meninas. Além disso, tem uma coisa que preciso fazer antes de conversar com minha mãe mais tarde.

— Que misterioso.

— É, sim, um pouco. — Ela pegou a mão dele, e eles voltaram pelo jardim. — Nunca perguntei muito sobre como era a vida da minha mãe antes de ela conhecer meu pai. Ela tem umas cartas que quer que eu leia... Na verdade, eu provavelmente deveria perguntar para ela se tem problema contar tudo isso para você.

— Eu entendo. Fico feliz que se sinta mais próxima dela. Sei como queria isso. Pode se concentrar na sua mãe, e eu vou ligar para as meninas e pôr um fim ao sofrimento delas. Eu estava pensando... Será que devíamos passar mais alguns dias aqui? Como nosso presente de aniversário de casamento um para o outro?

Ela tinha presumido que voltariam para Londres.

— O que a gente vai fazer?

— Tenho algumas ideias. — Ele abriu um sorriso malicioso. — Ir para a cama cedo, acordar tarde, caminhar na praia, jantar juntos ao ar livre. Você pode pintar, e eu posso ficar olhando. Podemos ler ou não fazer nada. Conversar. O que acha?

Ela não precisou nem pensar.

— Ótima ideia. — Ela ficou na ponta dos pés e o beijou. — Acho que eu devia falar com as meninas também.

— Você vai ter tempo para isso depois. Vá lá buscar as cartas e ligar para a sua mãe.

Sentindo-se mais forte e mais estável do que em muito tempo, Liza pegou as cartas e foi para o quarto da mãe, desatando o nó que as mantinha agrupadas. Ela separou a primeira e a segunda, guardando as outras com cuidado na mesinha de cabeceira ao lado da cama da mãe.

Uma de cada vez.

Era tentador abri-las antes da hora, para poder encontrar uma maneira de preparar a mãe para o que estava escrito nelas, mas Liza sabia que não era o que a mãe queria.

Popeye entrou no quarto, olhou-a com um pouco menos de desprezo do que o habitual e depois pulou no colo dela.

Liza ficou tão chocada que não se moveu. O gato encostou a cabeça em sua mão e ela o afagou, hesitante. Era a primeira vez que Popeye buscava atenção ou carinho dela.

— O que você tem?

Ela acariciou seu pelo e o ouviu ronronar. Talvez o gato tivesse passado a gostar dela. Um pouco como a mãe.

O pensamento a fez rir.

Popeye ainda estava em seu colo quando Kathleen ligou, no horário que haviam combinado.

Liza pegou as cartas, descalçou os sapatos e se deitou na cama, tomando cuidado para não incomodar o gato.

— Está com as cartas aí?

— Estou. Coloquei em ordem cronológica e estou com as duas primeiras bem aqui. Você não mudou de ideia? Estou preocupada, pode ser difícil ou perturbador.

Não devia ser fácil superar o homem que amava e com quem planejava se casar tendo um caso com sua melhor amiga. Não era de admirar que a mãe tivesse ido embora. Não era de admirar que a mãe não tivesse entrado em contato com Ruth ou aberto as cartas.

— Não mudei de ideia. Martha e Josh saíram para tomar café da manhã e desbravar alguns dos pontos turísticos recomendados no guia, então tenho um tempo só para mim.

Liza abriu a primeira carta. Estava datada de setembro de 1960.

Querida Kate,

Não sei se vai ler isto. Não vou culpar você se não ler, mas estou escrevendo mesmo assim. Há certas coisas que preciso dizer, mesmo que você não vá ouvir. É irônico, não é mesmo? A única pessoa para quem eu sempre pude dizer qualquer coisa (você!) não está mais aqui para ouvir. É uma grande perda, e a culpa dessa perda é totalmente minha. Você foi uma excelente amiga para mim, desde aquele primeiro dia na faculdade, e continuou sendo até o fim.

Isso não deveria ter acontecido, é claro, e, se eu tivesse sido tão boa para você quanto sempre foi para mim, eu não me encontraria na posição de ter que escrever estas palavras. Mas não sou você, não importa quantas vezes eu tenha desejado ter pelo menos algumas de suas qualidades.

Deveria estar desejando que isto nunca tivesse acontecido, mas como poderia? Não sei nem como começar a explicar o turbilhão de emoções e a confusão ao saber que minha maior alegria veio à custa da sua felicidade e da nossa amizade. Saber que feri tanto você é algo com o que convivo todos os dias.

Sei que meus sentimentos por Adam superam em muito os dele por mim. Talvez eu devesse me importar mais com isso do que me importo, mas, ao contrário de você, nunca tive expectativas de viver uma grande paixão ou um romance. Sei que ele vai se casar comigo porque se sente obrigado. Os sentimentos dele por mim não se comparam aos que tem por você, e nós não estaríamos nesta situação não fosse pelo bebê...

Liza parou. Bebê? *Bebê?*

— Liza? — A voz da mãe soou pelo celular. — Por que você parou?

— Ruth estava grávida?

— Estava. Por favor, continue lendo. Quero ouvir tudo. Grávida.

Não era de admirar que a mãe tivesse ido embora sem tentar reparar o relacionamento.

Liza se forçou a continuar lendo:

Você sabe que tudo que eu sempre quis foi ter filhos e minha própria família. Você costumava rir de mim por isso. Qual era o sentido de fazer faculdade se eu não tinha intenção de seguir carreira? Onde estava minha ambição? Mas nunca fui como você. Sei que Adam foi ao seu encontro depois que você descobriu...

Liza ouviu a mãe prender a respiração. Essa parte obviamente foi um choque. Será que deveria parar? Não. A menos que Kathleen pedisse.

Ele me disse que foi conversar com você e implorou para que o aceitasse de volta. Que o perdoasse. E ele me contou que você recusou e lhe disse para assumir as responsabilidades. Ele tentou vê-la de novo, mas você já tinha ido embora. Foi embora para nos dar uma chance. Você se excluiu como uma opção. Mesmo ao partir, você foi mais minha amiga do que eu fui sua.

Liza fez uma pausa, a voz embargada.

— Mãe…

— Não pare, Liza. É difícil de ouvir, e gostaria de terminar o mais rápido possível. Você não tem ideia de como estou aliviada que seja você quem está lendo.

Liza engoliu em seco. Sua tarefa não era julgar ou pedir mais detalhes. A mãe precisava que ela lesse as cartas.

Secou as lágrimas do rosto e se concentrou na leitura.

E agora ele se ressente de mim, e não culpo Adam por isso, embora ele seja pelo menos metade responsável pelo bebê que fizemos. Não tenho expectativa de que ele seja fiel, e da próxima vez que escrever para você… e eu vou escrever, mesmo que você não leia estas cartas… é bem possível que eu seja uma mãe solteira.

Liza pigarreou.

— Ele queria você de volta. Você o amava e poderia ter ficado com ele.

— Eu o amava mais do que tudo, e estava desolada, mas sabia que sobreviveria sem ele. Não tinha tanta certeza no caso de Ruth. Ela sempre foi vulnerável. Desde que nos conhecemos no primeiro dia da faculdade, eu a protegi.

Será que a mãe queria dizer mais alguma coisa? Esse tipo de conversa era novidade para ambas.

— Deve ter sido uma amizade especial. — Liza foi cuidadosa, querendo ser sensível. — Como ela era?

— Ela teve uma infância difícil. Solitária. Com pais muito rigorosos. Eram mais velhos, acredito eu, embora eu nunca tenha conhecido. Nunca visitavam Ruth.

Liza deixou as cartas de lado.

— Como você conheceu Adam?

— No clube de teatro. Eu arrastei Ruth junto. Adam estava lá. Ele era estudante de medicina e um tanto convencido, suponho, mas eu o achei divertido. — Kathleen fez uma pausa. — Nunca contei essa história a ninguém.

Liza percebeu a hesitação na voz da mãe.

— Fico feliz por estar dividindo isso comigo.

Havia uma pressão em seu peito, uma emoção crescente que ameaçava explodir.

— Eu também. Onde estávamos? Ah, sim, Adam. Ele era um daqueles tipos irritantes que era bom em tudo. Parecia conseguir o que queria com pouquíssimo esforço. Lembro que preparamos *Muito Barulho por Nada* no verão seguinte. Interpretei Beatrice, e ele, Benedict. Você sabe como amo essa peça. As provocações. O astral. Parecia nosso relacionamento na vida real. Ruth estava sempre intervindo e nos implorando que parássemos de discutir. Ela era uma alma delicada.

Deitada na cama, Liza imaginava os acontecimentos.

— Não sabia que você gostava de teatro.

Ela estava descobrindo tanto sobre a mãe.

— Só na faculdade. Depois disso, nunca mais passei tempo suficiente em um lugar para me comprometer com os ensaios.

Por causa de Adam e Ruth. Porque a mãe havia se afastado daquela parte da vida. Esta devia ser uma conversa difícil para Kathleen.

— Aposto que você foi uma Beatrice incrível.

— Acredito que *audaciosa* foi uma palavra que apareceu em mais de uma das críticas.

Ela conseguia imaginar a mãe no papel.

— Deve ser de onde veio o amor de Caitlin pelo teatro.

Ela amenizou parte da emoção ao desviar a conversa para um assunto menos pessoal por alguns minutos. Sua mãe não era a única que precisava de uma pausa. Liza também. Estava achando difícil não se abalar, mas sabia que era importante não ter uma reação exagerada nem deixar a mãe desconfortável revelando os próprios sentimentos. E eram sentimentos complicados, é claro. Para Liza, não só pelo conteúdo do que estava ouvindo, mas também por sentir que finalmente conquistava a confiança da mãe.

— Podemos culpar o DNA por todos os momentos dramáticos dela, dignos de um palco.

— Talvez. Embora ela pareça oferecer as melhores atuações fora do palco.

Elas riram, e Liza puxou o telefone um pouco mais perto. Estava rindo com a mãe. *Rindo!* E era uma ótima sensação.

— É verdade. Fale mais de você e Adam.

— Éramos um clichê, na verdade. Nosso romance no palco transbordou para fora. Mas Ruth e eu éramos inseparáveis. Eu não seria uma daquelas pessoas que abandonam os amigos quando se apaixonam, então acabávamos fazendo vários programas juntos, nós três. Ruth tinha ido comprar um kit de piquenique no dia em que Adam me pediu em casamento na beira do rio. Nossas provas tinham terminado naquele dia. Eu havia tomado uma ou duas taças de champanhe e estava excessivamente alegre e otimista em relação à vida. Ele estava com um anel.

Liza ouviu o tom saudoso na voz da mãe.

— Aquele da gaveta.

— Isso. Acredito que seja valioso, embora não saiba com certeza. Você deve estar se perguntando por que ainda o tenho. — Kathleen fez uma pausa, como se ela própria não tivesse certeza da resposta. — Ele se recusou a aceitar o anel de volta, e eu não consegui me forçar a vender. Não sei bem por quê. Talvez eu pensasse que pudesse servir como um lembrete de alerta.

Em algum momento, Liza a encorajaria a guardar o anel em um lugar mais seguro, mas não era a prioridade no momento. Agora, sua preocupação era toda com a mãe.

— Você aceitou o pedido de casamento. Então, como Ruth entrou na história? Como isso aconteceu?

Sua mãe não respondeu de imediato.

— Fui ingênua. Achava que Ruth fosse imune aos encantos dele. Era a única pessoa que ele parecia não conseguir impressionar. E Adam, sendo Adam, sentiria a necessidade de fazer dela uma admiradora. Tenho certeza de que ele deve ter feito a maior parte do esforço, porque Ruth não teria ido atrás dele de maneira ativa. Não que eu a esteja absolvendo da culpa. Mas consigo imaginar como isso pode ter acontecido. Adam era uma espécie de Deus, e ela teria se sentido lisonjeada. Mas acabou que os sentimentos dela por ele eram muito mais profundos do que eu tinha imaginado.

O peito de Liza doía enquanto ela pensava em como a mãe devia ter se sentido. O noivo e a melhor amiga. A traição tinha arrasado sua vida de todas as formas possíveis.

— O caso durou muito tempo?

— Não. Foi depois do Baile de Verão. Eu ia com Adam. Ruth nem pretendia ir. Ela não gostava desse tipo de coisa, mas aí eu comi algo que não me fez bem… Não vai ser uma surpresa para você, mas eu sempre fui imprudente na alimentação, até mesmo naquela época… e acabei com uma forte intoxicação alimentar. Então Adam levou Ruth no meu lugar. — Houve uma pausa, e ela ouviu a mãe respirando fundo. — E foi isso. Eles não me contaram, embora eu estivesse suspeitando de algo porque ambos passaram a se comportar de um modo diferente. E então, algumas semanas depois, Ruth descobriu que estava grávida. Naquela época, ser uma mãe solteira era algo visto com horror e julgamento, é claro.

— Ah, mãe, coitada de você. — Liza mal conseguia imaginar. — Como lidou com isso?

— Foi difícil. Tinha perdido meu companheiro e minha melhor amiga. Ruth ficou arrasada. Estava preocupada em ter que contar aos pais. Preocupada em como sobreviveria. Sentindo culpa por ter me magoado. Adam foi me ver e implorou perdão. Até você ler a carta, eu não sabia que ele tinha contado a Ruth. Ele disse que foi um erro bobo. — Havia um leve tom de irritação na voz de Kathleen. — Mas aquele "erro bobo", mesmo que tivesse sido isso, não poderia ser desfeito com facilidade. Ruth estava grávida. Ela precisava de apoio. Os pais dela não ajudariam. Eu também não poderia. Só sobrou Adam. Eu disse que ele tinha que assumir a responsabilidade. Então arrumei todas as minhas coisas e fui embora. Não achava que o relacionamento deles fosse durar, nem mesmo que Adam daria muito apoio a ela, mas sabia que havia mais chance de isso acontecer se eu não estivesse por perto.

Liza fechou os olhos. Quando criança, enxergara a mãe como alguém à parte, quase distante, enquanto Kathleen se ocupava da própria vida, com a família como um complemento dessa vida. Com grande vergonha, Liza pensou nas muitas vezes que considerara Kathleen alguém que tomava decisões beirando o egoísmo, mas ali estava um exemplo do comportamento mais altruísta que poderia imaginar. Será que ela teria sido tão forte nas mesmas circunstâncias? Não sabia. Tudo que sabia era que agora tinha uma visão muito diferente da mãe.

— Meu pai sabia disso tudo?

— Sabia. Evitei relacionamentos próximos depois disso, como você pode imaginar. Tanto com homens quanto com mulheres. Tive a sorte de encontrar um trabalho que achei emocionante, e depois veio o *Vocação Verão*. Tinha uma vida que não me dava tempo para mais do que amizades superficiais e que também me livrava da necessidade de refletir sobre a vida. Se seu pai não fosse o homem estável e persistente que era, duvido que eu tivesse me casado.

— Fico feliz que tenha me contado. Fico feliz por estarmos lendo essas cartas juntas.

— Eu devia ter feito isso antes, mas preferi deixar o passado no passado. Dei a você a impressão de que as coisas eram fáceis, mas não eram. Foi realmente terrível. Claro que naquela época não tínhamos celulares ou e-mails, então a comunicação não era tão instantânea e contínua como é agora. Isso facilitou tudo. Martha tem o nome de Steven aparecendo no celular o tempo todo. Não tive que lidar com isso. Não é de se admirar a pobre garota ter precisado escapar.

Martha estava escapando de um relacionamento ruim?

Liza já suspeitara de algo. Também sabia que a mãe não deveria ter lhe contado algo tão pessoal de outra pessoa, então não insistiu no assunto. Todos tinham um passado, não é? As coisas raramente eram como pareciam ser à primeira vista.

A mãe gostava da companhia de Martha, e a jovem tornara aquela viagem possível. Liza estava grata por isso.

— Tenho certeza de que você está certa e que foi melhor cortar contato.

— Eu me preocupava muito com Ruth. Claro que tive raiva... não sou uma santa... mas fiquei preocupada. Tinha medo de que Adam deixasse ela e o bebê sozinhos. Talvez ela tenha até perdido o bebê. Não sei. Eu não queria saber. Mas agora... acho que estou prestes a descobrir...

Liza ouviu a voz da mãe vacilar e apertou o telefone com firmeza.

— *Nós* estamos prestes a descobrir.

Liza tinha passado a fazer parte da história. Queria saber como terminava.

— Tenho medo de me arrepender de ler as cartas. E se eu tomei a decisão errada, Liza?

A mãe, que nunca pedia nem parecia valorizar sua opinião sobre coisa alguma, estava pedindo agora e buscando ser tranquilizada.

Liza pensou com cuidado em uma resposta.

— O que quer que as cartas digam não muda a decisão que você tomou. O arrependimento não adianta de nada, e nem é válido, porque olhar para o passado com distanciamento não é o mesmo que olhar para o futuro quando se está envolvida na situação.

Era um conselho que ela própria pretendia seguir. Não havia sentido em olhar para trás e desejar ter sido uma mãe diferente. Não havia sentido em desejar ter conversado com Sean antes. Ela fez o que tinha parecido certo no momento.

— Você fez o que sentiu ser o certo para você, e vamos lembrar disso enquanto terminamos de ler as cartas.

— Sim. Tem razão, é claro. Obrigada. Você sempre foi sensata. Você é como seu pai, e isso é uma coisa boa.

Liza nunca tinha ouvido a mãe falar desse jeito. Depois da morte do marido, Kathleen ficou triste, mas foi prática. Depois do intruso, tinha sido geniosa. Mas agora, enfrentando o passado, ela estava mostrando um lado que Liza nunca tinha visto antes. Um lado vulnerável.

— Talvez devêssemos ir devagar.

Ela olhou para a pequena pilha e se perguntou que outros choques e revelações se espreitavam naquelas folhas de papel dobradas.

— Podemos ler algumas por dia. Ou eu posso ler todas e resumir para você.

— Ah, Liza... — A voz da mãe vacilou. — Não sei o que fiz para merecer uma filha como você.

As palavras desbloquearam os sentimentos que Liza vinha tentando manter sob controle.

— Você deveria ter tido uma filha aventureira, alguém que quisesse viajar pelo mundo. Eu queria que você ficasse em casa e lesse para mim.

— Você merece uma mãe que não lhe dê constantes ataques de ansiedade.

Liza conseguiu sorrir.

— Estou trabalhando nisso. Com um pouco de tempo, talvez até me torne o que Caitlin descreveria como "de boas".

— Não mude muito. Eu admiro seu jeito. Sei que estive muito ausente quando você era nova. Os motivos são complicados. Sim, eu amava a carreira, mas era muito mais do que isso. Parte de mim nunca perdeu o medo de amar profundamente. Claro que isso não significa que eu não ame profundamente, eu amo. Mas sempre tive receio de abrir muito espaço na vida para esse amor. É como ter medo de altura e não olhar para baixo quando se está na beira de um penhasco.

Liza sempre achou que era a culpada pelo fato de não ser próxima da mãe, mas podia ver que isso não tinha nada a ver com ela.

Naquele momento, finalmente, entendia.

A personalidade da mãe fora formada muito antes de Liza nascer. Crenças e comportamentos que surgiram de acontecimentos desconhecidos. Algo que havia ocorrido com sua mãe sessenta anos antes continuara a afetar a vida dela. Kathleen tinha sido magoada, então se tornou distante, e esse distanciamento fizera com que Liza quisesse ser próxima das filhas, só que ela havia metido os pés pelas mãos e precisava resolver isso.

Se Adam tivesse se casado com Kathleen, ela poderia ter sido outro tipo de mãe, o que era um pensamento ridículo, porque, se ela tivesse se casado com Adam, então Liza não teria existido. Mas era um lembrete de que tudo era moldado por acontecimentos, e suas próprias filhas também seriam moldadas por acontecimentos. Talvez sempre fossem cautelosas em relacionamentos, porque se lembrariam de ter encontrado um artigo intitulado "Oito sinais de que seu casamento pode estar em risco". Talvez elas decidissem não se casar, ou talvez se casassem e ficassem atentas a cada um dos oito sinais e fossem mais felizes nos relacionamentos por causa disso.

340

— Você viveu a vida que precisava viver — disse Liza. — Eu respeito isso. É inspirador, e estou pretendendo agir mais assim a partir de agora.

— Ah, é? Me conte mais.

— Outra hora. — Havia tempo suficiente para isso. — Vamos nos concentrar nas cartas. O que você quer fazer?

— Ler. Todas elas. Agora que começamos, acho que não consigo aguentar o suspense de não saber. Você tem tempo?

Liza ergueu a cabeça quando Sean entrou no quarto com uma taça cheia de vinho e uma tábua de queijos.

Em silêncio, ele deixou na mesinha de cabeceira, ergueu as sobrancelhas quando viu Popeye acomodado no colo de Liza e lhe entregou um pedaço de papel que dizia "Eu te amo".

Ela sorriu para ele e depois voltou a atenção para a mãe.

— Tenho todo o tempo do mundo. Vamos lá.

20

Kathleen

Albuquerque ~ Winslow, Arizona

Nossa bebê nasceu hoje. Uma menininha. Nós a chamamos de Hannah Elizabeth Kathleen. Talvez você ache uma tolice, ou até falta de consideração, mas foi importante para mim. Adam resistiu. Imagino que ele não quisesse ser lembrado, mas sempre vou pensar em você como minha melhor amiga de verdade, mesmo que eu não tenha mais o direito de chamar você assim.

Kathleen observava pela janela enquanto cruzavam os desertos do norte do Arizona e pegavam o caminho mais longo e bonito pelo Parque Nacional Floresta Petrificada.

Partiram cedo para que Martha e Josh pudessem fazer uma trilha leve, o que era melhor pela manhã, segundo as pesquisas. O horário era irrelevante para Kathleen, que não tinha dormido nada.

Por algum motivo, o balançar do carro e o borrão da paisagem eram mais relaxantes do que um quarto de hotel silencioso, cheio apenas de seus pensamentos.

Eles dirigiram até o ponto de entrada da Trilha Blue Mesa, que serpenteava até a parte baixa do vale.

— Não é longe, então a gente não deve demorar, Kathleen. Tudo bem?

Embora fosse cedo, Martha estava de chapéu de sol e passara protetor solar.

— Levem o tempo que precisarem. Aproveitem.

Ela estava ansiosa para ficar sozinha e passar um tempo com seus pensamentos e suas lembranças. Acenou para Martha e Josh e ficou feliz quando viu que ele segurou a mão da jovem e se aproximou dela enquanto apontava algo no horizonte.

A vista era espetacular, mas Kathleen a observou por apenas alguns segundos antes de fechar os olhos.

Hannah Elizabeth.

Ruth tinha se tornado mãe aos 21 anos, e Adam, pai.

Que desafio devia ter sido para ele, e, no entanto, aparentemente ele havia estado à altura.

Kathleen passara a noite acordada pensando nas cartas que Liza tinha lido com cuidado em voz alta. Sua memória era muitas vezes fraca e frustrante, mas por algum motivo ela conseguia lembrar cada palavra e tinha reavaliado o conteúdo linha por linha.

Conseguira imaginar Ruth com muita nitidez. Tinha ouvido a voz da amiga naquelas palavras, ponderada e atenciosa. Havia uma segurança nas últimas cartas que estivera ausente nas primeiras.

Kathleen tinha absorvido cada um dos fatos, apresentados em ordem cronológica. Cada carta continha uma atualização sobre a vida de Ruth, mais uma peça do quebra-cabeça revelada.

Sabia que Hannah tinha nascido com um problema cardíaco e precisara passar por uma cirurgia com apenas alguns meses de idade. Isso alimentara as ansiedades maternas de Ruth, embora a menina tivesse crescido forte e saudável depois. A doença de Hannah influenciara a decisão de Adam de se tornar cirurgião cardíaco. *Cardiotorácico*, pensou Kathleen, imaginando-o de máscara e avental, com a vida de outra pessoa nas mãos.

No início, Ruth duvidara do amor de Adam por ela, mas jamais teve dúvidas do amor dele pela filha. Ela considerava

Hannah a razão pela qual ele não a havia abandonado. Adam adorava a filha.

Hannah era inteligente e criativa, uma violinista talentosa, com um amor pelo esporte que a aproximou do pai. No inverno, esquiavam no Lago Tahoe; no verão, alugavam um barco e navegavam pela costa do Pacífico.

Fotografias tinham acompanhado aquela carta, que Liza havia descrito, além de se oferecer para enviar as fotos para o celular de Martha.

Kathleen recusou. Uma coisa era ouvir. Ver era outra história. Havia um limite do quanto conseguia absorver do passado de uma só vez.

A carreira de Adam os levara à Austrália por um ano e depois a Boston, antes de retornarem à Califórnia e criarem raízes lá.

As cartas estavam repletas de atualizações sobre Hannah e Adam, e o orgulho de Ruth pela família era tão evidente quanto o amor. Ela descreveu uma vida contente, amparada pela família.

Kathleen sentiu um alívio. Fizera a coisa certa. Ao partir, tinha dado a eles a chance de fazerem o relacionamento dar certo, e foi o que fizeram.

Ela ficou satisfeita. E também triste, por ter perdido tantos daqueles anos. Se tivesse mantido contato, talvez pudesse ter apoiado Ruth quando ela teve um susto com o câncer, ou quando Adam morreu repentinamente, dez anos antes.

Mas Ruth tinha outras pessoas para apoiá-la, é claro.

Tinha Hannah, que morava perto e trabalhava como pediatra. Ela seguira os passos do pai e se tornara médica.

Kathleen imaginou uma mulher parte Ruth, parte Adam, e então se arrependeu de não ter pedido a Liza que mandasse as fotos.

Ruth tinha orgulho de Hannah, assim como Kathleen tinha orgulho de Liza.

Ela já dissera à filha que se orgulhava dela? Kathleen sentiu um momento de pânico. Será que Liza sabia? A porta do carro se abriu de repente e Kathleen se sobressaltou e abriu os olhos.

— Desculpe. Você estava cochilando? — Martha estava sorrindo, o rosto corado de sol. — Foi incrível! Mas ainda bem que viemos cedo, de jeito nenhum eu iria querer subir aquela colina na parte mais quente do dia.

Kathleen demorou um momento para se recompor.

— A palavra "incrível" não transmite nada. Não consigo visualizar sua experiência com essa descrição tão breve.

Ela se sentia perturbada e sensível. Por um momento, desejou que Liza estivesse ali. Liza entenderia.

Ler aquelas cartas não devia ter sido fácil, mas a filha havia demonstrado compaixão e sensibilidade. Ela tinha verificado como Kathleen estava se sentindo, sem sufocá-la ou forçá-la a revelar as emoções que estavam em turbilhão dentro dela. Liza fizera poucas perguntas, embora devesse ter pensado em centenas delas.

Os olhos de Kathleen arderam. Seu maior arrependimento não eram os anos em que não tinha sido próxima de Ruth, mas os anos que desperdiçara quando poderia ter sido mais próxima de Liza. Isso a incomodava mais do que o relacionamento perdido com Ruth. Tinha se mantido distante das pessoas mais importantes para ela.

Tentou se concentrar quando Martha entrou no carro ao seu lado.

— Vocês se divertiram?

— É magnífico. Tem várias camadas de rocha, todas de cores diferentes. Azuis e roxas… Espera… — Martha pegou o celular e mostrou a Kathleen as fotografias. — Isso vai dar uma ideia melhor do que minhas palavras insuficientes. Está vendo a madeira petrificada?

Kathleen ficou tocada por Martha fazer questão de incluí-la nas partes da viagem que estavam além de suas capacidades físicas.

— É o resultado de muita erosão. — Josh, sentado no banco do carona, inclinou-se para a frente, tão entusiasmado quanto Martha. — Você está vendo camadas de arenito exposto e argila bentonita. Os depósitos minerais têm algumas centenas de milhões de anos. Foram formados no final do período Triássico.

— Seu irmão acusaria você de ser nerd agora — comentou Martha, e Josh abriu um sorriso.

— É verdade. E eu responderia que não é politicamente correto chamar alguém de nerd.

— E aí ele reviraria os olhos e abriria outra cerveja.

Pela risada de Josh, Kathleen imaginou que o palpite de Martha estivesse correto. Tinham falado do irmão dele durante a trilha.

Os mortos nunca partem, ela sabia. Eles caminham ao nosso lado.

O que Brian teria dito, se pudesse estar ali?

"Você leu as cartas? Ótimo. Sua mente vai ficar mais em ordem por você ter completado esse capítulo."

Kathleen sorriu. Ela nunca foi uma pessoa muito organizada.

— Algumas centenas de milhões de anos. — Ela analisou as rochas nas fotografias que Martha mostrava, porque parecia mais seguro do que avaliar os próprios sentimentos. — Eu me sinto jovem em comparação. As cores são impressionantes. São como a paleta de um artista.

Pensou no quanto Liza amaria e se sentiu trêmula.

— Não deixe de mandar essas fotos para Liza. Ela voltou a pintar. E usa muito azul. Ela gosta de azul. E sempre adorou pintar o mar.

Foi envolvida por uma nuvem de saudade sufocante. Como queria estar no Chalé Oakwood, sentindo o sol da tarde no rosto, o cheiro do mar no ar. Tudo ali era árido, ressecado pelo sol escaldante. Em casa, o jardim estaria exuberante e verde, e sua roseira favorita estaria florescendo em uma profusão perfumada. Popeye estaria deitado no pátio, tomando sol.

— Pode mandar para Liza?

— Vou mandar assim que tiver mais sinal. — Martha já não estava sorrindo. — Está tudo bem, Kathleen? Está se hidratando o suficiente?

— Quem dera ela me perguntasse isso quando estou com um gim na mão. — Mas Kathleen aceitou a água que Martha lhe entregou e deu um gole enquanto olhava a vista. — Vocês vão postar as fotos nas nossas redes sociais?

— Olhe só você... "Postar"... — Martha cutucou-a. — Ainda vai virar uma amante da tecnologia.

Kathleen estremeceu, mais porque isso era esperado dela do que por sentir qualquer aversão particular à ideia. Foi a tecnologia que permitiu que ela conversasse com Liza.

— Pensei em ligar para Liza quando pararmos para almoçar.

— Pode ligar para ela quando quiser. Josh e eu podemos dar um passeio para lhe dar um pouco de privacidade, se isso ajudar.

Kathleen se recompôs.

— Pode ser na hora do almoço. Ela deve estar na praia com Sean agora, e o sinal não é bom lá.

— Sean está no chalé? Achei que Liza estava lá sozinha.

— Ele se juntou a ela, então estão passando alguns dias juntos.

— Que bom.

Era mesmo bom. Será que Liza estava feliz? Tudo que Kathleen queria era que a filha fosse feliz. Ela sempre quisera isso, é claro, mas, naquele momento em que as barreiras entre as duas tinham sido removidas, era como se a felicidade de uma estivesse de alguma forma conectada à da outra.

— Que tal gravarmos um depoimento em vídeo?

Seria uma desculpa para mandar algo para Liza sem parecer carente.

Com a ajuda de Martha, Kathleen manobrou as extremidades doloridas e desobedientes para fora do carro e protegeu os olhos da claridade.

— Já está calor.

— Vamos ser rápidas. — Martha encontrou o ângulo certo, fez um sinal à Kathleen para começar a falar e gravou um depoimento. — Que profissional. Você nunca gagueja ou tropeça nas palavras.

— E agora, para onde?

— Estamos indo para Winslow, Arizona.

Martha começou a cantar e Kathleen ergueu a mão.

— Tínhamos um acordo… Eu suporto sua lista de músicas torturantes desde que você não cante junto.

— Não são torturantes, escolhi cada música especificamente por terem a ver com nossos destinos. E depois de Winslow, vamos para o Grand Canyon, passando pela Cratera do Meteoro, que tem cinquenta mil anos, então *com certeza* é mais velha que você, Kathleen. Nós programamos um dia a mais no Grand Canyon. Uhul! E Josh reservou quartos com vista para você poder se sentar na varanda e ver o nascer e o pôr do sol.

Ela conversaria com Liza, pensou Kathleen. Encontraria um jeito de compartilhar a vista com a filha.

— Parece um dia perfeito — opinou Josh, e Martha fez que não com a cabeça.

— Você não vai ficar sentado coisíssima nenhuma. Vai fazer rafting no rio.

— Não vou fazer rafting no rio.

— Já está tudo reservado. Gastei as últimas economias, então seria muita grosseria da sua parte desistir agora.

— Martha! — Josh soou exasperado. — Eu odeio água. Você sabe que eu odeio água.

— Rubro gostaria que você fizesse isso.

— Eu teria me recusado.

— E ele teria encontrado uma maneira de convencer você. — Martha ficou na ponta dos pés e beijou a bochecha dele. — É incrível tudo que você pode aproveitar quando sai da zona de conforto.

Era verdade, pensou Kathleen, feliz por ver que eles tinham chegado ao estágio do beijo. Embora tecnicamente Josh não tivesse beijado Martha. Tinha sido o contrário. E Martha era uma pessoa carinhosa que gostava de contato físico, mesmo assim...

Será que ela teria pedido a Liza que lesse as cartas se não fosse por Martha?

Era provável que não. Seria eternamente grata a ela e desejava apenas coisas boas para a jovem.

Quando terminaram de tirar fotos e filmar, voltaram para o carro e seguiram na jornada pelo Arizona.

Kathleen sugeriu que ouvissem a playlist, para a alegria dos companheiros mais jovens.

A cabeça de Martha balançava no ritmo da música e de vez em quando ela começava a cantar, então se lembrava de que não devia e fechava a boca com força.

Kathleen sorriu. Mesmo em pouco tempo, eles tinham encontrado uma rotina confortável e havia algo de acolhedor nisso.

A saudade esmagadora de casa tinha passado, felizmente, e ela estava animada com o dia que teria pela frente. Ela veria o Arizona e a Califórnia, como sempre quisera. O Chalé Oakwood estaria esperando por ela quando terminasse a viagem, e ela o apreciaria ainda mais depois do período longe.

Enquanto isso, era reconfortante saber que Liza estava lá, caminhando na praia que ela considerava sua, cultivando seu jardim, cuidando de suas plantas.

Em Winslow, Martha encontrou o hotel sem dificuldades e eles estacionaram e fizeram o check-in.

A construção tinha o estilo *hacienda*, com um ar tanto espanhol quanto mexicano.

Revigorada depois do almoço, Kathleen se juntou a eles para desbravar a cidade de Winslow.

Martha sacudiu o celular na frente do rosto de Kathleen, toda empolgada.

— Olhe só! Você está viralizando!

— Viralizando?

Kathleen, sofrendo com o calor, pegou um leque tradicional na bolsa e o abriu.

— Nas redes sociais! Nossa última postagem foi vista por uma apresentadora de TV... deve ter sido por causa da hashtag... e ela compartilhou, e entrou em contato para ver se podia cobrir a história e entrevistar você e agora todo mundo viu. — Martha verificou o celular outra vez. — Pomba! Você está famosa, Kathleen. Vai precisar de um agente.

— Então eu nomeio você para o cargo.

Kathleen se abanou enquanto Martha lia as mensagens.

— Não tem como você dar entrevistas para todas essas pessoas, ou não vai conseguir aproveitar a viagem. Por que por enquanto não oferecemos uma exclusiva a uma delas, ao canal para o qual trabalhou? E então você pode ver o que acha de fazer outras quando voltar para casa. Posso cuidar disso para você. Talvez eles ofereçam um contrato para um livro.

— Eu preferiria fazer algo a escrever sobre o que fiz.

— Posso ser sua *ghost writer*.

Martha ainda estava olhando o celular, e Josh balançou a cabeça, achando graça.

— Já pensou em se candidatar a um emprego de relações públicas ou assessoria de imprensa?

— Não, já tenho um emprego, obrigada. Sou assistente pessoal de Kathleen. Vou lidar com a imprensa para ela. — Martha digitou uma resposta para alguém, os dedos se mexendo tão rápido que parecia mágica para Kathleen. — Sou sua primeira linha de defesa.

— Defesa contra o quê?

— Qualquer pessoa que tente lhe dar um chá que não seja Earl Grey. E também contra os paparazzi. — Martha enviou uma mensagem e depois outra. — Não podemos deixar que fiquem sabendo sobre a agenda estonteante de Kathleen.

— Já que estamos falando de tontura, esse calor está me deixando um pouco estranha.

Kathleen pegou o braço de Martha e ela de imediato guardou o celular.

— Está com muito calor? Quer voltar para o hotel?

— Não. Vamos andar um pouco.

O que ela teria feito nessa viagem sem Martha?

Josh seguiu na frente, mas Martha ficou ao lado de Kathleen.

— Pediu a Liza que lesse as cartas para você, não pediu? — Ela baixou a voz. — Não precisa me contar nada. Mas se precisar de um abraço apertado ou algo assim, estou aqui.

Um abraço apertado. Martha ainda estava disposta a se doar emocionalmente, apesar do que aconteceu. Isso deu esperança a Kathleen.

— Foi a coisa certa a fazer. Obrigada por me incentivar.

Adam não deixara Ruth.

Assim, ela tinha certeza de que havia feito a coisa certa.

Ruth levara uma vida feliz. Adam continuara com ela, embora algo nas frases cuidadosas de Ruth tivesse feito Kathleen se perguntar se ele tivera um caso em algum momento. Isso não a surpreenderia, nem o fato de que Adam tenha tido uma carreira bem-sucedida.

Kathleen o imaginou, seguro e confiante, de pé em um púlpito. Talvez um pouco mais rechonchudo, o cabelo com algumas mechas grisalhas. Mas ele teria tido presença. Adam sempre tivera presença.

Martha estendeu a mão e apertou a dela.

— Você ficou chateada, Kathleen?

Chateada? Não.

— Fiquei um pouco abalada, mas foi a coisa certa a fazer.

— E você vai entrar em contato com Ruth?

— Isso eu ainda não decidi.

E vinha sendo um peso desde que Liza tinha lido a última carta.

Martha assentiu.

— Acho que depende se você quer que isso seja um fim ou um começo. Pode ser qualquer um dos dois.

Kathleen parou de andar. O calor era esmagador.

Um fim ou um começo. Martha estava certa.

Qual opção escolheria? Ela deveria ver as cartas como um encerramento ou deveria entrar em contato com Ruth?

Não tinha respondido a nenhuma das cartas de Ruth. A velha amiga não sabia nada de sua vida, nem mesmo que ela ainda estava viva.

Kathleen pensou no assunto durante toda a tarde e enquanto se arrumava para o jantar. Seu quarto era adorável, com móveis antigos, um tapete Zapoteca feito à mão e uma banheira de ferro fundido.

Como ficou pronta antes da hora, ela se sentou na cadeira ao lado da cama e ligou para Liza, que logo atendeu, embora já passasse da meia-noite.

— Acordei você?

— Não. Estava terminando um quadro no chalé de verão, então Sean e eu jantamos tarde. Terminamos de arrumar as coisas agora. Roubamos uma garrafa de vinho da sua adega.

Kathleen sorriu.

— Roube à vontade. Você sabe o quanto eu aprovo indulgências.

— Passei o dia pensando em você. Você está bem, mãe?

— Sim, embora eu tenha ficado pensando naquelas cartas.

— Também fiquei pensando nelas. — Houve um barulho ao fundo. — Ela teve uma vida feliz. Você foi em parte responsável por isso.

— Não é assim que vejo as coisas, mas fico satisfeita que ela tenha sido feliz.

— Como está o Arizona?

— Quente. — Kathleen olhou pela janela. — Amanhã vamos para o Grand Canyon, e estou esperançosa de que Martha e Josh fiquem mais próximos.

— Ainda está bancando o cupido?

— Estou, sem um pingo de vergonha.

Liza riu.

— Me mantenha informada. Parece que Martha está precisando de um pouco de diversão na vida. E você? Já decidiu se vai entrar em contato com Ruth?

— Ainda estou pensando nisso.

— Bem, se quiser conversar sobre o assunto, ou só compartilhar o que está pensando, sabe que estou aqui.

— Obrigada. — A onda de saudade voltou, desequilibrando-a. — Eu não sei o que teria feito sem você.

— Você teria se virado, como sempre fez.

— Não. — Ela ouviu o tilintar de um copo e pensou em Liza sentada na cozinha do Chalé Oakwood, tomando vinho branco gelado em uma das taças bonitas que Kathleen trouxera de uma viagem a Veneza. — Estou com saudade, Liza. Queria que você estivesse aqui.

— Eu também estou com saudade... — A voz de Liza soou estranha. Ela pigarreou. — Você está melhor com Martha por aí. Sabe que eu ficaria falando sobre a quantidade de álcool que você bebe, reclamando do excesso de hambúrgueres e de quando você dorme tarde.

— Tenho sorte de ter uma filha que se importa tanto comigo.

Houve uma pausa.

— Você tem certeza de que está bem? Está agindo diferente.

Ela estava bem? Kathleen não tinha certeza.

— Estou bem, mas... eu te amo, Liza. Eu te amo muito. Eu não digo isso o suficiente.

E depois de enfim dizer as palavras, Kathleen se perguntou por que havia levado tanto tempo. Não era como se seus sentimentos tivessem mudado ou se intensificado. A única coisa que tinha mudado era a capacidade de dividir tais sentimentos.

Levou tanto tempo para Liza responder que Kathleen se perguntou se a filha tinha desligado.

— Liza?

— Sim, estou ouvindo. Eu também te amo. Você sabe disso. — Houve outra pausa. — Tem certeza de que está bem? Se quiser que eu vá para aí, posso ir amanhã. Posso pegar o primeiro voo.

Kathleen sentiu as emoções apertarem o peito. Ah, como queria que a filha estivesse ali, mas ela não podia pedir isso a Liza.

— Você vai para a França em breve. Deve ter muito o que fazer ainda.

— Você quer que eu vá?

Sim, sim. Por favor, venha. Ela pensou em como seria reconfortante ter Liza ao seu lado caso ela decidisse ver Ruth de novo depois de tantos anos. Mas Liza precisava pensar na viagem à França e na família. Em Sean. Seria egoísmo pedir que ela fosse, e Kathleen já tinha colocado as próprias necessidades em primeiro lugar o suficiente na vida.

— Não — respondeu ela com firmeza. — Não precisa, mas obrigada. Agora preciso ir. Temos uma reserva em um restaurante muito popular.

— Divirta-se. Te amo, mãe.

— Eu também te amo.

Sentindo-se melhor após a conversa, Kathleen foi para o restaurante. Estava lotado, o ar cheirando a pimenta, alho e carne assada.

Ela comeu *pozole* de milho vermelho e o prato a lembrou de quando viajou para o México para filmar o *Vocação Verão*. Quando teria sido isso? Em 1975? Não, foi depois.

Martha e Josh estavam imersos em uma conversa sobre a viagem ao Grand Canyon, o que deu a Kathleen tempo para aproveitar a comida e a vista do jardim bonito.

Ruth mencionara o próprio jardim na Califórnia e o terraço com vista para o oceano Pacífico.

Adoro cozinhar, e ainda bebo chá Earl Grey, como fazíamos há tantos anos.

Com frequência, penso em você e me pergunto onde você está.

Eu me pergunto se ainda pensa em mim, como costumo pensar em você. Escrever estas cartas tem sido meu jeito de continuar próxima de você. Quando escrevo, sinto como se você estivesse ouvindo.

Kathleen deixou o garfo de lado.

— Quero encontrá-la.

Martha e Josh pararam de falar.

— Ruth?

— Sim, Ruth. — Seu coração bateu um pouco mais rápido e ela tomou um gole de água. — Estou aqui agora. Talvez eu nunca mais viaje para a Califórnia outra vez.

Martha sorriu para ela.

— Acho que ela ficará felicíssima em ter notícias suas.

— Lá vai você de novo. Com as hipérboles.

— Bem, vamos avaliar a reação dela primeiro antes de corrigir minha gramática. — Martha estendeu a mão por cima da mesa. — Confie em mim, ela ficará muito feliz.

— Ou ela pode achar estranho eu entrar em contato depois de tanto tempo. — Kathleen estava um pouco hesitante. — Talvez ela não se lembre de mim.

— Kathleen... — O tom de Martha foi gentil. — Ela nunca parou de escrever. Se não quisesse saber de você, teria parado. Se me pedir um palpite, eu diria que ela torce para ter notícias suas há muito tempo.

— Ela pode ter morrido.

— Ou ela pode estar viva e pensando na velha amiga. — Martha pôs o guardanapo na mesa e se levantou. — Já terminamos, então que tal voltarmos ao quarto e fazermos isso agora?

Josh pegou a cerveja e a bebida de Kathleen.

— Bom plano.

E foi assim que Kathleen se viu sentada na beirada da cama, entre aquelas duas pessoas por quem ela tinha se afeiçoado tanto. Martha de um lado, Josh do outro, apoiando-a como suportes para livros.

— Talvez isso tudo seja uma tolice. Não se pode voltar atrás.

— Isso não é voltar atrás, Kathleen. É seguir em frente.

Martha abriu a mensagem que Liza lhe enviara, com o endereço e o número de telefone de Ruth.

— É fácil para você falar. Eu posso me arrepender.

Dessa vez foi Josh quem argumentou:

— Acho que na vida a gente tende a lamentar mais as coisas que não faz do que as que a gente faz, pelo menos sempre foi assim para mim.

Kathleen sabia que ele estava pensando no irmão. Ela apertou a mão dele com força, mas não disse nada. Seu domínio da língua inglesa e sua dicção podiam ser superiores aos de Martha, mas a capacidade de dizer a coisa certa em situações que envolviam grande carga emocional era infinitamente inferior. A última coisa que ela queria fazer era magoar Josh com uma tentativa desajeitada de dizer alguma trivialidade.

— E é justo porque não quero que você tenha arrependimentos depois que fizemos rafting no rio Colorado. — Martha recebeu um olhar de Josh antes de ele se voltar para Kathleen outra vez.

— Se telefonar, vou te dar a melhor garrafa de vinho que você já provou.

— Francês?

Josh fez uma careta.

— Californiano.

Kathleen fez uma careta exagerada.

— Que vida você deve ter levado. Mas você está certo. Vamos em frente. — Ela endireitou a postura. — Martha, pode ligar.

Ela segurou a mão de Josh bem apertado enquanto Martha discava e prendeu a respiração enquanto Martha falava com alguém do outro lado da linha.

Houve uma longa pausa durante a qual o peito de Kathleen doeu e ela concluiu que sua capacidade de lidar com emoções intensas não tinha melhorado com a idade.

Por fim, Martha lhe entregou o telefone. Seus olhos estavam brilhando.

— É Ruth. Ela mal pode esperar para falar com você.

Kathleen pegou o telefone, desejando ter pedido a Josh e Martha que a deixassem sozinha para conversar com a velha amiga, mas os dois devem ter percebido instintivamente que era isso que ela queria, pois Josh se levantou e deu um aperto em seu ombro e Martha lhe deu um beijo na bochecha e sussurrou que eles estariam "ali fora".

Quando a porta se fechou atrás deles sem fazer barulho, Kathleen ficou sozinha.

Sua mão estava tremendo tanto que mal conseguia segurar o telefone perto do ouvido.

— Alô? Ruth, é você?

21
Martha

Grand Canyon

—Não gosto de deixar Kathleen sozinha.

Martha e Josh dirigiam as duas horas e meia até Peach Springs, enquanto Kathleen dormia no belo alojamento rústico com vista para o Grand Canyon.

Ela garantira a Martha que poderia passar um mês feliz admirando a vista da suíte e que passar um dia sozinha seria um prazer, não um sofrimento, mesmo assim Martha estava inquieta.

Como era possível que tivesse se afeiçoado a Kathleen com tamanha rapidez? Era em parte pelas circunstâncias — estarem confinadas juntas em um carro —, em parte porque Kathleen lhe lembrava um pouco a avó, mas principalmente porque Kathleen lhe devolvera a confiança.

Ela não duvidava mais da habilidade como motorista. Pelo contrário, gostava de dirigir. Havia parado de se martirizar por escolhas passadas. Graças a Kathleen, havia parado de pensar nelas como escolhas ruins. Eram as escolhas *dela*, e se a família não aprovava, problema deles.

Mas nessa manhã ela havia ficado dividida entre seu carinho por Kathleen e o desejo de fazer algo para ajudar Josh.

— Sei que ela está preocupada em encontrar Ruth. Tive a impressão de que ela queria que Liza estivesse com ela.

Abriram a capota do carro, e Josh puxou o boné para proteger os olhos do sol quente do Arizona.

— E se a gente chamar Liza para vir aqui?

— Não é uma opção. Ela tem a própria família. Eles vão para a França.

— Então nós vamos com Kathleen até a casa de Ruth. Se parecer que ela se arrependeu da decisão, vamos tirá-la de lá e levamos para dar um passeio na praia. Ou podemos levá-la para casa.

— Casa?

— Minha casa. Eu moro na costa, perto de Santa Mônica. Da minha varanda se tem uma ótima vista do oceano.

Ela teve um pensamento perturbador: Josh esparramado na varanda usando apenas bermuda. Sua imaginação sempre fora a maior inimiga e agora estava lhe apresentando imagens vívidas de Josh nu. Ela tentou afastar os pensamentos e substituí-los por imagens menos provocantes de Josh curvado diante da tela do computador, parecendo sério. Mas não deu certo, porque ele não ficava curvado, embora com frequência parecesse sério, e quando sorria era como se alguém tivesse acendido todas as luzes no brilho máximo.

— Você mora perto do mar? — Sua voz saiu estranha, e ela pigarreou. — Pensei que você odiasse a água.

Ela se recusava a pensar nele saindo do mar, com gotas de água nos ombros largos.

— Eu gosto de olhar para a água. Não de entrar.

— Então, se eu estivesse me afogando, você não me salvaria?

— Eu salvaria você chamando o salva-vidas.

— Isso não conta.

— Você acabaria viva no fim, então conta. O segredo do sucesso é a habilidade de delegar tarefas para as pessoas mais qualificadas. Se eu tentasse salvar sua vida, nós dois nos afogaríamos. Aliás, talvez você esteja certa sobre hoje. Não deveríamos ter deixado Kathleen sozinha — acrescentou Josh. — Vamos voltar. Quem quer fazer rafting no rio Colorado, afinal?

Por que ele tinha que fazê-la rir? Ela estava perdida.

— Nós queremos.

— *Você* quer. Sempre me pareceu uma péssima ideia. Ainda parece. Ainda mais agora que sei que espera que eu salve você. Dê meia-volta.

Será que ele estava falando sério?

A onda de compaixão que a assolou atravessou as imagens perturbadoras.

— Isso é muito difícil para você? Fazer o passeio sem seu irmão?

— Viver sem ele é que é difícil, não importa muito o que eu esteja fazendo.

Ela queria parar o carro e dar um grande abraço nele, mas, em vez disso, manteve a conversa descontraída.

— Nesse caso, dá no mesmo fazermos o rafting. Você não pode dar para trás agora. Não quando gastei as últimas economias nesse passeio para você. *Obrigado, Martha.*

— Você é persistente, Martha. Você é uma pedra no sapato, Martha.

Ela deu um tapinha na coxa dele e se arrependeu na hora, porque, no momento em que seus dedos fizeram contato com o músculo rígido, as imagens voltaram, junto com o calor arrebatador da atração. *Você é uma tonta, Martha!*

— Não precisa ficar com medo. E não precisa se preocupar em me salvar. Eu vou salvar você.

Embora Martha tivesse a sensação de que era ela quem precisaria ser salva, e não da água. Mas não se arrependia do que estava fazendo, não importava o preço. Odiava imaginar Josh fazendo aquela longa viagem sozinho, pedindo carona de um lugar para o outro, jogando conversa fora com pessoas novas, pensando no irmão o tempo todo. Ele carregaria aquela tristeza sem ter ninguém para ajudar a suportar o fardo.

Embora, era preciso dizer, no momento ele não parecesse muito satisfeito por ela estar ao seu lado. Martha conseguia senti-lo olhando feio para ela por debaixo da aba do boné de beisebol.

— Você é treinada em resgate em corredeiras?

— Não em específico, mas as pessoas que estou pagando para nos acompanhar são, e em geral sou engenhosa. Se prometer parar de reclamar, eu prometo salvar sua vida se você cair de cabeça na água. Você vai adorar. E, sinceramente, acho que vai ser bom para você.

E, a menos que o ardor intenso da atração sexual não desaparecesse em breve, ela ficaria feliz em ter uma desculpa.

— Mingau de aveia é bom para mim. Não significa que eu adore.

— Você teria se comportado desse jeito se Rubro estivesse aqui no carro com você?

Josh deu uma risada relutante.

— Eu teria me comportado pior. Rubro nunca me deixaria escapar da situação com um mero passeio de um dia. Ele reservaria uma semana na parte mais difícil do rio. Provavelmente sem guia.

— O terror pode unir as pessoas, ouvi dizer.

— É por isso que está fazendo isso? Para eu grudar em você?

— Não preciso de uma desculpa para isso. Quando eu estiver pronta para grudar em você, é o que vou fazer.

E nesse ritmo seria muito em breve.

— Ter um pequeno aviso pode ser bom. Por exemplo, você pretende fazer isso enquanto dirige? Visto que você é uma motorista relativamente inexperiente, talvez seja melhor encostar o carro primeiro.

— Eu era inexperiente em Chicago, agora tenho bastante experiência. E não sei quando vou grudar em você. — Ela o olhou. — Vou esperar até ser a hora certa. Quando se trata de tomar decisões, ainda estou me descobrindo.

— Se quiser se descobrir comigo, fique à vontade.

Ai, ai, Martha.

— Você está flertando comigo?

— Talvez. É possível que eu esteja tentando me distrair do pesadelo que você planejou para mim com tanta generosidade.

— E eu preciso ter certeza de que um envolvimento físico com você é o que eu quero, e não algo que estou fazendo só para agradar Kathleen.

Ele virou a cabeça.

— Entendo você me deixar participar da viagem para agradar Kathleen, mas você também faria sexo comigo para agradar Kathleen?

— Sou uma pessoa flexível que busca agradar. Preciso ter cuidado com isso na hora de tomar decisões. — Ela conseguiu manter a expressão séria. — Ela está muito fragilizada agora, e ficaria feliz em saber que o plano de nos juntar deu certo. Ela acha que preciso recuperar a confiança.

— E a minha opinião conta?

Ainda bem que ele não podia ler os pensamentos dela, ou provavelmente decidiria que era mais seguro andar o resto da Rota 66 do que ficar preso em um carro com ela.

— Nenhum de nós dois teve o direito de opinar. Somos todos peças inocentes no jogo de Kathleen. — Pensar em Kathleen a deixou ansiosa outra vez. — Talvez você tenha razão e seja melhor dar meia-volta. Ela não quis demonstrar fraqueza, mas não dormiu ontem. Viu as olheiras?

— Ela tem 80 anos. E tivemos um longo dia ontem.

De alguma forma, ele sempre conseguia tranquilizá-la. E era verdade que eles tiveram um longo dia. Dirigiram de Winslow até Flagstaff, parando no Cratera do Meteoro.

— E você não parava de compartilhar curiosidades científicas, o que deve tê-la deixado exausta. — Mas Martha sabia que o real motivo do cansaço de Kathleen era mais profundo do que isso. Ela estava ansiosa com o futuro encontro com Ruth. — Tenho a sensação de que agora que se decidiu, ela quer fazer logo isso. Mas sério... Acha que deveríamos ter ficado lá para distrair Kathleen?

— Não. Ela queria que viéssemos fazer isso. — Josh esfregou o queixo. — Recebi instruções rigorosas para fazer você se divertir, o que será um desafio dada minha falta de afeição por esportes aquáticos.

Martha apertou mais o volante.

— Ela falou para você fazer eu me divertir? O que isso significa, exatamente?

— Você vai saber quando acontecer.

Ela tinha certeza de que passar um tempo com Josh seria sempre divertido.

— E se eu não souber? E se a sua ideia de diversão não for a mesma que a minha?

— Então você vai ter que mentir. Para Kathleen ficar feliz.

Martha observou a estrada à frente.

— Eu não vou mentir. Então é bom você garantir que eu me divirta muito, Josh Ryder. Nada de reclamar da água. Nada de sarcasmo. Nada de me fazer dormir com curiosidades sobre a idade das rochas ou quando o Grand Canyon se formou.

— Quer saber quantos turistas infelizes se afogam fazendo rafting no rio Colorado a cada ano?

— Não.

— E a temperatura da água?

— Definitivamente não.

— Parece até que estou com o Rubro.

Ela olhou para ele e ficou aliviada ao ver um sorriso em seu rosto.

— Ele tinha cabelo cacheado e desgrenhado, um traseiro grande demais e uma pele propensa a queimar no sol?

363

— Hum. — Ele apontou para o acostamento da estrada. — Encoste.

— Agora? Por quê?

— Posso dizer sem pensar duas vezes que seu cabelo cacheado é tão bonito quanto suas sardas são fofas, mas preciso olhar seu traseiro mais de perto antes de dar uma resposta definitiva sobre o tamanho.

— Josh Ryder! Eu não vou parar o carro só para você ficar olhando para minha bunda.

— Que pena.

Mas ele estava sorrindo, e ela também.

E talvez isso devesse tê-la surpreendido, considerando que estavam falando sobre o irmão dele, mas Martha havia aprendido depois que a avó morrera que tristeza e sorrisos podiam coexistir.

— E por que parece até que você está com Rubro?

— Além das risadas, você quer dizer? Assim como você, ele nunca se interessou por essas coisas, e eu tentava despertar o interesse dele. Muitas vezes tentei convencer meu irmão a mudar de vida e fazer algo mais sério e adulto, mas tudo que ele queria era pegar onda e se divertir. Curiosamente, ele nunca tentou mudar quem eu sou, embora minhas escolhas de vida parecessem tão absurdas para ele quanto as dele para mim.

— Mas, apesar disso, vocês eram próximos.

Ela conseguia perceber pela maneira como ele falava do irmão.

— Sim. Sempre que estávamos juntos, tomávamos umas cervejas… Mais do que umas.

— Fico surpresa que seu chefe malvado tenha deixado você ter uma folga. Você devia ter procurado o tribunal do trabalho ou algo assim. Por crueldade com os funcionários.

— Gosto de pensar que fui justo com todos os outros. — Ele olhou para a estrada. — Faça uma curva à direita. Se está decidida a fazer isso, é a nossa saída.

Ela fez a curva e encontrou o estacionamento.

— A partir daqui, pegamos um ônibus até o fundo do cânion. Estou animada, e você?

— De jeito nenhum.

Mas ele estava de bom humor enquanto o ônibus sacolejava pela estrada e ainda mantinha um quase sorriso quando se acomodaram no barco.

Martha aproximou a coxa da dele quando o guia se apresentou.

— Preparem-se para uma descida emocionante e molhada, digna de uma montanha-russa, por oito corredeiras.

Josh revirou os olhos.

— Obrigado, Martha.

— Por que o sarcasmo? De acordo com o texto de divulgação, vai ser animação pura. Se não fosse verdade, eles não diriam.

— Posso pensar em outras maneiras, mais seguras, de ficar animado.

— Pare de reclamar. Senhor Magnata, você está prestes a ficar íntimo do poderoso rio Colorado.

E ela também ficaria íntima dele, se Josh quisesse. Havia tomado a decisão e estava segura disso. Josh era o homem mais emocionante que ela tinha conhecido em muito tempo, talvez na vida. Adorava como ele tratava Kathleen e a maneira como falava do irmão. Adorava o senso de humor dele. Acima de tudo, adorava o jeito que se sentia quando estava perto dele. Com Josh, ela nunca se sentia inferior. Nunca sentia que deveria ser melhor ou diferente. Ele nunca a colocava para baixo nem tentava mudar quem ela era ou diminuí-la. A vida havia minado a confiança dela, mas estar com ele curava todas essas feridas.

Ela estava feliz, e isso era suficiente.

Não importava que não soubesse o que o futuro reservava. Ninguém sabia, na verdade. As pessoas *achavam* que sim, mas tantas coisas estavam fora de controle. Se sua avó não tivesse morrido, Martha poderia ter terminado a graduação, mas então teria seguido um caminho diferente, e quem sabe se teria sido feliz? Para início de conversa, ela não teria conhecido Kathleen. Se não precisasse escapar da família e de Steven, jamais teria aceitado um emprego de motorista, e não estaria no poderoso rio Colorado, com as paredes do Grand Canyon se assomando ao redor, ao lado de um homem que fazia seu coração bater mais forte. Não havia nada no passado que ela mudaria, exceto talvez descobrir uma maneira de fazer as pessoas que amava viverem para sempre. Mas tudo que qualquer um tinha, de fato, era o presente, e ela estava determinada a aproveitar ao máximo o presente. E, sem dúvida, sua família desaprovaria suas escolhas atuais, mas se havia uma coisa que Martha aprendera na viagem era que a única opinião que importava era a dela própria.

Ela levantou o rosto para o sol e sorriu, sentindo-se bem com a vida pela primeira vez em muito tempo. *Consigo mesma.*

— Espero que continue sorrindo quando estiver submersa na água gelada do rio. — Josh a puxou para mais perto. — A temperatura média do rio Colorado nesta época do ano é…

— Não me conte! Vou descobrir sozinha, sem dúvida.

Mas ela adorava o senso de humor dele e o fato de ele conseguir recitar informações de cor.

— Estou começando a reconhecer o trabalho que seu irmão deve ter tido. Esta, meu amigo… — Ela segurou a parte da frente do colete salva-vidas dele e o puxou para si. — … vai ser a maior aventura da sua vida. Não entre em pânico. Nosso guia é hábil em resgate em corredeiras. Vai fazer bem para você. Você vai adorar.

— Você está falando que nem Rubro.

Ela não sabia o que dizer, então segurou a mão dele e sentiu os dedos de Josh apertarem os seus.

— Já se passaram dois anos e ainda ouço a voz dele o tempo todo — contou Josh. — Consigo ouvi-lo me dizendo para sair ao ar livre, parar de ler curiosidades, comer a borda da pizza e parar de deixar o brócolis no prato.

— Você deixa o brócolis? Você não come legumes? Que absurdo. Concordo com Rubro nessa.

— Parece que, em resumo, você concorda com Rubro em tudo. — Mas, pelo tom de voz dele, ele não se incomodava.

Martha se perguntou se ele até gostava.

— É estranho, mas ainda ouço minha avó, embora só quando estou sozinha.

E Martha percebeu que a voz da única pessoa cujos conselhos de vida deveria ter seguido era abafada quando ela estava com outras pessoas. Sua mãe. Sua irmã. Steven. Estivera ouvindo as vozes erradas.

— O que sua avó teria achado disso?

— Da viagem ou de você? — Ela viu os olhos de Josh se enrugarem nos cantos enquanto ele sorria. — Ela teria aprovado ambos. — Martha arfou quando a água a ensopou, deixando-a molhada e rindo. — Ai, que gelo!

Martha grudou em Josh e ele murmurou algo que ela não conseguiu entender, mas presumiu que não fosse um elogio. Ainda assim, ele sorriu enquanto o guia navegava com habilidade pelas corredeiras.

Depois, almoçaram às margens do rio, devorando sanduíches deliciosos e cookies caseiros. Martha guardou um no bolso para Kathleen.

Seu cabelo cacheado tinha secado, o rosto estava queimando sob o sol quente do Arizona e ela nunca se sentira mais feliz.

Quando enfim voltaram ao hotel, o sol estava se pondo. Kathleen deixara uma mensagem dizendo que tinha pedido serviço de quarto e que estava indo dormir cedo, então eles pediram pizza — Josh deixou a borda, enquanto Martha comeu a dela.

Em seguida, encontraram um lugar de onde tinham uma vista do Grand Canyon e assistiram ao pôr do sol.

— É o tipo de vista que nos faz pensar na vida. Em como somos pequenos em comparação com o mundo. E em como todas as coisas pequenas que parecem tão gigantes não são de fato gigantes.

Martha parou perto dele e Josh passou o braço em volta dos seus ombros.

— Obrigado pelo dia de hoje. E não é sarcasmo. — A voz dele estava delicada. — Sério, obrigado. Fico feliz que tenhamos feito isso. Ele teria ficado feliz.

Martha apoiou a cabeça no ombro dele.

— Vocês teriam se divertido fazendo isso juntos.

Ele a puxou mais para perto.

— Ele teria gostado de você.

Um calor tomou o corpo dela.

— Eu gostaria de tê-lo conhecido.

— Meu irmão teria flertado com você e apontado que ele era muito mais interessante do que eu.

Ela olhou para ele e o coração bateu mais rápido, porque Martha tinha certeza absoluta de que não teria achado o irmão de Josh mais interessante do que ele.

— Aposto que sim. Nós teríamos rido juntos, e ele não teria me entediado com curiosidades ou deixado as bordas da pizza de lado. Nós teríamos criado um vínculo graças ao amor por brócolis.

Ele acariciou o ombro dela.

— Meu irmão costumava me provocar por sempre me planejar com antecedência. Ele vivia perdendo voos porque nunca conseguia chegar ao aeroporto na hora. Teve um ano em que ele chegou no dia seguinte ao Dia de Ação de Graças porque deixou a viagem ao acaso. "É só ir na onda", ele dizia.

O sol poente pintou as rochas de um laranja-queimado e o céu de um vermelho ardente.

Ela se virou e envolveu o pescoço dele com os braços.

— É isso que estamos fazendo? Indo na onda?

— Talvez. — Ele deslizou os dedos sob o queixo de Martha e levantou o rosto dela. — E aí? Quer ir na onda, Martha?

— Quero. — A palavra saiu como um sussurro. — Para recuperar a confiança, sabe como é.

— Claro. Que outro motivo teria?

A boca de Josh estava tão perto da sua que eles estavam quase se beijando.

A expectativa do quase beijo, o entusiasmo ardente, era mais erótico do que qualquer beijo que ela tivesse vivenciado antes.

Ele levantou a mão e passou os dedos pelo rosto dela.

— Meu quarto ou o seu?

— Qual é o mais próximo?

— O seu. Mas é ao lado do de Kathleen.

— Bem lembrado. O meu quarto. Para o caso de ela vir me procurar durante a noite.

Ele ergueu uma sobrancelha.

— Isso renderia uma conversa interessante.

Ele a beijou brevemente, uma sugestão sensual do que estava por vir, e então Josh agarrou a mão dela e os dois praticamente correram de volta para o quarto de Martha. Ela podia sentir a urgência no ar e na força do aperto da mão dele. Ela o desejava com um desespero que ultrapassava os limites da decência.

O desespero a deixou desajeitada e, quando chegaram à porta, ela se atrapalhou com a fechadura e deixou a chave cair.

— Eu odeio chaves. Não consigo...

— Deixa comigo. — Ele pegou a chave e enfiou na fechadura, mas antes que entrassem segurou-a pelo ombro. — Espere. Tem certeza, Martha? Responda rápido.

O maxilar tenso dele era um sinal de autocontrole, e isso a fez se sentir melhor em relação à própria reação descontrolada.

— Tenho. Sou ótima em tomar decisões, não sabia? Nunca duvido de mim mesma. — Ela o arrastou para o quarto, fechou a porta e o puxou para si. — Vem cá, seu carnívoro inveterado, avesso a brócolis e inimigo das águas absurdamente gostoso...

As mãos dele estavam no cabelo dela, a boca percorreu seu pescoço, sua bochecha, sua testa.

— Você acha que eu sou absurdamente gostoso?

Ela desceu as mãos para os botões da camisa dele, atrapalhou-se outra vez e decidiu que devia haver algo errado com os dedos.

— Não, estou fazendo isso para agradar Kathleen.

Ela gemeu quando Josh segurou seu rosto entre as mãos e deu um beijo longo, lento e deliberado em sua boca, e Martha pensou consigo mesma que a palavra *beijo* era genérica demais, porque ela já havia sido beijada antes e nunca se sentira assim. Estava com a respiração ofegante, se desmanchando pela intimidade do beijo e do toque confiante. Era como se o coração dela fosse uma orquestra sinfônica, e era provável que Josh conseguisse sentir, pois estava com a mão no seio dela, provocando, e depois com a boca, e ela fechou os olhos, inundada por sensações enquanto ele arrancava as roupas com impaciência e então fazia o mesmo com as dela.

Eles não se deram ao trabalho de acender as luzes, mas o luar que entrava pela janela permitiu que cambaleassem até a cama sem machucarem as canelas ou baterem os cotovelos, e ela caiu no colchão e agarrou-o pelos ombros quando ele se deitou por cima dela. Seu rosto estava oculto pela semiescuridão, os detalhes indistintos pela luz fraca.

Ela sentiu o peso do corpo dele, a força dos ombros enquanto ele se apoiava, e então a pressão habilidosa da boca enquanto a beijava. Cravou os dedos nos ombros de Josh, desesperada, incitando-o a não se conter, mas ele não estava com pressa.

A boca dele se moveu dos lábios para o queixo de Martha, e de lá para o pescoço e depois para o ombro. Então ele se demorou ali, inspirando o cheiro dela, sentindo cada parte de sua pele como se ela fosse uma refeição que ele só saborearia uma vez na vida. Ela nunca sentiu tanta coisa de uma vez, e se mexeu sob Josh à medida que a excitação crescia. O corpo dela estremeceu com os contrastes: o frio do ar-condicionado e o calor das mãos dele, o arrastar lento da língua pelo seio e as batidas rápidas do próprio coração. E ela fez o mesmo com o corpo dele, tocando e saboreando, ouvindo a mudança em sua respiração e as palavras murmuradas.

O toque dele a fez se derreter, mas ele continuou a exploração íntima até que não restasse nenhuma parte dela inexplorada, até que ela estivesse trêmula e se contorcendo e focada apenas nas sensações. *Músculo e força. Calor e beijos. Excitação e necessidade.*

E então ele deslizou para dentro dela, com infinita delicadeza, e por um momento ela parou de respirar, porque além da excitação eletrizante havia a convicção de que nada em sua vida havia lhe parecido tão certo antes. Martha nunca experimentara nada parecido com esse emaranhado emocionante e intricado do físico e do emocional. Nunca se sentira tão conectada a alguém. Ela foi arrebatada por um turbilhão atordoante de anseio e ele respondeu com a própria urgência, até que não havia nada além de calor e sensações enquanto alcançavam o êxtase juntos.

E depois, mesmo quando a agitação tempestuosa tinha passado, permaneceram unidos, os corpos entrelaçados enquanto falavam em voz baixa, a conversa temperada pela nova intimidade.

Muitas vezes antes, ela questionara as próprias escolhas, mas não estava questionando essa. E mesmo que eles não fossem ter mais nada além dessa noite juntos, Martha sabia que não se arrependeria.

Josh a envolveu e ela se sentiu segura, importante, desejada e tantas coisas boas de uma só vez.

Ele não disse nada, e depois de um momento ela ergueu a cabeça.

— Você está bem?

— Uhum.

Os olhos dele estavam fechados, e ela se perguntou se talvez tivesse entendido tudo errado e ele estivesse arrependido.

— No que está pensando?

Ele se mexeu e abriu os olhos.

— Que Steven foi um idiota por perder você, mas o azar dele é sorte minha, então nem posso ficar muito irritado com o cara.

Ela resplandeceu.

— Casar com ele não foi uma delas, mas até que eu faço umas boas escolhas.

— Contei pelo menos cinco na última hora.

Ela sorriu.

— Josh Ryder. Você está bancando o patife?

— Não sei. — Ele rolou para cima dela em um movimento fluido. — Conte o que os patifes fazem, e eu direi se me encaixo na descrição. — Ele abaixou a cabeça e a beijou. — Você é incrível, Martha.

Ninguém nunca a tinha chamado de incrível antes.

— Só para eu saber, qual parte de mim é incrível?

— Todas, desde seu cabelo cacheado bonito até sua bunda sensacional. Sobretudo sua personalidade. Você é a pessoa mais bondosa e generosa que já conheci.

Ela passou os dedos pelo cabelo dele, sentindo os fios escorregarem entre os dedos, macios como seda.

— Está dizendo que eu sou um capacho?

— Um capacho?

— Uma pessoa trouxa. Fraca.

— Bondade não é fraqueza. Bondade é uma qualidade muito subestimada. — Ele rolou na cama, puxando-a junto. — Exceto por mim. Sempre fui bom em reconhecer o valor das pessoas. É um dos meus talentos.

— Você tem outros talentos. — Ela passou os dedos pelo peito dele e desceu pela barriga. — Quer que eu liste alguns?

Ela vinha se sentindo culpada por ter feito escolhas ruins, mas cada decisão que tomara a levara a esse momento. Se tivesse feito uma escolha diferente em outro ponto da vida, não estaria ali naquele instante. E não desejaria perder esse momento por nada no mundo.

Ele passou a mão pelas costas nuas dela.

— Agora que recuperou a confiança, imagino que você vai voltar para seu quarto.

— Nós estamos no meu quarto.

— Ah. Certo. Bem.

— E sempre pensei que a confiança é meio engraçada. — Ela deslizou a mão para baixo e ouviu quando ele puxou o ar profundamente. — É frágil. É provável que eu ainda tenha um longo caminho a percorrer. Talvez precise usar você um pouco mais. Você está com o maxilar trincado. Está tudo bem?

Ele grunhiu e então a virou de costas e voltou a se deitar em cima dela.

— Eu tenho uma proposta.

— Nada de propostas. Um divórcio é o suficiente.

— Não é esse tipo de proposta. É o tipo que envolve você ganhando confiança em vários lugares da costa do Pacífico.

Ela beijou o peito dele.

— O que está sugerindo?

— Se quer que eu dê uma resposta coerente, vai ter que parar um pouquinho o que está fazendo.

Ela levantou a cabeça, mas deixou a mão onde estava.

— Estou distraindo você?

— Talvez um pouco — confirmou ele, entredentes, e ela sorriu.

— Isso é divertido.

— Para você. Para mim é um exercício de autocontrole e frustração sexual. Quando levarmos Kathleen até o destino e descobrirmos o que ela quer fazer, pensei em pegarmos a Highway One. Vou mostrar a Califórnia. Big Sur. Monterey. Os penhascos. As florestas de sequoias.

O coração dela estava flutuando. Ela sentiu como se tivesse ganhado na loteria.

— Você não precisa voltar ao trabalho?

— Deveria. E se você disser não, provavelmente vou voltar aos velhos hábitos de vício em trabalho.

— Isso é chantagem.

— É negociação.

— E que desculpa você vai dar ao seu chefe para não voltar?

— Vou dizer a ele que conheci uma garota... — Ele voltou a se deitar, puxando-a para cima dele e passou as mãos pelas costas dela. — Então, o que acha? Você tem que voltar?

Voltar para o quê? Ela precisava de um plano, mas isso poderia esperar. Tudo poderia esperar.

— Bem, sinto certa responsabilidade em garantir que você não volte aos antigos hábitos sérios demais... então vou aceitar.

— Tem certeza?

— Tenho.

Ela nunca esteve mais certa de uma decisão na vida.

22
Liza

Sean correu pela areia até Liza, a água escorrendo pelo corpo depois do último mergulho matinal.

— Revigorante. — Tremendo, ele pegou a toalha. — Apesar de todas as coisas emocionantes que nos esperam, confesso que não quero ir embora. Tinha esquecido do quanto amo este lugar. Quando visitamos, não usamos o tempo para relaxar. Sempre focamos nas tarefas.

Liza sentiu uma pontada de remorso.

— Isso é culpa minha. Sempre priorizo outras coisas em vez da diversão. Mas isso vai mudar, prometo. A diversão vai estar no topo da lista a partir de agora.

— Para nós dois. — Ele se esparramou ao lado dela na toalha de piquenique, algumas gotículas de água salpicadas na perna. — É tão fácil entrar em uma rotina e nunca questionar uma alternativa. Estou imaginando como a vida poderia ser se morássemos aqui. Eu terminaria de trabalhar e em vez de pegar trânsito e chegar em casa tarde, cansado, iríamos dar um mergulho no fim do dia. No inverno, faríamos caminhadas em uma praia vazia e ventosa e comeríamos na Tide Shack.

Eles tinham conversado sobre isso, mas será que Sean estava considerando esses planos de verdade?

— Você tem um negócio de sucesso. Em Londres.

— Hum. Pelo que vejo, temos duas opções. Uma é manter o negócio como está e ficar entre lá e cá durante a semana. Delegar mais.

— Você pegaria a estrada o tempo todo e ficaria dividido entre dois lugares.

— Eu poderia fazer dar certo. Iria para Londres na noite de segunda-feira e ficaria lá até quinta-feira à noite ou algo assim.

Ela estendeu a mão e secou as gotículas de água da bochecha dele com o polegar.

— Aí nós teríamos que manter a casa em Londres, e não podemos bancar duas residências.

Ele pegou seu pulso e a puxou para um beijo.

— Você está colocando obstáculos.

— Estou sendo prática. É o que eu faço.

— Bem, não faça o que você faz. — Ele se sentou. — Outra alternativa seria eu conversar com meus sócios e abordar a ideia de abrir um escritório aqui, focado nas propriedades costeiras. Muitas pessoas querem reimaginar o espaço em que vivem e eu sou bom nisso.

Ela pensou em como ele tinha transformado a pequena casa deles em Londres em um espaço cheio de luz.

— Sim, você é.

— Eu ainda teria que ir a Londres de vez em quando, mas a maior parte do trabalho seria aqui.

Liza imaginou como seria a vida morando ali. Ela teria a praia. Poderia se concentrar mais na arte. Poderia ver mais a mãe e também Angie.

Tinha visitado a amiga no dia anterior, pois não queria partir sem se despedir.

Acabou sendo honesta com a velha amiga, como Angie fora com ela, e a única conversa a havia lembrado de por que a ligação entre as duas sempre fora tão forte. Havia poucas pessoas na vida a quem se poderia confiar os segredos mais íntimos, mas Angie era uma delas.

Ela voltou a atenção para Sean.

— Acha que teria trabalho suficiente aqui para justificar abrir um escritório?

— Não sei, mas estou animado para tentar.

Era divertido planejar, mas ela ainda não conseguia ver isso como uma realidade.

— Não há a menor chance de as gêmeas quererem sair de Londres. E nós queremos mesmo que elas se mudem nesse momento, quando estão prestes a fazer provas importantes?

— A vida não é só sobre as gêmeas, Liza. Nossa vida também é importante. Mas, seja qual for a escolha que fizermos, vai demorar um pouco para se tornar realidade. Então, por que não concordamos em passar o próximo ano pensando em como vamos fazer isso dar certo, com a meta de nos mudarmos para cá quando Caitlin e Alice forem para a faculdade?

O futuro que pouco tempo antes parecia opressivo e cheio de nuvens carregadas agora estava limpo e brilhante.

— Amei essa ideia.

— Vai me dar tempo para encontrar a propriedade certa. — Ele guardou a toalha úmida na bolsa. — Idealmente, haverá alguma casa da guarda costeira negligenciada com vista para o mar que eu possa transformar em um projeto nos próximos anos.

— E eu posso levar o tempo que precisar para mobiliá-la.

Ela imaginou a si mesma escolhendo móveis nas muitas lojas locais que vendiam artesanato da Cornualha ao longo da costa atlântica. E ela também improvisaria, porque era algo que amava. Coletaria conchas e madeiras à deriva, lixaria e tingiria os pisos do chalé de um branco desbotado.

— É divertido planejar — concluiu ela.

E, acima de tudo, era divertido fazer planos juntos. Eles tinham parado de fazer coisas juntos e, de alguma forma, passaram a levar vidas paralelas. Mas não mais.

— Vamos voltar em breve.

Sean a abraçou pelos ombros e olhou para o mar. A pele dele estava ficando bem bronzeada. Ela havia se esquecido de como ele se bronzeava com facilidade.

— Vamos. — Liza se levantou e começou a juntar os pertences. — Você não mudou de ideia sobre o que combinamos ontem à noite? À luz do dia, parece impulsivo e extravagante.

— Impulsividade é bom. Precisamos fazer isso mais vezes.

Sean pegou a bolsa das mãos dela e eles voltaram para o chalé, tomaram um banho e colocaram as malas no carro dele.

Eles decidiram deixar o carro de Liza estacionado lá por enquanto e buscá-lo depois, antes de o verão acabar.

Liza conferiu se a porta da frente estava trancada pela última vez. Ela havia alimentado Popeye e, na noite anterior, ela e Sean foram de carro até a casa de Finn para entregar os quadros.

Para Liza, havia sido um momento constrangedor, mas ambos os homens estavam relaxados. Finn lhe deu uma piscadela bem-humorada, e ele e Sean conversaram sobre o design arquitetônico da casa enquanto tomavam drinques no gramado.

O outro quadro que ela havia pintado durante a visita, o mais pessoal, estava encostado na parede do quarto da mãe. Havia inúmeros temas possíveis para a pintura, mas ela soubera desde o início o que queria fazer, e quando mostrou a Sean sentiu-se tranquilizada pela reação do marido.

— Oakwood — sussurrou ele, olhando para a pintura do sol se pondo sobre o chalé. — É perfeito.

Liza torcia para que a mãe também achasse.

E agora eles estavam voltando para Londres.

Sean segurou a mão dela.

— Você está triste por estar indo embora?

Liza olhou para trás, para o Chalé Oakwood. Ele tinha proporcionado um refúgio quando ela mais precisara.

— Voltaremos em breve. Estou com saudade das meninas.

Elas tiveram uma longa conversa no dia anterior, e Liza fora honesta sobre o que vinha sentindo. Não tinha sido uma conversa fácil para ela, mas as meninas estavam tão abaladas pelo artigo que tinham encontrado e por pensarem que o casamento dos pais poderia estar em perigo, que se mostraram arrependidas e dispostas a refletir.

— Você faz tanto — dissera Caitlin em um tom contido —, e desculpe por não ter notado ou agradecido. Vou me comportar melhor.

— Um obrigada seria bom — respondera Liza —, mas, acima de tudo, preciso que vocês comecem a assumir mais responsabilidades.

— Eu vou. Nós vamos.

Alice concordara, e Liza teve que admitir que, no geral, a conversa tinha ido melhor do que ela esperara. Se o combinado duraria ou não, aí já era outra história.

— Se chegarmos em casa no fim da tarde, vou conseguir ligar para a minha mãe antes de eles começarem o dia por lá. — Liza apertou o cinto de segurança. — É estranho, não é? Não se espera que o relacionamento com um dos pais mude tão tarde na vida. Presumi que nunca seríamos próximas.

Mas ela e a mãe tinham conversado sobre tudo e nada. Todas as barreiras que as distanciavam tinham desaparecido.

— Fico feliz por você. É engraçado pensar que Kathleen teve tantos acontecimentos no passado. Que vida ela levou.

Liza acenou um adeus mental para Oakwood enquanto Sean conduzia o carro pelo caminho de entrada.

— Tenho me perguntado como teria sido a vida da minha mãe se ela tivesse se casado com Adam.

— Todos nós podemos jogar esse jogo. Se eu não tivesse conhecido você na praia aquele verão, onde eu estaria agora? Se você não tivesse ido embora e nos tirado daquele torpor, o que teria acontecido com nossa família?

— Eu não *fui embora*, Sean.

— Desculpe, você veio "dar comida ao gato". — Ele olhou para ela e sorriu. — Você sabe que, a partir de agora, tudo que precisa fazer é ameaçar ir "dar comida ao gato", e eu vou reservar uma mesa em um restaurante e comprar presentes sofisticados para você.

— Não vou esquecer.

— Acho que é bom alertar você de que a parede da cozinha agora tem uma planilha gigantesca. Alice atribui tarefas para todos.

Liza fez uma careta.

— Não parece uma adição muito elegante à decoração da casa.

— Não é, mas se isso lembrar as duas de fazerem a parte delas, vale a dor nos olhos.

Ele parou de repente e encostou na entrada de um campo. Ao longe, o mar era uma faixa de azul contra o céu nublado.

— Por que parou o carro?

— Porque esses últimos dias foram especiais, e ir embora me deixa nervoso. — Ele se virou no banco. — Eu sou terrível em me lembrar de datas especiais. Não tem desculpa para isso, e eu vou me empenhar mais. É um dos meus defeitos, eu sei. Consigo me concentrar no trabalho e não fazer a menor ideia de onde está minha camisa azul. Tento levar tudo com tranquilidade, o que eu sei que tira você do sério porque seu ritmo de trabalho humilharia um piloto de corridas, mas eu digo uma coisa, Liza... Eu te amo. — Ele segurou o rosto dela entre as mãos. — Eu te amo, e te amei durante todos os anos que passamos juntos, mesmo que às vezes eu me esqueça de comemorar uma ocasião. E parte do motivo pelo qual eu me esqueço é porque me sinto sortudo todos os dias que estou com você, e escolher um dia do ano para comemorar é quase como dizer que o resto não é especial. Tudo é especial.

Não havia como duvidar da sinceridade em sua voz.

— Sean...

— Me deixe terminar. — Ele alisou o cabelo dela, tirando-o do rosto. — Sim, estamos cheios de afazeres. Meu trabalho exige bastante, ter as gêmeas sempre nos manteve mais do que atarefados, e você carrega a maior parte do peso nesse departamento, e ambos temos demandas constantes e temos que priorizar coisas, mas desde quando nosso relacionamento acabou em último na lista? Devia ter sido a prioridade, não o último item dela.

— Eu sei. E vamos mudar isso.

Como ela podia já ter priorizado lavar a blusa de alça de Caitlin em vez de ter uma conversa com Sean? Como haviam deixado de colocar a si mesmos em primeiro lugar? Ela fazia listas com todas as coisas que precisava fazer, mas passar um tempo com Sean durante o qual não fizessem nada além de se concentrar um no outro não estava na pauta.

Sean a beijou com delicadeza, e depois conduziu o carro de volta à estrada e seguiu para casa.

Quando entraram na rua deles, Liza sentiu um pouco de nervosismo. Era estranho estar em casa, como se tivesse estado fora por uma vida inteira, embora tivessem sido apenas algumas semanas.

Mas então a porta da frente se abriu e Caitlin e Alice correram para cumprimentá-los, como faziam quando eram muito pequenas.

— Mãe!

Caitlin abraçou Liza com tanta força que ela mal conseguia respirar, e Alice fez o mesmo.

— Sentimos sua falta.

— E não porque não conseguimos encontrar as coisas enquanto você não estava. — Caitlin finalmente a soltou. — Você está *incrível*. Esse vestido fica bem em você. É novo? Entrem, preparamos uma surpresa.

Ela e Alice se entreolharam e depois conduziram os pais até a cozinha.

A casa brilhava de tão limpa, e a mesa da cozinha estava repleta de pratos de comida. Minissanduíches, scones, cupcakes, cookies com gotas de chocolate...

Liza deixou a bolsa de lado.

— Vocês prepararam tudo isso?

— Nós achamos que vocês estariam com fome depois da viagem. Alice preparou a maior parte das comidas. Eu fiz a faxina. — Caitlin parecia nervosa. — Limpei os espelhos e até atrás da sua cama. E vamos ajudar a arrumar as coisas para a França. Alice e eu vamos fazer tudo para vocês poderem relaxar.

— Ah... — Liza olhou para Sean. — Precisamos conversar com vocês sobre isso.

A expressão de Caitlin murchou.

— Nós não vamos para a França?

— Infelizmente, não.

— Porque é muito trabalho para você? — Alice parecia ansiosa. — É culpa nossa?

— Não tem nada a ver com vocês. E tudo isso é maravilhoso, assim como a casa arrumada. Fico comovida. Meu Deus, está com uma cara deliciosa. — Liza estendeu a mão e pegou um cupcake. As filhas conseguiam mesmo fazer tudo aquilo? Ela as tinha subestimado. Ou talvez nunca tivesse dado uma chance. — Mas temos más notícias sobre a França. Ligaram ontem. Estourou um cano e o térreo está inundado.

— Ah, não! — Alice se jogou na cadeira mais próxima. — Mas são as nossas férias de família especiais. Nós queríamos mimar você... Não podemos encontrar outro lugar? Caitlin e eu podemos procurar.

— Foi o que pensamos primeiro, mas então tivemos outra ideia. — Liza segurou a mão de Sean. — Nós bolamos outro plano, espero que vocês fiquem animadas. Não é a França.

— Não é a França? — Caitlin olhou para a irmã. — Mas o que quer que vocês achem que seria divertido, tudo bem, mãe. Queremos passar um tempo em família, só isso.

Família.

Liza sorriu.

— Podemos garantir a vocês um tempo em família do melhor tipo.

23
Kathleen

Barstow ~ Santa Mônica

Kathleen estava de pé no cais de Santa Mônica, observando as ondas.

Ela atravessara pradarias e desertos, vira o Grand Canyon e as luzes brilhantes de Las Vegas, e agora estava ali, no destino final.

Sentiu a mão de Martha segurar a dela.

— Nós chegamos, Kathleen, e eu não bati em nenhum poste.

Kathleen não disse nada, mas apertou a mão da jovem bem forte. Não conseguia encontrar palavras para descrever tudo que estava sentindo.

Josh segurou a outra mão dela e eles a levaram para mais perto da praia.

— É o oceano Pacífico, Kathleen.

— Sim, eu estou vendo. Meus olhos são a única parte do meu corpo que ainda funciona.

O oceano Pacífico. Kathleen sentiu o sol no rosto e o calor da brisa, mas não conseguia relaxar. Só conseguia pensar em Ruth.

— Ela mora perto daqui?

— Não muito longe.

Kathleen se voltou para o carro.

— Então vamos. Vamos logo. Não quero esperar mais.

Ela viu Martha e Josh se entreolharem, como se estivessem calculando algo.

— O que vocês dois estão tramando?

— Nada.

Kathleen sabia que eles não estavam contando a verdade, mas sentia-se ansiosa demais pelo encontro com Ruth para investigar mais.

E se fosse desconfortável? Já tinham se passado quase sessenta anos desde a última vez que se viram. Não teriam nada em comum exceto o passado, e não era um lugar muito confortável para visitar por muito tempo.

Ela voltou para o carro que havia sido a casa deles desde que saíram de Chicago. Kathleen passara a gostar muito dele, e também de Martha e Josh.

Havia uma nova intimidade entre os dois. Kathleen a notara nos sorrisos compartilhados, no roçar dos dedos, na promessa dos olhares. Ficava muito feliz por eles, mas a nova proximidade a fazia se sentir sozinha.

Ela sempre foi uma pessoa independente. Então, por que sentia a necessidade de contar com alguém nessa viagem?

Fez um esforço hercúleo para se recompor. Se encontrar Ruth acabasse deixando-a chateada, Kathleen daria uma desculpa. Tomaria uma xícara de Earl Grey, diria como foi bom ver Ruth e depois faria check-in em um hotel com vista para o mar e fingiria que estava em casa.

Como já tinha tomado a decisão, ela queria acabar logo com isso.

— Tem certeza de que estamos no caminho certo?

Ela agarrou o encosto do assento de Martha, a outra mão segurando o chapéu que usava para se proteger do sol da Califórnia — concordara que deveriam viajar com a capota abaixada nessa última parte da viagem.

Deveria ter sido relaxante, mas como ela poderia relaxar sabendo que estava prestes a ver Ruth depois de tantos anos?

— Tenho. — Josh conferiu a navegação. — Você precisa virar à esquerda ali na frente, Martha. E então encostar e esperar.

Esperar pelo quê?

— As esquinas não me assustam mais, embora eu não ame rotatórias. — Martha olhou pelo espelho retrovisor. — Você está bem, Kathleen?

— Não. — O pânico tomou conta dela. — Acho que estou cometendo um erro terrível. Nunca se deve revisitar o passado. Não vire à esquerda. Siga direto pela costa.

Ela viu Martha olhar para Josh.

— Kathleen...

— Se está prestes a discutir comigo, não perca seu tempo. Eu sei o que quero.

Martha parou e entrou em uma vaga de estacionamento de uma maneira tão decisiva que Kathleen foi forçada a esticar a mão para se equilibrar.

— Achei que você tinha melhorado como motorista, mas parece que fui prematura em meu julgamento. Não tenho ideia de por que você está parando. Temos que continuar em frente.

Martha soltou o cinto de segurança e se virou.

— Nós vamos visitar Ruth. Ela está nos esperando. Mas vamos esperar aqui alguns minutos.

— Por quê? Você trabalha para mim, Martha. Eu decido o itinerário.

Martha estendeu a mão entre os assentos e tocou o joelho de Kathleen.

— Deve ser muito assustador...

— Não me tranquilize, Martha. É condescendente.

— Estou sendo sua amiga. Assim como você vem sendo uma amiga para mim nesta viagem.

Kathleen sentiu os olhos arderem. Areia, é claro. Tinham passado tempo demais perto da praia.

— Que besteira.

— Se não fosse por você, eu não teria conhecido Josh. Eu estava tão ocupada me protegendo que teria perdido toda a diversão que tivemos. — Os olhos de Martha brilharam. — E o melhor sexo da minha vida, por falar nisso.

Josh pigarreou e se endireitou.

— Precisa mesmo...?

— Preciso. — Martha ignorou o desconforto dele. — Todos nós fizemos coisas que pareceram difíceis nesta viagem. Dei uma carona e apaguei o número de Steven do celular...

— E já era hora — murmurou Kathleen.

— Josh foi fazer rafting...

Ele fez uma careta.

— Não tenho certeza se quero me lembrar disso.

Kathleen suspirou.

— E quando isso se tornou uma competição?

— Não se trata de competição. Trata-se de apoiar amigos. E você não vai estar sozinha hoje. Pode contar com a gente, Kathleen.

Ela sentiu uma estranha pressão crescer no peito.

— Não temos nada para contar aqui. Vocês, jovens, são tão descuidados com a linguagem.

— Sei que você está com medo de encontrar Ruth — prosseguiu Martha. — Você tem medo de sentir coisas que acha que não consegue aguentar, mas você consegue, Kathleen. Já aguentou tanta coisa. E, se não fizer isso, pode se arrepender.

— Não vou. Faço questão de nunca olhar para trás.

— Mas isso não é olhar para trás. É olhar para a frente. Você e Ruth vão construir algo novo.

— Tenho 80 anos. É um pouco tarde para construir algo novo.

Martha ergueu as sobrancelhas.

— Isso vindo de alguém que viajou *quatro mil quilômetros* de carro pelos Estados Unidos? Se não é tarde demais para esse tipo de aventura, como pode ser tarde demais para visitar uma amiga?

— Ela é uma estranha, Martha. Não a vejo há quase seis décadas, então não romantize o relacionamento.

— Vocês tinham uma amizade profunda e especial. Esse tipo de laço não desaparece.

— Sua geração é tão emotiva. — Kathleen mexeu na alça da bolsa, amassando-a e torcendo-a. — Tudo bem, vamos lá. Vai ser um desastre, e então será um grande prazer demitir você.

Martha sorriu.

— Se tudo der errado, você vai precisar de mim como motorista de fuga.

— Se vou depender da sua habilidade como motorista para escapar, então estamos todos perdidos.

O que ela deveria fazer? Martha estava certa, lógico. Kathleen estava apavorada. Ver Ruth poderia abrir antigas feridas.

— Eu deveria lhe entregar isto agora, caso tenhamos um grande desentendimento. — Ela se abaixou e pegou o pacote que havia escondido no carro alguns dias antes. — É um agradecimento.

— Um agradecimento por quê?

— Por não cantar mesmo quando estava morrendo de vontade de cantar. Por levar uma velhinha rabugenta em uma viagem sensacional. Por ser uma excelente companhia. E por sorrir mesmo quando estava com medo.

Ela viu os olhos de Martha se encherem de lágrimas e acenou com a mão.

— Não! Nada de choro.

Martha esfregou os olhos e abriu a caixa que Kathleen lhe entregou.

— Ah, Kathleen... — Ela tirou o bule da caixa e o olhou maravilhada. — É perfeito. Onde encontrou?

— Tenho a sorte de ter amigos bem relacionados que podem fazer as coisas acontecerem.

Ela agradeceu mentalmente a Liza, que encontrara o bule, e a Finn, que navegara pelas surpreendentes complexidades envolvidas no transporte do presente.

— Cerejas vermelhas. — Martha parecia estar com um nó na garganta. — É igualzinho ao que a vovó tinha.

— Sua avó ficaria orgulhosa de você, Martha.

— Vou guardar com carinho. Nunca vou usar.

— Que pena. Um bule foi feito para fazer chá, assim como um ser humano foi feito para viver a vida, não importa o quão difícil às vezes pareça. — Ela sentiu a voz vacilar e soube que Martha também percebeu.

Kathleen a viu olhar para Josh.

— Pode ir dar uma volta? Estamos cinco minutos adiantados mesmo.

— Adiantados para o quê? Vamos tomar chá, não assistir à ópera.

De tanto apertar a bolsa, os dedos de Kathleen perderam a cor. O momento havia chegado e ela não podia mais adiar.

— E por que Josh precisa sair para dar uma volta? Visto que já tenho até detalhes sobre a recuperação extraordinária da sua vida sexual, não consigo imaginar nenhuma conversa que exija a ausência dele.

Martha se voltou para ela.

— Sei que está ansiosa, mas só existem dois desfechos possíveis para a situação. Um é você não ter mais nenhum vínculo com Ruth, achar que ela é uma chata, e aí vamos embora depois de uma xícara de chá muito sofrida.

— Não há como o chá ser algo sofrido, a menos que derrame logo após ser servido.

Martha a ignorou.

— A outra possibilidade é vocês terem a mesma ligação de antes e não conseguirem parar de conversar. Então será a melhor tarde que você tem em tempos. Estou apostando nessa.

— Um terceiro desfecho possível é o reencontro desenterrar uma parte da minha vida que deixei no passado por um bom motivo.

— Como isso poderia acontecer? — O tom de Martha era gentil. — Você não vai se arrepender da decisão, Kathleen. Você não iria querer voltar atrás, mesmo que fosse possível. Você *sabe* disso. Por causa do que aconteceu, você teve uma carreira incrível.

— Você sabe que não gosto da palavra *incrível*. Não transmite nada.

— Transmite a ideia de algo incrível — continuou Martha, sem se perturbar —, e sua carreira foi incrível.

— É verdade — disse Josh. — Foi mesmo.

Martha assentiu.

— Se você tivesse se casado com Adam, ele teria deixado você maluca.

Kathleen torceu o nariz.

— *Maluca* é outra palavra da qual não gosto. Poderíamos usar uma linguagem mais descritiva? Não ensinei nada a vocês nas últimas semanas?

— Você me ensinou a ser persistente. — Martha se inclinou para a frente. — Se vocês dois tivessem ficado juntos, você teria sentido vontade de matar Adam. Pense nos artigos que lemos. Tenho certeza de que ele era muito importante, mas devia ter um ego inflado demais. Talvez não gostasse de você ser uma grande estrela. Talvez você não conseguisse ter viajado o mundo. Talvez o *Vocação Verão* nunca tivesse acontecido.

— Não sei se há evidências suficientes para declarar isso. — Kathleen tirou um pelinho inexistente da saia. — Talvez esteja certa. Eu não descreveria Adam como alguém que me deu apoio quando expressei certas ambições.

— Mas Brian deu. Um instante… — Martha pegou o celular e mexeu na tela por um momento antes de enfiá-lo na cara de Kathleen. — Lá estava Brian quando você recebeu aquele prêmio importante em Londres. Apresentadora do Ano, ou sei lá qual era o nome.

A visão de Kathleen ficou embaçada. *Ah, Brian.*

— Não entendo por que está me mostrando isso.

— Olha só a cara dele! O que você vê? Orgulho. Alegria. E tanto amor. Eu daria qualquer coisa para um homem olhar para mim desse jeito apenas uma vez.

— Talvez se você usasse algo além de calça jeans…

— Estamos falando de você, Kathleen. E de Brian, que você amava tanto quanto ele amou você. Ele *não* foi o segundo lugar. Não foi um prêmio de consolação. Não foi o que você me disse quando paramos em Devil's Elbow? Um bom relacionamento não precisa de milagres. Só precisa da pessoa certa na hora certa. O que é muito mais difícil do que parece, na verdade, mas isso não é relevante agora.

— Eu usei a palavra "requer", não "precisa".

— Dá no mesmo.

— Na verdade…

— Kathleen!

— Me dê um momento.

Kathleen fechou os olhos e pensou em Brian. Na paciência dele. Na capacidade de sempre fazê-la rir. Na maneira como discutiam sobre a melhor forma de marcar a página de um livro. O amor de ambos pelo mar. A casa deles. A filha deles.

Ele foi, sem dúvida, a melhor coisa que aconteceu em sua vida. Melhor ainda do que o *Vocação Verão*.

Ele tinha sido sua maior e melhor aventura.

Martha estava certa. Ela não mudaria nada. Não trocaria um dia de sua vida, nem quando estava solteira ou com seu querido Brian, por mais tempo com Adam.

Sentiu um nó na garganta. Como sentia falta de Brian. Sentia falta da constância e de como ele a conhecia. Não havia melhor dádiva na vida do que ser conhecida e ainda assim amada.

E Brian a conhecia e a amava.

Ela abriu os olhos.

— Então vamos tomar chá, mas só. E deveríamos combinar algum tipo de sinal. Para caso eu precise de apoio moral ou me retirar depressa, embora não tenha certeza se consigo fazer isso com meus quadris do jeito que estão. Talvez você precise me jogar por cima do ombro, Josh.

Ela viu Martha e Josh se entreolharem de novo e deu um suspiro de exasperação.

— O que foi agora?

— Você vai ter todo o apoio moral de que precisa, Kathleen.

Martha virou a cabeça para olhar a estrada.

Um carro grande se aproximou e parou na frente deles.

— Ela chegou.

Josh saiu do carro e Martha também.

— Quem chegou?

Mas Kathleen estava falando sozinha.

Antes que pudesse chamá-los e lhes dizer que todo aquele drama e subterfúgio eram frustrantes, a porta do carro se abriu e uma mulher saiu para a luz do sol.

Ela era igualzinha a Liza.

Kathleen sentiu algo vibrar no peito. Não. Não poderia ser. Liza estava na França, com Sean e as meninas.

Mas era Liza. Uma Liza de aparência diferente, com a postura ereta e cujo sorriso estava seguro e confiante. *Feliz*. Bem ali na Califórnia, usando um vestido fluido. Ela abraçou Martha, apertou a mão de Josh e então caminhou a passos rápidos até o carro e sorriu para Kathleen.

— Olá, *Vocação Verão*! Preciso admitir que tive minhas dúvidas sobre o carro, mas combina com você.

Kathleen não conseguia falar. Queria sair do carro, mas no fim não precisou, porque Liza deslizou para o banco ao seu lado, se encolhendo enquanto tentava acomodar as pernas no espaço limitado.

— Você atravessou oito estados com as pernas apertadas desse jeito? Muito me admira ainda conseguir se mexer. — Ela se inclinou e abraçou Kathleen. — Espero que não se importe de eu ir junto. Queria estar com você nesta parte. Achei que poderíamos ir encontrar Ruth juntas.

Juntas. Ela não estava sozinha. Tinha Liza.

Kathleen tivera tanto medo de perder a independência, mas naquele momento via que era possível contar com alguém e aceitar apoio sem abrir mão de nenhuma parte de si. Aceitar ajuda não tornava ninguém fraco, apenas o fazia humano. Talvez fosse até um ponto forte, pois significava que poderia enfrentar coisas que talvez não conseguisse enfrentar sozinha.

Kathleen a abraçou de volta, apenas em parte consciente de Josh e Martha voltando para o carro.

— Por que não está na França?

— É uma longa história. Que tal eu contar depois do chá?

— Mas e Sean e as meninas?

— Eles também estão aqui. — Liza colocou o cinto de segurança. — Foi uma mudança de planos de última hora. Acho que você não vai ficar surpresa em saber que a notícia de que iríamos para a Califórnia, em vez da França, foi recebida com alegria pelas meninas. No momento, estão em nosso apartamento à beira-mar… Uma estadia que foi conseguida de última hora graças a Josh. Estão planejando um futuro que permita a elas se mudar para cá. Pode até ser o empurrãozinho de que Caitlin precisava para se concentrar nos estudos. A propósito, elas mal podem esperar para ver você. Vão preparar o jantar para todos nós esta noite.

Kathleen estava achando difícil acompanhar.

— Você disse que as meninas vão preparar o jantar?

— Não tenha medo. — Liza deu um tapinha na perna dela. — Acontece que elas são melhores nisso do que experiências anteriores poderiam sugerir. Tenho muito para contar. Mas vamos para a casa de Ruth agora. Não faz sentido demorar mais. É longe?

— Não muito. — Josh consultou as instruções e disse a Martha que virasse à esquerda. — É na metade desta rua. Perto da praia. Adam não estava mal de vida se eles compraram um imóvel aqui.

A mente de Kathleen estava em turbilhão. Ela tinha muito a dizer e precisava dizer naquele instante.

— Não posso vender o Chalé Oakwood, Liza.

— Você tem razão. Não pode.

— Sei que você acha que vou sofrer um acidente lá, mas... — Ela fez uma pausa. — O que você disse?

— Disse que não pode vender. Não acho que você devia vender e lamento ter sugerido isso. Fique lá, e se chegar o momento em que você precisar de ajuda, nós resolveremos isso juntas.

Kathleen olhou para a filha.

— Não vou usar um alarme.

— Eu sei. — Liza sorriu. — Ou tirar o tapete, ou parar de usar a escadinha. A decisão é sua. É sua vida. Sua aventura.

Ela nunca tinha visto Liza tão relaxada.

— Talvez eu pare de usar a escadinha.

Quando Martha parou o carro em frente a grandes portões de ferro, Kathleen sentiu uma nova onda de nervosismo, mas era tarde demais para reconsiderar, porque Martha já havia falado em um interfone e os portões se abriram devagar. Parada no fim do caminho, apoiada por uma mulher que devia ser a filha dela, estava Ruth.

Ela não mudou nada, pensou Kathleen. *Nem um pouco.*

Martha estacionou e Josh saiu do carro num piscar de olhos, mas foi Liza quem ajudou Kathleen. Liza quem segurou seu braço e não soltou. Liza quem estava ao seu lado enquanto caminhavam a curta distância para cumprimentar a velha amiga.

E, no fim das contas, Kathleen não precisava ter perdido tempo planejando o que dizer, ou ter ficado ansiosa com o reencontro, porque Ruth se adiantou e a envolveu em um abraço apertado, e ela percebeu que às vezes as palavras eram desnecessárias e o contato físico poderia transmitir tudo.

Foi só quando ouviu Ruth fungar que percebeu que tinha as bochechas molhadas também.

Ela tinha demonstrado mais emoção naquela manhã do que na vida que a precedeu.

— Eu sou Martha...

Martha estendeu a mão para a mulher que acompanhava Ruth, que a cumprimentou calorosamente.

— Eu sou Hannah. Filha de Ruth. Conversamos por telefone. E você deve ser Liza. Bem-vindos. Estamos muito felizes por vocês terem vindo. — Ela apertou a mão de Liza. — Que tal entrarmos? Fizemos chá. Podemos sentar à sombra ali do deque.

Ela os conduziu para dentro e finalmente Kathleen e Ruth se soltaram.

— Olhe só para você! — Ruth esfregou as bochechas úmidas com os dedos. — Tão sofisticada. Você não mudou nem um pouco. É como ter uma estrela de cinema na minha casa. Quero ouvir todos os detalhes da sua vida. Deve ter tantas histórias. Assisti a todos os episódios do *Vocação Verão*.

A possibilidade de Ruth saber sobre sua carreira não tinha passado pela cabeça de Kathleen.

— Como isso é possível?

— Adam encontrou os vídeos para mim. Eles estavam no formato errado, mas ele conseguiu convertê-los.

Era estranho e um pouco desconfortável imaginar Adam e Ruth sentados juntos assistindo ao *Vocação Verão*.

Ruth entrelaçou o braço ao de Kathleen e a conduziu para dentro de casa.

— Entre. Tenho Earl Grey e Hannah fez biscoitos caseiros.

Hannah.

A filha de Ruth. A filha de Adam.

E lá estava Liza, sua filha, observando-a com toda a atenção, dando um sorriso reconfortante, e Kathleen percebeu que a viagem não só a levara ao encontro de Ruth, mas também a aproximara da própria filha. Elas tinham muito o que conversar e tempo para fazê-lo.

Sua viagem de carro épica lhe proporcionou muitas experiências novas, mas nenhuma tão satisfatória quanto se sentar com a velha amiga e a filha, tomando chá e olhando para o oceano Pacífico. O passado enfim encontrou um lugar confortável no presente e ela se sentiu satisfeita com a vida.

Talvez esse tenha sido o verdadeiro destino.

Agradecimentos

A história de *Vocação Verão* surgiu na minha cabeça há alguns anos, enquanto eu dirigia o carro em uma viagem de fim de semana. Meu primeiro e maior "obrigada" vai, portanto, para minha família, que parou de conversar quando gritei "Rapidinho, todo mundo calado, acabei de ter uma ideia e preciso pensar!" e obedeceu pacientemente quando eu disse: "Por favor, alguém pode anotar a ideia para eu não esquecer?" Estava escrevendo outro livro na época, então arquivei a ideia no cérebro, onde ela cresceu e cresceu, até que enfim eu soube que era o momento certo para contar a história. O fato de ter esperado alguns anos para escrever este livro pode ser parte do motivo pelo qual gostei tanto do processo de escrita.

Cada ideia que tenho é aprimorada pela minha talentosa editora, Flo Nicoll, que traz visão, calma e positividade a cada projeto em que trabalhamos juntas.

Sou muito grata às equipes editoriais em todo o mundo que cuidam dos meus livros com tanto entusiasmo e dedicação. Colocar um livro nas mãos dos leitores é um trabalho em equipe de enorme complexidade, com muitas pessoas e diversos departamentos envolvidos. Listar todo mundo provavelmente significaria que este livro teria que ser publicado em dois volumes, mas agradecimentos especiais vão para Lisa Milton, Manpreet Grewal e toda a equipe do Reino Unido, e também para Margaret Marbury, Susan Swinwood e a equipe da HQN books.

Duvido que terminaria um livro sem o apoio de minhas amigas, e estou mandando um grande abraço para RaeAnne Thayne, Jill Shalvis e Nicola Cornick.

Meus agradecimentos finais aos meus leitores que me apoiam sempre e continuam comprando meus livros. Sinto-me sortuda porque, entre tantos livros nas prateleiras, vocês escolheram o meu. Espero que amem *Vocação Verão*.

Um beijo,
Sarah

Este livro foi impresso pela Lisgráfica, em 2024, para a Harlequin.
O papel do miolo é pólen natural 70 g/m²,
e o da capa é cartão 250 g/m².